我把一切告诉你 3

一本上午看了下午就能用的职场小说

万里依然 著

中信出版集团 | 北京

图书在版编目（CIP）数据

我把一切告诉你. 3 / 万里依然著. -- 北京：中信出版社，2016.12（2025.1重印）
ISBN 978-7-5086-6842-0

I. ①我… II. ①万… III. ①长篇小说－中国－当代 Ⅳ. ①I247.5

中国版本图书馆CIP数据核字（2016）第249118号

我把一切告诉你. 3

著　　者：万里依然
策划推广：中信出版社
出版发行：中信出版集团股份有限公司
（北京市朝阳区东三环北路27号嘉铭中心　邮编　100020）
承 印 者：北京盛通印刷股份有限公司

开　　本：787mm×1092mm　1/16　　印　　张：22.5　　字　　数：335千字
版　　次：2016年12月第1版　　印　　次：2025年1月第16次印刷
书　　号：ISBN 978-7-5086-6842-0
定　　价：56.00元

目 录

第一篇
再见伊人

尾牙宴巧遇

年底A集团尾牙宴上，我见到了那位半年来朝思暮想的女神。我赶忙起身，颔首致意，目光如炬，可惜人家只是礼貌点头，回谢致意。

H公司廖总首先介绍坐在他左手边的一男一女：“这位是做进出口贸易的赵总，这位是风险投资的段总。”两人一看便是商界精英，似乎来头不小，我忙微笑寒暄。

终于等到要介绍女神了，可大门口忽然传来一阵喧闹声，老板和汤总入场，廖总马上起身。“稍等。”说完，迎向老板。

“可恶！廖总赶紧回来啊，等你这儿做大媒呢！”我心里骂完，一屁股坐凳子上，超郁闷。不过趁大家目光聚焦在老板那儿，咱也没闲着，上下打量起女神来。瞧她那打扮，没点儿驾驭艺术的功底，哪儿敢梳黑人脏辫发型？那真是看得我心花怒放。

气人的是，女神自顾自地与她的闺密同学段总谈笑风生，把我当透明人！都什么呀，咱走到哪儿都是高光，怎么到你这儿被屏蔽了？真想立刻坐到廖总位置上和她搭讪，可感觉有些唐突。但丧失机会，必后悔50年！呜呼，美人就在眼前，却不能上前半步，百爪挠心啊！眼看廖总是黄鹤一去不复返，指望他？那还不如指望自己呢。

不行，我要改变局面。马上抄起手机叫一笑："最快速度过来。"

赵一笑踩着风火轮跑到，可仍感觉他像"乌龟帝"。我迎上去压低声音说："哥们儿，新招的摄影师小亮呢？"

"你不是安排他在会场拍照吗？"

哦，想起来了，前天安排他抓拍老板和汤总去了。唉，真是脑子有电阻。"行了，别跟拍了，马上喊过来，看见没，我桌上有女神。"

"看见了，嘿嘿，穿貂皮的吧，够靓啊！"

看见赵一笑色眯眯地看人家，气就不打一处来，我捅捅他，"去，立刻通知小亮抓拍她，尤其我敬酒时，但不能叫旁人发现，更不许漏镜！从现在起，什么长焦、广角、鱼眼、变焦，统统用上。对了，小亮没转正吧，干不好夹包滚蛋！"

一笑鬼精鬼精的，先是一愣，这算什么任务？跟着坏笑绽放开来，他好八卦，笑嘻嘻地问道："哎哟，老大，青春发芽了吧……"

哪有闲工夫瞎扯，我板起面孔，"废话！去找关系好的广告公司跟拍老板。两件事搞砸一件，年底奖金就忘了吧！"

"好嘞，得令。"一笑笑着跑远了。

再次入座，我又不自觉扫了一眼，女神正在与段总时而低头私语，时而捂嘴浅笑，看得我心旌摇曳，不禁想入非非："这美女曲线多迷人呀，笑容多灿烂呀，真想揽入怀中，先亲上 100 遍再说！拿破仑领兵在外时，曾说想亲吻他媳妇约瑟芬身上每一个细胞，对，我也好想！"……一扭头，发现隔壁桌小亮那厮，正贼眉鼠眼端着相机，我微微点点头，又努嘴示意，小亮马上打出 OK 手势回应。

忽地我又想起来："哎呀，今晚脑子像东北乱炖啊，关键是搞到联络方式啊！换名片？她推说没带怎么办？再请廖总引见？似乎明显了点儿。直接表爱慕？不妥，旁边还有她同学呢。对了，要是宴席开了，廖总他们说说笑笑圈儿里话，咱插不上半句。等酒过三巡、菜过五味，人家起身离座，我不歇菜了？这，这可如何是好？"

纠结中想明白一件事，桌上缺活跃气氛的人！我开始四下踅摸，哎哟，发现财务部陈总坐在不远处。他是我铁杆兄弟，又是廖总高看一眼的人，好，马上电话相邀："坐那桌有啥意思，全是一帮销售色鬼在瞎扯，过来吧，咱们哥儿俩好好唠唠。"

放下电话，看见采购部肖总走来，好，这家伙是廖总嫡系，立刻抬手招呼，好，布局完成，肖总和陈总分坐左右。

这时，主持人正在台上嘚啵嘚啵地说这说那，但我听不下去，整个人处于亢奋之中。

现在没事干，就先静观美女吧。我假装深沉，身子往后靠，习惯性地眯眼观察。女神额头平整，闪着光泽，无起伏黯淡之貌；鼻梁虽不高，但鼻头丰满且鼻孔不露；眼有神，眼球黑白分明。嗯，从女子“一善”的评判标准看，主管事业和财运之相都不错。所谓“男人手要绵，无钱也有钱；女人手要柴，无财也有财”，眼光又落到她那一双玉手上，四指为宾，中指为主，宾主相济甚美，嗯，福相。而且她手指尖甚长，这类人通常聪慧。看来人家有财运人脉，豁达聪颖，又兼具孤傲保守性格。呜呼，追她要费番周折哦，也许只能智取不可硬来！但如何智取？难住我了。

女神和段总忽然起身，直奔宴会厅左侧，显然是去卫生间。看她起身转身的动作，甚为优雅。穿着也很打眼，纯白V领小毛衣打底，铁锈红混纺修身裤，外罩正红色羊皮大衣，蹬一双暗红高筒皮靴，脖子上系条红白丝巾。不同质地的面料，同色系搭配，既纯情又精致，嘿，看得我连连点头。

冷不防肖总侧头鬼笑道：“兄弟，正在看靓女吧。”

“冤枉，绝对冤枉，有大哥您坐旁边了，哪有工夫看美女啊。”

陈总是集团饭桌文化老手，马上就默契地凑上来，一把搂住我肩膀，低声淫笑道：“你的心思没放到吃饭上面哦，看你的馋样儿，如果需要财务部帮你运作泡妞资金，拿发票来，哥哥按公关费全报！”

我蠢蠢欲动，可被二位神仙察言观色觉察出来了，这可不成，换话题吧。“陈总，别说啥没影子的泡妞资金，酒店还有几笔款没付完，现在人家天天堵我门！您可是财务部著名的陈雷锋，要不紧着这些钱先付？”

“一码归一码，乙方应付款怎么能跟雨总泡妞资金相提并论？缺了谁的钱也不能缺你的泡妞钱啊，这可事关集团脸面。回头你小子没追成，非得怪罪哥哥不可。”

哎哟，越说越不像话，好像海市蜃楼成了定论，我能吃亏吗？马上反击……

正当我们吵得像蛤蟆坑时，肖总再起事端，“雨总，老板对你不薄啊，一个项目做完，落俩总监头衔！呵呵，咱轿子抬得还成吧。”

“肖老大，您这反话说的。酒店项目是采购部、财务部、审计部和项目部一起给老板和廖总抬轿，是不？”我索性把话音放大点儿，尤其是有意点廖总名，什么目的？等他上套呗。

“哈哈，肖总你跟小雨掰扯啥？这小子占便宜没够！”陈总没好气地笑骂道。

一番胡扯，三人会心一笑。但上套之人？没吭气。美女回来后，仍只在圈内交流。

主持人不知何时结束讲话，眼看宴会要进入高潮，万一人家有事要撤，怎么办？纷乱现场，美人端坐面前，搞得我主张全无。一咬牙，出去想对策去。

冬日的晚上，路灯把人影拉得好长，显得寂寞冷清。点上烟，猛吸几口，烦躁情绪似乎像一缕青烟，被凉风吹散开，脑袋逐渐开窍了：“搞电话的常规做法是‘去要’，而非常规做法是请女神‘送来’！如何请她主动送号码？”

想成功搭讪，关键在于一座桥，然后……言念及此，我不由心头一振，马上梳理对策：“话题是公开还是私密？似乎后者更保险。但我跟她没交集，说点儿啥话题既不唐突美人，又能引起共鸣？”

灵光一闪，我掏出名片和笔，在名片背后写写画画，还是先提几个主要问题吧……最后收笔时，又反复看看，嗯，挺好！

顺道我还想到个B方案。女神曾听我讲过创意，今天又亲眼见到牛气的创意落了地，这可是表现咱才华的机会！如果话题围绕酒店转，是不是很有趣？那贵宾+酒店，它们的关联……询问、参观、住宿、建议……

当想到“建议”二字时，答案不期而至。哈，越想越得意，迈大步二次进宴会厅。迎面正撞见一笑，我抓住他，附耳说道：“前两天有领导参观酒店，在一个大红本上为酒店题了词，本子放在总办不？”

“对，小江第二天送过去的。”

“好，你马上去找廖总秘书小王，快拿来，我有急用。”

“好嘞。”

瞒天过海

回到座位，心头一喜。原先是两堆人分开来说话，现在肖总正向廖总敬酒，机不可失，时不再来。我恭恭敬敬端起酒杯，走到廖总跟前，满脸深情，“能完成酒店装修和企划任务，没有您鼎力支持，那是寸步难行啊。我代表企划部衷心感谢您！我先干为敬！”

俗话说，花花轿子人抬人！在同学面前，廖总着实露了一把脸。他笑眯眯地冲赵总说道："这位雨总，可是一位奇才！老板从北京招他来做企划，也就是一年多吧，硬是将只有 5 人的企划部扩充兼并出了 10 个分部。更奇的是，他居然还能跨行跨业，亲自主持装修设计，一条龙管理工程，呵呵，连老板都连连称奇！"

赵总不住点头称赞道："我们参观酒店时还以为廖总舍了本钱，没想到不足 1 000 万，厉害！酒店文化有特色，楼道挂满了经销商的创业故事展板，煽情动人，没猜错的话，雨总是希望借酒店给经销商传递一种大家庭的温暖吧。"

"赵总不谈奢华装修，单拣文化来敲打，他识货，认得咱家宝贝。"我心里乐开了花，"呵呵，还是赵总厉害，眼睛一搭，就看穿我的心思啦，说来惭愧，还有很多细节没执行到位呢。"

"您客气，廖总麾下有这样的职业经理人，叫人羡慕呀。"哇，话顺耳，词达意，喂，喂，喂，女神啊，你都听见人家如何评价你未来的老公了吗？好想拉住两位老总的手感谢一万遍。但女神根本没理这茬儿，只顾和段总说笑，连扫一眼都不肯。

但谈话主题已围绕酒店展开，真棒！刚坐回位子，远处忽然传来一阵喧哗声，原来汤总陪老板开始挨桌敬酒。趁众人将目光转移到老板身上，我拿着名片夹，走到总监赵总旁边，微微弯腰，一边递名片一边说："赵总好，A 集团蓝小雨，请多多关照。"

"谢谢。哟，没带名片，我姓赵，对不住，对不住，呵呵，要不下次再换？"

"好的，谢谢。"我不卑不亢地答谢道。

接着又走到段总跟前，"段总好，A 集团蓝小雨，请多多关照。"

"谢谢，我们对你久闻大名了，呵呵。上次听你说过酒店设计思路，今天看到酒店落成，雨总果然出手不凡。"段总双手接过名片，夸赞道。

终于转到她身边，还没等弯腰俯身，鼻子已嗅到淡淡清香，心跳骤然加速，递名片的双手和话音同时发颤："您好，A 集团……雨，蓝小雨，请多多关照。请问您是……？"

没等她开口，半个恩人廖总开腔了："这位是珺总，集团公司老总，MBA 班最年轻的老总，才干牛得没边，我们老哥儿几个很佩服呀。赵总，是不？"

"谢谢。"女神只是淡淡回道，她转头似笑非笑地嗔怪道："廖总又拿我打趣，嘻嘻，谁不知您才高八斗啊。"

"幸会幸会！有机会向珺总多学习。"客气话被我说得近乎谄媚，完蛋了！

赵总表现不好，直接把话题甩给廖总："珺总此言差矣，廖总像你这么大的时候，估计还在打杂呢，哈哈。”

哦，某集团运营老总，珺总！嗯，信息缺一半，还需努力！

名片暗藏玄机，哈，起效了！珺大小姐看到名片，便是一愣！名片正面写道：“请见名片后。”她把名片翻转过去，上面写着：“皮衣打眼，品牌？可有男款？”旁边特意配一幅皮衣钢笔画。

我紧盯女神的一举一动，她若无其事看完名片，抬头望我一眼，浅笑，微微摇头。哇，我便如过电一般，激动、冒汗、颤抖……但接着便是沮丧。

“活鱼逆流而上，死鱼随波逐流，我长得也不像一个轻易投降的人啊，万不得已就霸王硬上弓！临别时，信笺硬塞在你手里！”我暗自发了狠。

不一会儿，赵一笑递来题词本。我深吁一口气，捧着本子走到廖总跟前，俯身笑呵呵地说道：“廖总，您的同学都是精英，我想请他们为酒店题词，您看行不？”

廖总忙招呼他同学：“好呀，来来来，赵总，段总，珺总，雨总请你们题词，我代表集团表示感谢。酒店得到老总们点评，不胜荣光，呵呵，大家万勿谦辞啊。”

“我们不是什么人物，不必了吧。”段总笑着摇头。我心里明镜似的，谁都有虚荣心，请你题词露脸，焉有不受之理？只不过谦虚是美德。我看了眼肖总和陈总，俩老油条心领神会。肖总率先进言：“酒店有名人题词，蓬荜生辉啊。”

话音刚落，陈总又来添砖：“廖总说的是，诸位老总肯赏光到集团参观访问，我们倍感荣光，真心希望老总们留下墨宝！”

妥了！佳人面前，正是表现之际。“三位老总，中国古建名楼多的是，但为啥只有岳阳楼、黄鹤楼、滕王阁与鹳雀楼并称四大名楼？因为四大名楼除了建筑雄伟以外，更凭借绵延千年的历史文化而名扬天下。它们因文化而名，又因名士而盛，悠久文化才是传承纽带。所以，A集团迎宾酒店也需要各界名士联手题词以壮气势。在座老总们既是商业界领军人物，又是廖总同窗，更不该推辞……”

在众人轮番邀请下，半推半就中，赵总写下一句：“祝愿A集团和经销商团队一起携手共进！”段总题词：“精诚团结，唇齿相依，祝愿A集团与合作伙伴从成功走向新的成功！”

忽然，眼前闪光灯闪个不停，小亮真会抓机会，他凑过来对着贵宾一顿狂扫。我也没安好心眼儿，故意半蹲在女神身旁看她题词，但一只手搭在椅背上，装恭请样儿，实则是为合影。不久小亮打出OK手势。哎呀，追女神容易吗？

眼巴巴等呀等呀，碳素笔终于传到珺总手里。我一眼不眨盯着看，快，快，快写落款啊！当看到落款是广东FN集团乔小珺，我仿佛潜泳20米跃出水面，贪婪地呼吸着空气，爽透了，“哦，在知名外资化妆品集团高就，难怪气质出众呢。哈，现在虎符凑齐一对，行动吧！”

刚回到座位上，还未大肆庆祝呢，肖总忽然悄声耳语：“老弟，你做事能吃亏？笑话！搞题词行为艺术，实在是高！但你有为酒店扬名的好心肠？哼，醉翁之意不在酒。嘿嘿，你图的不是题词，而是一个人！”

话不多，却惊出一身冷汗，我忙冲他挤眼，示意他闭嘴！肖总颇为得意地坏笑起来，把我的心笑得七上八下：“难道做得太露骨，盯着女神猛看，被他闻到味儿了？八字没一撇呢，他已经满世界宣扬上了：‘喂，快报！快报！蓝小雨那厮正在追廖总MBA班女同学！’万一风声传出去，好说不好听啊。”

我这是拉着老虎当马骑啊，真后悔喊肖总上桌，这家伙成事不足，败事有余。不行，得赶紧安抚住他：“老大，你知道就行了，别乱传。”

“哎哟，雨总不是挺张扬的嘛，七个不服八个不忿，把老逸整得不成人形，嘿嘿，你也能认㞞？”

“行了，老大，这事叫廖总知道不好。”

肖总见到我少有的霜打茄子样儿，这厮会抓机会，一顿痛打落水狗，“廖总要是不知道，能做你的头儿？别以为自己神不知鬼不觉，哼，就你这点儿小伎俩，瞒不住我，也瞒不住他。”

肖总是旁观者，他的话叫人吃惊。我不禁脱口而出：“啊，他怎么会知道？”

“你小子聪明一世糊涂一时啊。”

我颇为无奈，但强装严厉：“赶紧地，别装神了！”

但惊慌失措的眼神出卖了我，这厮在打哑谜。“做事讲究回报，这可是跟老弟你学的，呵呵，总要来点儿诚意吧。”

哎哟，被这厮布进局里了，只得认栽：“成，算您狠！”

肖总抄起桌上的五粮液，一边倒酒，一边皮笑肉不笑地调侃着：“一直没机会敬酒，呵呵，老兄借花献佛，敬你三杯！”

“啊，喝酒啊。”我酒量浅，悠悠喝点儿小酒还成，真要海喝，非成醉猫不可！

我满脸苦相，伸出一根手指，低声央求：“肖总，肖哥，一杯，一杯！意思意思得了，您要真想喝，咱们改天喝个痛快！”

“哥们儿，五粮液不上头！陈总刚去敬酒，他酒量你晓得，趁他不在，爽快干了！万一这小子捏住你小九九，又要连干三杯！你会死得好惨哦，嘿嘿。”

“好，成交！”这厮甚为狡猾，专找人痛点打。我一咬牙豁出去了。但喝完第三杯酒，我便赶紧拿湿毛巾擦嘴，趁机将酒吐进毛巾里，再若无其事地放好。

见我连干三杯，这厮笑嘻嘻道：“好，你爽快，我也爽快！刚才你发表长篇大论，用得着说那么多废话嘛，是不是想在老总面前抖学问？你请他们题词时说了一句，‘在座老总们既是商业界领军人物，又是廖总同窗’，嘿嘿，好露骨。你明为酒店考虑，实则拍廖总马屁，借题词抬他同学身份，无形中又变相抬廖总身份，给老总长脸。嘿，一箭双雕，真难为你想得出来啊。”

啊，啊，原来这样啊！我还以为这厮洞察了什么，全搞拧巴了，好不懊恼！

高光时刻

正在暗气暗恼，老板和汤总笑盈盈地举杯走来。全桌人起身迎接，老板站在众人面前，真是大气中透着威严，威严中又彰显和蔼，和蔼中又透着平易，好一派老板风度。他的祝酒词气势磅礴，声情并茂：“感谢大家一年的忘我工作，没有你们的努力，A集团不会有今日成就。我代表集团谢谢大家，愿我们友谊天长地久！”说完，老板举杯与在座众人一一碰杯。

跟我碰杯时，他特意停顿下来：“雨总干活有冲劲儿，企划部带得好。去年你负责包装设计，今年主持酒店装修，集团上下赞扬声一片，很好！未来，我们将给你平台，你完全能独当一面，管好一个销售过亿的大公司！”

老板为部下勾勒前景，绝对的大手笔，我听得热血沸腾，“我代表企划部表个态，明年一定比今年更出色！我也祝您身体健康，万事如意！同时祝A集团新年新气象，事业日进千里！”

尾牙宴上，汤总一改往日严肃神情，脸上洋溢着欢愉的笑容，“听说你带领手下人天天加班，从礼拜一忙到礼拜一，原以为是图表现，没想到坚持到现在，难得。我看了企划部的总结报告，全年完成200多件工作，工作量比较大，所以老总们没少在老板和我面前赞你。明年你不仅要带好企划部，还要参与广告部工作，责任更重，希望百尺竿头，更进一步！”

哇，眼前全是恩人！在美人面前，把我夸得满园花草属我红。我连忙回敬：“谢谢汤总！我相信在老板、您和廖总的带领下，明年企划部将更上一层楼，为集团多做贡献！”说完，仰脖又是一饮而尽。

老板和汤总离开后，我发现珺女神开始正眼打量我，她似乎有些吃惊，又有些好奇。也许她没想到对面坐的这位帅哥，一位刚从小部长爬到总监位置的中层领导，除了廖总夸奖，连老板和总裁都要单独表扬！有那么牛吗？至于吗？

望着女神吃惊的眼神，我不免扬扬得意：“看见没，连集团头面人物都对咱青眼相加，你惊异了？”立刻，火辣辣的目光迎上去，没一丝犹豫！接着又是浑身酥麻，小心脏狂跳，缺氧，差点儿休克。女神微微蹙眉，面颊飞红，闪目而过。

几番敬酒，我酒劲上涌，恍惚中，她的俏模样把我搅得春波荡漾，唉，都怪自己冒冒失失，应该双目只看眉心才对，看，把人家盯跑了吧。

正在懊恼呢，C公司的张胜甲张总又过来与廖总碰杯，两人一赞一祝，好不亲热。等他们喝完，张总转身，用手指着我笑骂道：“雨总，好歹我还当过你领导吧，你小子当上总监，眼界高了，还不滚过来敬酒？我是左等你不来，右等你不来，太不像话！廖总，你说这小子该不该罚酒三杯？”

“对，该罚！听说去年张总给你转正打了满分，集团成立至今，你是第一个满分转正的，可见张总多器重你！人不能忘本，来，必罚三杯！”廖总笑吟吟地说道。

哎呀，平时绝不会犯礼节错误，今天全忘到爪哇国去了，难怪人家生气呢。可是又连干三杯？我想洗洗睡了。还想讨价还价，瞟了一眼女神，哇，超级冷门！她正似笑非笑地望我！

“美人面前不可认尿，大不了一醉方休！”瞬间，我改了主意，“好，谢谢老大关怀，没您支持，咱走不远，这杯是感谢酒！”

再端起第二杯，“谢谢老大指点，没您提携，咱走不顺，这杯是答谢酒！”

最后端起第三杯，“央视的广告曾说，心有多大，舞台就有多大！而我要说，张总和廖总给的舞台有多大，咱的心就有多大！谢谢两位老大给企划部发展空间，这杯是决心酒！”

虽然博了个满堂彩，但酒劲凶猛袭来，脑袋发沉，谁说五粮液不上头？哦，又是肖总那厮，可气又可恨！这边张总刚撤，那边广告总监老逸又窜过来。他毕恭毕敬地跟廖总敬酒：“廖总，我代表广告总部敬您一杯，希望我们合作更紧密，为明年完成销售任务多努力。”

廖总很有老大派头，他对赵总说：“你在《新闻联播》A特段看到的集团广告，就出自逸总之手。他和雨总，还有两位年轻老总，并称‘集团四小龙’，都是有能力、有干劲的后起之秀，也是老板重点培养的青年俊才。”

“A集团藏龙卧虎，看不出来这几位年轻有为的小伙子，现在都是总监级高管了，呵呵，值得学习。”赵总赞叹道。

接着，逸总又端着酒杯一转身，满脸谄笑，“陈总、肖总、雨总，我敬三位一杯，呵呵，谢谢大家对广告总部的支持，希望大家来年步步高升。哦，雨总，老板和汤总在北京总部对你相当关心，我也常说雨总大才呀，呵呵，来，干一杯，预祝明年合作愉快。”

“哟，对手敬酒，好事。”虽然我已醉意上身，但眼睛一搭他那模样，便知有小人之风。但毕竟人家是来敬酒的，于是我不卑不亢回道：“逸总业务精熟，希望大家团结在老板身边，一起奋斗！”

举杯刚要喝，廖总补了一句：“雨总，你该回敬逸总才是，是他跟老板推荐你来做酒店装修的。”

“哦，大恩不言谢，呵呵，在此一并谢过！”说完一饮而尽。

你方唱罢我登场，人力资源老总、销售总部老总以及其他各路高管各自领着麾下一班干将轮番敬酒，一时间人潮汹涌而来，嚯，好大场面，面前人头攒动，祝酒声四起，好不热闹。

我坚信一个观点，付出可能没回报，但不付出永远没回报。一年多来，我带领企划部苦干加巧干，长期、稳定、高效、持续地工作，为所有部门提供优质服务，给所有高管留下深刻印象。于是众多高管前来跟廖总敬酒时，都会把我捎带上，不但表示感谢，并且从专业角度评价我的业绩和本事，于是乎这些重磅人物的精辟点评，把我的形象拔得倍儿高，背后金光一片。当然，没业绩撑腰，老板会破格提拔我当总监？高管会搭理一个小部长？洗洗睡吧。

说者无意，听者有心，我惊喜地发现女神看我的眼神已悄然变化。她没想到我不仅能当好装修地盘工，而且还在销售、广告、企划、HR（人力资源）、采购、管理上都有一手业绩。也就是从此刻开始，她正眼看咱了！乔小珺的目光充满女性魅力，非常正，看我时，似乎带点好奇，带点欣赏，带点惊异，还带点探究，很有吸引力。

本来我就带着一股浑不吝的劲儿追人家，现在酒精上头，更是不管不顾，大胆迎着她的目光，旁若无人地紧盯她二目放电！总之，不管她正眼瞧我也罢，侧目瞅我也好，反正我眼光的焦距不变。

很快，在我目光的炙烤下，她的脸颊泛起红潮，女神不自在了，要不摸摸长发，要不抿抿小嘴，要不假意跟段总说说话，要不故意左顾右盼……

群策群力

正当我拉开大胆示爱的序幕时，廖总很不配合工作，他站起来发号施令："伙计们，他们搞完了，该我们登场了，走，敬酒去！"

"啊，还要喝啊？!"晕倒。

敬完一桌，我赶紧撤。头晕脚软地走出餐厅，慢慢挪到花池前，一屁股坐下。餐厅灯火通明，人声鼎沸，但好像已跟我无关。小珺的一颦一笑在凡世中，是如此脱俗清新，高贵优雅。我喜欢她一身正气，喜欢她的大牌神态，喜欢她的端庄，喜欢她的艺术范儿……放飞想象力，她做事是正派高手，我是邪派大师，她高雅，我鬼马，她怡然，我豁达，她稳重，我激情……

脑子在酒缸里发酵，今晚已无主意！上天啊，快来帮帮我吧！言念及此，酒劲儿上涌，"哇，哇，哇"，连吐数口，头晕眼花，好不难受。恍惚中，忽然耳边传来熟悉的声音："雨总，雨总，没事吧。"抬头望望，是廖总秘书小王。

我回道："谢谢，吐完就没事了。"

小王关切地问道："外面冷，要不帮你喊同事出来？"

"没事。对了，你不在里面吃饭，出来干啥？"

"嗨，廖总的事儿呗，帮他同学安排酒店。"

“啥?!今晚住酒店?哟，没听错吧！桃花开了？”

“你再说一遍！”立刻，我以最大声音呐喊道。声音过大，小王真以为我在撒酒疯呢。

看着小王背影，马上给一笑电话：“别，别喝了，大家出来一趟，我在外面。”

时间不长，小黄、贺平、小辉、陈东、阿伟、橙子和小亮呼啦啦地跑出来。见我孤零零地坐在花池台上，一笑忙问：“老大没事吧。”

阿伟把我从花台上搀下来，换个干净位置坐下。小亮这家伙好八卦，他边给大家翻看照片，边眉飞色舞地挖苦我：“看，够靓吧，她是廖总MBA班同学，在FN集团做老总。老大去换名片，可人家没理……”好嘛，我在桌上这点儿勾当，全给扒干净了。

小黄皮笑肉不笑地搂着我肩膀，“老大，我心里纳闷啊，你平时好嚣张，为什么不直接去说呢，大力士耍扁担——轻而易举嘛。”

“说什么呢，她身份在这儿摆着呢。万一碰壁，又被廖总知晓，头儿的面子往哪儿搁？”贺平深不以为然。

……

鸡一嘴鸭一嘴，听不下去了。我长吁一口气，“我就想现在搞到手机号！利好消息是她今晚住酒店，你们看看能否做点儿文章，但不能叫旁人察觉。”

说起泡妞，人人都有本红宝书。这帮家伙可劲儿出馊主意，吵得人耳朵疼。我挥挥手，“行了，别吵了。你们用广告思路来想事嘛。1.对谁说？ 2.说什么？ 3.怎么说？执行完这套动作，她开始主动发短信。你们按这思路想吧。”

“把自己看成产品，而她是消费者，然后按广告思路宣传，希望消费者主动购买。老大白天指导做策划，晚上负责教泡妞术，爽！哈哈……”只要沾上女生话题，小黄的每个细胞仿佛都在跳舞，亢奋无比，他那放肆的笑声，在寂静的夜空中传得很远。

“行了，黄哥，替老大想正事吧。”阿伟轻轻拉拉小黄的衣袖。

小黄知道闹过了，忙收起笑脸，“现在想行动纲要。”

言归正传，这帮人很快把一切都打理得井井有条。廖总同学入住酒店，自然我有理由照顾三分，准备点心、水果夜宵，人之常情。其中，两束红玫瑰是送珺总和段总的，为的是叫段总给珺总打掩护，百合和啤酒是为了堵赵总嘴巴，而送给小珺的特殊礼物夹杂其中，好叫她主动给我发短信！嗯，团队智慧果然好猛。

阿伟跟酒店运营部经理相熟，先派他到大堂驻扎，负责打探珺总所住的房号。今晚酒店爆满，他要时刻提防情况有变。另外，陈东和一笑进城，陈东负责采购巧克力、小糕点、啤酒和水果；一笑负责买贺卡、红玫瑰、百合。对，还要开发票，这账廖总肯定认。

剩下的人在企划部准备特殊礼物。路上，贺平拽着橙子的胳膊，赞道："到泰国旅游的游客一下飞机，就有人悄悄跟拍，游客入住酒店，照片送达他们手上，然后是金钱换惊喜。你是模仿高手，我们在她照片上打主意，然后……"

橙子颇为得意："对，珺总多聪明啊，她马上会明白老大心意，又不会拿照片四处乱讲，这就是广告学的'怎么说'吧，哈哈。"

看事情步步推进，我心情大好："再想想，贺卡和照片上写啥内容，她才愿意回信？"

最后大家商议精选20张照片，橙子和小亮负责修图调色，其余人主抓文案……行，今天胆大妄为一回，玩儿把狠的！

留给团队的时间不多了，感觉又跟在A集团干活一样，全是冲刺跑！但这难得倒虎狼团队吗？

很快，这帮小子在网上一顿海搜，给每张照片配上情话："我知道你的双脚一定很累，因为你在我脑海中跑来跑去！""我的眼睛非常嫉妒我的心，因为我的心永远和你在一起。""牛奶需要糖，就像我需要你！""如果你认为我时刻想着你，那么你错了。因为我只在想念你时才会想你……但是，我时刻都想你！""发明英文字母A、B、C、D……的人是天才，但他犯了个错误。因为他没有把I（我）和U（你）放一起……"

反正要捅破窗户纸，先做再说！采购组风风火火赶回来，两拨人齐动手。阿伟早就拿到通用磁卡，将不同礼物分别送进416、417和418房，其中珺总住418，自然有份特殊礼物送达。

我晕乎乎地紧握手机，眼巴巴地等小珺短信来，望穿秋水？别说秋水了，就连太平洋都快望穿啦。可是等到的不是短信，而是阿伟的电话："老大，刚接到通知，汤总也有朋友要住酒店，今晚段总和珺总合住418。"

我"腾"地坐起来，猛喊："快，快把照片拿回来，礼物合并！"

还是小黄坏水儿多，他马上来了主意："老大，打印两张纸，上面写点儿感谢的话，然后征求住宿感受，请她们提改进建议。我想她们出于礼貌，多少也要回句话吧。"

被临时变化打得措手不及，我全没主意了，就这样吧。阿健以最快速度把征求意见稿送到阿伟手上。

很快，收到阿伟短信："OK！她们已入住。"

第一次通话

好，就等短信喽。我冲大家喊一嗓子："今夜无眠，愿意夜宵到天亮的，现在就出发！"

等候一夜到天亮，看了无数遍手机，连个广告短信都没收到！直等到曙光初现，我才疯疯癫癫地唱着崔健的《一无所有》回到宿舍，倒头便睡。中午起床，蒙眬中从枕头旁摸出手机，哇，8条短信，爽！等看完，发现爽得有些早。

昨晚的场景历历在目，一幕一幕在脑海中闪回，正闪着呢，忽然想起廖总一句话："你该回敬逸总才是，是他跟老板推荐你来做酒店装修的……"

言念及此，不禁打个激灵："哟，想起来了，我头次见廖老大，曾问是谁保荐我，凭啥推荐？他只说因为我穿得花里胡哨……哎哟，是老逸搞鬼啊，嘿，墙缝里的蝎子，蜇人不显身呢。立项以来，前有工程部明面拆台，后有广告部暗中使绊，中有廖总不信任，前后夹攻，搞得我两立军令状，五遭小人害，呕心沥血，掉下10斤肉，可谓九死一生！现在回想起来，纵然我有广告手段，但如果缺乏装修实操经验，照样玩不转大场面！如果失败，必被廖总赶出H公司，甚至滚出集团！他借廖总之手玩借刀杀人？！"

越想越可怕："没准儿老板批示的800万装修费，也出自这厮的脏心烂肺！更狗血的事情是，酒店做成他有保荐之功，失败则除掉心头之患！嘿嘿，两头吃利，高手，绝对高手……这厮是老板跟前的红人，要人脉有人脉，要能力有能力，要手段有手段，他有点儿像和珅啊！看来，老逸单兵作战能力还在我之上，今后跟这厮共事，得处处提防，事事小心……"

正想心事，一笑忽然跑来通报："老大，老大，珺总上午撤了。"

本来心情就不咋地，又听说小珺走了，不免怅然若失："哎哟，女神吃了，喝了，住了，怎么连句感谢话都不留呢？小黄的主意没起作用啊！"

一笑见我低头不语，又忙来报喜："我们上午在FN集团打听半天，搞定珺总手机号了！喏，给你。”

“真的？！”我刚兴奋起来，马上又摇摇头：“唉，又不是她主动发短信，我突然把电话打过去，不妥。”

“犹豫可非老大你的风格啊，直接问她休息得好不，希望多提整改意见，不就结了嘛。”

“不，不，不，不浪漫。去，去把哥儿几个喊到宿舍来。”

时间不长，一帮兄弟伙又嘻嘻哈哈来了。小黄一进门歪词就来了：“老大确实需要女神了，这间房的主人简直是乱‘室’英雄啊！”

没工夫搭理他，我指着他手机说道：“我和一笑的号码是H市的，不便动手。你用你的C市号给她挂个电话。”

“我打她电话？老大，还没醒酒呢吧？”

当我说完想法，众人笑作一团。很快，小黄拨通珺总手机：“您好，请问是FN集团的乔总吗？”

“是啊，哪位？”

“哦，是这样，您家先生刚刚得了急性阑尾炎，我是他朋友，请您马上打1万块到医院……”小黄是演员坯子，模仿别人说话惟妙惟肖，声音里还透着一股焦急劲儿。

小黄挂上电话后，屋里一阵欢腾，因为人家单身。嗯，妥了！

闹腾完，狼友们又是一番脑力激荡，群策群力想出个浪漫策划——制造他乡偶遇场景！既然我们工作与生活没交集，那就人为创造偶遇，制造交集。A集团广州分公司即将成立企划部，王小辉任部长。在负责筹建部门的同时，春节前务必搞定珺总秘书，随时报告目标人动向。当然，公关费由我顶。有了潜伏内线，我，手眼通天啦，既能在广州城跟小珺“偶遇”，又能在外地继续“偶遇”，想什么时候“偶遇”就什么时候“偶遇”。呵呵，妙不可言。

分配完任务，小辉心情忐忑，苦着脸说：“老大，我去搞定她助理，这事太有挑战性了。他们卖化妆品，我们卖牛奶，以什么理由勾兑呢？”

“小辉，你没做过销售吧，你到底是怎么混进企划部的？理由大把啊，哼，第一步，先到网上搜化妆品信息，研究FN产品和竞品区别，再到商场的FN专柜，打着送礼旗号做咨询，然后把所有化妆品的资料搞回来；第二步，在时尚杂志上找FN广告；第三步，我们按广告思路，仔细分析产品定位、市场定位、价格定位、宣传策略、目标消费群，逐一找问题；第四步，你以广告人和集团采购双重身份上门提建议，借机要名片，呵呵，故事还用啰唆吗？”

这时哪能缺了小黄的表演？果然，他又蹿出来：“小辉，哥哥善意提醒一句，老大是叫你搞潜伏，别买咸鱼放生——尽做傻事。造人不宜过早……”

听不下去了，我要替小辉出头：“喂，小辉，这块人渣是从你身上掉下来的吗？”

“可不是嘛，刚从屁股里……”

“去去去！”小黄使劲儿推了把小辉。

小辉还不依不饶地补上一句：“洗衣粉再好，也洗不掉你衣服上残留的人渣味儿！”众人一片哄笑。

“感谢大家出谋划策，但咱们一码归一码。今晚企划部开年度总结会，后天各自奔赴战场，迎接年底收官战。春节前，我会给人力资源总部打报告，不能叫兄弟们白忙一年，论功行赏的时刻到了，替集团省这点儿工资，没必要！还是那句话，又想叫马儿跑，又不给马儿吃草，那可不行！”

小黄满脸馋样儿，他又开始眉飞色舞自由发挥上了：“这是玉帝下请帖——天大的好事哦！”

我白了他一眼：“丑话说前头，谁干活差劲儿，可别怪我翻脸不认人！”

小黄赶紧把脸一抹，故作严肃样点头。

“王小辉，你组建广州企划部，任重道远。提醒三点：1.全面复制企划部干活方法，招聘前，先把716模式定调；2.遇工作难题多问小黄、贺平、陈东和一笑，哥儿几个互相帮衬；3.低调做人，高调做事，与广州公司一把手胡总搞好关系。今年廖总家地板起鼓，我叫Y公司免费重铺和刷墙，事后廖总对我说话就变客气了。销售总部宋总的二公子，在省城开了一家茶餐厅，我喊同事给他免费提供了全套服务。总之，无论是公是私，我都伺候得好好的，人家自然对部门额外照顾三分，你明白了吗？”

一笑在旁边做了补充：“茶餐厅装修设计由老大主持，施工图是Y公司帮忙出的，晓峰负责监理。招牌、店内广告、促销宣传单是设计部干的，而报纸、公交、附近楼宇广告都是老大亲自找广告公司谈的，享受A集团待遇。宋总为此曾两次打电话感谢。”

小辉不住地点头。

给廖总装修的事，还得从那场装修谈判说起。当时林总不同意我的红包变折扣方案，仍维持底价不变，导致我的必杀技失效。酒店工程快收尾时，林总神秘兮兮地找来，厚厚的牛皮纸袋往我眼前一放："谢谢雨总关照，酒店进展顺利，确实没做大调整。上次您谈的那事，虽然我不同意再打折，但该表示的一定要……"

等林总啰啰唆唆说完，我把纸袋朝前一推，轮到他吃惊了。"谢谢老大的美意，但无功不受禄，这份礼物受不起。当然，您要真有这份心也成，那天廖总自言自语提了句，说他想给家里重新装修，呵呵，您肯帮忙就照着这数做吧。"

"不，不，两回事。廖总家的事你放心，包我身上。但你这块该怎么表示感谢，就怎么表示感谢，您什么也别说了，定了！"

……最后林总高高兴兴地拿走钱，嗯，一举三得。廖总和林总满意，而我更满意，既捧了廖总场子，还能继续拿捏乙方。我要是没把这些公事、私事办妥，那帮大佬能力挺咱？洗洗睡吧。

安排完工作，才想起我午饭还没吃呢，难怪好饿。正在宿舍冲泡面时，手机收到短信，这时我心情已平复下来，也没多想，拿起就看："雨总，酒店装修不错，为客人想得周到，住得舒服，夜宵也好，谢谢。小珺。"

生活就是如此，激动企盼，短信不来；平静如水，勾人的事又不期而至。呵呵，现在是手抖心颤，眼前的景儿在晃动……想了一会儿，我回了条短信："谢谢倒不必，听廖总说你绝顶聪明，不如帮个小忙。集团有人重金悬赏金句：'什么话叫高兴的人听了难过，难过的人听了高兴？'能否救在下于水火？小雨不胜感激！"

亲爱的珺大小姐有好胜心，哼，请将不如激将，焉有不回之理？咱有耐心等。

果然，傍晚时分，短信如期而至："这一切都会过去。"哇，女神冰雪聪慧啊！

顾不了许多，憋了整整半年，哪里还有一丝冷静？马上拨通电话："珺总，你好呀，呵呵，我是小雨。"唉，没出息的家伙，声音都带着颤音。

"哦，雨总呀，你好。"

声音悦耳，令人浮想联翩啊。嘴上却大献殷勤："你是救兄弟我于水火，该是我谢谢才是。呵呵，要不哪天我到广州出差，请赏下面子，吃顿感谢餐？"

"嘻嘻，到时再定吧。"

"珺总，昨天一见面，我觉得你的形象气质挺适合做A集团形象代言人，不知道愿意下海试试不？”我又不失时机抛出新话题。

“谢谢，我不成，不成，呵呵，你开我玩笑吧。”

“没，这是言真意切的实话，我看到了作品，眼前一亮啊！呵呵，我觉得集团形象代言人要不请你加盟，真是双方损失呢。”

“作品？什么作品？”

……

挂上电话，心有不甘：“意料之中，她说话不咸不淡，水泼不进啊……”

马上喊橙子进来：“哥们儿，今晚重点突击形象代言人设计稿，以她的形象，按海报形式设计，A3 快印，然后快递过去。”

“老大，有一点我没想通，万一她同意当代言人，你怎么收场？”

“她知道我也就那么一说，打哈哈而已。”

橙子不依不饶地追问：“老大，我就是有些好奇，她较起真来，你怎么办？”

“你猪脑啊，她是廖总同学，还用得着我去游说？显然就是亲近的借口嘛。当然，如果她想逗咱玩儿，那也不怕。单独给她做百八十张海报，然后发到各企划部，叫人下市场时挂到士多店（即小商店），连招牌带海报拍回来，不就证明代言人已出街了吗？退一步说，她真动心，我也有办法说动廖总同意，怕个球！”

“呵呵，那代言费呢？”橙子笑嘻嘻问道。

“滚！”故事够跌宕起伏了，没心情搭理他。

晚上，小王电话来了：“雨哥，你说的那个叫巴，巴……”

“巴菲特。”

“对，对，你说的那个巴菲特定律：在其他人都投资的地方投资，你是不会发财的。我做完市调，觉得你说养野猪的建议挺好。这片的猎人在大山里每年都能打到野猪，一头活公猪去年的行情是 3 000 块，比市场卖价便宜一半。我找到曾卖过野猪的那个猎人，跟他讲好了，今年要再捕到野猪，马上电我。我想先养一头野公猪，和家猪交配培育二代野猪，育肥后再卖给饭店。前两天去趟石家庄，有些大饭店对野猪肉感兴趣，收购价比家猪肉足足高 4 倍！这块油水真值得好好捞捞，哈哈。”

“呵呵，哥们儿你进步蛮大嘛，算个好消息！如果咱们有机会养特种野猪，利润起码翻三倍！现在农村家家户户养猪，但养家猪能赚几个子儿？而我们开办野猪场，立刻与散户形成差异化……”

“对了，我还去周边调查了几个养猪场，规模大的猪场养500头，效益跟咱们算的差不多。那个猪场老板前些年养猪赚了钱，后来关掉猪场到石家庄开酒楼去了，但生意不咋地，现在又重新回来养猪，听伙计讲，过两年他能赚50万，这回他哪儿也不去，打算把猪场开到1 000头的规模。”

知道这话的意思，但我关心的却是另一个问题：“猪舍选址呢？”

“我跟家人说了，在自家地里盖猪舍。一是不和别人扯皮；二是离村子远，防疫好；三是猪舍旁有口水井。只不过猪场没电，我问过村长，他说帮忙从村里拉线过去，不过竖杆子和拉线要4 000多块。”

“哦，是个新情况，哥们儿啊，今天有点累，明天再细说吧。”

放下电话，感觉异地泡妞、职场打拼和创业养猪，三件不搭的事装进一个脑子里，这是1G的大脑装了2G的烦恼啊，不想了，洗洗睡吧。

周末，小珺收到海报，我的电话也随之而至：“珺总，海报做得满意不？”

“先不说海报，嘻嘻，你从哪儿搞来我这么多照片啊。”

“整场宴会数你靓，谁不注目呀，呵呵，我感觉所有目光都齐刷刷地投到咱们桌上来啦，当然，也包括企划部的镜头啦。”

“哼，不是那么一回事吧，你的神通我了解，我觉得你是故意的。”

情人眼里出西施，一句最普通不过的话，听来都是可爱至极。我会心一笑：“呵呵，珺总不愧是老总，这么隐秘的事都被您一眼看破，呵呵，邀你加盟，当然要下点儿功夫啦。”

……

第二篇
D市场攻伐战

D市场遇见了大麻烦

这边刚跟小珺说完话，那边电话又响了："雨总，我们的市场被N乳业打得够呛……"电话是D市的荆天打来的。

原来依据公司规定，集团中的高层人人要挂靠一个市场，每月到一线市场工作至少两天，月绩效薪水与挂靠市场的销量挂钩，依据销量完成比例拿薪。我被安排在四川省D市，而荆天是该市销售经理，他来电话是来寻支持的。北方销售大佬齐总曾跟我提过，荆天的爹是集团审计总监，大权在握，所以看在荆总面儿上，我对他家公子礼让三分。

荆天告诉我，D市乳制品市场有四大特点：1.市场容量大，辖区县镇有160万人口，士多店多而散，部分山区运输成本高；2.本地零售价相对全国均价偏低，利润空间小；3.通路资源成为乳品企业争夺焦点；4.市场领导品牌是N乳业，其他品牌打酱油。

N是本地品牌，有十几年创牌史，市场基础雄厚。N乳业找到在D市有影响力的经销商熊伟，由他牵头与5个县级经销商组成经销商联合体，跟厂家签订统一协议，各成员除获返利外，还享受厂家年终分红。厂家对六大经销商直接供货，而熊伟实际是总经销，负责督促县级经销商执行销售政策，他还能额外获得厂家特别返利。由此，经销商联合体覆盖了全部市场，可谓皆大欢喜。

A集团与S集团刚进D市时，便引起N乳业警惕，他们马上推出促销活动，针对二批商（分销商）推行每进一箱货奖2元的政策，终端则是进5箱赠1瓶价值8元的色拉油，对消费者则组织开瓶有奖活动。嚯，三招一亮相，刺激了二批和零售商的进货积极性，也激起消费群的购买欲望，销量飙升。N乳业打压手段凌厉，S集团又步步为营，A集团举步维艰，所以荆天寻求企划部支持。

放下电话，我心里有些愤愤不平。荆天大学毕业后由审计部老大荆总保荐进集团，做了成都市场经理助理，明眼人都清楚，这是叫他贴身跟高人学本事。据说荆天干活勤勉，仰仗所辖片区的销售业绩，入了四川大区钱总的眼，有机会成为D市销售经理。但我心里明白，没他爹多方关照，他能三年三级跳，何德何能？哼，公子哥混业绩——图升迁呗。

咱不羡慕荆天有个好爹，但想不通的是，集团高层真埋汰人才，凭我和企划部团队的本事，怎么也要挂靠重庆这类明星市场嘛。瞧瞧老逸，连这厮都挂靠北京呢，凭啥我被发配三线城市？哼，增长率再牛，连北京市场零头都不到的业绩，始终默默无闻啊。这是哪个小人在黑我？听闻集团某些老人羡慕嫉妒恨，看我初出茅庐，却连拿重磅年终奖，于是找碴儿修理我，想看笑话……

如此安排，肯定有人在玩一箭双雕！既想借机打压我升迁快的“嚣张气焰”，又企图借企划部帮他做销量。反正若是业绩漂亮，荆天是第一受益人；反之，丢脸丢薪水。哼，朝中无人，以至于被挂到三线市场，不爽；被人当枪使，替人做嫁衣，更不爽！呜呼，刚刚位列集团中层，已感到人事错综复杂，弯弯绕绕多，好累。

但我没办法，只能抱怨归抱怨，干活归干活。立刻打出差报告。很快，廖总批复，但附上一条要求，请我调动企划部人马，顺道做好他所挂靠的成都市场。好吧，反正一只羊也是赶，两只羊也是放，一口应下来便是。

俗话说“少不入川”，那是说四川乃天府之国，山清水秀，气候宜人，物产丰富，茶楼酒肆林立，人过得轻松悠闲。我老家在成都，有些亲戚还在成都生活，本想去看看他们，唠唠家长里短，顺便再到童年生活过的地方走走，对了，想起来还有武侯祠的人文景致，望江公园的清幽，都值得去坐上一天。但我停不下来，压力大如山啊，真没心思跑亲戚家装轻松。

行，等攻克市场高奏凯歌，再和他们好好聊。所以，刚下飞机便坐长途大巴赶赴D市。

一路颠簸，望着既熟悉又陌生的巴山蜀水，我想起很多。我的童年属于成都，听妈妈讲，奶奶无比疼爱我。小时候我淘气，吃饭时奶奶总端着碗，气喘吁吁地在后面撵，追上后，我却赶忙低头，恨不得嘴巴贴地，最后和奶奶达成协议，一块扣肉换一颗糖……思绪随风飘飞，我陷入深深的回忆。上小学，我回到北京，奶奶舍不得便也追过来。每天放学，我都好高兴看见奶奶站在校门口，扑上去，享受奶奶温柔地抚摸……奶奶啊，我好想您！呜呜，眼睛有些潮。

直看到汽车下高速，开进D市，我才收起回忆。生前未能尽孝是我毕生遗憾，那么在您身后我就要拼力奋斗，不辜负您老人家的期望！现在我跟A集团也达成了协议，完不成销量，扣钱无商量……好吧，我就在家乡的土地上，轰轰烈烈干一场，我要换回一袋胜利糖果！想到这儿，一扫登机前纠结郁闷的心情，动力来了！

一路无语，下车后见到了荆天。嚯，这哥们儿跟荆总真像啊，都是一米八的大个儿，虎背熊腰，黝黑面孔，连鬓络腮胡，四方大口，微微啤酒肚。这家伙穿一袭黑风衣，看起来像个英雄人物。

但荆天徒有英雄外表，却无豪杰气概。他好像被N乳业打怕了，见面便诉苦："N乳业发起的广告攻势好凶猛咧，电视与报纸广告、横幅和士多店海报铺天盖地，声势浩大，连地缝里都有他们的宣传。而且他们还组织促销队，帮助分销商做深度分销，铺货、产品陈列、张贴POP（指商业销售中的一种店头促销工具），一通大干！现在已经覆盖绝大部分士多店……S集团也没闲着，他们招兵买马，硬是把两家啤酒商发展成了自己的经销商，上礼拜一N一S的促销大战打得好激烈……"

荆天嘚啵嘚啵地说着，声声入耳，把我心底的傲气召唤上来了，"去他大爷的，打翻N很难吗？先别说销量影响薪水，单单做砸市场这一条，自己就没脸在集团混啦。今年拿三流市场练手，业绩做起来，明年挂重庆去！现在，谁也甭想埋汰咱，只当从底层起步，来一个二次长征！嘿嘿，我不信邪！"

也是啊，越是深陷困难，骨子里桀骜不驯的干劲儿越是叫我迎难而上。行，联手荆天团队努力干！我拍了拍他的肩膀，一句话也没说，只是给了他一个笑脸。

行李往酒店一扔，我便跟荆天和他手下的三个业务员商量市调的事儿。A集团有"北齐南郑”之说，是指北方齐总与南方郑总两位销售老总，二人以铁脚板著称。他们下市场做市调，从来都不辞劳苦，不掌握情况绝不鸣金收兵，而且不随当地业代制定的路线拜访，游走路线忽东忽西，有时专找城乡接合部调查。铺货、陈列不到位，销售团队可要触霉头，他们在销售人员的耳朵边跟电吹风一般，数落个没完没了，所以当地业代只要听说北齐或南郑来考察，大都腿发软。

齐总是华北销售公司总经理。无人能攻下北京城，他带一票人不分白天黑夜，从酒店特浓奶起家，得手后再进攻KA商超，仅两年光景，便跟本地巨无霸——B——分庭抗礼了。说来易，做来难，其显赫战绩无人匹敌。

我在集团销售会上有幸结识齐总，慕其本事，特意亲近，现已是知心挚友。老话说得好，临着臭茅房只长狗尿苔，挨着金銮殿就长灵芝草，跟齐总这等高人混，一句话都能让人长进三分！眼下做市调，新学来的本事正好派上用场。

站在酒店门口，我打量起这座城市。街道整齐，行人摩肩接踵，店铺鳞次栉比，大红灯笼高高挂在人行道两侧，似乎在告诉我们，春节近了。道路两旁种满法国梧桐，若是我有个好心情，即使梧桐枝因落叶而变得有些赤裸裸，看着寒碜，我也许都会想，每一片金色落叶都像是一盏飘摇的许愿灯，让思绪乘着它飘到很远的地方……但现在却是以焦躁的心情值班，所以我看着一棵棵梧桐树，只感觉那洒脱的枝干，亦都僵硬，不再柔软婀娜，而叶子的离开，是因为风的追求还是树的不挽留？

……

思绪很快被电话打断：“雨总啊，听说你已经到了荆天那块儿，呵呵，还请多多支持啊。”

“哟，荆总啊，荆总您好！呵呵，您太客气了，荆天的事也是我的事，我们俩业绩拴一块去了……好，您放心吧。”

撂下电话，行了，别发闷骚啦，赶紧行动。

从市中心到二线商圈，再到小区士多店，最后走访城乡接合部，一圈逛下来，情况越发不妙，N乳业下了苦功夫！产品在士多店的陈列规规矩矩，随便拎起一瓶奶，生产日期大都是两周之内，哇，渠道通畅，消费群给力啊。再跟店主聊聊，人家推荐奶制品，毫不犹豫首推N。

走着走着，我心里升起一团疑云。按说一个成熟市场里该有伊利、娃哈哈、光明等大品牌外加几个地方杂牌在一个槽里厮杀，但为啥这儿只有当地牌子独占鳌头，其他大牌却不成气候，它们都跑到哪儿去了？

晚上跟荆天团队吃了顿闷饭，食之无味。回到酒店，我坐在椅子上，感觉眼前全是N乳业的产品晃来晃去，思量半天，无解。从哪儿打开突破口呢？冷静想想，自己独立做快消品市场经验不足，向高人请教才是正道。

好，马上给远在千里之外的齐总挂电话，占线；过会儿再打，占线……最后拨通时我都急眼了："老大，电话总打不通，跟情人发骚呢吧。"

"老人家我忙得要死啦，今天厂子被质量监督检验检疫总局查出价值60万的早产奶，要罚300万！"

"啊，300万?！5倍，5倍罚款?！早产奶不就是为了延长保质期，把生产日期往后多打几天嘛，又不造成危害，行业潜规则，值得总局兴师动众嘛。"

"局里朋友说内部有人举报，不知道被哪个王八蛋点炮了。"

"现在怎么办？"

"转移仓库，再找人铲事儿呗。"

"能行吗？"

"怕就别做事啦，只是查内鬼头疼，还要想办法。"

行了，赶紧问正经事吧："老大，四川的D市知道吧，山多人散，物流不畅，一个地方品牌居然在此霸市，大牌不见踪影，怪事哦，那些人完全笼住了当地大经销商，组建起经销商联合体……咱一时半会找不到合适的经销商，市场水泼不进啊，教教我吧。"

"我还当出了多大状况呢，尽是鸡毛蒜皮的破事，呵呵，说你小子什么好呢？井底之蛙有点儿狠，算了，用鼠目寸光形容吧。你对全国乳业征战格局不了解，现在乳业主战场是北方豪雄对阵南方巨头，几大品牌的鏖战沙场在北方！"齐总还是那副嘻嘻哈哈、调侃起我特带劲儿的样儿。

"哦，干吗在北方市场决战？"

"呵呵，瞧瞧这智商，你IQ卡欠费了？算了，给你充充值，好好听啊。北方豪雄用'天苍苍，野茫茫，风吹草低见牛羊'的健康概念席卷消费者之心，一统北方市场，再挥师南下，在南方攻城拔寨，把南方巨头打得苦了点。今年南方巨头感觉一味守江山是被动防御，不如把主战场搬到北方去一决雌雄！"

我有点开窍了："哦，北方豪雄把在北方市场赚到的钱，源源不断地投放到南方，逐步蚕食对方市场，所以南方巨头被迫改弦易辙，做战略调整，把战火烧到对方地盘，以攻代守！"

……

我这才明白，原来北方豪雄杀向南方市场，势力还未涉及远离成都、重庆的D市，今年又碰到主战场在北方，几大巨头无暇顾及，所以才叫本地牌子这几年一枝独秀。看来我还没接触到企业年度策划全案，而仅局限于一城一地的战术层面，自己要提高的地方还多着呢，"好，问题有正解，但要以最快速度干掉N乳业，有好招不？"

"你小子一路蹿红，挺能耐嘛，怎么刚到市场就认㞞了？嘿嘿……"

"去去去，别打岔，听我说。其他地级市都是由一家经销商做总代，下面再找十几个二批，照此搭建梯级销售网络。D市乳业本不发达，N乳业又把本地大经销商一网打尽，搞了一个经销商联合体，我们愣是在市场上找不到一个同行大经销商，你说，没经销商怎么做？"说到气愤处，我不禁骂起街来。

齐总笑嘻嘻地说道："呵呵，我们雨总可是老板跟前的红人，你去问老板怎么做市场啊。"

"去去去，说正经的呢。"

"真想知道破解之道？"

"唉，短期难找到有渠道、有实力、有信誉的经销商，你赐教吧。"

"找不到经销商，还待在D市干吗，浪费差旅费，不如打道回府呗。"电话那头，阴不阴阳不阳地飘来一句。

听不下去了，哪能总被人家吊胃口呢，我哼了一声："废话，揭谜底吧。"

"本人已成仙，要本仙出场需送烟！没回报谁干活啊，你的口头禅。"齐总冷不丁地冒出一句。

我当时便愣住了："哥儿俩不分彼此，谈啥回报啊。"

"听说你在工程部天天抽好烟，各地名烟源源不断，给哥哥留点儿行不？"

不说还好，他一提及，我不禁破口骂道："去你大爷的，我上供的还少吗？"

听筒里传来坏笑声，能不坏笑嘛，反正是我有他就有，谁叫我钦佩他的做人和销售之道呢，算半个师傅。言归正传，齐总娓娓道来："他们垄断经销商资源，你就搞定二批嘛！经销商靠二批发展渠道，你照方抓药，先找体量大的二批牵头，组建二批联合体搞垄断，绝了经销商销货渠道，釜底抽薪，懂不？”

哇，一语点醒梦中人，是啊，经销商跟厂家叫板无非依靠三大资源，熟悉市场、销货渠道和资金运作。尤其经销商给厂家打货款，大都也靠二批凑，我们挖走二批，好比点中经销商的穴道！

交流无极限，我专心致志地听齐总传经布道：“以前快消品运作是先找一家地级市总代，负责市区和所辖县镇，产品先送到总代仓库，再由总代分配给二批，但这会导致三点不利：1.二批利润不够；2.礼品放给总代有截留，或被私自卖掉，影响促销成效；3.业务员只和总代沟通，市场反应慢，长链式渠道模式的中间环节多，会摊薄渠道成员利润，产品价格失去竞争力。没钱赚谁有动力？所以市场有渠道扁平化趋势。”

“渠道扁平化是摘掉某个流通环节，重心下移？”

“对，干掉地级市总经销，实行多分销商制。厂家资源落到实处，渠道成员利润增厚。虽然每个分销商所辖区域变窄，只管辖一县或一城区，但少而精，才更能深度覆盖市场，从而增强市场战斗力！”齐总的点拨恰到好处。

在电话那头的笑声中，我开窍了。

请教完，正要道别，却听到齐总不紧不慢地说道：“老逸忽悠来忽悠去，整天围着老板和汤总打转，他在张罗央视投标的大事儿，可你连个边儿都沾不上！哼，搞不懂企划部未来有什么广告业绩拿得出手？！”

“唉，资源被那兔崽子一手把控啊。”我没好气地回道。

齐总发了善心，他开始讲故事了：“行，给你说说外面的世界有多精彩啊。爱普生打印机是《中国娱乐报道》的指定赞助商，每期节目最后有抽奖，厂家提供一台彩色打印机，主持人李霞每天花30秒绘声绘色地描述产品，费效比划算啊，广告效果杠杠的！老逸没干这事，企划部为什么不在地方台效仿？再说件事。《北京晚报》新推图片新闻板块，Y集团马上联合报社，免费邀请30位消费者到生产基地参观，以图片新闻形式报道了现代化流水生产线，无尘灌装车间，闪蒸技术等，表面是消费者在参观，其实是读者群通过新闻报道跟随参观。小雨，看看人家的软性品牌建设，你就没点儿想法？！”

“想法不错，但没啥了不起，我一伸手他们都得靠边站！”听完齐总推荐的案例，我打心眼里七个不服八个不忿。

齐总没理会我说大话，他又使上了激将法："小时候，我们是祖国的花朵，岁月流逝，有人开花，有人结果，有人开枝散叶，还有人桃李天下。可偏偏就有这么一小撮人，他们最后长成了奇葩和活宝……你在北京广告圈号称也有一号，要是干不死老逸，就是活宝一个！"

嘿，我默然了。

还能说啥，狠狠把手机往床上一摔，懊恼得不行！我太强调客观原因，只知道广告被老逸霸占，两年，却不知主动争取！我有传媒圈经历，搞个图片新闻报道，算什么啊！自己傻等老板派广告任务，笨死了！还有，我口口声声教大家，企划部好比是自己开的广告公司，我们以创业者心态去打工，承接A集团企划任务，猛干活赚大钱。哼，道理说得多漂亮！现在老逸单枪匹马哪能垄断资源，他忙不过来，我却不知带领团队伸把手?!呵呵，有时觉得我是八戒，以为自己站在路灯下就是夜明猪了，其实啥都不是!

当然，包括那时的我在内，很多职场人喜欢等待机会降临，却不知主动争取，更不清楚如何主动争取。经齐总点拨，原来我是被客观因素唬住了。看来过去是有主观能动性的，但做得远远不够，教训深刻。

好，认识错误，下面努力检讨吧。

企划是为经销商制定促销政策，广告是向消费者传播促销消息，二者既有联系又有不同。现在，地区性广告由于项目多且分散，需要大量人力深入一线支持，所以广告部势力远未能覆盖二三线城市，这正是施展拳脚的好机会。再加上经销商所需的策划业务又以企划部为主力，如果我们主动出击，彻底打通基层终端的企划与广告之间的隔断，在广告部统治薄弱地区建立"广告发布根据地"，岂不是能自己蹚开一片新天地!

静心思索一番，我借鉴运用了毛主席的内外线作战思想。企划总部今后务必开展两线作战：

1.内线扎紧篱笆：继续招兵买马，整肃队伍，高质量完成企划工作，不断提升部门在集团中的地位；

2.外线主动出击：做事有眼光，主动配合销售部与经销商做好本地广告，将各项小型广告项目收为已有，不怕多干活，就怕没活干。在二三线城市，今天做报纸，明天搞DM杂志（即直邮广告），后天便是户外，大后天进攻广播，最后围剿电视。企划部将步步蚕食广告地盘，最后形成农村包围城市态势。更妙的是，在农村基层还能锻炼出一支广告团队。

嘿嘿，今后广告部再来看看你家蓝爷的手段吧，他推他的全国广告发布，我做我的终端地面推广，以后便是内外线夹击，不给对手喘息机会，狠狠打击竞争对手！嗯，检讨来得及时。

拿定主意后，我兴奋得把床上的枕头一脚踢到地上去了，呵呵，管他几点呢，马上给上海的陈东挂电话："哥们儿，忙啥呢？"

"老大好，集团启动上海市场，天天加班哟，老大你也不带人过来支援，呵呵。"听起来，陈东情绪饱满，嗯，像个干活的样儿。

"那是，蚊子都上班了，咱们还没下班呢。算了，先不扯其他，今天我想明白一件大事，跟你说道说道。"

"好，我拿本子做记录。"

"过去企划部以销售为中心，策划大量促销方案，今后加一条，为经销商策划品牌推广活动！纸媒为迎合读者与客户需要，时时改版，这是切入机会。咱们要研究强势媒体的特点，找到合作的契合点，也许投入很少便能达到事半功倍之成效。老逸在上海纸媒投放大量整版、半版、通栏等硬广告，但肯定顾及不了那些起效慢、费时费力的宣传模式。巧了，咱正好以迂为直，从新闻、图片、专访、评论、专栏等软性宣传入手，努力在上海及周边城市群有效发布促销信息，建设品牌形象。至于广告费嘛，可向销售部申请，或从经销商身上拔毛……记住，多贴近各大经销商的促销广告需求，打通企划与广告隔断，但不要跟广告部有正面冲突！好了，我会尽快写好操作规章，企划部今后将涉足区域性广告传播领域，明天你快递几份报纸和DM杂志，呵呵，咱们分广告部一杯羹再说！"

"明白，广告部总想吞并企划部，但谁说我们就是他们嘴里的猎物？哼，以后说不准猎物变猎手呢！先叫广告部吃肉，我们喝汤，以后再灭他们！"

呵呵，我喜欢团队成员同仇敌忾、枪口一致对外的干活态度，大涨威风，赞！

接着我又在企划部的QQ群发布消息，引来一片喝彩声。从此，我以更主动的心态投身工作，企划部开创的基层终端广告推广领域，也逐渐成长为一股集团不可忽视的广告力量！

当然，美猴王跑不出佛爷掌心，老板的双轨制厉害啊，我和老逸各领一拨人马，天天开兵见仗，打得天昏地暗！由于竞争惨烈，到后来竟发展成只能各领风骚几个月的境地！呵呵，老板和汤总是顶级管理高手，无比佩服！

敞开心扉

解放战争期间，毛主席高瞻远瞩，指挥刘邓大军千里跃进大别山，打到敌占区，这是他老人家所说的外线斗争，为的是内外夹攻，敌人必败！从战术上看，第二野战军跃进大别山并不合算，他们不仅要在敌占区完成无后勤保障的千里迂回穿插，而且部队大幅减员。但从全局着眼，这是棋高一着的妙手。战争中，重要的是“取势”，如果仅仅是粟裕在内线歼敌，等待敌我力量转变再进行战略决战，此为正统兵法，没几年光景解放战争不可能打完，所以主席才有跃进大别山的伟大战略构想。

主席预计了三种情况：一是付出代价，站不住脚，被打回来，山东丢一半；二是付出代价，站不稳脚，周围打游击；三是站稳脚跟，便可东慑南京，西逼武汉，南扼长江，瞰制中原。卧榻之侧，岂容他人鼾睡？蒋介石必将调动进攻山东、陕北的部队回援，这对机动兵力已捉襟见肘的蒋军无疑是雪上加霜。主席认定刘邓大军长驱直入，一举插进敌人战略纵深地，而后在农村建立革命根据地，以农村包围城市取得胜利是完全可行的。

事实证明，千里跃进大别山，恰似一把利剑插进敌人心脏，它同各大战略区的反攻连环配合，形成巨大攻势。从此，解放军由内线作战转为外线作战，由战略防御转入战略进攻，完全扭转战争态势，国民党几大王牌集团军迟迟无法集结展开战斗，最后被各个击破，老蒋一败涂地。

有人曾抱怨，公司就像一棵爬满猴子的树，位置在高处的猴子往下看见的全是笑脸，而位置在低处的猴子往上看见的全是屁股！其实这类抱怨毫无用处，倒是可以想想如何在最短时间内爬到最高位置，这个命题是蛮有挑战性的。

还是那句套话，苦干加巧干，我们开展工作，完全可以学习毛主席的内外线战术，既做好内线本职工作，又能主动到外线找新任务，替公司分忧，如能有始有终地执行该策略，每年一个职场飞跃，非梦想！

讨论大会

放下电话，我长出一口气，唉，脑袋疼，也许事情想多了吧，挠挠脑壳，才发现头发三天没沾水了，还等什么？马上洗澡去。

可刚打上洗发水，手机又响了，声声入耳！谁不开眼啊，专拣人家洗澡时打电话，我的小辫子还没洗呢，真恨不得把手机直接丢进马桶冲掉算了！烦归烦，骂归骂，没办法，我心里装不下事儿，只好三下五除二连冲带洗，浮皮潦草收场。穿衣服，擦头，编辫，看到是赵一笑的号码，不埋怨了，马上回拨，"一笑，啥事？"

"老大好！各分公司企划部的很多策划师都下市场了，他们按照你的要求，全力搜索近期特色促销方案，今天全汇总上来了。"

"呵呵，套用小黄的口头禅，敲开的木鱼——合不拢嘴啊，快说吧。"

"那我也套用小黄的另一句口头禅，水兵的汗衫——尽是道道。您看，这帮家伙真能琢磨。安徽淮北经销商两个月前设计出一款独立塑封包装，内装4瓶500毫升高钙奶，拎起来方便，送人体面，批发价21.5元/袋，零售25元，呵呵，新包装一炮而红，今年销售任务已超额完成20%！"

我心中一动："哟，不就借鉴了可乐的一款新包装嘛，业绩至于那么火吗？搞不懂，有点儿越干越糊涂的感觉，好像看不懂销售门道了呢。"

"故事的高潮在后面，淮北边上的宿州经销商是个机灵鬼，他跟企划部做事一个路数，借鉴再提高。他们开发了100毫升、300毫升、500毫升三个类型的独立塑封包装，还附带装一条烟的空间，送礼最好不过，实效极好！"

恍然大悟！集团年初推出带提手的纸箱包装，方便整箱购买，但整箱是12瓶、24瓶或48瓶装，分量重，不适合送礼。于是机灵鬼做了改进，包装更豪华，提拿更方便，走红市场顺理成章，至于锦上添花的装烟包装，更有送礼针对性……看来自己在快消品市场还缺历练呢。

电话那头，一笑继续说道："还有几个特色推销方案，老大你听听。S集团的经销商做武汉市场有怪招，业务员在服装市场发宣传单，他们把单子悄悄放进未卖服装的口袋里，一出手便是成千上万份；Y品牌的经销商做福建市场有绝招，赞助县城学校文艺表演，策划‘小店经营故事’的节目，捆绑产品卖点，宣传诚信创业，灵活经营，创造儿童口头流行文化，扩大在青少年群体中的影响力；城里有很多中老年秧歌队，每周都有各类表演，湖南本地一品牌花很少的钱赞助秧歌队，Logo（商标）上身，业务员随队发传单，娱乐夹带做推广，效果好；湖北当地一果奶品牌给游泳培训班赞助果奶，他们看中游泳班是儿童集中地，课间休息喝奶解渴，还补充能量，等这群儿童养成口味习惯，回到学校能带出一批消费群……”

嚯，听完一笑的促销汇报，心里有谱了。脑海里不禁浮现出那张黝黑的大脸蛋子，剑眉下，一双笑眼，笑起来撑都撑不开，好喜庆的模样。记得他进部门第一天，腼腆谦卑，试用期除了干活勤快，剩下的表现大都是思维上缺章法，做事欠重点。工作自信？没有啊。但这小子好学肯干，瞧他刚才露的那一手，秉承了企划部不汇报则已，一汇报就是绝活的风格，可喜可贺！

挂上电话，还真有点儿自鸣得意呢，呵呵，自己不会、不懂、不明白都没关系，关键是找到一条让自己快速成为高手的通道！无疑，过去掌握的办事方法，今天再立新功！当然，团队也非常给力！

刚嘱咐完一笑继续收罗促销案例，广州公司企划部王小辉的电话又打进来了：“老大，刚发生一件事，你快帮我拿拿主意吧。”

“别急，慢慢说。”我感觉小辉的声音有点儿慌乱。

“这两天跟胡总下市场，下午在韶关新丰开订货会，晚上我有事请示胡总。他房间门没关，搭着我着急了点，推门就入，结果看见胡总抱着财务部一女孩在床上打啵儿。我的妈呀，尴尬啊，进也不是，退也不是，都不知道怎么出的门！老大，现在怎么办？胡总不会给我穿小鞋吧？”

“哎哟，不知道胡总还喜欢这口啊，有点意思，他们是真枪实弹吗？”我随口问道。

“眼睛没吃到冰激凌，好像才开始，但胡总爪子不老实，上下其手……”

“喂，喂，喂，我身边没女的，受不了刺激，直说吧，他们看见你啥反应？”

“胡总好像没事，挥挥手，意思是叫我滚蛋。女孩害羞，一脑袋扎进枕头里。”

小辉勾勒了一幅春宫图，有想象空间哦。哎哟，我心里好不平衡：“兄弟我带着企划部冲锋陷阵，胡总你却春光无限啊……”

见我不说话，小辉着急了：“老大，快拿拿主意吧！我不会滚蛋吧？！”

“遇事莫慌，换位思考啦，如果你是老胡，被下属撞见艳事，希望他怎么办？”

小辉边想边慢慢说道：“秘密烂心里，见怪不怪，今后跟平常一样。”

“小样儿挺聪明，呵呵，芝麻粒大的破事啦，咱们将心比心嘛，你不放心上，他才不放心上哦。不许告诉第二个人，明天见面多请示、多汇报，表情自然……”

一番安慰，小辉这才收起诚惶诚恐的心。在A集团历练两年多，能力、阅历的进步，可谓一日千里，处理各类事手到擒来。

胡总的事儿，我不感冒，因为来A集团的奋斗目标是学本事。就像那次集团在武汉开会，晚上到客房找廖总汇报工作，结果撞见秃头廖总来开门。哦，原来平时廖总戴假发示人啊。吃惊之余，我视而不见，照常汇报，事后也不八卦，没兴趣。

值得庆幸的是，当初制定的招聘政策够英明！如果那个女孩出自企划部，这事管不管，伸手管又如何管得妥帖？呵呵，一群相貌平平但怀揣梦想的圣斗士们云集的部门，甚幸甚幸！

赶紧忘掉琐事。沏好一杯茶，我站在窗口，眺望绚丽夺目的霓虹灯，脑海里充斥着建二批联合体的事儿……想着想着，思路清晰起来，目的是打破竞品垄断，以利诱之是核心。执行可分6点：

1. 专售A集团产品，不得经营同类产品。
2. 成员只能在本区域销售，不得窜货。
3. 须缴纳保证金。
4. 一旦发现销售竞品，取消部分返利。
5. 给其较高利润空间，超过N乳业。
6. 为联合体制定年度销量和阶梯返利政策。

嗯，虽然给二批的定心丸有甜有酸，但保证总利润逐年递增。

正想到兴奋处，黄川小黄电话来了：“老大忙什么呢？”

“下市场嘛，正在四川D市活动。”

“有空吗？”

“说。”

“我表弟在T集团做冰红茶销售。今天公司让他选销售区域，北京昌平、朝阳二选一，朝阳竞争激烈，任务量又是昌平的5倍，但昌平市场基础弱，半熟夹生，两个区域各有利弊，老大有空的话，帮忙分析分析。”

我略一沉吟，有想法了：“哥们儿，上目标细分法吧。咱们分四点做评判：1. 产品形象。昌平离市区太远，而朝阳是CBD（中心商务区）核心区，圣地啊，地段决定产品形象，朝阳肯定比昌平形象高大；2. 重视程度。核心地段做销售，一贯被立为样板市场，形象窗口，总部加倍重视；3. 精英团队。厉害人物往往放在重要岗位，一干精兵强将云集，你表弟混迹高手团队，收获大于天；4. 销售业绩。朝阳销量远大于昌平，他一年在朝阳做100万，或在昌平做20万，老总会怎么想？也许完成昌平的销量指标更难，但在快消品行业，业绩高低永远是王道！借助好市场抬升自我形象，呵呵，此为正解。叫你表弟好好干，练就一身本事，做到销售大区经理，身价该是30万起……”

“林冲误闯白虎堂——单刀直入！全明白了。其实，我也建议去朝阳，但好像是钢镚儿当眼镜——看不透……”小黄笑嘻嘻地挂上电话。

带团队不易，公事私事都要管，还要管到位，笼络人心与鼓舞士气并非一句空谈。可挂上电话，我脑子溜号了：“齐总的提醒很重要，今后我不仅要做好内线，而且还要发展外线打击力量，但现在我却在四川做销售，无暇顾及正事，这可怎么办啊？”

在A集团第一次感觉精力不济，好像并非每件事都有时间做透！想半天不得要领，浪费时间。算了，在通盘没想明白之前，继续干活吧。

天下哪有全占便宜的好事，很快，我又想到三点风险：

1. 作为非重点市场，销量起不来，二批减少的利润如果由集团做点儿补贴，需政策支持。

2. 二批打保证金有顾虑，影响市场开发速度，但集团硬性规定不能违反。

3. 组织、管理二批联合体的工作量，远超管理经销商联合体，考验很严峻。

想着想着，我觉得倦意阵阵袭来，路上喝凉水吃面包奔波半天，下车后马不停蹄走半天，晚上一口气又忙半天，就是铁人也要给点儿充电时间啊。呜呼，真想马上爬到床上去！想法太诱人啦，但明天团队等着我来分析市场，拿出应对策略，现在钻被窝，明天怎么办？

没办法，想出人头地就要吃别人吃不了的苦，受别人受不了的罪，熬别人熬不过去的关，哈，没有金刚钻就别揽瓷器活，没有金箍棒就别穿小短裙！冷水洗把脸，点上烟，让困难们来吧，咱啥也不怵！嗯，不用招呼，困难真来了——“洽谈二批，他们会提十大问题，销售如何回答？”

其实，干好每件事挺简单。思考，思考，持续思考，包括借助外力等招数，无所不用，直至将事情完善到令人激动不已为止。凌晨两点，外面华灯谢幕，答案落到纸面上。

碰一鼻子灰

第二天一大早，见到荆天他们，几个家伙依旧蔫头耷脑样儿，我洒脱一笑，拉过荆天坐下。简略说完思路，众人有的点头，有的默不作声。事情没说透，大家有想法情有可原。我开始展示昨晚的劳动成果了，“哥儿几个想想，二批会提什么问题？如果咱们说辞有理，说服他们也非难事。”

“我现在做得一帆顺风，为什么要重新创业做你们的代理？”坐在荆天左手边有个小伙儿，自来卷的头发，瘦削的面孔，一双丹凤眼很明亮，这是荆天的得力助手小钟。

“问得好！我从三个方面回答：1. 看产品前途。N乳业与A集团的成长性孰大？二线品牌从知名度、品质、产能供应、人员配比和成长性上都没法与一线品牌对抗。打个比喻，二批跟随二线品牌做市场，好比乘竹筏大海捞鱼，他们想开机帆船捕鱼不？ 2. 什么叫重新创业？二批在N乳业销售体系中还是二批，上面罩着六大经销商，成长性从何谈起？但二批在A集团销售体系中则是二批联合体，可向厂家直接打款和拿货，身份是准经销待遇。谁市场做得出色，谁就可能成为代理商，事业大踏步前进。3. 什么叫利润？二批口中的利润，是养家糊口式的浮利，经不住风吹雨打。所谓满足持续、稳定、高额三大条件的利润，才能称为稳定利润。人无远虑，必有近忧，全国一线品牌没在D市发力，造就山中无老虎，猴子称大王的局面。表面安稳，实则暗流涌动，与其等待重新洗牌，不如未雨绸缪！”

荆天帮我沏杯热茶，递过来问道：“你们说得好，但A集团如何确保我这块利润不受损？毕竟全家人和几个业务员都指着这碗饭呢。”

“确保利润，需要双方共同努力！单指望集团出力不现实。我只想说个现象。A集团创牌至今，销量年年翻番，经销商与二批数量猛增，他们跟随集团发财，为啥D市二批就不行？众所周知，乳品购买率由三方面因素支撑，口感占60%，价格占20%，品牌和包装占20%，咱们的产品是否叫座，可以安排‘产品盲测’嘛。”我端起茶杯，意味深长地冲荆天挤挤眼。

昨晚的得意之作，今早摆上来，果然听到了声响，“对啊，盲测是好玩意儿，以50杯为一个盲测单元，小钟你负责落实。”荆天举着本子兴奋地喊道。

所谓产品盲测，有多种做法。基本做法是将多种品牌的牛奶分别倒入一次性口杯，请消费者免费品尝打分，得分多者口感更佳。因消费者看不到包装，没有先入为主的品牌印象，故盲测准确率颇高。实践是检验真理的唯一标准，企业联合二批做盲测，是想给予渠道商销售信心。

荆天话音刚落，小钟又提了个问题：“光有盲测说服力不够，我们做代理没问题，但不交保证金。”

荆天团队除小钟活跃外，剩下俩闷葫芦，跟木头似的。内向且不善表达的性格怎么适合做销售？也许急于冲业绩，我动了裁人的杀心！但嘴上淡淡回道：“冲货是二批最头疼的事儿，后果是价格体系崩溃，大家没钱赚。企业收保证金，上不能发财，下不能保本，其作用是保护大家的合法权益。试想，有人窜货该受罚吧，罚金先交与后交，怎样做更具威慑力？”

荆天递来一根烟，发问道：“只能销售你们的产品，这条勉为其难。先让我做代理，再蚕食N乳业市场是不是更好？”

我撇了撇嘴，“呵呵，咱要是二线品牌，确实该徐图慢进，但像可口可乐这类强势品牌杀进新市场，玩的是横扫！一线与二线品牌身份不同，骨架不同，志向不同，进攻思路和做事手段大有差异，你说呢？”

“就怕二批商看不到大局，只顾蝇头小利，前期销量万一没起来，担心啊。”小钟吐口气，忧心忡忡地说道。

眼睛一扫这帮人，有的用手揉眼，却不困倦；有的腿弯曲，使劲儿往里缩，这些小动作出卖了他们心存怀疑的想法。也是，昨晚仓促想到的理由，存在不接地气的地方。嗯，屋里气氛有些压抑。

忙晕了头，咱也曾是销售冠军啊，现在怎么成了菜鸟？去他大爷的吧，我使劲儿一拍大腿，“咱们是道理在前，利益在后，前期利字当头嘛。我到销售大区申请变更政策，把经销商的销售政策下放给二批，获利空间够大吧，再给一些铺货特别政策，双重大礼，人人欢喜！”

在A集团的价格体系中，经销商享有16%的毛利，分给二批的毛利不超过10%，而终端独享厂家给予的11%平均毛利。如果二批享受经销商待遇，光是进货利润就能立刻领先N乳业三条街！难怪荆天和小钟闻言，互相对望，眼睛亮了，一脸幸福样儿，也许这帮小子早想到了，就等我揭盖，哼，狡猾小子要不得。

早会一散，大家分头行动。但众人下午回到酒店，七歪八倒，疲惫不堪，出门前意气风发的劲头儿根本没带进门，还是那副蔫头耷脑的㞞样儿。

这个抱怨：“四个分销商，三个送货不在家，一个爱答不理的，说半天，他像聋子，没法沟通！”

那个叹气：“有人说二批联合体听不懂，等渐成气候再来谈……”

“这不算拒绝啦，我碰见的这位，问了仨问题：N乳业不如你们牌子响，但人家是本地牌子，A集团地盘遍及四方，东方不亮西方亮，万一在这头开拓不好，你们拔腿走人，我们唧个办嘛？N乳业走不脱，我们放心哦；对喽，你们前期有没有铺货、陈列、广告支持？N乳业帮铺货，你们咋办嘛。还有，进货返利有多少……我没讲完，他就像轰瓜娃子一样赶我出门喽。”

还有更多诉苦声在等我听：“组建联合体先不打保证金，有效益再打好喽。没有广告投入，谁会相信真心做市场嘛，你们会不会边做边看，拿我们二批当炮灰嘛……”

“还有抱怨产品比N乳业贵的，说现在代理我们产品，宝气！哈戳戳的……”

“我遇见的这位大姐，属知足常乐型，她跟我说了一组正反概念，正面是做N乳业好哦，货源稳定哦，口碑好哦，利润好哦。反面是要真做你们的产品吧，唧个还要重新铺货、重新推销、重新陈列嘛，而利润说啥子嘛，看不到嘛。我不爱折腾哦，太累太累。聊得乱麻似的，谁也没说服谁。”

大部分职业人抱怨起来都口若悬河，把困难说得比天大比海深，至于吗？大老爷们儿跟林黛玉学，弱不禁风的神经想在市场的疾风劲浪中挺直，哼，什么玩意儿啊。泰山压顶不弯腰，才是真汉子！看着这帮人垂头丧气的样子，我有点不屑了。

遥想当年我在报社做业务员，有些同事被客户轰出门，回来不是总结败因，思考破解之道，而是谩骂客户冷漠无德，这帮人骂起人来山呼海啸，想起事来哑口无言，纯属图嘴巴痛快。发泄完下班，第二天起来接着抱怨。其实，成功说穿了就是，职场人不被困难压住，拿出抱怨时间想对策，年年升迁，易如反掌！（注：详细论述请见拙作第一集）

当然，我也遇见过类似困难。有个二批说："顾客口味不同嘛，N乳业和你们的产品都挺好，我想一起代理，把鸡蛋放在不同篮子里。"

我说："娃哈哈的宗老板有句名言，'把鸡蛋放到最稳妥的篮子里。'做5个品牌，表面都挣钱，但没深度，得小钱而失大利；深做一个品牌，把市场打透做透，垄断市场则意味暴利。A集团在江西某市处于霸主地位，一年近2 000万销量，这叫垄断暴利……"

但人家只轻描淡写一句："谁都想垄断，但做市场不是你说的那么容易！"一时半会儿跟他掰扯不清。

实践证明，我把问题想简单了。

会开不下去了，于是我喊大家先在酒店休息，晚点儿再开会。利用这当口，我坐在酒店大堂给四川大区销售老大钱总挂了个电话："钱总好啊，呵呵，对不住，晚上还打搅您。我是企划部蓝小雨，集团把我挂到您地盘的D市，呵呵，希望多多支持。"

听齐总念叨过老钱，精明势利，见人三分笑，是商超标示牌——特惠（会）装。果然，电话那头传来浓浓的川音，听起来好不热情："哟，企划部老大啊，您该先到成都考察指导工作嘛，呵呵，D市还用您亲自出马指点江山嘛，好钢用在刀刃上才对嘛……"

寒暄完，等我寻求政策支持时，这家伙就打太极了："雨总，不是不肯帮忙哦，公司有政策，二批要拿经销商进货价，需要打报告特批哦……"

"是不是去西南销售公司申请政策？"

"对头。"

"行，我去找卢总讨政策，呵呵，到时还请钱总您多多支持。对了，协助二批铺货，咱们能否出点儿铺货队帮帮忙？哪怕一周都行。"

"这个嘛，雨总的事当然要全力支持，恨不得明天就派来队伍。可事不凑巧，公司统一部署扫荡成都，昨天廖总还亲自过问，暂时抽不出人来哦。”

“那铺市前，广告费能否从市场费里给兄弟留点儿？”

“呵呵，说到广告资源，雨总该比我清楚哦，这次西南岁末投放的促销广告，是老板从其他地方挪来的，逸总报老板批准后才能执行，谁敢碰哦。”

嘿，条条理由硬邦邦！广告费的确划归他管，但市场费也包含一些地面推广费嘛，掌握在大区经理手里，可自主支配。哼，这家伙蒙谁呢，半个子儿都不给！扫兴！败兴！

挂上电话，心不甘，又给卢总去电话。这位老大很有来头，创业元老之一，听说是因为人际斗争不得志，前年被贬去做西南王了。他也曾在集团趾高气扬过，呼风唤雨过，对我这类新晋后生的请求，谈不上尊重，几句官腔便草草打发了。

嘿，连碰两鼻子灰，我在西南大区玩不转啊。眼前人来人往，晃得眼晕，但没有一个是咱的救星。我长叹口气，脑袋枕着沙发靠背，双手胸前一抱，闭上眼，没了精神。看来光有老板首肯还不行，那只在总部有亮度。锵得隆咚锵，下市场一天半，未突破瓶颈，未带出团队，未拿到一毛钱资源……感觉马上要有一大波僵尸涌过来，但我连向日葵都还没种！想着想着，我开始着急了。

其实让我急的不是市场，而是时间！但得再给我20天，我一定能带团队启动市场，招商成功，打通渠道，启动促销，这些非难事。现在难就难在我明天要走，半拉子工作交给荆天团队，咱不放心！

我的脑袋和屁股好像又装反了，一个想法都憋不出来，不免内心大叫一声：“怎么办！”呜呼，换成企划部任何一个团队来操盘，三下五除二搞定市场，我都能轻松在旁喝茶。现在我要一晚上搞定菜鸟团队，一个月征服二批，一年对抗一N一S？我摇摇头，算了，还是去买包烟容易些。

点上烟，我蹲在马路牙子上看汽车，是多年养成的习惯了。看着一辆辆飞驰而过的豪华汽车，再对比自己的前程，看得越久，刺激越深。果然，半个小时后，我精神焕发！行了，指望他人救我，不如自救。

反正求人一回也是求，求两回也是求，我只好又向齐总求援：“老大，新困难是……”

“你跟老卢怎么谈的，重复一遍。”

“说完销售困难，直截了当提出想让二批享受经销商待遇，可话还没说完，他立马摆出一堆拒绝理由，解释都没听，电话被挂了。”

“呵呵，说你是傻子吧，到销售一线要说行话啦。你要政策的这套理由，谁听谁腻味啦！”

“啊，那怎么说啊？”我被齐总训得发蒙。

“销售老总天天都在对付下面人讨要政策的事儿，神经麻木了。你该把销售任务与政策支持挂起来谈，今年D市销量为零，明年确保完成100万，争取破200万，但需要一点政策支持。你不谈任务只谈支持，谁喜欢听？傻小子明白吗？”唉，在快消行业混，我有知识与经验的双重缺陷，像傻子不？在A集团谁敢说我傻，唯有这个“讨厌”的齐总！

见我沉默不语，他又补充一句：“光有奋斗目标不够，还要谈确保措施！人家凭什么下放政策？你得让卢总感觉100万任务不难完成，呵呵，你傻也就算了，千万别再把人家当傻子啦。销售老大手上只有几个点的促销费，给了你，其他市场就得少给，他当然要权衡D市销量贡献够不够申请资格……”

我们又唠叨了一会儿，齐总答应帮忙游说卢总，争取谈出个一星半点的优惠政策。但广告费、铺货别动队都别指望，剩下就看我们的能耐了。

我把心一横，不管以后，只说眼前，唯有把这支瘸腿团队迅速打造成铁血部队，才能自救！豁出去，行动开始，我迈大步走回酒店。

进门重新召集众人开会，当讲到可能无政策支持后，小钟坐在那儿，腰弯了，胳膊支在腿上，两只手使劲儿揉搓，脑袋低得像山羊吃草。而荆天正好相反，直挺挺地躺在沙发里，仰脖直勾勾地盯着天花板，眼珠子一动不动……看到荆天的泄气样儿，我不乐意了：“遇见困难又怎么了？宁可被困难拍死也不能被吓死啊。你靠爹有本事，才顺利戴上经理帽，如果小钟他爹牛，你们位置对调！”

但转念一想，荆天这小子没经历过市场风浪，遇困难气短，人之常情。其实我现在也想歇会儿，洗头，捏脚，喝茶，逛街，冲漂亮女生吹口哨，这日子过得，爽得不行……算了，别瞎想了。

会场气氛很压抑，连个站脚助威的人都没有。我想了想，提议大家到路边大排档随便吃点儿，完后继续开会。趁这当口，我想洗个热水澡解解乏，唧里格唧，热水快来冲开我的榆木脑袋吧。

刚脱完衣服，随手拎进来的手机响了两声，原来是齐总发来条短信：“小雨勿急！想当初你被债主逼债，菜刀剁上桌，去卫生间被跟踪，但你扫平一切！没费用支持又算什么？身居高位，天天都是青春期，加油，集团最牛的总监！”

我足足看了三遍短信，不必豪言壮语激励，经历就是最好的榜样！好，咱不能跟着气短，摆平销售困境再放松，更有滋味！嗬，洗完澡，精神为之一振，我决定先扭转他们沮丧的态度……方法？有。

荆天带回一碗担担面，匆匆吃完。我站在众人面前手舞足蹈，来了一场励志演说，渐渐地，哥儿几个好像入戏了，神情有变化，挺直腰板坐起来，好现象。接着是讲解销售技巧：“销售核心无非两点，人情做透和利益驱动。人情做透有个基础，最短时间连续见面，一周见三次分销商，熟悉度肯定大过三周见三次……咱们的进攻策略应化繁为简，突出重点。D市有40多个大小二批，平均使力，人情短期混不熟。不如分为四大战区，集中兵力，先从一个战区拉队伍，然后逐一突破。一个销售只负责三个二批商，天天泡他们，帮他们干活，提供各种增值服务，两周后你就是他们的朋友！”

整整三个小时，我滔滔不绝，全情投入，以内容、声音和肢体语言感染听众，将销售四大绝招论述一番（相关内容详见拙作第一集）。话是开心锁，困难说开了，也就那么回事！再说还有实际支援行动，我打算调H分公司企划部的晓峰和子明助阵，他们经过酒店装修的历练，做事有点儿模样。当初曾许诺给足锻炼机会，现在正好派上用场，可谓一举两得！

荆天这家伙属猴脸的，听着听着，笑纹堆起来了，他被我的经历所吸引。当听说有人帮忙做事时，马上抱拳，“谢谢雨总支持，送炭的来了，送炭的来了！”

接过荆天递来的烟，我继续给大家打气，“招商成功的前提是利益驱动，没利润空间，谁跟你合作？这里说个小故事。石油价格暴涨导致汽车销量大减。日本一家汽车公司有一名推销员，他在美国底特律汽车市场做销售，面对犹豫不决的顾客，他准备了一套说辞：哇，油价高涨，只有不算账的傻瓜才会买。而我随大溜买了辆自行车，便宜不耗油，两全其美啊。上个月，我兴冲冲地骑车上班，路上整整耗费三个小时！我的妈呀，一到公司累得躺地上，打我都不想动。这可不行啊，被经理看见还了得？终于熬到下班，迈着沉重的脚步晃到门口，突然想起还要顶风骑回去，伤心得真想痛哭一场。这时我才明白，轿车无论如何不能少，买轿车的傻瓜非做不可！当然，最佳选择就是买省油轿车。因此，买我们车的都是最聪明的人……一席话说得顾客们点头称是，销量由此提升一截！”

“是啊，搬来发财案例游说分销商，好点子！上次到H公司开会，住在集团酒店，一路看到的集团1 001个营销故事，各个精彩曲折，各个发大财，看得我都热血沸腾，更别提经销商啦。”荆天边说边挑起大拇哥。

“经销商的发财史证明产品好，人气足，市场大，销售旺，这是经过实践检验的，比说一千句一万句都管用。二批做N乳业的人中谁发财了？都在混温饱，我们一正一反两个案例教育他们，给力！”显然，小钟也被我说服了。

想想也是啊，今天大家跟二批谈市场前景，鸡一嘴鸭一嘴，聊不到一块儿去！谈产品质量好，人家没感觉；谈售后服务优，他们没体会；谈口感上佳，还没盲测；谈价格，劣势不碰；谈品牌知名度，N乳业在本地赫赫有名！但可以聊聊同行发财史，为啥有人跑得又快又远？除了自身努力，选择产品是不是同等重要？话题瞬间活络起来。

好，马上安排企划部精编百大经销商发财故事，明天发电子版，打印成册送给二批看，哼，连我都受刺激，何况他们。先要认可我们的人，再细谈技术，这才是销售王道！

布置好宣传册的事，齐总电话来了：“你们那疙瘩不是重点市场，这两年属自然发展状态，没政策支持。”

刚才收到短信，我有预感。现在不好当着众人面掰扯，走出门才问，“老大，不是说渠道扁平化是市场发展趋势嘛，干吗不给支持？”

“你是不是为了看起来高些，才长了个脑袋？多动脑子多想想嘛，渠道扁平化不好做呢，目前也就是像两个可乐这种管理上档次的公司能规模化实施，我们还在跑马圈地，管理粗放。他们能实践不等于我们也能规模化实操，D市地盘小而情况又特殊，我才建议你尝鲜……老卢知道你小有名气，但对你的本事将信将疑，不给政策也能理解。”

“好吧，好吧，不扯啦，在开会。”我气呼呼地挂上电话。呸，老卢欺负我新来的吧，爱给不给，咱不靠政策活命！

叫花子门前，也有三尺硬地，他们不给政策，我反而觉得痛快！这年头出来混，怕字就甭当头！其实，换个角度看这事，齐总的话也有道理，政策惠至反而叫人称奇。钱总也好，卢总也罢，已破格提拔荆天，算给足荆总面子，但不能指望他们是大圣护唐僧，事事援手。假使政策向D市倾斜，荆天能玩转销售？二人心知肚明。投入费用却得不到销量回报，连带责任背不起，所以老钱与卢总板起一心为公的面孔。更何况咱又是何方神圣呢？在销售总部花名册上，一文不值！资源紧巴巴，政策可给可不给时，人家凭什么赏下面子来？

我狠狠啐了一口，政策爱给不给，无所谓！深呼吸几次，搓揉脸，神态自然些才迈步进屋，继续打气呗。

我吆喝着给众人发了一圈烟，“市调显示，咱们二批利润比N乳业高一个点，组建二批联合体，业绩冲上去，经销商返利再扣到二批头上，呵呵，销量越大利润越高，其道大光啊！保证渠道收益是合作前提，这里说‘收益’而非‘利润’，因为它包括利润、网络和名声。两大可乐虽然给渠道的单件产品利润很低，但能给批发商带来下级网络和名声，搭载其他产品赚钱容易。同样，成为A集团代理商是他们梦寐以求的事儿，只是这些人还没领悟。”

我只想给团队打气，不被一时困境所迷惑，路，自然是越走越宽！

……

伤心凉粉

时间过得飞快，眨眼到了凌晨。众人听得入迷，神态轻松起来，仿佛一N一S已非对手，胜利在望。看到团队士气高涨，我好像不累了。

我有个习惯，工作晚了，喜欢请大家吃夜宵，放松下来，边吃边聊，乃情感交流之绝佳途径。更何况四川小吃天下闻名，到四川未品夜宵，呵呵，实在对不起味蕾啊。发出邀请，全场起立鼓掌，这帮家伙好可爱。

一行人来到河边夜市。嚯，好大的夜宵场面，各家店铺的霓虹灯招牌闪烁着迷人光芒，一串串大红灯笼高高地悬挂在道路两旁，放眼一望，哇，全是杯盘碗筷，真是美食荟萃啊。夜虽深沉，但仍有上千食客聚于此，喝酒划拳的，摆龙门阵的，卿卿我我的，一个个眉飞色舞，这边还没看够，那边已经闻到飘来的烧烤串儿香味，馋得大家眼睛瞪得好大。还不快走？我想飞了呢。

走着走着，忽然，我被一个叫“伤心凉粉”的店招牌吸引。哟，卖什么不好，干吗要卖“伤心凉粉”呢？心里不禁纳闷。

见荆天他们露出不怀好意的笑容，我好奇心更胜，“咱们来碗伤心凉粉吧，吃完也许就不为市场伤心啦。”

“好呀，雨总的提议好！”众人喜笑颜开，马上附和道。

很快，一碗碗“伤心凉粉”端上来，红彤彤的汤底，白花花的凉粉，碧绿碧绿的黄瓜条，表面平淡无奇，我轻蔑一笑：“哼，店家巧立名目，吃一碗凉粉，伤哪门子心呢？”但一口凉粉下去，知道自己想错了。对北京男生来说，那叫一个超级麻辣呀，是无法承受之麻辣——汗水、泪水、鼻涕横流。形象？狼狈不堪算什么啊……

没曾想荆天更坏，热情有加递来杯热水，都知道吃辣椒不能喝热水，但那时好抓狂，端来就喝，火上浇油啊……哼，这小子好缺德！

过了许久，我才悠悠地说道：“‘伤心凉粉’，厉害！厉害！”

小钟是善良孩子，他推荐了一道菜：“雨总，‘伤心凉粉’远近闻名，连我们本地人都觉得辣得够劲！但他们店还有一款‘开心凉粉’，是四川经典小吃——冰粉，口感凉凉的，甜甜的，好吃。我们是先伤心，再开心，呵呵，绝配！”

嘴巴被辣得说话不利索，但脑子却不闲着：“小店外表不起眼，但内容不可小瞧。顾客先吃又麻又辣的‘伤心凉粉’，再来一碗又冰又甜的‘开心凉粉’，不知不觉，每人消费从一碗变两碗，还讨了口彩，呵呵，高手在民间哦。”

果然，“开心凉粉”好似暑天的冰镇西瓜，滋味美妙，终生难忘！

大家边吃边聊，在辣味意犹未尽之际，我灵机一动，问店老板：“有啥牛奶喝？”

“哟，对不住几位，呵呵，只有可乐和果汁。”店老板笑盈盈地回道。

我意味深长地看了眼荆天，这家伙脑子转得好快，马上接过话题：“N乳业也许还没重视餐饮线，我们可以学S集团，先找啤酒代理商快速占领酒店、大排档等餐饮市场再说。”

“对啊，集团酒店线产品齐全，正好派上用场。上次企划部策划的酒店产品新包装，我们在成都分公司看到了，敞亮！真把酒店产品往D市一拉，嘿嘿，市场准活！”小钟跟着也高兴地冲我笑道。

看见小钟手里的酒杯，忽然想起齐总讲的一个销售段子。邯郸经销商在本地最大的酒店遭遇S品牌的挑战。他们急于打开市场，给服务员3元/瓶的开瓶费，咱们是1元，导致服务员调转风向标，首推S。邯郸经销商想给酒店KTV包间赠送一批印有A集团logo的高级挂钟，想以此扭转合作关系。齐总巡查当地市场，认为客人在KTV不看时间，赠品无效。于是推荐上中下三策。下策是经销商找很多人去酒店消费，指名要好品牌，如果服务员强推S，则当场“翻脸”，投诉、放弃消费、争论等手段齐上，服务员承受不起客户压力，推荐话语可能改成“您想喝哪个牌子的鲜奶”；中策是赠送打火机、烟夹、烟灰缸、手表、压缩毛巾杯、微型手电筒等促销品给终端；上策是送给服务员化妆镜、指甲刀、梳子、丝袜、纯棉毛巾等私人物品，小利诱惑服务员，以情动人。

齐总干活，一出手也是绝活！他不光有上中下三策，更是把经验传授给邯郸经销商，有一套情感攻势思路，包括短信问候、建立人事档案和交流会等促销方案。1. 根据二八定律，20%的酒楼服务员起到80%的作用，礼品分配对象依次为领班、包间盯台服务员、大堂散座服务员和吧台收银员，将有限的促销费先投给优秀服务员；2. 建立服务员个人档案，包括年龄、籍贯、学历、性格、爱好、经历，方便今后公关；3. 组织专家对优秀服务员开展业务培训；4. 定期组织服务员交流会，为领班配发冠军戒指。四招齐下，优秀服务员很快将A集团的“闪蒸”技术优势为顾客介绍得淋漓尽致，令人过耳不忘。邯郸经销商执行彻底，横扫了200多家酒楼、酒店和KTV，由此打开酒店线的销路自然水到渠成。

“我知道二八定律最强悍的推论是，20%的人创造了80%的离婚率！”

嘿，这是哪个混蛋在我说正事时跑来捣乱呐？扭头一看，原来是小钟团队里只会耍嘴皮子的小段！我狠狠白了他一眼。

荆天见我气色不对，忙附和道：“齐总的上策好牛！销售就是搞定人，用私人物品打动服务生，投入少、见效快。中策针对酒店进行公关，期望酒店下令服务生改推荐口号，但他们没得到好处，是不会主动推荐产品的。”

说段子是有目的的，我又想到一招，“我会跟齐总申请一批餐饮促销品，跨区域投放D市。哼，开瓶费得不到支持，那咱们就在促销品上打主意，迅速提升销售业绩。”

话音刚落，迎来一阵喝彩声。看看，这顿饭吃的，超值！

就在我还想讨论终端拦截时，荆天端起一杯啤酒，边说边敬酒：“雨总，发现您是工作狂啊，从下飞机到现在，一分钟都没休息，吃夜宵都谈工作，呵呵，身体吃得消吗？”

“张闻天曾说生活的理想，就是为了理想的生活。虚度光阴甭想财务自由啦，哥儿几个自勉吧。”

荆天笑着摇着头说道：“说起勤奋我倒不怕，就是这压力大了吧，头疼。”

“我有压力，你也有压力，但老板身上扛的压力等于集团所有人的压力之和！来，大家看条短信，他秘书小高凌晨发来的。”说完，我把手机递给荆天，“雨总，集团销售会议刚结束，为了完成明年销售任务，老板决定在春节前提前正式推出乳酸菌奶新品，请企划部7天内完成宣传画册的策划和设计，配合铺市。会议纪要已发邮箱，请查收。”荆天读着读着，傻眼了。

我笑了笑，端起酒杯和众人一口闷了整杯酒，“呵呵，哥儿几个听到了吧，别以为咱们忙得昏天黑地，有多了不起。其实老板更忙，他在全国下一大盘棋，而咱们仅仅在一个地级市谋篇布局，二者层次不同，劳动强度和责任更没可比性，呵呵，咱们不好意思偷懒呢。哦，多说一句，南方J豆浆机这两年成长为行业老大，靠的也是勤奋。有一做销售的哥们儿亲口告诉我，公司QQ群深夜还跟马蜂窝似的，嗡嗡嗡地几百人在上传报表啦，领取任务啦，和上司沟通啦，互相交流啦，跟打了鸡血一样……”

“啊，那帮人图个啥子嘛。”小钟有些迷惑。

“往自私里说是图前程。小钟你想想，A集团正在扩大销售地盘，谁有资格当封疆大吏？只有表现优秀之人吧。如果咱们凭本事吃饭，总有一天，你、我、他都能割地封侯！就拿荆天来说吧，他原是成都普销，因业绩好而入四川大区钱总的眼，三年三级跳，有机会成为D市经理，好本事……”虽然我说的有些违心，但通过两天观察，荆天没有公子哥做派，有的是干劲儿，只是神经细点儿，经验差点儿。呵呵，这番话权当是鼓励吧。

荆天黑脸蛋子微微一红，情绪亢奋：“说的对，人人都有机会！”

“我从小部长起家，遇见大气老板，给予的待遇总是超乎想象！大家正赶上集团开疆拓土之时，好好珍惜吧。”呜呼，岁月似箭负人愿，虚度年华三十春！过去的我少不更事，浪费青春，走了无数弯路，眼下努力还来得及！呵呵，跟大家讲讲肺腑感慨，既给自己打气，又给团队鼓励，好事。

接着，我跟大家分享了一则小故事。如果把《西游记》倒过来读，别样精彩！

佛祖派师徒四人与小白龙去东土大唐传教，一路降妖除魔，但他们发现妖怪们各个后台梆硬，无论怎么作恶都受保护。八戒和沙僧觉得世道黑暗，无奈之下一个躲进高老庄，一个跳入流沙河，只有悟空坚持护送师傅东去传教。天庭对悟空忍无可忍，便和佛祖达成协议——我们可以保证唐三藏平安到长安，不过得把刺儿头办了。佛祖同意，白龙受重伤坠入山涧，悟空被压五指山下。唐三藏孤身来到长安传教，被封御弟，享受完荣华富贵，寿终正寝。

就这样过了500年，悟空终于从五指山下跑出来，一声不吭便把天庭搅得天翻地覆，天庭被逼无奈，许诺猪八戒化为人身，封天蓬元帅，沙和尚封卷帘大将，只要求他们能够干掉大圣。最后因兄弟相残而心灰意冷的悟空去寻菩提祖师解惑，然后封印修为，如意金箍棒扔进东海化作定海神针。他回到花果山，陪猴子猴孙过完平凡一生，最终在花果山山顶化作一块石头……

故事讲完，众人听得入神。在A集团工作，除了必要的苦干，巧干也同等重要。大家同样读《西游记》，但有人是逆向思维，剑走偏锋给大家倒叙故事，感觉完全不同，凄凉悲壮，意义深远，马上衬托出此人卓尔不群之形象。道理虽简单，但养成苦干加巧干的习惯却难，看个人进取心吧……

众人围坐着听我说事，一会儿笑，一会儿号叫。最后的结果是为了共同的奋斗目标，荆天和小钟神情激动，摩拳擦掌，内心燃烧起的那份热情，感觉比“伤心凉粉”的辣椒更浓烈三分！

回去的路上，我把荆天拉到一边，“你是怎么想的，把那俩闷葫芦招进来，他们做不了市场啊。”

“雨总，他们比我先到岗，一个是财务部陈总的远房亲戚，一个是C公司张总推荐来的，也是七拐八绕攀上枝头的人。估计两位老总认为D市是三线市场，他们压力不大……”

“去他大爷的吧，真想干掉那俩小子，但张总是我的职场引路人，陈总是好友，不好意思下手。但他们吃空饷耽误团队业绩啊……”我脑子又开始胡思乱想起来。

走着走着，我拍了一下荆天肩膀，“哥们儿辛苦点，咱们一起回酒店，我有招商新想法了，你来参谋参谋。晚上聊完，干脆睡酒店算了。”

荆天点点头。回到酒店，我递给荆天一杯水，“哥们儿，我明天走，今晚把娃哈哈的‘头顶住，腰发力’的市场开发套路说给你听听。‘头’是终端，‘腰’为渠道，这是营销体系的两个关键环节。‘头’靠啥顶住？靠品牌影响力，店铺陈列，促销活动和价格优势。‘腰’凭啥发力？凭稳固信用关系，持久赢利空间，发达商流体系。很多企业说起营销，便是头乱摆，力气砸在广告和促销上，却不想如何启动全身能量。腰发力是指实力、速度和节奏。实力是说给经销商更大支持。速度是竞争焦点：目前城镇市场对零售店的回访频率是 5 到 7 日，如果人家 5 天跑一次，咱们是 6 天，等于白跑。节奏掌握得好坏是营销型组织是否成熟的标志。娃哈哈做新市场，首先壮‘腰’，理顺渠道，动销指日可待……”

这些是企划部平时搜来的，早已呈报销售公司，但他们无动于衷。我才不管什么门派和套路，好使就拿来用！这不，实践机会来了。

说完娃哈哈那套推广策略，我话题一转，“刚才吃夜宵时，就在想把娃哈哈的‘腰’发力和A集团招商会打包来做。呵呵，吃完‘伤心凉粉’，我想到一招。简单说来有这么几步：1. 跟齐总学，建立二批的人情档案，取得初步信任；2. 召开新品推荐招商会，挑选条件适合的二批；3. 推荐会只是个由头，咱们设计三条铺货线路，集中人力物力高密度铺货，产品陈列和宣传比公司铺货标准更高，面少线精。如果促销得力，产品动销小菜一碟；4. 安排接送车辆，邀请上次参会的二批商参观样板线路，让他们目睹新品的终端陈列和销售；5. 跑完样板线路，再开二次推荐会，请代表谈实操感言，这就是本地同行的榜样力量。兄弟啊，等着收款吧……”

“哈，新招商方案比旧版好！一环扣一环，实操性更强，我看行！”荆天说。

旧版招商策划跟大家说完，现场没反应，这事搁谁心头都要着把火！现在看荆天喜上眉梢，我内心成就感所带来的快感，直冲大脑，超兴奋！按捺不住内心的激动，我跟荆天唠叨起心里话：“哥们儿啊，你想做好市场，最好一直琢磨这件事，所谓念念不忘，必有回响嘛！”

“对，事情都怕念念不忘！呵呵，雨总，这是四川特产烟，带回去给同事们尝尝。”荆天笑盈盈地从包里掏出一条娇子香烟，递过来。

我把烟一推，“咱们市场基础差，但别认㞞！过两天我喊晓峰和子明过来，他们会带来各类促销方案，春节大家并肩战斗……”

哪能要荆天的烟呢，他爹可是集团审计总监，再说这哥们儿每月赚多少？我不讲客套，他把市场打透比 10 箱娇子都值钱呢。好说歹说半天，荆天才不情愿地把烟收回去。

拒绝礼物可以，但不能寒了人家心意。看着娇子烟，我灵机一动，跟荆天分享了一个极品送礼故事。“有一天慈禧召袁世凯议事，袁看到慈禧身后站着的李莲英不时在老佛爷耳边嘀咕，知道这位李公公很重要，便开始在逢年过节时给李公公送礼，坚持了若干年。终于李莲英觉得不安了，纳闷此人为啥送礼却不提办事？尽管他想见袁世凯，但袁避而不见，只说对公公表示敬意，时间一长李莲英更加不安了。终于有一天袁世凯主动来约，二人刚见面，没曾想袁世凯又奉送20万两银票，并说前面的人情不提了。李问：'大人有啥事吗？'袁答：'下官有点小事，想请公公费心，带一份报纸给老佛爷看。'那时宫廷有一份呈给皇上看的报纸，叫《邸报》。在这份'袁氏版'报上说的都是其政敌岑春煊干的和准备要干的坏事。这活儿一般人不敢接，但李莲英硬是接了！不久，借李莲英和慈禧之手，袁世凯将政敌岑春煊一举扳倒了。"

荆天挠挠头，抿嘴赞道："呵呵，狡猾的袁大头，送礼都搞得好有学问。"

"还没说完。老佛爷生日众大臣皆要送礼，但她缺啥，稀罕啥？袁世凯认定送礼必须别出心裁！绞尽脑汁，向老佛爷送了一只马桶！描金画凤的精细自不必细说，坐垫舒适，有按摩功效也无须多述，体贴入微的人性全藏在里面——马桶里有每天可清洗更换的透水透气隔层，隔层上铺一层细细的黄沙，其上再铺一层薄水银！如此便解决了老佛爷内急时的两个老大难问题——可以出而无味、落而无声。老佛爷用后，非常熨帖舒坦！哥们儿啊，送礼在于坚持不懈和独具匠心！呵呵，做啥事有这两条做保证，准成！"说完，我伸出两根手指。

借送礼话题，道出我期待荆天团队去实践的做事方式，既坚持不懈又独具匠心，听不出来？看他表情吧，双眼盯着我的胸口，眼光柔和，很少眨眼，两手自然摊开，这是态度诚恳、虚心听取意见的表情。这是两天第几十次强调苦干加巧干的重要性了，我跟八婆似的唠叨，好在是先故事后道理，不然他们会烦死。

当然，我也做了检讨，承认昨天提及的二批独家经营之道是错误想法。独家固然很美好，但那实在不现实。正确做法有两条：1. 招N乳业的二批上演鹊巢鸠占；2. 招其他有实力的快消品二批，扩大销售网络。

荆天也在一旁积极出谋划策，越说越亢奋，呵呵，互动无极限呀！嗯，谈辛苦就娇气了，只说没白熬夜。

我们俩聊了很久市场开发和运营方案，直到倦意阵阵袭来，才倒头睡下。蒙眬中，我下意识还在想："荆天虽有拼爹资本，但他为人大气，有理想有干劲，只要苦干加巧干，扬名立万为期不远，正所谓刀在石上磨，人在世上练。但荆天领导团队开疆拓土，短板在思维能力和做事方法上集中爆发了。当然，临阵磨枪不快也光，看他挺好学，我也愿意多分享做事心得。"

我虽欠缺快消经验，但知道如何请教高手，如何走捷径，如何快速成为高手，如何开创市场新天地。就拿新招商方案来说，A集团擅长开订货会，有成熟策略，我耳濡目染多场，现在借鉴改造一番，投入最少费用，成功指日可待！呵呵，瞧这脑子使唤的，梦里还在感慨呢。

第二天早晨，我跟荆天团队在酒店门口告别。今天格外阴冷，天空低沉，寒风呼呼刮来，卷起昨日掉下来的树叶，四方飘零，景象有点儿肃杀。临别前，小钟带来一个寒冷消息，N乳业听说我们在招商铺货，马上跟经销商和二批打招呼，谁敢代理A集团产品，斩立决！不仅剥夺经销权，还要没收加盟保证金。瞧，这就是快消市场的竞争常态。大家听到坏消息的感想？只想“掐死”N乳业！

我紧紧握住荆天的手，一脸不服气，“多保重，随时保持联系，甭管市场千变万化，马上招商，春节促销不变！”

荆天忽然附耳低声道：“老大，如果市场雄起，我想提个小小要求。”

“说。”

“能不能摸摸您的小辫子呀？呵呵，我太喜欢您这条辫子了。”

我笑着捶了荆天一拳，向众人挥手道别。至此，我打消成见，两颗奋斗的心互相欣赏，互相见证对方的成长。

为女神小试身手

出差这几天我和小珺有一搭没一搭断断续续地聊着，她似乎很忙，从不主动打电话、发短信，但也不拒绝电话。当然，顺道拒绝代言人的请求。我脸皮厚，没事找事，反正没让她闲着。咱要求不高，能和她说话，知足矣。

我心里装着企划部和个人发展的事，手头工作越来越多，局面越来越复杂，想把每件事都彻底做好已无可能。脑子一转，话题不请自来，请教小珺同学呗。

当我在机场啰里吧唆说完情况，小珺悠悠地说道：“嘻嘻，给你讲个故事吧。”

以前都是我给人家讲故事解心事，现在反过来，有人要以故事为我排忧，牛人啊！一句话诱起我的兴趣：“好呀，洗耳恭听。”

“亚历山大登上王位后开始征服其他国家。当到达弗里王国时，国王给他出了一道绳结难题，一根绳上结了一个巨大而复杂的结。按照神谕，只有将来征服全亚细亚的人才能解开这个戈尔迪之结。亚历山大思考着问题，下面的所有人都屏住呼吸，期待奇迹发生。就见亚历山大举起长剑，一剑将绳结劈成两半……”

“好啦，你已经赐给我亚历山大之剑啦，简单粗暴的手段，往往是解决烦琐问题的好办法！”

“嘻嘻，蛮聪明嘛，点点就透。”

“好，现在我来劈绳结。1. 做事抓大放小，二等工作分派他人，不再细问。比如，D市销售任务派给贺平；2. 坚决执行内外线出击计划，我腾出手把所有一等工作干到最棒！”

“你当初迫于现实，只能入基层，从小事下手，但现在站立半山腰，你们老板、汤总、廖总早就期待你带团队做大事！嘻嘻，换作是我，每月专心做成一件大事，年底12件事像十二星座一样挂在他们心中，银河灿烂啊……祝你早日实现梦想！”小珺悠悠地说道。

是啊，老板赏我俩总监头衔，手下百八十号人，此时，小事做得再棒也不起波澜！呜呼，未曾想我将问题击鼓传花给小珺，人家是剑客，手起剑落，问题迎刃而解！女神好生了得，不由得我衷心佩服：“谢谢你……”

正要问问她今天穿了什么衣服啊，梳了什么发型啊，中午吃了什么呀，我快递的咖啡喝了没有啊，小珺却说道：“对不起，有电话进来，嘻嘻，回头再聊吧。”

问题解决，我很开心，虽然意犹未尽……

谁说意犹未尽来着，呵呵，刚过安检门，小珺头一次主动来电话了：“雨总，你上飞机了吗？”

“没呢，估计还要50分钟吧。”

“哦，那现在忙吗？”

“没事，没事。说吧，说吧，啥事。”我有点小激动了。

“哦，也没什么大事。就是我有个好朋友在广告公司做AE（客户主任），她昨天去拜访一家大型火锅店，这家店是从内蒙古发迹的，在全国发展出了几百家连锁，最近在广州开了一家旗舰店，有3 000平方米的营业面积。他们想在开张时搞一场大型‘秀’，费用不封顶，但要求别开生面，在捧场的媒体和嘉宾圈里引起轰动。因为是竞标，看她有些发愁，所以我想起你是做策划的，有空的话，嘻嘻，能不能帮忙想个活动策划呀。”

“呵呵，瞧你尽说不着边际的话，你的活儿就是我的活儿，再忙也要帮上手！我琢磨着这场餐饮开业秀，他们无非是想突出三点：1. 集团实力雄厚；2. 食材新鲜地道；3. 烹饪大师级。呵呵，是这意思吧。”

小珺听我一口应允下来，挺开心，“嘻嘻，雨总不愧策划出身，一语中的。”

“呵呵，还有啥策划细节要告诉我吗？”

“据说，他们两年要开三家大店，客户是优质客户，所以引来好几家大广告公司竞标，你尽力就行……”

这个小珺，真会挑逗人家的好胜心呢，怕，就甭出来混啦。我满口答应尽快出方案，但大话没敢先说，是骡子是马，下飞机便知。

走到登机口，放下行李，我倒背着手，站在大窗前眺望起起落落的飞机……脑子高速运转开了：“乔小珺的任务非同小可，要不搞模特走秀？俗气；舞龙舞狮？俗气；大师现场烹饪表演？俗气；歌舞魔术表演？俗气；日本人体宴？倒也雅俗共赏。”呵呵，一伸手搞成了五俗策划啦，哈哈，自己乐了。

行了，还是剑走偏锋，想点儿与众不同的策划吧。先提炼关键词，内蒙古、风吹草低见牛羊、火锅美食、全国连锁、著名品牌、广州旗舰店……一场秀表现三大关键词，准能大获成功。这堆概念各个似珍珠，虽夺目但孤立分散，没一条主线串联起来，而且内蒙古与广州也缺乏空间联系，明白了，找到主线是关键！串起几颗珍珠，这场秀就是咱的秀场。

……

飞机一跃而起，刺入苍穹。望着窗外湛蓝如洗的天空，我的心仿佛也在翱翔。小珺所言极是，我被领导赏识，第一年是因为产品包装完胜广告部，第二年是装修迎宾酒店节约千万费用，没有两项业绩撑着，他们还以为咱只能给食堂找几条标语呢。看来今后我要在更高层面上跟广告部决一死战，哈，内外线全面出击，叫他们顾此失彼，一败涂地……本来想小睡一觉，但现在兴奋得想叫！

轻松一下，我掏出椅背上的航空杂志，随意翻看着。很快，我被一则汽车广告吸引，正好身旁大叔酣然入睡，我悄悄把广告页撕下来，叠好放进包里。呵呵，带回去给橙子，看看人家的平面设计，跟着学吧。

下了飞机，我第一时间拨通小珺的电话："呵呵，兄弟不才，方案来了。"

"啊，这么快？"乔小珺略显吃惊。

"知道你忙，我长话短说。以冰雕形式，制成集团总部大楼、草原、成群的牛羊、长城、烽火台、崇山峻岭、广州旗舰店。故事是这样讲的：1. 延绵千里的冰雕长城将内蒙古与长城以南之地连接起来，代表历史同宗、文化同脉、美食同源，迅速拉近内蒙古与广州的空间距离，但又暗含各自区域特色；2. 每座冰雕烽火台上都支着小火锅，代表周围几大城市的旗舰店，几十座烽火台标注几百家连锁店名，彰显集团运营规模；3. 冰雕山脉上铺有各类火锅食材，令嘉宾一目了然地抓住火锅店特色；4. 冰雕大草原和成群牛羊，代表原产地食材无污染；5. 冰雕广州旗舰店，那是点题秀，加深嘉宾印象。"

"雨总果然是高手！呵呵，突击能力蛮强嘛。"

赢得小珺称赞，我激动了，更加眉飞色舞地说道："长城文化源远流长，但不要谈'烽火连三月，家书抵万金'啦，也别说'不到长城非好汉'，这些虽是名句，但无关联，不如说个'巨龙横卧，千秋功业收眼底；大鹏展翅，万世宏图送春风'。他们集团名里有个'鸿'字，与'宏'谐音，加之春节开业，可称送春风！"

接着我又告诉小珺，餐饮店做冰雕是不二选择，自己做也方便，而且在灯光映照下，冰雕晶莹剔透，象征高贵纯洁、大气端庄。现在长城将几大关键词串联起来，夺人眼目，又辅以文化和故事，焉有不胜之理？

啪啪啪一番解释，喝彩声从电话那头传来，感觉那个美啊，好像她手捧冰雕向我走来……圣女啊！

既然搞定策划，我想再说笑说笑，谁知她不搭茬，而且直接道别："非常感谢你，嘻嘻，送上一首古诗：上将得良策，恩威作长城。如今并州北，不见有胡兵。拜拜。"

女神啊，我说此长城，她言彼长城，还恩威作长城呢。得，我又意犹未尽了……

第三篇
顶级策划

老逸又挖坑

机场到工厂的车程两小时，但就这点儿时间，廖总竟然打来两个催促电话。我挺纳闷，7天策划一本画册，至于如此着急吗？廖总发什么神经呢，对咱工作能力还不放心？哈，管他急不急，反正我不急。带着愉悦的心情走进H公司企划部，和大家打过招呼，分完四川特产，端起秘书小江新沏的绿茶，刚喝一半，廖总便拍马赶到，“雨总回来啦，辛苦。”

“呵呵，廖总您才辛苦呢，运筹帷幄，统筹全局，我要向您学！”

“看不出来，雨总出趟差，嘴变滑了。”

“瞧您说的，咱可是一心一意为工作，实事求是在说事呢。呵呵，给您带点儿四川特产，灯影牛肉。”说完，我忙从行李箱里拽出几包牛肉干。

“别客套，正事来了。老板安排了一项重要任务，今年科研中心成功开发出乳酸菌奶制品，原定春节后推向市场，但集团考虑到竞品动态、年终业绩和新品浩大的招商工作，决定提前推新品。召你回来，是要赶在三天内做一本非常重要的宣传画册，起印500万册！不仅每箱放一本，而且在招商会、商超促销、零售店等场合和渠道也会大量投放。

乳酸菌是新品，经销商与消费者不太了解，而广告片又暂时跟不上，市场推广就完全依赖画册做宣传，所有的易拉宝、POP海报、吊旗、单页、围挡、跳跳卡，也要跟画册内容和设计元素统一，你务必在三天内拿出所有样稿上会讨论，这可关系到1.2个亿的招商任务，集团各销售公司已经做了总动员，招商政策和促销款到位了，企划部千万不能误事！每12小时必须当面汇报一次！”廖总工作起来，总是那股风风火火的架势。

“啊，三,三天？不是七天吗？”我脑袋“嗡”的一沉。能不沉嘛，从来没接触过什么乳酸菌，三天画册出街，当我齐天大圣啊！我龇牙咧嘴，冲廖总摇头。

“市场变了，计划也要跟着变，所有工作都要提前完成。你别装傻，我给三天都嫌长！两天还差不多。”廖总拍着我的肩膀，浅笑。

“廖总，广告部猛将如云，为啥他们不接，到现在才通知企划部？”

“本来任务下发给广告部，但逸总要忙ZTV黄金位广告招标，老板亲自挂帅，几千万投入，这是集团重中之重的大事！再加上画册截稿时间提前，他没办法完成，所以委托企划部执行。”

听见没，大事没咱爷们儿参与的份儿！哎哟，太刺激人了！我一股热血涌到脑门顶，眼角不由自主地抽搐几下，马上冲廖总点点头，“承蒙廖总夸奖，行，任务我接了。”

送走廖总，回到办公室我就骂开了:“呸，老逸那厮说没办法按时完成，所以委托企划部帮忙？肯定是他的歪点子，故意借老板提前截稿的理由，只留三天给我，即便侥幸完成，也是平常之作，他有的是时间吹毛求疵，在大佬们面前煽风点火！不论招商成功与否，都会说画册严重影响招商成效，我两年建立起来的口碑将毁于一旦。更严重的是，如果没完成？看，不用兔崽子动手，廖总就能劈了我！ 72小时承担起1.2亿的招商任务，这跟他推荐我做酒店项目一样，成了他有保荐之功，败了则借刀杀人！哼，一计不成，心生二计，又在秀下限？”

此情此景之下，不用廖总再动员，好胜心如火山爆发，早已澎湃而出。我根本不会被困难吓死，老逸你等着，恶人自有恶人磨！哈，咱就是小强，踩不着，赶不走，碾不死，生命力旺盛着呢！一定要做一本争气的画册！

14世纪，欧洲黑奴贩卖商经常押送黑奴穿越波涛汹涌的大洋，由于航海技术不发达，经常有船只迷失方向，乘船者葬身鱼腹。每逢此刻，黑奴商贩就会将一名从非洲掳来的黑奴绑到桅杆上，命令这名吓得魂飞魄散的黑奴“说出正确航向”！

如果黑奴“拒绝告诉他们”，便杀死他！实际上，这些黑奴在被掳之前，从未离开过非洲。但不可思议的是，几乎每个被绑到桅杆上的黑奴在吓破胆时茫然而随机的指点，往往是正确航向！

该方法在14世纪的船长之间口口相传，被航海家奉为金科玉律。如果将大多数的成功解释为运气，未免失之偏颇。其实，这一切也并非有神灵于冥冥中相助，而是原始部落的原始思维起了作用。

人类的哲学观来源于古老的记忆，而与现实逻辑明显背离的原始思维，构筑出它的许多神秘特性。情急下迸发的狠劲儿是本能智慧，但有时却比理性思考强大！我当时一口接下廖总安排下来的任务，就是出于争强好胜的本能以及对工作的热爱。既然我被人绑到桅杆上，那就自己给自己指一条正确航线，早日到岸吧！

给自己打完气，争分夺秒开始工作！马上召集大家讲任务：“小江，马上到研发中心拷贝资料的电子版，再打印10套。所有人停下手头工作，先集体研读4小时。资料看不完，没戏！现在是中午1点20分，傍晚17点开始讨论。”

闲话少叙，很快电子版就来了，咱也抓紧时间翻看资料吧：20世纪初，益生菌在发酵乳中已广泛使用，古老食品绽放出新魅力。乳酸奶的主要原料是牛奶，在发酵过程中，原料奶营养成分不仅没受破坏，而且发酵使各营养成分发生转化，更利于人体吸收消化……

发酵乳含有相当于普通牛奶4倍以上的氨基酸及各种多肽，因为在发酵过程中，乳酸菌的体蛋白将奶蛋白分解为多肽及氨基酸……这些多肽具有促进新陈代谢、强化钙吸收等多种功能……

青少年的皮肤和内脏细胞分裂速度快，栖息在他们肠道内的乳酸菌等有益菌群数量多，能够给他们身体的免疫机能带来强大刺激，使其活性化。中老年人肠道内的乳酸菌日益减少，免疫机能随之衰退……现代医学认为乳酸菌能够使免疫机能正常，促成肠道有益菌活性运转的状态……

花了三个小时，粗略翻了几百页，头疼。对着几十万字和看不懂的技术参数，我迷茫了。常规思路是阅读—消化—提炼—制作，花十天八天很正常。现在却要囫囵吞枣出精品，计将安出？

我点上烟，眯起眼慢慢思索着。找大牌广告公司帮忙？不妥，操盘新品，他们也要熟悉资料做策划；找齐总这等销售高手助阵？他正在河北跟S集团打得昏天黑地，忙得很；搜集类似画册来个综合等于创造？同行画册我们手头都有，但无一是乳酸菌画册，如何借鉴……哟，捷径呢？我傻眼了。

正在犯愁时，人力资源总部马总出差到访。他是贵客，不能怠慢，忙请他到会议室一叙。现在H公司企划部的办公室鸟枪换炮了，从50平方米人挤人的办公室搬进300平方米的大开间，光是大会议室便有50平方米！

马总进门便拿我打趣："雨总果然是设计高手，把自己的会议室整得挺有情调的啊，呵呵。"

我明白他的意思，5米长的简欧风长条会议桌虽然寻常，但我特意在桌面嵌入一个长长的水磨石槽，养着九尾金鱼，身姿奇异，色彩绚丽。看着金丝水草中，那一尾尾鹤顶红、墨龙睛、珍珠、绒球、虎头快活地游来游去，别有一番情趣。

廖总曾问我，工作如此忙还有闲情逸致养鱼玩？我故作神秘："这些金鱼都有绰号，您看，这条墨龙睛是'小龙'，那条虎头是'小利'，这条珍珠是'小明'……看着它们游得那么欢实，我动力十足，现在就想伸手下去！"说完，开始比画抓鱼动作。廖总笑着摇头离开。其实，我摆的是一个风水局。

见马总嘻嘻哈哈的，我忙赔笑："行啊，什么时候马总想拾掇办公室，吱一声，我来帮场！"

马总用手点点我的脑袋，笑道："你先别管装修，说吧，什么时候交考评材料，全集团就差企划部了，你呀，先帮我这个场子就行啦。"

哎哟，我一拍脑门，才想起年底要给企划部所有的部门负责人写评语打分，作为明年工资考核的一部分。前几天忙出差和泡妞，忘了个干干净净！我不好意思地笑着说："对不住，老大，我，我，呵呵，要不，要不再等我5天？周一定交齐！"

"5天？一天都等不起啦，明天赶着给汤总做汇报呢。呵呵，就知道你理由多，连催三次，你有老板忙？今天我登门催稿，人盯人，你写完我才走！"说完，马总脱下外套，往椅子上一搭，看架势他真不走了。

我又诉苦又保证，没用，人家马总开口便把我顶回去了："我人都来了，还不给面子，以后还想不想招人？再说了，都是为企划部好，这是表彰个人业绩的机会，难道你喜欢手下人干完活，但藏着不让领导知道，你们愿当活雷锋？"

哎呀，谁说得过人力资源部呀，写吧，得花 40 多分钟，时间金贵，舍不得浪费一分钟；不写吧，面子上过不去，人家几次帮忙，算我哥们儿，如果他不是被汤总逼急眼，估计也不会出此下策。

一发狠，我使劲儿掐灭烟蒂，“好吧，老大您先在这儿赏鱼，我马上就写！”回到办公室，下载完标准文件，我是边写边骂，本来是回顾今年企划部取得傲人业绩的一件好事，被我搞成了催命的赶稿……好一顿忙活，通读一遍感觉业绩沉甸甸的，行了，赶紧打印出来，龙飞凤舞地签上大名吧。再推开会议室大门，看见马总身边坐着两个男的。

马总见我进来，忙起身招呼那两个人：“这位是蓝小雨，雨总，集团企划总监。”说完又介绍他的朋友：“这位是欧阳尚，是做省城楼宇广告和候车亭广告的，是我的铁哥们儿。”

我忙走上去握手：“欧阳老总，幸会！幸会！”

“雨总又帅又年轻又能干，难怪马总老夸您年轻有为！哎呀，都说岁月是把杀猪刀，有的人刀枪不入，有的人却被千刀万剐！跟雨总比起来，我就是后者，哈哈。”这位欧阳尚很健谈，一见面笑话不断，他四十来岁，人矮墩墩的，粗胳膊粗腿，胖脸，但一双大眼烁烁闪光，好锐利的目光！

我两眼紧盯他双眉间，笑道：“欧阳老总太会开玩笑啦，其实人的长相可分为两大类：一类是天生丽质，一类是天生励志，就是志气的志。呵呵，我属后者。”

一句话把欧阳尚逗得哈哈大笑，“听马总说起雨总是工作狂，没想到您说话很幽默啊，很有自嘲精神，呵呵。”

发现大家说话投缘，我也挺开心，“您是马总好友，而我跟马总也不分彼此，那自然您也是我的好朋友，呵呵，希望今后大家多多走动。”

“谢谢雨总看得起呀，呵呵，我们是做楼宇和候车亭广告的，市场地位数一数二，您要是今天有空的话，希望占用您 5 分钟，呵呵，这是资料。”

我接过资料，礼节性地翻了翻，“呵呵，真对不住欧阳老总，今天实在太忙，要不三天后再联系，我一定和您聊个痛快。”

“雨总，我的这位铁哥们儿为人仗义，相信你们能成为好哥们儿的，呵呵，你可不许要刁哦。”马总笑呵呵地说道。

我伸出手，再次握住欧阳老总，笑道：“马总曾跟我说起过交友的 14 字箴言，结交要像长流水，莫学杨柳一时青！希望我们的友谊也是长流水，呵呵。”

……

大家又闲聊几句，知道我今天重任在肩，也就及时收住话题，就此别过。真的是就此别过了？呵呵，谁能想到之后这位欧阳大哥在我危难之时伸出援手，救我于水火，是大大的恩人呢！此为后话。

无间道

抬眼看看表，哇，白白耽误几十分钟，我有点儿着急了！忙招呼大家到会议室。众人呼啦啦地围坐下来，我起了个头：“现在是下午 4 点 6 分，诸位抓紧时间说说想法吧。对了，大家都在压力锅里混，不听抱怨啊！”

子明给大家发着槟榔，他提出一个观点：“老大，根本看不完啊，研发的人真能编，走马观花才看了 1/6！要我说还是老套路，浓缩资料，提炼卖点，最后行文。”

“看过资料嘛，一开口整个团队的智商都被你拉低了！乳酸菌有多少卖点，数得过来不？”一笑鼻子哼了哼，撇嘴道。

子明大口嚼着槟榔，眉头往上一扬，有些不服气，“可以提炼卖点嘛，画册突出主卖点，小卖点放次要位置，符合老大常说的主次分明的思路。”

“哼，众多卖点，谁是主打？”一笑又冷笑一声。

忽然，我心里一激灵：“开会曾强调只管提建议，不否定他人想法，一笑今天发言怎么跟吃了枪药似的。看他那副神态表情，眼睛盯着前方，唇微开，指头置于唇间——一副焦虑模样……哦，都是压力在搞鬼。以棍击水，才不伤鱼，他这样讽刺人难服众，回头要和他聊聊了。”但我却故作轻松说道：“时间紧点儿，但不至于猴急，大家天马行空就是。咱们是虎狼团队，大江大浪都闯了，现在策划一本画册，没啥了不起的，阿伟，阿伟，窗户开大一些，吹点冷风，透透气。”

我故意把任务说轻松，只想减压。其实我心里急啊，真是魂快出窍啦！哇，集团所有工作都是极限挑战赛，管你是使出 72 变还是驾筋斗云，反正是最短时间干掉牛魔王，翻过火焰山！水平发挥失常？跳进鱼缸喂鱼吧。

众人见我一副无所谓的样儿，情绪有所好转，气氛渐渐轻松起来，大家开始逐一发言。

“牛奶经乳酸菌发酵，钙被转化为更易被人体吸收的可溶性乳酸钙，同时奶蛋白被分解而产生多肽，有助于钙吸收。青少年多喝乳酸菌奶，利于长身体。”

“据有关资料显示，中国3~13岁儿童的乳糖酶缺乏发生率为87%，表现为喝鲜奶易腹胀腹泻。牛奶经乳酸菌发酵，利用乳酸菌及其产生的乳糖酶分解乳糖，能将牛奶中99%的乳糖分解转化为乳酸和其他有机物质，部分人群的乳糖不耐受症迎刃而解。”

“‘二战’后，日本为增强国民体质，大力鼓励国民饮用发酵乳……在增强民众体质方面取得很大成功。”

“乳酸菌分解牛奶中的乳糖而形成乳酸，使肠道趋于酸性，可抑制在中性或碱性环境中生长繁殖的腐败菌，还能合成维生素B和叶酸，对年老体弱者有益。”

“抗生素在控制致病菌的同时，使非致病菌也受到抑制，这样轻则出现食欲不振、恶心呕吐等症状，重则导致感染疾病，而乳酸菌奶可使胃肠菌群在失调后重获平衡，使用抗生素者饮用效果上佳。”

“发酵乳是西欧工业化生产规模最大的日常饮品之一。奶制品消费大国荷兰年人均发酵乳消费量为19千克，德国14.6千克，法国14.5千克。横向对比，中国人的年人均奶制品消费不足7千克，而发酵乳更是新兴食品。”

“发酵型乳酸菌奶能将牛奶中的蛋白质、钙、磷、维生素颗粒分解，使人体更易吸收。比如蛋白质被分解为小分子肽、氨基酸，可直接被人体吸收。专家认为乳酸菌奶具备鲜奶的全部营养成分，并含有较高的动物性蛋白，有显著保健作用。”

“经乳酸菌发酵后的牛奶，富含更多B族维生素，对维持人体新陈代谢具有重要作用。发酵产生的乳酸、醋酸可刺激胃分泌，清肠道，防便秘。乳酸又能促进肠道蠕动，防细胞老化……乳酸菌奶可助女性养颜美体。”

……

嚯，全是乳酸菌神奇功效的赞歌，大家叽叽喳喳，但没头绪，更无重点。听得有些不耐烦，我一皱眉，“这玩意儿的特点就是优点太多，儿童、青少年、妇女、老年人喝了全都好，包罗万象啊，到底该突出啥卖点呢？”

有人附和道：“是啊，找不到主卖点，画册如何出街？”

直说到晚上7点，纯属瞎忙。唉，带团队难啊，最郁闷的事就是当头的黔驴技穷，看着手下人忙忙碌碌毫无作为，却无能为力。对了，更难熬的是，画册要撑起1.2亿新品招商任务，经销商看完就想签合同下单，消费者看完就想整箱往家拎，这是一本什么样的传奇画册？至今未见神迹！

双重压力煎熬下 ，头皮都发麻。屋里嗡嗡一片，听不下去了，留大家吃饭和自由讨论。

我走出办公室，闷闷不乐地在广场上溜达，冷风拂面，却清醒不了僵化的大脑。天阴沉着脸，黑黢黢的，也没点儿月光，但厂区照旧灯火通明，生产车间照旧机器轰鸣，载重卡车照旧来来往往。看着看着，我不禁轻轻叹口气："唉，有决心做出震撼级画册，但豪言易讲，三大困境难破：100 多个卖点叠加，重要的有十来个，如何提炼出统一卖点？文字浩瀚，如何以简洁的方式勾起经销商和消费者兴趣？搞不清领导和销售大佬的想法，他们不满意文案，一切白搭……"

越想越头疼，我不禁冲着厂房怒吼起来："现在怎么了？情绪太差，去死吧，去死吧，去死吧……"

拼命吼完，心情顺畅点儿，转身刚要回办公室，远远看见一笑和贺平快步走来，就听贺平高声喊道："头儿，我赶回来了。"

原来贺平在F市分公司做企划部长，前两天下市场，正巧离我们不足 300 千米，所以我紧急调他来帮忙。这小子能吃苦，竟然为赶时间，坐经销商提货车赶来了。行，该好好表扬一番："哥们儿辛苦啦，好样的！我没办法，被人念了紧箍咒。哟，哟，你蓄胡子作甚？"

"呵呵，我面嫩呗，蓄须成熟些，别叫经销商看轻人了。对了，出发前，小江发来一堆乳酸菌资料，借着电筒看了一路，老大，这东西可是好宝贝，风靡市场不成问题，就看如何宣传了。"

一个白净小伙儿故意蓄须，为的是像市场老手，这可不是人人都能做到的。从长途车下来便投身工作，够敬业啊。正在暗自称赞小贺，一笑拍拍我肩膀，"老大，既然事情太棘手，干吗不把黄川、陈东、小辉调回来？"

"小黄带人协助张总连开 15 场节庆订货会，跑得太累，昨天来电话，说病倒在江西九江了。陈东在上海打拼，责任重大，那里是光明大本营，这场战役不好打。集团正大举进攻上海，火力全开，他抽不出身来。北京广告总部的半数人马调赴上海，说不定过几天咱们也得去上海参战呢。"我悠悠地说道。

贺平递来一把花生，“张总桀骜不驯，一心想在销售上跟各公司掰手腕较劲儿，这位C市分公司老大，快把手下人逼疯了。”

我反问道：“不是张总把人逼疯，而是几大乳业巨头把所有从业人员都逼疯了，现在社会的竞争是连插队都得排队！怨不得他。”

“老大说的是，我相信L集团、M集团、S集团的企划部的人现在跟我们一样，累得小狗似的，正不眠不休工作着呢！”一笑说完，点上一支烟，递给我。

我猛地吸了一口烟，狠狠说道：“一笑手下4个策划师下了市场，咱们人手就这么多，48小时必须解决战斗！走，干活去！”

路上，贺平悄悄把我拉到一旁，“老大，听到一件事，不知道该说不该说。”

“说。”

“上个月老逸到上海，也不知道怎么搞的，跟陈东混得挺熟，陈东好像把企划部内部培训资料、市场促销方案、各类专题报告等很多机密文件给他了。”

“啊，还有这等事！你怎么知道的？”我吃惊地问道。

“我们部门有个策划，宋春华，无锡人，上海企划部考虑他离家近，特意把他从我们部门调过去，昨天他说起一件事。陈东电脑有问题叫他帮忙杀毒，春华无意中发现E盘有个取名为‘北京’的文件夹，点开后，哗哗的全是内部资料！令人感觉奇怪的是，陈东身在上海，干吗要给文件夹取名北京呢？广告部在北京，但老逸是死对头，难道是发给这厮的文件？对了，还有件事。你让我们部门做《企划部内外线进取策划案》，你特意叮嘱不许给任何人。挺保密的事，但不知道陈东怎么知道了，前天打电话来要，我奇怪啊，这关他什么事？”

我心里一紧，“策划案给了吗？”

“不可能外泄！老大你想想，这事值得怀疑。”贺平有点着急。

没法淡定了，我脑子“嗡”的一声炸开锅了：“陈东？他做事稳重，表现积极，前途看得到啊，为啥要投敌卖友？老逸又不做销售企划，挖他作甚……不对，难道说是老逸使的反间计，故意挑事儿，让部门内讧，他好坐山观虎斗，趴在桥头看水流？如果老逸拿到企划部内部文件，我的个神啊，损失惨重，被敌人探知底细了。哎哟，处理他还是不处理？”

走到办公室门口，我一咬牙，也罢，是福不是祸，是祸躲不过！去他大爷的，这两天先不搭理。“小贺，注意保密，咱们先突击画册，完后再做计较！”

“行，知道，知道。”贺平爽快答道。

回到办公室，我一边吃泡面，一边安排设计部先行，不管文案，提前准备图片素材。话音刚落，橙子五官挪移，嘴巴咧成了瓢：“啊，没文案就做设计啊，木有戏，木有戏。”

“您老人家是头天来企划部报到么，抱怨无效，特事特办。”

贺平朝橙子桌前甩过去一袋花生，笑呵呵道：“乳酸菌是高科技产品，我们可以提前准备一批高科技生物图片嘛，比如生物螺旋结构，提前构思版面布局、定好主色调、做好封面封底……”

橙子除了喜欢抱怨几句，做事还不错，他见没人支持，只得带着设计师忙去了。

大家继续讨论，但漫无边际地讨论叫人心急，我的个人英雄主义情绪又冒头了：“现在是21点5分，贺平负责分工，每人分别扛走资料上的几个专题，快速阅读再讨论。”

说完，我回办公室闭门想对策。拿出纸笔，唰唰地写开了。我想法简单，按照广告策划流程，先分析乳酸菌特性、卖点以及传播策略，看看从广告专业角度出发，能否有所突破。于是我边写边改，边改边写，草案逐渐形成：

第一步：对谁说——顾客

1. 市场定位：是从乳酸菌市场中争取份额，还是从牛奶市场中争取份额？（根据市场倍增理论：若某品牌在市场中占据30%的份额，每提高1%，工作量将增加一倍）。

2. 提高乳酸菌奶在牛奶整体市场中的份额，这比提高在乳酸菌奶市场中的相对份额，更有把握，也就是说，去跟牛奶抢消费群，而不是到乳酸菌奶消费群里抢份额。

第二步：说什么——突出乳酸菌主要卖点

1. 广告是利益交换（消费者购买产品，将得到某种利益）。

2. 针对喝牛奶这件事来说，标明乳酸菌带给消费者的主要利益。

第三步：怎么说——画册

广告是贩卖想法和概念，成功的广告推广必须以需求为基础，提出独特的销售主张，引起目标消费群的关注。

功能传递：消费者认可牛奶的营养，一种比牛奶更有营养的奶制品摆在面前，他们是否会欣然接受？

第四步：信息传递

信息：以肯定牛奶的方式，肯定乳酸菌奶的各种益处。

诉求：是一种“喝奶，就喝乳酸菌奶”的销售诉求。

利益：我们推销乳酸菌奶，它是一种比牛奶更好的奶，突出乳酸菌调理肠胃功能的最大优点。

话题:《为什么乳酸菌奶比牛奶更好？》

写到这儿撂下笔，脑袋跟被门挤了似的，肿了。虽然搞清楚了乳酸菌奶跟牛奶的区别，但画册问题依然无解。唉，浪费时间真要命啊！看看手表，妈呀，时间都走到了22点19分！

等会儿要给廖总去电话，难道告诉他老人家:“对不起，9小时过去了，要求我们策划的画册、易拉宝、海报、吊旗、单页、围挡、跳跳卡，都还一无所有、一筹莫展、一盘散沙、一败涂地、一事无成，请求再顺延9小时？”

呜呼，耳旁似乎又响起廖总的吩咐：这本画册非常重要，起印500万册！全渠道投放……经销商与消费者不了解新品，指望不上广告片，全靠画册宣传……所有广告物料要跟画册统一，务必三天内出稿，这关系到1.2亿招商任务，销售公司总动员……企划部不能误事！每12小时汇报一次！

廖总的命令似刀似剑，寒光逼人，顿时我脊梁骨直冒凉气，头顶蒸热气，急眼了！

背水一战

把笔一扔，我站在窗口做了20次深呼吸，拍拍脑门，强迫自己冷静。还是继续召开群英会吧，希望大家有所收获。刚坐下来，贺平翻出段资料，笑嘻嘻地递过来，“头儿，看看这段描述。”

顺着他的手指，我仔细看着：历史上有一些维吾尔族人聚居地，风沙大，昼夜温差也很大，但在那么艰苦的生活环境里竟发现几十名百岁老人，其他居民身体也挺强壮。通过调查少数民族饮食习惯，发现他们的饮食以面食、肉、发酵乳、水果为主，他们均有饮用自制酸奶的习惯，检查百岁老人粪便中的双歧杆菌含量，超过普通人10倍以上……

“也就是说，乳酸菌群会伴随终生，但会随年龄增长而减少，肠道菌群失调而肠道毒素含量增加。想长寿，补充肠道乳酸菌群必不可少。头儿，拿长寿说事儿，很好的传播概念啊。”贺平赞道。

赵一笑一拍大脑壳，笑嘻嘻道：“呵呵，想到一点了。历史上既然有很多人在喝乳酸菌发酵乳，我们不如挖掘历史，以史育人。老大擅长讲故事嘛。”

一笑言之有理，好，我马上点将：“晓峰、小江负责搜集乳酸菌历史的资料。”

小江是部门文员，但照样加班，就像解放军打急眼了，司号员、卫生员、马夫、伙夫都得拿着扁担、菜刀冲到阵地上去。没办法，铁血团队干活向来如此，今夜整个团队无眠。之所以请两个人搜情报，也是经验总结。如只请一人，有可能是一马奋蹄万马奔，但也有可能是一马若挡道，万马难奔腾！还是双保险来得踏实。

安排好搜资料的人手，我继续说道：“乳酸菌神通广大，比如多喝乳酸菌奶利长寿。换言之，给乳酸菌起个绰号，大家看看‘长寿菌’这个概念如何？”

概念全票通过，大家从起名入手，纷纷进言，但讨论到提炼卖点，又被憋住了。而我？已经疯啦。围着大会议桌玩走马灯，一圈、五圈、十圈……快转晕时，小江风风火火带来好消息：在释迦遗留下来的约2500年前的教典中，发现一段和乳酸菌分泌物有关的文字：“《大般涅槃经》犹如醍醐，最上最妙，若能服用，一切诸药悉入其中。”就是说，只要我们饮用“醍醐”这种物质，众病悉除。据辞典解释，醍醐是“自乳中精制、提炼出来的味道浓厚的甜汁”，亦指佛之最上经法！

一笑忙问：“啰唆个啥，醍醐到底是什么宝贝？”

“小辉哥发现记载于释迦教典中的一段解释：从牛出乳，从乳出酪，从酪出生酥，从生酥出熟酥，从酥出醍醐，醍醐最上。小辉哥又查到相关资料，发现将乳中脂肪去除后，可得酪，而生酥就是指生菌，众多生菌一起生长成熟后，会产生很多分泌物，这些分泌物便是醍醐。”

“这么冷僻的玩意儿都被扒出来了，此乃天助我也！连‘醍醐灌顶’这个成语都能和乳酸菌挂上钩，好，很好！”我不禁喜滋滋地赞道。

贺平也被震撼了，他捋着小胡须问小江：“小辉昨天通宵，今晚还肯帮你？”

小江开心地说道：“不知道吧，小辉哥有心上人啦，但他不会表白，我告诉他的甜言蜜语是酒精勾兑的，嘻嘻，听了会上头呢。”

“小辉哥好有艳福，有照片不？”子明一脸羡慕，哈喇子都快掉在桌上了。

“呵呵，有也不给看！”

一进入恋爱话题，子明浑身带劲儿，瞧，感慨又来了：“早知道找女朋友这么难，我爹就该给我定一门娃娃亲！其实现在的姑娘都不懂，哪有那么多白马，找头驴凑合得了，别等有一天驴都被抢完了，剩一堆骡子！”

“深夜勿发春梦，你看老大日夜做事都一个样。”小江冲子明使了个眼色。

……

“醍醐灌顶、醍醐灌顶……醍醐灌顶……”我一刻不停地念着，念着，念着，突然来电！我在门外转悠了半天，居然忘记护身法宝了？三大思维模式中的提问思维模式早该派上用场啦，真该挨一顿鞭子！抬眼看表，现在是 23 点 9 分。

我“腾”的一下站起来，快步走到黑板前，一口气写下若干问题：

1. 画册的本质？看完画册，希望消费者理解多少乳酸菌知识？画册是把乳酸菌的优点罗列完，还是提炼几大主卖点做宣传？还是只说主卖点？全面理解，还是突出一点？

2. 目前难以提炼出令人信服的主卖点，那么并列若干卖点来宣传是否可行？

3. 画册想传达给消费者什么信息？按保健品思路操盘还是按牛奶宣传操作？

4. 卖点多，总有一个会被消费者喜爱，看起来挺美。但一本画册中罗列百八十个卖点，信息量大又互相干扰，难记。如何解决？

5. 老板、总裁、销售大佬希望赠给消费者的画册达到何种目的？

6. 针对不同消费人群，如何尽最大可能一网打尽，做到全覆盖？

7. 如何更好地刺激人们的购买欲望，从而达到促销目的？

8. 文字浩瀚，如何以最简洁的方式勾起消费者兴趣？

9. 面对陌生营养概念，如何在最短时间内取信于消费者？

10. 跟牛奶做对比，如何把乳酸菌发酵乳的营养优势说得更透彻？

11. 我们的优势？劣势？

12. 竞品的劣势？

13. 如何给新品更好地做故事包装？

14. 做画册如何利用目标细分法？

15. 做画册如何利用单点爆破法?

……

大科学家爱因斯坦曾说，善于提问等于解决一半问题，此言极是。现在目标明确，回答满意则画册出街！十大问题，第 1、2 点是主要问题，先展开讨论。

赵一笑边看我在黑板上写写画画，边在本子上抄录着，看其专注神态，这家伙真在贴身学东西。果然，又是他打头炮：“老大，乳酸菌奶制品核心优势有两条：A. 牛奶经乳酸菌发酵，营养更丰富，更易被人体吸收；B. 乳酸菌调理肠胃里的有益菌群，带来若干保健益处。其外在表现是营养吸收、生长发育、调理肠胃与健康长寿。四大卖点独立成章，却很难拧在一起。”

平地一声雷，一笑的话再次把大家的思维调动起来，耳边骤然响起热烈的讨论声……就在贺平与阿伟争辩时，小亮无意插言道：“说了半天，我认为整合四大卖点，是个难以调和的矛盾体。况且只有三天，这点时间只够拍新品照片。”

小亮专职摄影，但摄影师在团队也要学策划、Photoshop（修图应用软件）、销售、广告、文案。虽然他才入门，但说者无意，听者有心，我心里一紧：“是啊，没市调、没竞品分析、没广告公司助阵、没销售大佬参与、没市场反馈，还想整合四大卖点呢。这个头脑风暴刮得方向有点儿歪！”

想明白症结所在，我做了总结：“定式思维害人，咱们走入误区了！这本画册的本质是：1. 培养 1 个亿的消费群；2. 产品特性说明，利益点讲清，没必要讨论市场定位和传播策略，一本促销教科书而已，咱们把简单事儿搞复杂啦！”

贺平学会了我的习惯动作，想到激动处也是使劲儿一拍大腿，“对啊，画册不是 15 秒广告，不受时间和文字限制，册子并列若干卖点，体现产品各种优势，无可厚非！”

大家聚焦思考力量于一点，大打歼灭战，思路自然越辩越清晰。最后，我总结道：“集团管理层制定对外宣传策略，喜欢谈产品的五大优势，招商要讲的十大政策，咱们有样学样，策划一本《200 个乳酸菌常识》或《200 个乳酸菌故事》，潇潇洒洒总结百大卖点，以通俗化、简洁化、数据化、形象化、故事化的方式进行描述，把乳酸菌的所有好处给消费者讲透！”

见众人点头称是，我继续说道：“好，现在是零点 49 分，咱们解决了主要矛盾，但第四个问题又很棘手，大家请看，鱼槽里‘小龙’摆着大脑袋欢实地游着，大家聚精会神地看‘小龙’，谁还能欣赏尾随它而来的‘小利’？它尾巴后还跟着条‘小明’，更是看不到。当消费者信服乳酸菌能帮助青少年长高时，又看到它被冠以‘长寿菌’的名号，还能助女性美容，呵呵，大家会觉得这玩意儿神奇过头了，卖点纠结在一起，消费者也会跟着纠结的。”

打完比喻，众人沉默不语，剩下的动作是齐刷刷地看金鱼！

看了看时间，不早了，我忙给廖总发条短信：“廖总好，进展顺利，明早 9 点做汇报。”

谁知廖总马上给了回应：“大家辛苦，我这边的销售会议刚结束，雨总，请你转告团队抓紧时间，一定要完成任务！”

“是，您放心，现在已有眉目！”

嘿，真不是人过的日子！廖总盯得真紧，这不是给紧箍咒又紧一圈了嘛，感觉脑袋好沉，没招儿了，只有猛干。我长吐一口气，振作精神继续问大家：“卖点多，总有一个会被消费者喜爱，看起来挺美，但画册罗列几十个卖点，容易互相干扰，哥儿几个说说怎么解决？”

众人扯了半天都是上不了台面的建议，秒针在一秒一秒地猛跑，眨眼便是一圈！在时针快指到“1”时，我又焦躁起来，这，这，这可如何是好？我冲阿伟喊了声：“去，给每人泡杯咖啡。”

这是企划部挣来的福利，每周有水果点心伺候着，咖啡管够。想让企划部天天 716，廖总就甭心疼钱！

阿伟端上香浓的咖啡和果盘，招呼大家：“哥儿几个累了，来吧，吃好喝好。”

大家吃水果，喝咖啡，聊着开心事，气氛欢腾。但我没心情参与，仍在纠结中。ZTV 黄金资源广告招标大会在紧锣密鼓推进中，那是集团广告部的重头戏，如果老逸成功执行老板策略，便立下赫赫战功，而此时的我，正在接这厮甩下的一根硬骨头！呜呼哀哉，心态失衡坐卧不安啊，我，我这是怎么了？羡慕嫉妒恨是没用的，不行，赶紧刨除杂念，专心攻关！

内忧外困来袭，刹那间，我的斗志彻底爆发了。拿起纸笔，抓到刚才提问群里的一个主要问题，问题 4 是说，乳酸菌卖点多，总有一个会被消费者喜爱，看起来挺美。但一本画册罗列百八十个卖点，信息量大又互相干扰，消费者难以记忆，如何解决？

画册开篇大谈儿童喝乳酸菌奶能猛长个儿，但结尾又说女性喝了能瘦身，家长联想这两段，一准儿将此产品认作包治百病的万灵药！舍掉瘦身？不妥。女性市场庞大，我舍得，廖总也舍不得。虽然长个儿与瘦身都是事实，但放进一本画册里又似水火不同炉……看来……看来采用目标细分法是上策，先把不同卖点归类合并，突出几类主要卖点，然后将消费群做切割，针对不同消费群做几本画册？

恰在此时，不知谁戏谑地说道："我最喜欢边喝咖啡边看'小龙'，胖墩墩的身子，披着五彩斑斓的衣裳，多好看，但它总是傻乎乎地游来游去，盯着看有点儿累。我想把鱼槽打成几个隔断，每段只放两条，我看'小龙'还往哪儿跑？"

话音刚落，贺平右手一拍大腿，猛地起身，激动得竟忘记左手还端着咖啡，半杯咖啡直泼在裤管上，但他根本不管，冲着我嚷嚷道："老大，一本册子哪能包罗万象，干脆把画册也一分为四，《儿童版》《女性版》《健康版》和《长寿版》，每册突出一个主打卖点，再点缀十几个小卖点，一类消费群送一类画册，满足主要利益诉求点，够啦！哈哈，问题解决啦！"

"好想法！妈妈给孩子买乳酸菌奶，看完儿童版画册，恨不得清空货架，而老人读完长寿版，谁不想长命百岁呀，他们一定会动心！而且分版还能自动屏蔽多余信息，互相干扰是不攻自破。看，现在大家能专注看这条鱼了。"一笑说完，伸手把"小龙"抓了上来！

敢抓我的鱼？我大吼一声："谁的爪子，放下！"

能不大声呵斥吗？这可是我在办公室精心摆下的一座风水局呢。堪舆认为好风水是藏风蓄气得水。气流易被风吹散，但遇水则会停，水可使气运流通平稳，而水中有吉物，更可调整气运，保风水灵气不散。

赵一笑敢伸手抓吉物，我当然急眼啦。

好，1 点 8 分，次要矛盾得到完美解决！不说石破天惊，至少也是创意非凡。看来刚才大家闲聊时，唯有我、贺平、一笑仍在持续思考！他们能有这份毅力，哈，团队成长起来了！好，我招呼大家集中精力继续研讨第 7、第 9、第 10 个问题，它们大同小异，可合并思考，现升级为主要矛盾。

子明翻着厚厚一沓资料，忽然叹了口气："研发部提供的资料浩如烟海，几十万字的科技文献精缩成百篇短文，唉，太难了。老大，你说的语言要通俗化、简洁化、形象化、故事化，说着容易，执行太难。”

“解释乳酸菌，别从盘古开天地讲起，比如文献上这段话。”我让子明读给大家听：“目前已知的乳酸菌种类很多，它们多半偏好在低溶氧量，富含可溶性碳水化合物、蛋白质分解物及维生素的环境中生长……”

一笑皱皱眉，他耐心有限，挥挥手，打断了子明话头：“停，停，停，别念了。有位叫莫契奇考夫的学者，对苏联卡利亚地区的百岁长寿者进行调查，证实经常饮用发酵乳是长寿的重要保证，提出发酵乳是延年益寿的饮料的观点，由此获得诺贝尔奖。拿这事讲乳酸菌功能，厉害得多。”

一笑的提醒有启发性，我灵感来了：“咱们分三步走，文案不谈理论，只讲实际；图文并茂，大图配少量文字；标题要大号。”

瞬间，会议室刮起头脑风暴，新想法在各个大脑里不断激荡传递，贺平忽地站起身，快步走到黑板前，边说边在黑板上绘制版面布局：“哥儿几个注意了，图片阅读速度比文字快6倍，大图抓人眼球，而标题直指文章要点，大号标题吸引住人，读者才会有兴趣看文章。”

……

话题不断深入，一笑又有新想法，“想要标题更醒目，不妨反问阐述。比如钙吸收问题，标题写成‘第二次世界大战后日本青少年身高为何超过中国青少年？’。文章做两点解释：A. 牛奶中的钙不易被吸收，而发酵乳酸菌奶中的钙元素，大都以游离钙离子的形式出现，补钙更轻松；B. 日本政府大力提倡国民饮用乳酸菌奶制品。”

“一笑哥，你对资料熟门熟路，说得一套一套的，呵呵，是不是肠胃里的乳酸菌比我们多些呀。”子明打趣道。

一笑冲子明挤挤眼，“老大常说把公司的事当自己的事，主动性和记性就会变好。”

子明摇摇头，往桌上慵懒地一趴，长叹道：“唉，兄弟确实把公司事当成自己的，但记性还跟被狗啃了似的，郁闷！”

“公司是自己的，后天交不上稿，就要关门，你身上的潜能还会潜伏？那时，不管多晚多累，你记性照样好得出奇！”一笑扔给子明一颗槟榔，“市场流通几百万册本企划部作品，多大的成就感啊，我想着就兴奋！”

子明不好意思了，嘟着嘴点点头。

没工夫听他们闲扯，我“啪”的一声，一拍大腿，“行，提问式标题，类似《十万个为什么》，好想法！赞！每本画册可定成 64 开，32P（页），85 克铜版纸精印。”

贺平捋着小胡须，点点头，“拿《健康版》册子来说，回答消费群关心的 32 个问题，从醍醐灌顶的典故说到全世界风靡的现实，从肠道微生物群讲到养生保健、增强免疫力，林林总总，像读 32 个精彩故事，真棒！”

赵一笑拍着脑门，冲贺平说道：“晕菜，讨论半天，其实回到策划原点！”

“原点，什么原点？”小亮很好奇。

到了赵一笑显摆本事的时候了，他给小亮讲了一个爱情故事。1919 年，卢森堡王室迎来夏洛特公主继承王位，作为王室厨房帮厨的莱昂整天在后厨洗洗涮涮，机缘巧合他遇见了芭莎公主。公主仅是王室的远房亲戚，所以当时的稀罕美食——冰激凌——轮不上她品尝，于是莱昂晚上悄悄为芭莎做冰激凌，两人边吃边聊天，芭莎还教会了他英语。他们是卿卿我我，情投意合，不过，因身份悬殊，只能将感情深埋心底。一年后，卢森堡和比利时联姻，被选中的人正是芭莎公主。消息公布一个月后，芭莎才出现在餐桌旁，非常憔悴。莱昂准备甜点时，在芭莎的冰激凌上用热巧克力写下“DOVE”，那是“DO YOU LOVE ME”的缩写，他相信她能猜透奥秘，但芭莎呆坐很久，直到热巧克力融化也未看到。

芭莎出嫁一年后，莱昂应聘去了美国的一家高级餐厅，老板把女儿许配给莱昂，但岁月没能抚平他的心理创伤，妻子伤心地与他分手了。莱昂带着儿子经营了一间糖果店。一天，他收到来自卢森堡的信，芭莎公主告诉他自己曾派人四处打听，希望能见他一面。由于第二次世界大战爆发，信到他手里时已迟到一年多。当莱昂来到她身边，芭莎只能用微弱的声音诉说她曾绝食抗争，但不知莱昂是否爱她，最终只能向命运妥协。但前提条件是回王宫喝一次下午茶，因为她想与莱昂告别，但却没看到融化的字母。三天后，芭莎离开人世。佣人说她嫁来后一直郁郁寡欢。

莱昂无限悲凉，如果当年热巧克力不融化，那她一定会跟他私奔！后来，莱昂决定研制固体巧克力。经过苦心钻研，香醇的德芙巧克力诞生了，每块巧克力上都被牢牢地刻上了“DOVE”！莱昂以此来纪念那段苦涩、悲伤、甜蜜、动人的爱情。

小亮双手竖起大拇哥，“情人送出德芙，意味送出爱情之问：DO YOU LOVE ME？德芙给消费者讲述爱情故事，赋予产品感情，消费者会爱屋及乌的。我们推乳酸菌新品，也要给消费者讲故事，就像讲醍醐灌顶那样，记住故事便能记住乳酸菌的好！”

话音刚落，子明使劲搓了搓胳膊，“小亮，求你别读英语了，酸！”

听着小亮和一笑的一问一答，我的自豪感油然而生。两年的强化培训，很多外聘高手把浑身的策划本事都教给大家了，团队战斗力跟当初有了天地之别，我说上半句，他们便知道下半句，而且还有拔高！甚至连我的口头禅和说话方式他们都在模仿，呵呵，这帮家伙有意思……

敞开心扉

台湾有家牛肉面馆，只有40个座位，却在销售世界最贵的牛肉面，一碗面2 000块！据说味道天下一绝，供不应求！

这位老板很会讲故事。他是分论点阐述这碗牛肉面里都有啥宝贝的，为啥贵得离谱！因为拥有下面7大理由：

1. 120克面条，专用配方，提供20多种宽细扁圆不同形状的面条；

2. 5块3厘米见方的大块牛肉和一块牛筋；

3. 牛肉分别来自日本、澳大利亚、美国和巴西，吃他一碗面，能同时吃到四国牛肉；

4. 每块牛肉的加工方式不同，日本牛肉切之前要冷冻，以便切出整齐形状，而澳大利亚牛肉要先上锅炖，再从骨头上剔下来；

5. 牛肉连续炖煮7天，每晚把肉捞出来冷冻，让肉在炖煮间隙得到休息；

6. 调配面汤采用6种不同汤汁，汤汁全部是由牛身上各部位熬制出来的，包括牛筋汤、牛腰肉汤、牛骨汤等，烦琐的调配过程其实跟香水师调配香水差不多；

7. 面汤会拥有标志性的“丝绒”口感，口感极佳！

从某种角度上讲，卖产品其实就是卖故事，策划高手大都喜欢干这事。

恺撒标语

光有故事包装便万事大吉？想着想着，我忽然问大家：“画册光有设计和故事，离成功尚远。刺激购买欲望的核心是啥？咱们要对第 7 至第 10 个问题仔细研究。”

现在时针走到了 2 点 16 分，大家连续奋战十几个小时，都不是铁打的金刚，铜铸的罗汉。看着众人已有疲态浮现在脸上，我掏出钱，“阿伟，给兄弟伙儿搞夜宵去。老规矩，我要烤土豆和牛肉串。”

阿伟出门前，顽皮问道：“整点儿酒不？”

“画册出街，我请大家蹦迪！”

“老大啊，上次酒店装修，你许诺的蹦迪还没兑现呢。”小江撇撇嘴。

“呵呵，前段时间太忙，这次绝不食言！”脸上有点挂不住，幸好小黄不在，否则这捣蛋鬼能放我一马？

时间不长，阿伟提着二十几个餐盒兴冲冲地跑回来，什么烤牛肉、烤羊肉、烤板筋、烤鸡翅、烤虾串、鸡蛋饼、炒河粉，嚯，铺满桌子，看得大家嗷嗷直叫。

出身贫寒的周星驰，早年工作时每天不得不为多赚几十块钱而四处等候差遣。为了生计，他不得不学着很油滑的样子，跟人家插科打诨磨嘴皮。为了一个死尸角色，恨不得浪费一升口水去争取！过去的生活塑造了周星驰，也撕扯着周星驰，他有时难免自卑。有一次，记者采访完周星驰，请他在一张剧照背后写段话留念。那一刻，周星驰露出难过表情，歪歪扭扭地写下：“为什么坚持？想一想当初。”

是啊，为什么我们这群人如此坚持？想一想当初吧！所以当众人吃完，马上收拾桌椅继续干活，无人喊苦。那一刻，年轻的心，活跃的心，事业的心，奔腾的心，进取的心，为实现人生价值奋斗吧。黑夜里，团队再次踏上征程。

……

黑板上写下《第二次世界大战后日本青少年身高为何超过中国青少年？》这一标题，我开始做冲刺发言：“夜宵时，我在琢磨《第二次世界大战后日本青少年身高为何超过中国青少年？》，貌似不错，但对比《第二次世界大战后日本青少年为何比中国青少年高一头？》，大家说说想法吧。”

阿伟蹙眉问道：“真高一头吗？”

“搜数据嘛，有点儿影子就 OK！”

“万一没有呢？”

“阿伟是实在人，你想哪个傻瓜会纠正高一头的错误？而且他到哪儿纠正？呵呵，真够闲的。事实是‘二战’后日本青少年身高超过中国青少年，至于高多少，文学修饰啦。不说高一头，能刺激中国父母给孩子拼命买发酵乳酸菌奶吗？谁不希望自家男孩一米八，女孩一米七？”

听着听着，一笑不禁抚掌大笑：“哈哈，参照系选择日本人，真是‘邪恶’的对比！他们的孩子喝几年乳酸菌奶，就能长高一头，给人很大的想象空间哦！”

“一个青蒜炒腊肉，能被人命名为‘植物大战僵尸’，夸张而不失真。那我也来献丑，说个长寿标题——《人类常饮乳酸菌奶能活200岁？》。呵呵，200岁啊，标题有想象力吧。”贺平跟着也大笑起来。

阿伟接过话题，“是啊，有刺激青少年长高作用的保健品在市面上不计其数，但乳酸菌帮助青少年长高却与众不同，我们的大标题做出了差异化，又有三大特性：具体化、故事化、形象化！而贺哥的长寿标题，也是三化标题，牛大发了！”

我看了眼阿伟，点点头，“你说的对，我想明白刺激购买欲的对策了。每个版本的画册由N个卖点组成，每个卖点占1P（1页），每P由三部分构成：1：配大图。大图占50%的版面，极其醒目；2. 故事言简意赅，消费者一目三行，能懂乳酸菌的各种好就行，占30%的版面；3. 大标题是宣传关键！每篇故事的卖点用大标题阐述！比如，小贺说的《人类常饮乳酸菌奶能活200岁？》，消费者口头传播的将是大标题。就像恺撒游行时的大标语，令人产生无限遐想。现在进入倒计时，咱们按流水线做方案。设计部出标准模板，剩下的工作是换图、换标题、换文字，批量式地干活！”

有人问了一句：“恺撒标语？”

“高卢凯旋那天，恺撒大帝坐马车登上了卡托尔山，左右分列40头战象，骑士们骑着大象，他们双手举起火把，照亮了夜空。游行队伍中赫然出现一个条幅的大标语：‘我来了，我看见了，我征服了！’”

我的话音未落，贺平便兴奋地站起来，挥舞着双手，“标题要有实际利益带给消费者，比如，日本青少年高一头的标题，说明乳酸菌奶对青少年生长发育具有实效，且有普遍性意义，历经几十年检验，成效毋庸置疑！”

当时钟走到3点6分时，策划有了突破性进展。我按捺不住激动心情，站起来分享新想法：“标题必须进行艺术加工！卖点要吸引消费群，关键在于利益交换、记忆深刻和言之有理。现在读者翻开画册，先被超大图抓住眼球，接着再被大标题诱惑，双重吸引后他们才有兴趣读故事。OK，阅读流程被咱们理顺了！很好，大家分个工，贺平、一笑、阿伟和我负责锤炼标题；晓峰、子明、小江、小亮做文案精炼；橙子团队根据标题配图。”

“老大，我还有个建议。”

“说。”

“建议团队分成儿童、女性、健康和长寿四个组，每组攻一个专题，最短时间成为专题型专家……”兴奋了，我使劲拍拍贺平的肩膀，冲他竖起大拇哥，“行，想法有见地，照办！”

会议散场时，我看见一笑肩膀上落着些头皮屑，忙又喊住众人。“等等，等等，想起来了，再跟大家说个海飞丝的文案。他们的广告分成四段式：1. 提问：很多朋友的头发经常会有头皮屑，并被头屑问题所困扰；2. 分析：有头皮屑的主因是什么；3. 解决：好了，全新海飞丝，有效解决头屑问题；4. 赞扬：头屑去无踪，秀发更出众！其实，咱们也是在运用提问思维模式，比如：1. 提问：日本青少年为啥个子高？ 2. 分析：A. 牛奶中的钙不易被吸收，而发酵乳酸菌奶中的钙元素，大都以游离钙离子的形式出现，补钙更轻松；B. 专家认为乳酸菌奶具备鲜奶中的全部营养成分，并含有较多的动物性蛋白，利于青少年长个儿；C. 日本政府大力提倡国民饮用乳酸菌奶制品；3. 解决：中国青少年养成每天饮用乳酸菌奶的习惯。好，说到这儿，咱们跟海飞丝分毫不差，但收尾缺赞扬环节。建议每篇软文附加一句：发酵型乳酸菌奶，牛奶中的牛奶！”

赵一笑双掌使劲儿一拍，满脸佩服神色，“哦，原来如此！难怪前天买了瓶海飞丝呢。明白了，没想到我们擅长的提问思维模式，居然被外资品牌用上啦，呵呵，高手出没，佩服！”

贺平跟着又是兴奋地一拍大腿，“更没想到的是，画册的策划流程和成果，全来自提问思维模式，好像我对这套思维模式有新认识了，今天大有收获！”

二人的感慨引来一片附和声。没工夫自夸自说，看到天色快发白了，我急急喊道：“行了，现在是 3 点 24 分，离汇报只剩 6 小时了，干活！干活！”

迅速分配完，众人马上行动。黑夜跟团队无关，企划部运转起来，好不喧哗热闹，当然，我非常喜欢众人齐动手，所有问题迎刃而解！企划部历经两年锤炼，菜鸟变小鹰，工作效率大幅提高！

看到此情此景，我终于有点儿闲工夫瞎想了：“画册别具匠心，呵呵，一出手便博个满堂彩！当初以‘我为人人，人人为我’精神而创立的企划部，以黄川、贺平、赵一笑、王小辉、陈东为代表，团队人人进步发财，非空话，全落到实处啦！”

“对不起，又叫老逸你失望啦！哼，千刀万剐的家伙，招商成功，我是锦上添花；招商失败，画册再不出彩，那我罪过大了。嘿嘿，成也无大功，败也负重责。好，又是一笔血债，你等着瞧吧……”一想起老逸，我浑身跟打了鸡血似的。

这本画册放到他跟前，他会如何吹毛求疵？表面看好像完美无瑕，但我隐隐感觉还缺一个突出的亮点！瞬间，策划动力又来了，没办法，我骨子里有追求完美的动力。

马上第三次召集大家开会："发现个问题，画册的策划做到这份儿上，够意思，但我总感觉还缺乏一个亮点，怎么形容呢？不是内容问题，而是某种形式问题，比如，画册做成异形！但实际上不能去做，领导审批起来我们风险大。但为了更好地让消费者记住乳酸菌的各种好，大家来讨论讨论，画册如何更出彩？”

“啊，还讨论啊，我怕时间来不及了呢？”子明第一个跳出来反对！

一笑也有些皱眉头，他苦着脸道："老大，我建议今晚先按兵不动，等明天送过去听听廖总意见，完后再修改完善，行吗？”

看着这帮人一个个累得嘴歪眼斜，很多人眼睛都没神了，我不免动了恻隐之心。本来他们每人要完成各自任务，时间已经是按秒计算了，现在还要再抽时间讨论，确实是在苦水里泡着。

但我一想起老逸阴森森的目光，尖酸毒辣的手段，我就只能咬牙吼道："知道大家辛苦，但不值得同情！画册没出彩，所有的加班全白费！现在时间是 3 点 34 分，大家集中精力再突击 60 分钟，想得出来也得想，想不出来也得想，谁也甭叫苦！阿伟，去，再给大家泡杯咖啡！”

众人见我斗志昂扬，还能说什么？只好跟着一起想方案。但仅仅过了三分钟，我就感觉气氛不对，刚才一鼓作气讨论完，现在这股气泄了，想再提不易！但我有时候也不是什么好人，总能想出折腾人的办法，马上，我跟大家说了个游戏："咱们玩个击鼓传花的小游戏，给每人一分钟想策划，说不出来的，说得不中听的往盘里扔 5 块钱，一个个往下传，没零钱的写白条，最后兑现。等做完画册，拿这笔善款吃喝去！小江你不参与，只负责计时，谁也甭耍赖！”

击鼓传花、带赌博性质、人人参与、善款吃喝。大家情绪立刻来了，有说有笑中游戏开始。首先是我，二话不说往盘中扔了 5 块；接着赵一笑憋了憋，投降，接着小亮降了……整整转两圈，20 分钟啥也没得到，除了盘子里堆起来的钱！

大家话题太散，东说一块西说一块不成章法，怎么办？我是真急眼了，脑子拼命想！再次轮到我，一边扔钱，一边说："这样吧，我认为画册最具震撼力的一句话是，苏联的莫契奇考夫因提出且证实发酵乳是延年益寿的饮料的观点而获诺贝尔奖。大家琢磨一下怎么突出这句，消费者看完过目不忘！别提单拿 1P 印大字的构思啊，说了也得扔 5 块！"

马上轮到赵一笑了，他说："这句话印封面上！"

"废话，扔吧！"有人笑着叫嚷道。

"每篇都印这句，重复 30 多遍，人人能记住！"

"扔吧，废话！"看我没点头，小亮只好无奈地又扔 5 块。

那真是人多计谋广，柴多火焰高，当盘子里堆了快 300 元时，方案似猛虎下山一般，牛气！单拿 1P 印上这行字：苏联的莫契奇考夫因提出且证实发酵乳是延年益寿的饮料的观点而获诺贝尔奖。完后在上面贴一张便笺，盖住这行字，再在便笺上打上一个大大的惊叹号！消费者看到便笺上的惊叹号，肯定好奇啊，人人都会动手翻开便笺定睛观瞧，呵呵，要的就是他们聚精会神看这句话！好奇害死猫，看完后的印象？估计是 10 年不忘！一个人人皆知的诺贝尔奖，便能证明发酵乳酸菌的全部正能量，比解释千句万句更有力！呵呵，这本画册要火了！

好，4 点 18 分，收摊。看着大家呼啦啦地跑出去，我感觉他们很可爱！

上午 10 点。

带上贺平和一笑，我跟廖总做了策划思路的汇报，完后递上画册初样。廖总马上喊来几位销售大佬，大家研究了一个小时，整体框架未动，众人只是提了些细节修改建议。临走时，廖总忽然说道："画册分成《儿童版》《女性版》《健康版》和《长寿版》是好想法，但我建议再做一本 32P《综合版》。"众人一致叫好。

好，还有 40 个小时，画册必须完成深化设计。同时海报、吊旗、围挡、跳跳卡的策划和设计也可以展开了，马上回去布置任务。又是一通忙活，我疯掉了，团队跟着也都疯掉了，没办法，只有把自己逼疯，才能把竞争对手逼死啊！

第三天下午。5 本画册出炉，高层非常满意，尤其是便笺的创意！能不满意嘛，多家竞品抄袭我们画册的创意，大江南北，黄河两岸，哪个市场都活跃着盗版的影子。企划部众人见状，既惊又怒。惊的是部门三天完成的画册，引领了市场潮流，大大提升了自豪感；怒的是出现众多山寨版，都没给版权费呢！

还有好消息传来，经销商和消费者拿到画册，交口称赞！消费者说了一堆好成语："一目了然""一传十，十传百""一辞莫赞""一见倾心""一网打尽"……而经销商的最佳评语是"一本万利"！

更令人意想不到的是，5本画册的寿命超长！我离职三年，在市场上居然还能见到当初的创意，只是有人在扉页上添了几个获奖证书。要知道，快消品行业的产品画册，寿命一般也就半年，顶多一年而已。我猜想对于一本用了5年多的画册，谁都会失去新鲜感，集团肯定有人想策划更牛的画册，但没成功！呵呵，想超越，想颠覆？哼，先学好三大思维模式、广告和企划再来玩吧。

当然，事后，老板和廖总当我的面，重重夸奖了企划部的战斗力！他们当然喜欢拼命三郎式的团队啦，人家七天干完的活儿，企划部只需三天！而且企划部今年出品的促销画册和去年设计的产品新包装，不仅在市场中广受赞誉，而且设计寿命极长。这为集团节约了多少策划和设计成本啊。

但光有喜欢和赞美可不行，马儿跑得欢，就要吃夜草，我请廖总批一些加班费给企划部，廖总是一边笑着骂人一边签了字！

从A集团大举进军发酵型乳酸菌奶产业开始，该市场便以每年30%的增长速度高速成长，目前年总产量已突破100万吨，市场规模超过200亿元。但回想当初，行业年产值不过15个亿。伴随10年黄金发展期，企划部策划的这本画册以及众多的山寨版本曾向多少消费者传播了乳酸菌知识？相信有千万消费者曾经看过！

突击完成的画册策划案，可列为我在A集团的二十大业绩之一，蓦然回首，咱也曾为国内乳酸菌事业发展做出了贡献，呵呵，值得骄傲。

至于陈东的事儿，我盘算过了。内鬼无非是有或无，有的话也无非是三个人。陈东？面试第一天我曾给他相过面，不似奸邪之徒。我信这小子，不管他是否投靠老逸！虽然有人说不要在利益面前考验人，但陈东毕业后不得志，是我从土里把他刨出来的，手把手带他，给过他无数次培训机会，更把上海企划部交他打理，前程闪亮。不说让他感恩吧，至少也够意思啦。

老逸对他做了什么，有什么恩惠给他？死对头许诺高官厚禄，谁信？陈东会考虑做叛徒的下场，得罪我就是得罪企划部以及我背后的一批高管！

贺平？他嫉妒陈东屡获我的表扬，故意造谣？小贺知道一笑、小辉和橙子比不上自己，虽然竞争不过黄川，可黄川志在销售，他未来的梦想是做大区老总，所以在我任企划总监后，副总监一职虚位以待，如能铲除陈东这个最大的竞争对手，他明年荣升的机会将大增！但我对他不薄，干吗要对同事下狠手呢？如果此事为真，我只能认为贺平妒忌心偏重，也许鬼迷心窍，急于上位，干了件损人不利己的傻事！我不会偏听偏信，装傻就是。

宋春华？没直接领导过，人品不甚了解。他有可能被老逸收买，也可能被贺平唆使，从中故意挑拨，离间战友感情，但一个跳梁小丑，能掀起多大风浪？

资料外泄？资料是死的，人是活的，资料只能代表过去，虽然叫老逸偷窥到了企划部培训和一些策划的秘密，能了解团队业绩和一些策划思路，但这厮凭那些玩意儿就想战胜我们？歇菜吧。

再说了，他是老板跟前的红人，随便编几个破理由，便能堂而皇之地从企划部调文档，用得着干偷鸡摸狗的勾当吗？企划部几次战胜广告部，资料虽有帮衬，但更靠716铁血精神和团队协同作战，这是老逸的短板，他若真想学个一二，只是邯郸学步啦。

谋篇布局，设套抓鬼，有必要制造紧张气氛吗？这是亲者痛仇者快的事情，傻子才去干一步一鬼的破事呢！咱爬到总监位置上，凭的是拳拳见肉，箭箭透靶的真功夫，是真枪实弹，硬桥硬马干出来的，不是搞阴谋耍诡计。我遵守团队合作信条，合则一起我为人人，人人为我，敞开心扉共事；分则各谋发展，力量大减。当然，谁嫌庙小走人，无所谓啦，咱绝不挽留！

打定主意，这片乌云便散了。当我把这事说给齐总听时，他的评价是："装傻装得不错，继续玩吧。"

企划部有五大台柱。黄川聪明灵性，情商尤高，苦干加巧干结合得最为完美，甚能举一反三，所以个人取得的成绩最大，一路飙升，最终担纲分公司总经理。贺平、王小辉的智商与情商皆寻常，他们以苦干为主，巧干为辅，虽不能全部掌握三大思维模式，但二人有716式的打拼劲头，勤能补拙，没天赋可以模仿嘛。由此，二人克服资质平平等缺陷，贺平后来荣升集团企划总监，而小辉则坐上了食品公司副总经理宝座。赵一笑情商高，陈东智商高，他们以巧干为主，苦干为辅，虽勤奋度略逊于贺、王二人，但他们举一反三、不拘一格套用三大思维模式，也能做得有声有色，由此，同样收获大好前程，先后升任集团广告副总监和企划副总监。

我不擅长“平地起高楼”，更想做一位“拿来主义大师”和坚持不懈的斗士。当然，我做事就那几招，翻来覆去运用，同人看在眼里，学在手里，所以团队中人做事风格如出一辙。总之，企划部的人各有天赋，也各有安身立命之本，这年头谁比谁聪明多少呢，唯有辛勤劳作才是前进的火车头！

老逸是牛人

虽然按时完成任务，但仓促之间，不算彻底完成，事情明显没做透嘛。好，马上我又开始撰写新的策划方案：

根据老板、总裁指示，推广乳酸菌新品的行动即将拉开大幕，建议开展6项工作。

一、总体思路

在消费群心目中建立乳酸菌行业是朝阳工业、健康产业的概念，使其留下A集团在乳酸菌行业是龙头老大的印象。

利用各渠道炒热乳酸菌产业，可由行业协会说话，专家发言，媒体推波助澜，力争成为高光产业。同时引入A集团发展历程、行业龙头地位、先进工艺、质量保证等核心内容。

二、六大执行方案

1. 集团立刻加入中国乳酸菌行业协会，近期壮大其声势，期待得到官方支持。

2. 据了解，C省科委已上报中科委，希望成立中国乳酸菌研究中心，如该中心成立，集团可全面与中心合作。

3. 加强与中国食品协会在内的相关协会的联系，今后宣传可引用协会著名专家关于发酵乳、乳酸菌知识的专著或论文。

4. 建议召开由央视牵头、各大对口协会和150家主流媒体参与、集团承办的大型乳酸菌行业研讨会。会议要确定集团的行业地位，炒热乳酸菌产业，让全国上下都来关注发酵型乳酸菌奶，同时利用会议平台，建立新闻媒体总体的网络架构，为今后的宣传打下坚实基础。

5. 主流媒体连载乳酸菌知识，由知名专家供稿，力求权威与公正性。同时举办抽奖活动，收集产品商标邮寄回公司，读者可参加有奖读报活动。

6. 每月策划新闻事件，从多角度（发酵型与调配型区别等）树立集团是乳酸菌行业领军企业的形象。同时可组织一批高级写手，专事该项工作。

写完报告，我高高兴兴地去找廖总。但秘书小王告知廖总正在会议室接待客户，一会儿回来。我想马上表功，耐着性子候着吧。

冬日的阳光透过落地玻璃照射进来，晒到身上暖洋洋的，照进心里亮堂堂的，头一次有心情打量廖总60平方米的办公室，屋子里那张4米多长的欧式大班台镶金镀银，透着高贵气息，而带有洛可可风格的奢华文件柜足有8米宽，靠墙排开，气势逼人，新古典主义的真皮沙发被阳光照耀得熠熠发光，“悠闲”地立在羊毛地毯上，而陪伴沙发的是意大利瓦萨驰落地水晶灯。这些名贵家具无一不彰显着主人在集团的身份地位！看着看着，心里有些小想法不断往外拱，啥时我能……

心里装着事儿，我坐不住了，背着手在办公室来回溜达。无意中溜达到办公桌旁，看见桌上躺着一份文件，标题瞬间吸引了我的注意力：《关于A集团（乳酸菌新品）与央视深度合作的七项策划》

董事长、总裁及各位领导：

为明年更好借助央视平台，推广集团品牌形象与切实拉动销售，广告总部近期密集与央视接触，策划了明年七项日常工作与事件营销项目，汇报如下：

一、赞助央视王牌少儿节目

联合伊利、光明、娃哈哈等知名集团，在少儿节目中开辟健康栏目，每天讲述包括乳酸菌、牛奶知识等在内的系列健康知识，节目中加入知识互动游戏，可将产品作为游戏道具或奖品。

二、与农业频道深度合作

A集团长期关注西部农业开发，可联合几家大型企业投资西部，落实中央的“三农政策”。我们将提供奶牛资源，带动西部贫困地区农民养奶牛，共同脱贫致富。

以此为新闻点，在七套《西部频道》、二套《经济新闻》及四套《新闻频道》制作、播放专题节目。

三、与《每周质量播报》《夕阳红》《天天饮食》栏目合作

联合乳业大牌企业，在符合栏目运作思路下，在上述三大栏目中制作系列乳品节目，邀请著名专家在节目中讲述乳酸菌及牛奶知识。

四、举办“中国企业家春节联欢晚会”

央视主办并录制的“企业家春节联欢晚会”在春节期间播放，集团每年是主赞助商，力争与央视一起将该台晚会办成特色鲜明、观赏性强、参与性高、反响热烈的王牌春节晚会。晚会包含集团软性宣传的节目。

五、与《经济半小时》合作

集团正策划召开国际乳酸菌产业研讨会，由五大行业协会与央视联合主办，《经济半小时》将根据本次乳酸菌高峰会议，制作30分钟专题片，春节前播放。

六、《新闻联播》报道集团新闻

A集团是乳制品行业龙头企业，希望借中央重视执行“三农政策”之机，与《新闻联播》栏目合作，使其在恰当时机报道有关集团的新闻。

七、与央视四套深度合作

央视四套希望成立企业家联谊俱乐部，已邀请董事长参与。在有关企业家俱乐部的节目中，可考虑制作、播放集团专题节目。

……

集团广告总部
方逸华

看完策划报告，我倒吸一口凉气！好大的气魄，平台够宽，影响够大，牌子够响，力度够猛！唉，赶紧收起我的小策划吧……

我灰溜溜地跑回企划部，把报告往桌上使劲一摔，“哎哟，老逸这厮搞出大手笔来了，集团领导准会爱不释手。我的策划扔到垃圾桶都嫌占地儿！”

拍完桌子，踹完板凳，折腾半天才平静下来，点燃一根烟，我站在窗前想心事。老逸把新品推广打理得井井有条，有广告总监的范儿。不是说这份策划有多么惊天动地，

而是说符合企业实情，招招管用，花小钱办大事的风格非常对老板的胃口！哼，这斯智商很高，情商更厉害，倒也有些手段！

不过话又说回来，老逸身居高位，天天和央视的人待一起，憋出这套方案，也是分内之事。而我没做过像样的电视广告，刚才看西洋景，应该是被唬住了。假以时日，我在高端平台照样做得风生水起！嗯，还是那个性格，越有挑战性，我越兴奋，浑身充满正能量。

鼓励完自己，重新做乳酸菌新品推广策划。着实费了番心思，两天后递交上去，照例获得表扬。

剑走偏锋的策划

但画册的事就到此结束了？我始终认为从画册起始策划到完工，都是常规思路下的蛋，而我喜欢的是非常规思路下的金蛋！左右思量，决定借助外力。在和广告公司交流后，我想起一则推广故事。

玛氏糖果公司生产的巧克力豆世界闻名。然而20世纪50年代，这款创新巧克力豆的销售业绩惨不忍睹。玛氏公司于是聘请了一批策划高手为新品做宣传。策划团队发现这是当时唯一使用糖衣包裹的巧克力豆。糖衣又称食用膜，是一种成分复杂、可食用的“外衣”。有了糖衣包裹，巧克力豆拿在手上不融化，放入口中却能很快融化。基于新品特点，他们创作出了“只溶在口，不溶在手”的广告口号。

在策划团队建议下，为了让巧克力豆文化更深入人心，玛氏又请来文人墨客撰写了许多后来流传甚广的笑话。令人印象深刻的有两个段子。

一位老人和一个年轻人是同事。老人办公桌上有罐花生米，而年轻人恰巧爱吃花生米。一天，老人因故没来，年轻人禁不住诱惑，打开罐子吃掉了一半花生。隔天，年轻人看到老人心生愧疚，主动向老人坦白。

老人笑道：“不碍事，我牙齿掉光后，已经吃不了花生啦，只能吃花生外那一层巧克力皮，剩下的花生就吐进罐子里。”

第二个是讲一位国王有个漂亮女儿，公主啥都好，就是如果她使劲儿摸任何东西之后，它们都会融化。为此，国王张榜征神医，但医生们爱莫能助。他又向巫师求助，巫师说：“找样东西，放在公主手里不融化，此病便会自愈。”

国王张榜告知天下：“如果有人找到一样能让公主握在手里而不融化的宝物，便可娶公主为妻，并将继任国王。”很快，第一位揭榜人带来精钢宝剑，可公主一摸，它便化了。第二位揭榜人带来金刚石，他知道自然界中最硬的物质便是此物，但他大失所望。第三位揭榜人走到公主跟前说：“请您把手伸进我裤兜里，摸一摸宝贝。”

公主将手伸进去，脸顿时变得通红，她碰到一个很硬的东西，她将宝物握在手中，它居然没融化！

从此，他与公主过上了幸福生活。那公主到底摸到了啥宝物？当然是玛氏公司的巧克力豆啦，“只溶在口，不溶在手”，名不虚传！

玛氏公司的故事风靡一时，至今仍为人津津乐道，巧克力豆由此名声大震，销量猛增。直到现在，“只溶在口，不溶在手”仍被评为美国第一广告金句。

想起玛氏的推广策略，我是想效仿的。因为消费者天生对广告有抵触心理，而乳酸菌奶又是新品，所以正面推荐成效寥寥。传统说教不如寓教于乐、潜移默化地向消费者灌输乳酸菌的种种好处。

玛氏深谙此道，笑话是好吃的外壳，是糖衣，用以吸引消费者注意力，解除阅读戒备心理，而产品卖点则好比是隐藏在巧克力外壳下的花生，低调、美味。玛氏采用笑话搭载产品卖点的传播策略，消费者捧腹大笑中顺带记住了品牌和产品特性，比干巴巴的推荐不知好多少倍！他们创造了快消品的流行文化，60年后依然有强大生命力！真乃假途伐虢的高手！

我提不出多牛的广告口号，但整不出笑话？去他大爷的吧，马上喊人搜集相关笑话。第二天，子明和晓峰兴冲冲跑来：“老大，看看这些笑话行不？”

拿着《笑话集》，我仔细看着：

长颈鹿喝奶

长颈鹿写帖：你们知道有条长脖子有多好吗？吃饭时美味可长时间享受！一瓶冰凉的乳酸菌奶慢慢流过长脖子，哇，爽到家了喽。

河马自惭形秽，回个“沙发”，就游走了。

老鼠顶帖：你看《七龙珠》时，看完脖子会发酸不？

长颈鹿回复：我趴着看啊。

兔子坐个板凳，回帖问：那你呕吐过吗？

长颈鹿……

小声说话

小保姆嗓门特别大，主人叮嘱："今晚来的都是贵宾，说话务必小声点儿。"吃完饭，大家玩牌，小保姆收拾完想早点休息，于是凑近男主人耳边说："我先睡了哈，你想喝的A集团生产的乳酸菌奶，帮你放床头了。"

射箭

国王要替公主征婚，把一瓶A集团的乳酸菌奶瓶子放在公主头上，谁要把它射下来就有机会迎娶公主。

第一个男士射中，他说："I'm 罗宾。"

第二个男士也射中，他说："I'm 后羿。"

第三个男士不小心，一箭射中公主，他说："I'm sorry……"

……

看不下去了，我放下稿子，摇摇头："哥们儿啊，《长颈鹿喝奶》笑点低，产品卖点不突出。《射箭》笑点还行，但跟乳酸菌奶卖点无关联。《小声说话》貌似不错，但新鲜度差，广为流传的笑话你们别费劲儿搜啦，继续努力吧。"

子明见我不满意，忙翻到第二页，"老大，这几条笑话还不错，你看看成不？"

我耐着性子接着往下看：

不老的妈妈

小明新婚后开了一家奶站，主打乳酸菌奶销售，但生意不好。他天天琢磨，顿悟一计。周末，一位30多岁的女士问小明："喝乳酸菌奶有什么好处？"

小明："哦，稍等，我妈妈天天喝，请她介绍一下。"

说完他把老婆从后屋拉出来，顾客直视其老婆三分钟，啥也没问，掏钱买两箱！

厚重礼物

路易带着两袋大蒜，骑骆驼跋涉到遥远的阿拉伯地区。那里的人从未见过大蒜，更想不到还有味道这么好的调味品，因此，他们热情款待路易，临别还送他一袋金子作为酬谢。

汤姆听说后，马上带两袋大葱来到那地方。人们感觉大葱比大蒜还好，于是更加盛情款待，并认为用金子远不能表达感激之情。经再三商讨，他们决定赠予汤姆一袋大蒜和一桶发酵型乳酸菌奶！

奶站老板

小王到奶站："老板，你们有没有100箱A集团生产的发酵型乳酸菌奶？"

老板："啊，真抱歉，没有。"

这样啊……小王扭头走了。

第二周，小王又到奶站："老板，有没有100箱A集团生产的发酵型乳酸菌奶？"

老板："对不起，没有那么多。"

这样啊……小王又垂头丧气地走了。

第三周，小王再进奶站："老板，有没有100箱A集团生产的发酵型乳酸菌奶？"

老板："有，有！呵呵，今天刚进100箱！"

小王："太好啦，我买两箱！"

佐罗的马

一日，佐罗与情妇幽会。

情妇问佐罗："要是我丈夫回来，怎么办？"

佐罗："没事儿，我立刻从窗户往下跳，我的马会在下面接住我。"

情妇："听到三声敲门声，你要赶紧跑。"

佐罗点头。没一会儿，突然传来咚、咚、咚三声敲门声。说时迟，那时快，佐罗从床上飞身跃下，转眼从窗口跳出。

情妇见佐罗跳出去，便去开门。只见门前立着一匹马："请告诉佐罗，我在奶站帮他把乳酸菌奶订好了。"

……

放下文稿，觉得有必要把搜集改写笑话说得细些，开放式干活，他们无所适从。我扔给子明和晓峰两块口香糖，“笑话好看好笑，降低了广告浓度，不知不觉传播了乳酸菌卖点。其实，玛氏糖果玩了一招特洛伊木马，好比是软性植入广告，这才是我们做事的核心。说说看，你们哥儿俩接到任务，是怎么安排工作的？”

子明扬扬眉，歪歪脖儿，面带微笑，“按照提问思维模式，先在纸上提 200 个问题，接着抓最主要问题的本质，都是一些标准动作。”

看着子明学来那套推销心理暗示动作，我心里乐了：“子明这家伙学啥都快，但浮躁得很，还需打磨。”嘴巴却问道：“最主要的问题是什么？”

子明掏出笔记本，边翻边答：“‘如何根据乳酸菌卖点改编笑话？’，我负责找笑话，晓峰改笑话，流水线作业。”

“非也，非也，应该是‘如何搜集更多、更新鲜、更搞笑的段子’！你们想想，段子先天不足，后天再费力改也白搭！这是矮个子打篮球，不靠谱的流程。笑话是核心，是解决问题的钥匙！先集中力量搜笑话，按照动物、爱情、职场、历史、冷笑话逐一搜索，没上万个段子，别提改编的事儿！”

“啊，上万个段子？”

“废话，你第一天来企划部上班？不懂干活规矩和套路？搜集 100 个，1 000 个和 10 000 个段子，最后改编效果一样吗？想把事情做透，谈何容易！”

“好吧，继续找笑话就是。”

我看不得团队有懒惰之人，听见子明懒洋洋的语气，我的火气“腾”地蹿了上来，“不是继续搜，而是要玩命搜！认㞞就甭来企划部，干脆卷铺盖卷滚蛋！你们进企划部半年，进步龟速！我出差那几天你们晚上歇了，等我回来又装样儿，真有点意思啊。当初我跟大家说，干得多学得多，本事上身都归自己，公司扒不走！个人想最短时间聚集最大财富，就要在最短时间付出最大努力！你们哥儿俩今天偷懒，明天开小差，日后跑得过他人吗？哼，‘特能吃苦’这四个字，你只做到了前三个字……”

我拍着桌子一顿痛骂，好像吐沫星子都喷到他们脸上去了，直把俩小子骂得狗血喷头，呆若木鸡，站在那儿一动不动。没办法，钟不敲不鸣，人不学不灵，别说他们了，企划部大部分骨干都曾被我修理得体无完肤。

过了一会儿，子明看我火气消了点，红着脸递来一支烟，壮胆回了一句：“老大，前几天我不是偷懒，是发烧打点滴去了，白天有工作，晚上晓峰陪着的。”

“哼，想成功的人从不说任何借口，而偷懒之人全是借口护身，放纵不反省！当初建厂时，廖总累得病倒在工地，他晚上吊完点滴，回来继续指挥作业，这份干劲儿保持至今！而你们张嘴就是借口、解释、理由和冤情。我想问问，老板拖欠薪水，找一堆借口，你想听？能听？愿意听？因为没拿薪水，房东会听你解释？己所不欲，勿施于人啦，既然大家都不听托词，为啥又想找借口？哼，干成一件事算你本事，干不成就是娘炮，洗洗睡吧。”

“明白！”子明、晓峰这回算有点血性了，闷闷地吼了一嗓子。

“花儿凋谢不再开，光阴一去不再来，抓紧干点儿事吧。后天你们去D市帮荆天做销售，春节驻市场执勤，搞完再去成都忙几天，帮廖总出点儿力气，有啥状况，多问贺平。记住，对自己越狠，其实就是对自己越好！白天跑市场，晚上搜段子，20天交稿。你们哥儿俩好自为之吧。”

“是，保证完成任务！”

骂人不算本事，关键是要教点什么东西，人家才能心服口服外带佩服。我习惯先打三百杀威棒再来出招儿，呵呵，恩威作长城呗。

气氛缓和下来，我开始给他们出招儿：“玛氏请得起大腕写手，而咱们小本经营，又想有所作为，所以要另辟蹊径。好，分享个故事。”

子明马上又递来一支烟，红脸说道：“老大消消气，我觉得你有时候是大风，而我们犯错是沙子，大风一咆哮，沙子吓一跳，很快就卷起了沙尘暴！刚才那场沙尘暴把我们刮得够呛，呵呵。”

扑哧一声，我被子明的俏皮话逗乐了，他们见我笑了，也跟着傻傻笑了起来。

我点点头，继续说道：“俄罗斯有家皇家浴场，号称可‘包治百病，令人精神焕发’！他们经营俄式沐浴远近闻名。客人先享受水疗，客人会感觉身上所有毛孔和器官仿佛都打开了，好通透。水疗的水中含有多种名贵药材，属沙皇专用。完后又来蒸汽浴，就在蒸得很爽时，两名身强力壮、手拿花枝的服务生闯进蒸汽室，举起枝条，朝客人身上一顿猛抽，直抽得你哇哇求饶、全身发红、汗流不止，他们才作罢！这是俄罗斯著名的花枝抽打疗法，能把体内的寒气和邪气抽打出来。虽然抽打略有痛感，但其实之后浑身舒坦！接着，客人又被领进‘雪屋’，服务生用雪猛擦客人全身，可增强体质。一热一冷后接着是搓澡，壮汉细致入微地将客人身上搓得干干净净！饥肠辘辘时，再享受俄罗斯美餐。出来后，谁都终生难忘！”

故事有意思，听得子明不知不觉做起了扩胸运动，“这帮鬼佬真会享受，我现在浑身痒痒啊！”

晓峰好像也坐不住了，手一个劲儿搓胳膊，笑呵呵地跟着起哄：“是啊，我身上痒，心里更痒！”

“你们哥儿俩刚才被我一顿乱抽，现在皮子还痒痒？行啊，外面撅根树枝去，我真想好好给你们来一顿花枝疗法！打得你们嗷嗷直叫……”

顿时，房间里笑声一片。

笑完，言归正传，我正色道：“水疗放草药，日式沐浴名扬天下；先洗热水浴再进冰屋，玩转冰火两重天，芬兰桑拿浴舍我其谁；壮汉搓澡，洗泡泡浴，土耳其浴独占鳌头；桑拿按摩，普吉岛的泰式顶级SPA，天下一绝。那皇家浴场凭啥笑傲江湖？显然，俄罗斯花枝抽打疗法可谓天下独步。好，每家每户都有看家绝技，请问企划部二位公子爷，玛氏公司的巧克力豆笑话集最大特色是首创与原创，那乳酸菌笑话的特色在哪儿？”

“前几天做的是传统画册，现在利用段子传播乳酸菌知识，特色十足，还要什么特色？”晓峰挠挠头，有些不解。

我摇摇头，“非也，非也！和常规思维比，咱们确实改天换地了。但进入笑话改编领域，如何更好地吸引读者，更好地传播乳酸菌卖点，更好地创出新品流行文化，值得思量！企划部做事风格是做事坚决做透，一出手便是绝活！找你们来，是要确定改编笑话的特色！”

子明使劲儿掐灭烟头，大声回道：“知道老大有招儿啦，我们哥儿俩坚决执行！”

“对你们来说，本来是一次很好的思维锻炼机会，自己去打破思维定式，去想解决问题的办法，唉，可惜你们不用功！”

话音刚落，子明和晓峰不约而同点点头，看得出，他们真心认错了。“昨天我想到的是简单改编笑话，今天想到的是靠特色征服消费者。解决问题从两招入手。第一，打造系列笑话集，包括个性鲜明的男女主人公，搞笑的生活情节，浪漫的爱情故事，有趣的职场体验，做成肥皂剧，新品穿插其中；第二，加入动漫，四格漫画也好，六格漫画也罢，图文并茂，保证轻松阅读。我想过了，自己动手编笑话集，费时费力不讨好。咱们的一贯做法是拿来主义，海选、归类、提炼，综合就等于创造，这些套路懂不？”

“OK！我是这样理解的，老大你看看是否对路。消费者看一篇篇独立笑话固然有趣，但整体连贯性差，东扯一段西拉一句，读者难跟每篇笑话的主人公有情感交流。而笑话集的主人公，个性鲜活，贴近生活，悲欢离合皆出自系列剧，读者代入感强，容易和主人公发生共鸣，有情感交流便有一切啦！呵呵，发现了，植入广告手段更软乎，润物细无声，悄悄给消费者传递新品卖点。总之是鬼子进村，打枪的不要！”

子明说得挺热闹，我暗暗点点头，心里却是一百个担心：“论子明的聪明和理解力，不次于黄川，可惜他一做事便犯懒，像太阳下的蚯蚓，非等别人给一泡尿才动弹，真是屡教不改。而晓峰眼高手低，整天跟在子明屁股后面跑，没脑子。这次他们再表现平平，哼，休怪我手黑，企划部不养废物，滚蛋就是！”

我又千叮咛万嘱咐，鼓励他们一番。看着二人离去的背影，放心不下。算了，请高手出马吧。马上给广州的小辉去电话，告诉他组织人马迅速搜集 5 000 个有质量的笑话，文案组负责整改。小辉对待我安排的活儿，从来都是说干就干，一竿子戳到底！我相信这项工作压过去，广州企划部一周就甭睡了，要彻夜加班哦。

就怕子明的承诺像羽毛，过后没了踪影。如今将押宝改成比稿，跟老板学来的套路，我能睡得踏实些！

年底封赏

第二天中午，小辉打来电话，声音充满喜洋洋的味道：“老大，报告好消息！上次说过，我不是约了助理吃饭嘛，正巧，她无意说起这次回家过年，父母又要催她找朋友的事，呵呵，我毛遂自荐，主动承担冒充任务，现在人家同意啦……保证完成任务！”

嗯，还以为他连夜搞定任务了呢，谁知却是更大的喜事，锵得隆咚锵，天助我也，我大喜过望，已迫不及待想和小珺在广州城“偶遇”啦。对了，她周围做广告的朋友最近没见遇啥难题？怎么不喊我出招儿了呢？哦，明白了，肯定有大把难题，但小珺怕亏欠我太多，今后不好处！行，等偶遇了，我主动申请帮忙机会，呵呵，理由就是英雄无用武之地，岂不可惜？哈哈，我得意地笑了。

谁说英雄无用武之地？这话根本不能念叨！这不，刚吃完饭，便接到齐总电话：“兄弟，忙啥呢？”

“老板和廖总喊企划部策划一本乳酸菌画册，我连加三天班才刚刚赶出来，策划了一套画册，几位大领导挺满意，我这不还没来得及歇口气嘛。”

“别歇了，汤总调你马上去天津！”

“干吗去啊？！”我吃惊地问道。

“听你口气，还不想来见我？小王八蛋，几天不见，呵呵，长本事啦？”

原来天津市场归齐总管辖，每月有700万销售额，因人事斗争，天津升格为集团第五大直辖市场，由新上任的小汤总统管。他是集团总裁汤总的表弟，平时说话挺硬气，众高管看在汤总面子上也礼让三分。由此造就这位小汤总目空一切、不知天高地厚的作风。

小汤总刚到任便急于表现，想抬升业绩，也不知道采纳了哪个傻帽儿的建议，竟然以买10件产品送5件产品为促销诱饵，鼓励经销商大举进货。嚯，11月销售额还真是突破了1200万！销售公司老大宋总提醒他，赠品刺激太大有冲货风险，但小汤总置若罔闻。果然，临近春节，市场发生巨变，贪图暴利的经销商们，想回笼资金多订货，开始以窜货砸市场的方式消化库存，导致渠道进货价一降再降，大批零售商停止进货，终端陷入停滞，12月的销售额萎缩到200万！更严重的时候，天津货已窜到北京的大钟寺、八里桥、东郊等大型批发市场，影响正常销售。总裁没办法，只得请齐总回炉，而他打报告喊我北上，意在共图天津市场。

搞明白后，我挺纳闷：“市场烂成这样，叫我去干吗？”

“市场越烂，满血复活的功劳才越大，所以我借机向总裁和宋总推荐你来天津联手做市场，我负责横扫经销商去，你做启动市场方案，目标是跨春节俩月搞定市场。嘿，大爷我业绩飘红，到时姓汤的无地自容，干脆跳海河算了，哈哈……你小子还不领情？干傻了吧。”同行是冤家，齐总和小汤总掐得死去活来，收复失地是他报复对手的最佳时机，所以齐总眉飞色舞讲起宏愿来了。

听着听着，我心里一动：“对啊，汤维山飞扬跋扈，但老逸卑躬屈膝，常拍他马屁，俩人一丘之貉。这次汤维山立功心切，胡乱出招，生生叫集团损失1 000多万，老逸你继续啊，活该倒霉！齐总喊咱冲上火线，止血救灾，好事，好事！”言念及此，我知道建功立业的机会来了，“行，今晚带一笑和阿伟去天津！”

“先给你透个底，我打算分三步走。第一步是立刻终止促销政策；第二步是给经销商的供应价马上提5%；第三步是成立督导队，严查窜货，抓住严惩。你负责策划一个大型促销方案，切实拉动市场。”

“老大，干吗提价 5%？”我有些疑惑。

齐总嘿嘿一笑：“经销商囤货无数，怎么尽快消化库存，回笼资金？只有低价窜货最方便！但如果我们立刻提价，他们手里这批低价吃进来的货，呵呵，可就价值可观喽，那经销商还急着出货吗？肯定是保利润细水长流地发货，窜货不就被灭了吗？等消化完库存，我再降低供货价，谁会有意见？”

真是高手出高招，我不禁大笑起来：“哈哈，老大狡猾！开展大型促销活动，可以快速拉动终端销售，刺激渠道消化库存，OK，照办。”

“兄弟快来吧，你鱼缸里的那几条鱼天天在市场里游来游去，再晚来，说啥都没用啦！”齐总幽默回道。

我打心底佩服齐总的销售本事，跟他一起做事，妙不可言！好，这次我率领企划部做突击队，助齐总一臂之力，争取早日把汤维山踹到海河里去！要是姓汤的倒台了，老逸在集团将失去一大强援，又做自己业绩又拆对手台，我动力十足！

还等什么？紧急动员吧！马上通知各分公司企划部半小时后开电话会议，能参会的骨干必须参加。依然是那些做事的老套路，大家群策群力，不走寻常路，促销方案一定要出彩！嚯，命令下达，H公司企划部开始忙碌起来。

我叫人泡好一杯咖啡，拿着本子迈步走进会议室。我知道，一场新的、更残酷的战斗又开始了……

在天津忙得好悬差点儿没吐了，那天傍晚，我从齐总手里接过乳酸菌画册成品，便大吃一惊！画册封面赫然印有出品刊号！呜呼，老板肯定把画册给了老逸，那斯对原稿做了拔高，印上刊号为的是增加阅读信任度！这哪里还是一本普通宣传册，简直就是一本宣传发酵型乳酸菌奶的宝典啊。由此，我真正领教了老逸的本事。他跟我一样，善模仿学习、喜摘樱桃，不满足现状，追求完美！

翻着画册，不免感慨又涌上心头，72 个小时不眠不休，凝聚团队无数心血，但换来的却是被别人轻松摘去樱桃，可气可恶可恨！当然，我对《乳酸菌笑话集》充满期待，哼，这事没完，撒手锏一出，看谁笑到最后！

年底，A集团召开年度表彰大会。我凭借迎宾酒店装修项目，荣获个人三等奖，奖励 20 万，企划部获优秀集体二等奖，奖励 10 万，H公司廖总另外奖励我 5 万。当然，有进就有出，做酒店我赔进去3万，因为连续几个月在外跑，就我这部长级待遇，按规定报销吃喝费用，根本支不开套。不能叫手下人玩命干活，但又不管温饱，于是，拿出银子犒赏大家，不是我有多高风亮节，而是清楚酒店项目一旦出彩，钱都能赚回来……年底盘点，哈哈，又攒几十万存款。嗯，家有存粮，心里不慌啊！

终于，在清债两年后，我又重新有了一些积蓄，超爽！

再次为自己的眼光和职业规划喝彩吧。如果从杂志社辞职重新创业，两年时间也许能赚几十万，但又能学到什么东西？现在我不仅有钱赚，还能跟一批商战高手学本事，而且事业才起步，后面奋斗历程还将更璀璨！想想便激动！

A集团提供的舞台够大够炫，从企划到广告，到销售，到采购，到装修，再到设计，总之，让我学了个管够。当然，最重要的是，也许我能借助集团的光环，娶到女神。嗯，超满足！

事实证明，通过不懈努力和依靠虎狼团队，回报远超想象。一年后，我在A集团统管企划总部、广告总部、工程总部和设计总部，麾下一百多号人，分散在所有子公司。同年升任总裁助理，再过一年，又升任老板特别助理，享受副总裁级待遇，出入甚为风光……

第四篇
奔赴河北当猪倌

再聚首

除夕夜和大年初一，我给小珺挂了一个祝福电话，发了几条拜年短信。我甚至还告诉她，我生日是农历除夕夜，可人家的反应不冷不热，礼貌回了贺信。唉，我和她虽天各一方，相距万里，但我的思念之情却愈加浓烈。照片上的她，一双漆黑清澈的大眼睛仿佛在注视着我，嘴角泛起隐隐笑意，看得我心醉不已，常常良久默默无语。

大年初一，我放完鞭炮，一个人走在雪地里，盘算着和小珺发展成戏。虽然她是外企高管，条件优秀，但从眼神看，好像她有意关注我了，只是目前还不了解我的性格、脾气和爱好而已……按理说，前有酒店案例，后有大批高管为我的能力背书，我还为她好友出谋划策过，她对我该有些了解，以上进青年面貌出现，似乎不成问题……

唉，暗恋真是一种哀伤的情感啊，它的残忍在于刀刀见血又给你撒一些希望下来，那是一种甜蜜与痛苦交织在一起的奇妙感觉，那种近在咫尺却又远隔天涯的距离感，那种注定无法被成全的宿命感，让人体会到近乎绝望的疼痛。望着身后雪地里的两行足印，我心里很难受："啥时候我们才能一起去乐山拜佛？去大海边钓鱼？去黄山赏雾？去九寨看水？去青城山寻幽？去天池探险……"

我在家待了几天，陪老妈老爸说说话，主动干点儿家务活，再递给父母一张卡，算是堂前尽孝。可爹妈从来不要我的钱，永远都是存起来，说是给我留着娶媳妇用。二老看我做事比原来靠谱，工作稳定收入高，打心眼里都欢喜得很。老妈甚至还要张罗给我介绍对象……啊，还有这安排啊，不妙，赶紧撤吧。于是，马上打点行囊，大年初四便起身赶赴河北临城县。

小王自从跟我分别后，便在石家庄给人打短工，期间几次邀约我到他家乡考察养殖业，他想和我创业办猪场。刚开始没当回事儿，但说多了，我动了心思。也是啊，去年看完《水浒传》，不淡定了，连武大郎都住二层小楼，而我还是无房无车之人，连个卖炊饼的都不如，牛皮个啥啊。

小王的建议有道理，猪场办成功，不失为一条发财路，加快东山再起速度，何况我真想念那家伙呢……好，看看再说。

石家庄火车站。终于见到了小王，分别两年时间，这家伙在家带宝贝，享尽天伦之乐。好嘛，养尊处优惯了，整个人胖了两圈，唯一不改的是，一口白牙，一头黄毛儿，以及那敦厚朴实的笑容依然挂在脸上。我们见面便是拥抱，拍打，点烟，调侃笑骂，哈，又见到最亲近的哥们儿，感觉好幸福。

等闹腾够了，这才坐上大巴，中途又换小巴到县城，然后小王骑着摩托带我一路飞奔。好嘛，从下火车开始，三个多小时才到家。听见摩托车进院的声响，他媳妇小夏抱着侄子出门迎接，都是熟人，免不了又是一番热情招呼，小侄子长得虎头虎脑，模样蛮可爱。

我给小王父母带了白酒、香烟、锡制酒壶和羽绒背心，送给小夏一部手机，给侄子的礼物是遥控汽车和变形金刚。看见侄子出来了，我忙从大背包里掏出玩具，孩子眼睛一亮，“哇，哇”叫着，抱住不撒手了，逗得大家哈哈大笑。

小王的新房在父母的老房后面，虽是一排平房，面积也不大，但窗明几净。这小子没白跟我混，看，新房是灰蓝色坡屋面，白色墙配咖啡色铝塑门窗框，挺养眼。对了，房前还有一座城里人梦寐以求的小院，种着几棵歪脖枣树，树下摆了一张八仙桌，四把椅子，哎哟，这家伙真懂得享受。

小王一家人热情招待，晚饭丰盛欢快，烤玉米，烙馅饼，炒青菜，味道绝了，尤其是用自家养的土鸡炖的那锅鸡汤，香气四溢，跟城里鸡汤俩味儿，吃的那个饱啊，撑得我扶墙才能站起来。晚饭过后，又摆上瓜子、花生、小酒，大家边吃边聊，话题主要是围绕着养猪的事。从言谈举止看得出，小王一家人忠厚善良，没啥弯弯绕绕的，大家聊得挺投机，笑声一片。

农村夜晚好迷人，天空似乎都比城里低了许多，月光从天上洒落下来，带着一丝特有的醉意，轻柔地泻到地上，那是一种说不出来的安宁，令人心驰神往。虽然冬日的冷风时不时地嗖嗖刮来，但院中早已生起一盆篝火，烤得人浑身舒坦。老人和小夏带着孩子回屋休息了，只剩我们哥儿俩喝着小二锅头，还在唠嗑儿，畅聊过去、现在和将来。

我拿起铁筷子，插着红薯放到火上烤，"还记得那年咱们破产后，姓牟的喊来讨债公司，包里揣着菜刀，跟咱们上厕所，这厮往旁边一站，直愣愣地看着，当时你那泡尿愣是憋不出来。我的个神啊，我解裤子的动作都变形了，好像是哆哆嗦嗦撒的尿。"

小王伸过酒瓶碰了一下，骂骂咧咧道："那个兔崽子操刀尾随，小鸡鸡差点儿被骟，吓死人了。"

"唉，现在回想起来，那日子过得人不人鬼不鬼，整天提心吊胆，手机一响，我肝儿都在颤！可又不敢关手机！咱们那时住地下室，穷得连家里的耗子都搬家了…………"

"真是有钱的王八大三辈啊，谁叫我们欠人钱，只能当孙子！"

"是啊，他们对咱们哥儿俩恁有至爱，因为这俩字合起来读，就是'债'！去他大爷的吧，哈哈。"我是怒极而笑。

话题在不经意间转换，峥嵘岁月仿佛又回来了，每月还债4万，雷打不动！那真是带着鸡血的态度，面对狗血的生活，白天跑工地，夜晚跑客户，日夜无眠。有时一个业主新家竟涌进两三支游击队，面对面竞标，我在墙上又写又画，创意满天飞，说的话让业主频频点头，但就因每平方米贴砖贵2块钱，整个标飞啦。来不及懊恼，转身又冲向另一个业主家！

工地完工，收到尾款好开心，但仅是瞬间开心而已。钱字头上一把刀，工地出事搞死人，到月底愁死人，7天签不下单急死人，那是人过的日子吗？呜呼，回忆是条狗，咬完它走了，留下伤心的我。看着火苗突突突地往外冒，呜呼，一张张债主和帮凶狰狞的面孔，一个个好友与业主和善的笑容，好像时隐时现……好久好久，我才从往事中回过神来。

扭头再看着小王，篝火映红了他的四方脸膛儿，这位兄弟不计报酬、不讲条件、不分你我地帮我，上哪儿找这样的贴心好拍档？跟他合作，放心！瞬间，一股暖流涌上我心头，兄弟再聚首，心情无比畅快！

这里没有日夜赶工，没有钩心斗角，没有匆忙脚步，没有尔虞我诈，只有星空做伴，微风耳语……难怪他发福呢，守着老婆孩子热炕头，外加一片田园风光，谁不为此陶醉呀。今后在这儿建一座大猪场，年入十几万，待到闲暇时，哥儿俩在院子里支锅架灶，来只小乳猪，烤得皮焦肉香，哈，精神物质双丰收啊。对了，再带着乔小珺到乡下散散心，呼吸新鲜空气，看看咱的三农产业，听听猪仔欢快的嬉闹声……

想着想着，我一阵冲动，马上掏手机发短信，擦，泄气至极，没信号！

初五上午，小王骑摩托带我到附近的猪场实地考察。头次看见猪场，好像没有想象中的浪漫，人没走近猪场，一股味道直蹿鼻孔。其实，猪场不接待外人参观，怕人带进传染病，但小王前站工作做得不错，猪倌打开门，我们双脚踩踩石灰坑，算是杀菌了。

在猪圈里边走边看，嘿，出人意料特干净。这群大白猪背腰微弓，耳直立，脸微凹，鼻直，全身白毛，好肥啊。它们吃饱喝足，正躺在水泥地上晒太阳。小猪们个头小，从栅栏缝隙钻出来，呼朋唤友，成群结队在猪场里屁颠屁颠地追逐打闹，真是猪声鼎沸。忽然，一头小猪扭着圆滚滚的小屁股从我脚边跑走，它乱哼哼着，俏皮可爱，我好想追上去抱抱呀。烤乳猪？忒残忍！

我原以为猪圈脏兮兮的，粪尿横流，没想到圈里非常清爽，连点儿粪渣儿都找不到。打听后才明白，农户养猪因陋就简，搞个棚子就成，所以给人感觉猪是随地大小便的。其实不然，家猪很爱干净。

参观完，我问猪倌："师傅，养的是啥品种？"

"大约克夏，体格大，毛白，也叫大白。"

"啥？没听清？"猪倌说的是本地土话，含混难懂，我听得云山雾罩。

"大约克夏猪，俗称大白猪，英国种，能吃能睡，5 个月出栏，能长到 160 斤，成年母猪有 500 斤。大约克长得快、下崽多、饲养报酬高、抗病力强，是这片饲养的主力品种。"小王解释得一套一套的。哈，搭档有进步，真开心。

我是学院派出身，拿着书对照现场参看。书上讲，猪场布局应达到"五配备、四分开、三改变、两分离、一利用"。嗯，大致相同。

这座猪场是封闭式管理，采用均衡生产工艺。既有现代养殖技术与设施，又融合了当地土办法，是一座典型的自繁自养式猪场。我和小王拿着本子和皮尺，挨个丈量猪舍尺寸，边记录边询问。

1. 种公猪：2头；1栏位，每栏容1头；围栏尺寸1.2米×3.5米×3米，栅栏间隙10厘米；漏缝间隙2.5厘米；饮水器高60厘米；

……

5. 保育猪：90头；10栏位，每栏容10头；围栏尺寸：0.7米×2米×1.8米，栅栏间隙5.5厘米；漏缝间隙1.5厘米；饮水器高28厘米；

6. 生长育肥猪：270头；30栏位，每栏容10头；围栏尺寸：0.9米×3.2米×3米，栅栏间隙8.5厘米；漏缝间隙2厘米；饮水器高38厘米。

……

转完后，出门赶赴下一座猪场。冬日，奔驰在北方农村大地上，身旁是一望无垠的原野做伴，光秃秃一片，连遮风避雨的地方都没有，那真是天寒地冻，滴水成冰。来之前我特意准备了羽绒服，狗血的是，即便是坐在摩托车后座，那厚实的羽绒服竟薄得跟张纸片似的，没一毛钱用！冷风也刮来欺负人，嗖嗖地往脖颈里灌，把我冻得好悬差点儿没从车上掉下去。围巾？早投降了。幸好路过一个小服装店，赶紧又在羽绒服外面套了件棉大衣。小王告诉我，狗熊啥样俺就啥样。哇，顾不了形象了，顾命要紧。

我们整整跑了一天，既参观正规猪场，也瞧了简陋小猪场，理论结合实际，心里踏实许多。

想做大农场主

初六一大早，小王又带我去赶早集。今天似乎更冷，一路上脑袋被吹得生疼，清鼻涕也不争气，一个劲儿横流。这破天气简直就像一条大色狼——冻手冻脚的！连续两天受苦受累，我不免心生悔意："来河北养猪，胆大妄为了吧。我们哥儿俩城里待惯了，吃得起苦头吗？清早从暖被窝往外爬，给猪仔准备吃喝，没点儿拼命的精神头，能坚持一年如一日吗？"

正瞎想时，不远处已见集市。嚯，好大的赶集场面，开拖拉机的、骑摩托车的、牵牛赶羊的，塞满整条道路，而成群结队的大人和小孩，说说笑笑，穿梭其中，整个集市都沸腾了。路两旁摆满了日用品、各种农具、布匹衣服，还有自家腌的咸菜、自酿的葡萄酒、自种的果蔬……五花八门，应有尽有。

走着走着，看见集市前面支路上停放着几十辆三轮车，上面搁着形形色色的简易笼子，木制、铁制、竹制的，五花八门啥都有，笼里挤满了小猪仔，它们有的吃，有的睡，有的玩，有的叫，有的拱，有的闹，一派乐观天真的精神头儿，好喜庆。叫卖者正扯脖卖力吆喝着，叫卖声此起彼伏。我们凑上去询价，借助小王这个土话“翻译”，得知1个多月大断奶了的小猪要每头90~120元不等。哦，好像还不太贵。

期间碰上猪贩子正在收购生猪，打听到的行情是，“现在养猪都发财，猪场赚大钱，散户挣小钱，价格稳中有升，产销两旺，每公斤猪肉都能卖到五块七啦。”据生猪贩子讲，他们可以开车到猪场收购，一站式服务，价码跟集市一样。哇塞，打听到的都是好消息！

其实，人的思维很怪，即使以冷静著称的人，有时也容易受周围事物影响。显然，我被热闹的景象吸引，人们手里挥动的人民币，在阳光下越发鲜艳，仿佛在招呼我尽早投身养猪事业。看来猪仔、饲料、销售都能在集市解决，那还犹豫什么？我不仅抛掉顾虑，反而是越看越激动，恨不得马上甩开膀子大干一场！

考察圆满完成，接着我们又马不停蹄地跑到镇上调查饲料行情。去之前，我跟小王商量好，对外号称投资60万，明年上半年建成一座饲养500头生猪的中型猪场，现在来谈长期供应合作。

这座镇子比一般的农村镇子大多了，有两三条繁华大街，只是马路不宽，行人、摩托车、三轮车、汽车挤在一起，喧闹无序，广告彩车更是跑来凑热闹，车载高音喇叭大肆播报着促销信息。一路看过来，我有些不乐意了：“S集团经销商真舍得下本钱，又租彩车又搞促销，街面上一水儿是S集团的吊旗、店招和横幅。擦，A集团的经销商喝西北风去了？放任对手在市场上撒欢?!”

我爱动脑筋，想着想着有了主意：“黄川是企划部第一悍将，干脆调他到北京分公司，负责组建企划部。南方市场以H公司为重，由我负责，而北方市场以北京公司为大，理应派员大将坐镇。只要企划部抓住南北两大分公司，主要矛盾就抓住了，今后发展必上一层楼。这次天津会战，我就用到了小黄策划的刮刮卡方案，效果立竿见影。再说了，广告总部已经变成由销售总部管理，老逸少不了跟宋总打交道，派小黄当前部正印先锋官，跟老逸对冲，就凭他的策划水平和干活劲头，够那厮喝一壶。我再统辖企划总部做后援……”越想越得意，脸上不禁挂相了。

“喂，喂，彩车上站的全是爷们儿，发什么呆呢？”小王捅了我腰眼一下。

一句话解释不清A集团的事儿，但我知道要经常鼓励搭档：“哥们儿，我盘算好了，只要猪场红火起来，以后我再想办法，利用A集团的影响力，肯定能从饲料供应商那里拿到好处。我现在手里有点儿权力，也有人脉，别说一座镇子了，就算到了地级市，在市场上也能呼风唤雨。找机会给你搞点儿促销品不在话下。”

话音刚落，小王的眼睛亮了……

这一带周边有几十座猪场，农户也有养猪传统，家家户户都养着三五头，故销售猪饲料的经销商少说也有十几家。刚走进饲料一条街，就听到：“我们是正大饲料，泰国正大集团生产，是东南亚规模最大的饲料生产集团。”“我们是希望饲料，中国名牌，由中国最大的饲料企业新希望集团生产。”“大成饲料，中国名牌，农业产业化国家重点龙头企业，全球最大的赖氨酸生产企业。”“我们是六和饲料，中国驰名商标，全国肉类工业最具影响力品牌，制造业500强。”“红正饲料，河北企业，本地销售最旺。”……

牌子多，饲料成分不一，价格高低错落，搞得我晕头转向。很快发现问题，不能走马观花。以前我从未出过北京城，更甭说下到镇级市场做调研了，全拜A集团经历所赐，跟随销售部南征北战，积累了跟这些人打交道的经验。

还是笨办法当道。我挨个拜访门市，凡是关于养猪故事，无论深度广度都要问个管够，做好笔记，遇见没搞明白的到下家继续问。啥叫有效率？就是把袜子套手上洗内裤！啪啪啪，一路边学边问，有几家经销商老板见我真学真问，当然也乐意好人为师，一问一答不亦乐乎。

到了掌灯时分，我们哥儿俩搞明白三件事。前期饲料赊销不赊销，要看猪场规模和信誉再谈；虽然质量和价格成正比，但便宜饲料在当地最受欢迎；养猪学问深似海，手段有正有邪。比如，添加瘦肉精可增加瘦肉量，猪吃得少且长得快，但猪肉会对人体有毒副作用。再比如，生猪卖给猪贩子前，有些猪倌为获取高利，不论猪乐意不乐意，拿水管直接塞进猪嘴巴里，强灌20斤水，趁猪还来不及排泄便已出手。当然，猪贩子也不是什么好鸟，他们成群结伙，要么散布谣言，制造恐慌气氛，从中牟利；要么偷梁换柱，“砸秤”耍猫腻；要么把公斤当市斤算给养殖户。猪场一旦经营困顿，他们趁机围而不猎，等猪场耗不下去，再风卷残云砍杀过来……

一直聊到晚上，我们才从镇上出来，感觉好饿好饿，那午饭呢？出了镇子才想起。

为什么我带着小王要做大规模市调呢？道理简单。我是跟史玉柱先生学的，他做的市调无与伦比。史玉柱说：“营销是没有专家的，唯一的专家是消费者。你要搞好的策划方案，就要彻底了解消费者。”

1998 年，史玉柱重回保健品市场，开始做脑白金，准备东山再起。在江苏江阴市场，史玉柱戴着墨镜走村串镇，挨家挨户做市调。白天年轻人出去了，家里的老头老太太半天见不到一个人，史玉柱一行人刚到，街里街坊都特别高兴。

史玉柱搬板凳坐在院中跟他们聊天，他不但了解到什么功效与价位的保健品最适合老人，而且知道老人吃保健品一般舍不得自己买，也不会张口向子女要。鲜活的一手素材为史玉柱的创意“今年过年不收礼，收礼还收脑白金”提供了大量灵感。之后 5 年，史玉柱又走遍中国所有的省、市、自治区做了深入市场调研，他对于保健品市场的了解，在国内到了无人企及的程度。

曾听一些做过销售的人抱怨，跟客户无话可聊，如果咱们为客户做了一份顶级市调报告，比如，为客户搜集 100 个同行营销案例或发财故事，汇集成册放在客户眼前，呵呵，咱们还会无话可聊吗？

史玉柱是榜样，我有样学样，做好市调就能随时了解竞品动态，随时跟同行高手学习，收益很棒，这样做，个人成长速度才够快！想想也是啊，什么都靠自己慢慢积累经验、瞎摸索，那要摸索到猴年马月呢？

对了，我速成室内设计高手，也是走了一条“大规模市调 + 随时跟同行高手学习”的途径才快速成长起来的，咱做事有章法有套路，这次开办养猪场，还要再次运用这套行之有效的办法。

通过两天市调，再结合书本知识，我对开办养猪场有了感性与理性认识。碰上一轮好行情，猪场获利颇丰；反之，遭遇逆市，要么壮士断腕，赔本卖猪，要么亏损扛着，再等行情变化。从行情看，包括专业机构人士在内的大部分人都认为未来两年一波好行情还将持续。

回去路上，我梳理着创业六颗牙：“1. 行业牙。养猪利润高，见效快，投入低，前期无须品牌知名度作保，目前切入时机好，符合创业要求。2. 竞争牙。门外汉养猪，虽然打算上野猪项目，但还在纸上谈兵阶段，显然是颗乳牙。3. 团队牙。合伙人关系铁，但我长期不能投身创业一线，只有小王独撑，优势变短板，虎牙被拔。4. 资金牙。前期投资勉强够，滚动发展备用金不多，是颗钝牙。5. 销售牙。无论主动出击还是被动等待，销售都不成问题，但以小王的能力，指望卖好价钱，扛住经营风险，估计也是颗钝牙。6. 心态牙。哥儿俩经历过残酷市场锤炼，抗压能力OK。综合起来，当前创业局面是有两颗利牙，两颗钝牙，两颗乳牙。哎哟，2-2-2 布局，比起赖总创业的满口利牙，胜算不高哦。”

但就冲小王这股工作热情，我最后是一咬牙：“男子汉做了不悔，悔了不做，扳不倒葫芦洒不了油！小王曾出死力帮过我，现在项目不错，霸王硬上弓！如果投资三农成功，今后带小珺来农家乐，看看猪场、减减压，收些分红，也不失为好创意。”其实，现在很多城里人为了减压，在网络版开心农场养猪种菜，或者在周边农庄自己种点儿蔬菜，这早已大行其道。嗯，我跟大家心态一样，只不过我是玩真实版的开心农场。

晚上，我们签好合作协议：蓝小雨投资 20 万，小王以投入 2 万现金、猪场土地、饲养、防疫、销售和人员管理等项入股。猪场所有权归二人拥有，分成各占 50%，头三年不分红，所获效益滚动投入。

大闹天宫前后的孙悟空，充分验证了，不怕神一样的对手，就怕猪一样的队友！选择合作伙伴是头等大事，我对他完全放心，咱不提知恩图报，这太上纲上线，就算是兑现两年前的诺言吧，所以签的是创业君子协议。

哥儿俩围着熊熊篝火烤玉米，其乐融融。此情此景，一下子我的话匣子便打开了：“从这两天摸底的情况看，目前对咱们有利的是：未来行情看好；育肥特种野猪利润比家猪高 3 倍；猪圈选址好，上风上水；这里是玉米产地，而米糠、麦糠、红薯藤糠、酒糟、粉渣和豆渣也都不缺，敷料有价格优势；方圆几十公里每周有集市，买卖方便。但不利的是这对我们来说是陌生行业；饲养和管理经验欠缺；我的精力跟不过来；遇见经营波折，销售有风险；为了追求规模效益，刨除基建费、买公野猪、猪仔和饲料的钱，流动资金少了点。”

“嗨，雨哥，你的担心多余了，我爹妈都会养猪，怎么能说经验少呢？”

“家庭散养跟开办猪场是俩概念。就像我们做《家居专刊》与承包报社一样，扩大规模后出现的问题超乎想象。现在我担心饲养和销售。有两条路可以走：1. 去猪场挖猪倌，报酬高，他们没理由不来；2. 你亲自跟养猪能手学。总之，花钱买教训不如花钱买成功。还有，咱们不干坑人事，信誉有了啥都有。记住，最好跟屠宰场联系，直接供货，甭信猪贩子花言巧语，他们靠不住！"

小王递过来一根烤熟的玉米，"我问过一家屠宰场，他们嫌我们供货数量小，不愿合作。"

"据饲料经销商说，当地猪贩子已勾结成片了，他们表面各自为战，但实际统一收购报价。小王你想啊，生猪 4 个月出栏，一旦过了 4 个月，吃不少吃，可肉长得却慢，反而更浪费饲料。要是断顿，肥猪立刻掉膘，照样亏损。猪贩子一旦知道猪场清仓，故意围而不攻，等猪场扛不住，他们再大肆杀价，咱们不可不防。你跟屠宰场不才谈过一次嘛，如果谈 30 次、50 次，他们还会拒绝吗？拒绝都是因为交情不够，对特种野猪不了解造成的，全是借口。我建议你先去磨，踢烂他们的门槛再说。当头批猪仔长成后，白送一头过去，请野猪打头阵，看他们尝鲜上瘾不？还想再吃家猪？"

小王轻轻点点头，没再言语，显然，销售上他想简单了。

我继续问："哥们儿，你跟屠宰场是怎么介绍野猪肉的？"

"我就说比家猪肉好吃上口，营养更丰富。"

呵呵，寥寥几句能打动谁？唉，小王有进步，但本质还没提高。我想了一下，决定换个温和的说服方式，"哥们儿，你当甲方，看看我当乙方如何推销？"

"好呀。"

"王总您好，我叫蓝小雨，开办了一座特种野猪养殖场。公猪是从山里捕来的纯野猪王，再和大约克夏杂交，猪场卖的是二代特种野猪。呵呵，口感没得说，肉质鲜嫩，野味浓郁、瘦肉率高、脂肪含量仅为家猪的 50%，而亚油酸含量比家猪高 2 倍。亚油酸是科学界公认的人体所需最重要的脂肪酸，它对人体发育极重要，尤其对冠心病的防治有独特疗效。古医书说野猪皮能消除疲劳和小孩发育不良症状，肉能亲肌肤、补五脏，是滋补上品。我们猪场不玩花活儿，什么添加瘦肉精，给猪灌水，泔水养猪，统统不干，要不等猪仔长成，请几位老大先过过嘴瘾？"

小王频频点头。但我说着说着，改主意了，今晚我要和小王长谈。仅仅两年时光，我的能耐飞涨，而小王原地踏步。生意交他打理，不足以支撑起这摊子，还要提高。篝火熊熊燃烧，映红了脸膛儿，也烧得我热血沸腾，原先将投资养猪看成玩票性质，但几天走访，观念大改！要干就往好里干！所以，事业起步阶段，我要再多给他讲讲三大思维模式的玩法……

聊到半夜，话越说越透，大家的思路有了新变化。弗洛斯特法则说，在筑墙之前应该知道把什么圈出去，把什么圈进来，此言极是。我们先从家猪入手，熟悉行业脉络，积累养殖技术和打通上下游关系，第二年再上特种野猪项目。道理简单，按照目标细分法来做事，步子要一步步迈，没学会走，不能跑。

大年初七上午，我们哥儿俩为猪舍选址。看完比较后，认为把猪舍放到他家农田里最好不过。这里地势高且干燥、背风向阳、通风良好、场区3千米内无化工厂、矿区、皮革厂、屠宰场和其他畜牧场，离村子和公路至少有2千米远，四周是菜地，环境安静，无污染，离水源近，适合养猪。而且附近还有条土路，方便运输。我又按堪舆常识，审视一遍周边环境，嗯，猪场向阳，妥了。

中午吃完饭，大家在院里喝茶嗑瓜子，今天气温回升，暖暖的阳光照得我浑身舒泰，像是披了一层薄被子，心情大好。正和小王闲聊猪倌的事，村长来了。他50来岁，背微驼，披一件灰色棉袄，看起来像庄稼人，但眼神却透露出那么点儿狡黠。他听小王说我是从北京赶来的，准备投资建猪场，马上热情地介绍当地养猪情况。越聊话题越多，“老弟，猪场起来后，村委会同意你跟小王以5万块承包后面1 000亩荒山，30年承包期，山上能种赞皇金丝大枣，呵呵……”

听小王提过，这里离金丝大枣的故乡赞皇县不远，赞皇大枣个儿大、皮薄、肉厚、拉丝长、糖分高，据说还是全国700多个枣品种中唯一的自然三倍体品种，种枣收入不次于养猪。呵呵，村长的话勾人呀。

脑子还没从大枣项目上移开，村长又在发布更惊人的消息：“隔壁的村子，据说那里有人用山里的清泉水养中华鲟，几十块一斤卖到石家庄，收入好得不得了！中华鲟你知道吧，国家保护动物，谁有这个口福？但他们是自家养的，没关系。老弟要有兴趣，以后咱们也可以走这条路。”

养猪，栽树，养鱼，我真要投资三农了？呵呵，我真能折腾！好吧，猪场红利滚滚，就来投资三农产业，没准儿我今后的另一个身份就是大农场主……

第五篇
广州城偶遇

玫瑰花瓣撒下来

我下午从村子动身，计划从石家庄坐飞机星夜赶回H公司。机场分手时，和小王又是拥抱，又是笑骂，依依不舍。哥儿俩相约明年此时，大家再聚首，共享成功喜悦。

在机场跟爹妈报个平安，然后接到小王的短信："你真是个大帅哥！猪倌说母猪们见了你晚上没心思睡觉了，总在闹圈！"嘿，这家伙本色不改啊！

会心一笑，又打小辉手机，嘿，关机！这家伙还没上班？泡妞乐不思蜀了吧。也不知道他能不能搞定内线，叫人揪心。坐在飞机上，窗外漆黑，一股飘飘荡荡的感觉油然而生，心情忽然变得极差："月老在我的红线上打了多少个结啊，感觉情路好坎坷……她，她，她为啥春节不发短信呢？"

回到企划部，手下人呼啦啦地围住我，问长问短好不热闹。嚯，满眼都是各地土特产，我第一反应是美食都该马上送给小珺……唉，自己走火入魔，不可救药地爱上她了。晚上，小辉电话终于来了："老大，不好意思，呵呵，这几天没通报情况，主要因为还在进行中，所以没什么好讲的。但请放心，保证元宵节后搞定。"

还能说什么，傻等呗。

新年伊始，廖总主持H公司开年中高层扩大会议。他传达了汤总指示：“3 月上旬，广州将举办大型食品博览会，由雨总牵头组织相关公司参会，并负责资料准备，信息收集和布置展位。”

啥？广州食品博览会，由我负责？哇，没想到今年开门便大喜！嗯，廖总是俺一号贵人，汤总是二号贵人。我马上回道：“是，保证完成任务！”

带着总裁批示回办公室，大家传阅后，老规矩，我先发言：“众家兄弟姐妹们，我的开门利是不能白拿的啊，企划部今天一口气接了 5 个活儿，大家好好做，争取开门红！下面，我来分配任务……”

小食堂吃午饭时，众人围坐，廖总忽然把话题落在我身上了：“雨总，企划部虽然经常加班，但集团现在就你们部门加班工资最高。今年集团颁布新规定，取消加班工资。我也认为给你们的工资就是为了让你们好好工作，成绩好，自然有奖金拿。”

哼，不允许别人指责企划部，即使是廖总也不成，即使说的对也不成。我语气平缓，但有些矫情，顶了一句，“廖总，您冤枉我了。人家天天加班到深夜，要多付出很多努力，享受加班工资正常啊，公司规定叉车司机加夜班都有补贴，为啥企划部加班就没补贴？再说了，我只申请过几次加班工资，一次是部门国庆加班 7 天，但并不包括我的加班费，另一次是部门集体申请 19 天加班补贴，确实辛苦，我的眼袋就是那时熬出来的。”

廖总没想到一句随意批评，却遭到我奋起反抗，也许从此时起，他才知道我的自尊心超强，容不得别人抨击。也算爱才心切，又赶上用人之际，他语调放缓下来：“企划部干活我知道，但申请补贴费用的总额有些高，其他部门想效仿，长此下去影响不好。”

连公司老大都对我礼让三分，但工程部老庞还是没长记性，他嘴巴一撇，“在我看来，长期加班并不可取。北京奶厂的做法是不谈加班费，交代一件事必须完成一件事。比如财务、销售、物流什么的，哪有什么天天加班的，大搞疲劳战，工作效率反而低。”

老庞刚说完，我冷笑一声：“哼，考核你的工作，可以用数据说话。但你说设计任务怎么量化？艺术创造无止境，难道每天 8 小时所做的设计效果跟花 16 个小时做的效果一样？拿酒店项目来说，老板要求用 800 万做出花 2 300 万才能达到的装饰效果，没有企划部玩命加班，你以为酒店是铁扇公主扇来的？洗洗睡吧。”

老庞敢跟我叫板？哼，就他那张破嘴，找揍！那是，人善被人欺，马善被人骑，谁敢拍砖指责，我就跟谁对冲！嗯，瞧这顿饭吃的，有意思，廖总表面上被我驳，但又变相表扬企划部，我顺道还修理了老庞。

只不过以后不好再用加班费刺激手下人干活了，烦躁。

新年已开工多日，但我搞不定内线，心里空荡荡的，眼睛里五彩斑斓的天空色彩好像要消失殆尽，像沙尘暴光临后的景象，人影模糊，混混沌沌看不清未来。我，似乎无知觉地在大地上奔跑，快乐远去，这是从来没有过的感觉。而更叫人害怕的是，人只要一闲下来，就好像落入了漆黑的陷阱……小珺，我好想你，好想和你在一起……

幸好单相思的日子没过太久，哈，老天爷开天眼，玫瑰花瓣撒下来啦，小辉不负重托，他已搞定珺总助理！至于如何搞定，那跟咱无关，我只知道内部消息已开放。还有比这个更叫人开心的事吗？没啦，再看天空颜色，哇，多姿多彩，仿佛满天都是彩虹桥。现在，我恨不得立刻插翅飞到广州跟小珺“偶遇”！

挂上电话，才发现手心全是细细的汗珠。

盘算好了，打着将展会举办成功的旗号，我提前一周飞往广州做准备，存有私心？不，全是私心。可廖总不同意，又安排一堆破事，说是等搞完再跟他一起出发。我心里又急又气，又怒又恨，可有啥办法呢？人家嘴大，我嘴小，只有听喝的份儿，郁闷。

整天掰手指算日子，终于和廖总坐上飞往广州的班机。没见到佳人，一颗心却早将紧张、刺激、激动、担心、忧虑、期盼等各种滋味品尝了N遍。唉，别人谈恋爱是风花雪月，为啥我的恋爱备受折磨呢，这，这太熬人了。

下了飞机，王小辉带人在机场迎接廖总一行。我悄悄拉过他，“助理搞定了？”

“企划部不兴吹牛的，没影儿的事说了，呵呵，你会要我项上人头呀。对了，你安排好时间了吗？”

“嗯，不管廖老大的安排，一定能出去。我们在广州待三天，头天太忙，第三天怕行程有变。好，定第二天上午吧。”我刚说完，心里马上做了个肯定回复：“头次约女孩，中午较恰当。”

“成，那我通知她及时跟进。”小辉答道。

望着正受爱情滋润着的小辉，一副喜洋洋的模样，我气不过，使劲推了他一把：“嘿，你小子桃花开得挺旺啊，我还没泡到手呢。”

“嘿嘿，真要谢谢老大安排，没有你和企划部，就没有我的今天！”嗯，是实话。他也是抬企划部轿子的人，自然也能随众人一起登顶，有付出就有回报嘛。

先陪廖总视察会场装修和布置，展厅设计由我亲自操刀，受装修资金限制，整体谈不上多出彩，但也是花小钱办大事的典范。至于协调各公司参展的事宜，都由企划部其他人负责对口衔接，我没操心。

接着一行人又去广州分公司。我拎着H市土特产，小辉前头带道，又依次拜访各路神仙大爷，此为新人拜码头，少不了的礼节。一路感谢话说下来，口干舌燥。

王小辉深得企划部工作精髓，从招聘到立规矩，无一不是复制C公司企划部那套成功经验。现在他手下也有5名策划，1名文案，2名设计，1名内勤。等到晚上，照例是给新人做培训的时间。

众人虽然知道我打扮出格，但怎么也没想到我好像是前清遗老，脑后还飘着一绺长辫！呵呵，见怪不怪，咱们还是从业务入手，先把新人震住再说。“人的行为总是一再重复，卓越不是单一举动，而是持续的习惯性举动。所谓思想决定行动，行动决定习惯，习惯决定性格，性格决定命运。由此可见，了解习惯的内在含义，对于个人成功极为关键！企划部以716习惯著称，每天干别人两天的活儿，过着白加黑的创业日子，虽然苦点儿、累点儿、压力大点儿，但结果却是跨越式成长！企划部成立到现在两年光景，人才井喷，不少同事连升两级当部长去了，这并非上天恩赐。他们当初跟大家一样，资质普通，经验一般般，能力泛泛，但拥有一颗奔腾的心……”

开篇还是那套话，但我把自己的情绪、感受、奋斗精神全部灌进去，讲得热情洋溢……没有多余想法，大家加盟A集团的企划部，都在体验钢铁是怎样炼成的，孬种甭来混日子！

开篇讲完，进入业务层面，“目前以高钙奶为主的功能型牛奶满足了乳品细分市场的需求。未来几年，功能型奶与纯鲜奶将占据两个最大的细分市场。请问在座诸位，谁能用一句话把各种功能奶总结一下？”

话音刚落，站起来一个高个子男生，“纯牛奶适用于各类人群，用于需补钙、补充蛋白质和氨基酸的人群；乳酸菌奶适合乳糖不耐受症者、青少年、肠道菌群紊乱者、血压偏高者等群体；高钙奶适合缺钙、少儿、老年群体；低脂奶适合老年人、血压偏高人群；花色奶适合喜爱口感丰富的群体；乳酪有助于坚固牙齿，适合少儿。”

我点点头，“饮用牛奶有六大不宜，谁能说说。”

小辉身边的小胖子接过问题：“注意避免日光照射；不宜与茶水同饮；不宜空腹饮用

牛奶；不宜长时间高温煮；忌与白糖同煮；不宜冰冻。”

“为啥牛奶不能冰冻，不能和白糖一起煮？”

“牛奶冰冻后，脂肪、蛋白质分离，乳酪素呈粉状凝结，味道减淡，营养成分不易被吸收。牛奶与白糖同煮，会破坏蛋白质成分，还会产生一定毒性。牛奶与巧克力同煮后饮用，会造成饮用者头发干枯，缺钙和生长发育缓慢，危害人体健康。”

“哥儿俩的回答流利，但说话气势和声调弱了些，肢体语言更是无影无踪。美国心理学家研究发现在人际沟通时，言辞只能传递真实信息的8%，语音语调传递35%，而肢体语言能传递57%！先前和大家握手时，我曾连贯做出了扬眉、侧头和微笑的动作，这是三大代表友善的基本动作。扬眉是指快速抬起眉毛又降下来，表示自己的真诚，无威胁性；侧头是头部微微往一侧倾斜，暴露颈动脉——主血管破裂会危及生命，做该动作表明我对大家很放心；而微笑时大脑会分泌内啡肽，不仅让人自我感觉良好，也会让大家感觉良好。刚才只是肢体语言的小试牛刀，现在请上心，介绍产品要跟说评书一样，带上肢体语言方能打动人心！都学着点儿，咱们要给语言赋予一种能量和感染力！”

说完，我拉过小辉做示范，“假设他是消费者，我们俩面对面站立，大家请注意我的手势。对，双手抬起，两个掌心遥遥相对，双眼看对方的一只眼，嘴里介绍牛奶不能和白糖一起煮的道理，双手模拟一杯奶的形态以及倒白糖的动作，对，就这样，双手、胳膊、肩部、脑袋都动起来，身体发力，中气十足！对，就这样，快看，肢体动作瞬间加强了语言气势，催生语言感染力……”

有人曾调侃我：“哥们儿，你不去做传销，真可惜了。听你讲话容易被带进笼子里……”

十几年前我在报社做销售，为了更好地打动广告业主，可谓费尽心机。比如推介报纸时，如何给对方留下最深印象，我曾反复揣摩，大量练习，最后练就开口一分钟吸引对方目光，三分钟广告主安静听推荐，一次谈话留下印象，三次谈话成为朋友的本事。其中一项，肢体语言与说话内容与语调的配合，即使用天衣无缝来形容，我也不觉得脸红。也是啊，我是报社销售冠军，业绩非贵人恩赐，而是实践挣来的荣誉。

现在，大家跟着我的动作重新做起介绍，效果？立竿见影呗。我手把手地带着新人学做事，愿意把浑身本事传授给他们，因为团队进步，自己才有更大进步！咱始终是团队第一受益人嘛。

培训完推销技巧，我话锋一转："消费者的购买决策，循着这样一个顺序：知道—尝试购买—满意（或否）—重复购买（或停止）。牛奶是大众食品，品质好坏须亲口尝试，不能靠眼睛判断，免费品尝与免费派送是诱导消费者尝试购买的有效促销方法。市调显示，有超过60%的牛奶购买者是女性，她们易受降阶、买赠、打折优惠等促销活动的影响。说起这些，大家要认真学习，你们将从摆促销摊子起步，逐步提升销售基本功。企划部今后策划促销方案，将以提升品牌知名度、诱导消费者尝试购买与重复购买作为最主要内容。"

众人听得认真，都做着记录，见此情此景，多熟悉啊。两年前，我不也是一个夜晚一个夜晚和大家留下了青春的足迹，带起一批人马打得广告总部满地找牙，多荣光的神迹啊。现在场面大了，我将带领更多人马踏上征程，去开创更广阔的天地，太叫人热血沸腾啦！

为了和广告总部全面竞争，必须要上一堂基础广告课程。所以粗略说完企划内功，我又在黑板上勾勾画画，今晚简要讲述四大广告内容：

1. 产业与市场：竞争者分析、行业分析、销售分析、潮流分析。

2. 消费者：需求动机和欲望研究、利益体系研究、认知及说服研究、购物习惯研究、消费文化及精神面貌研究。

3. 创造市场最优价值：品牌核心价值定位。

4. 公司精神与核心理念：产品－概念－文化－精神品牌诊断、规划及品牌推广。

……

前后4个多小时，我给这帮家伙讲了个透，嗯，从大家的眼神里就能看出。没啥好吃惊的，因为仅仅两年时间，王小辉就从情报组组长跃升为分公司部长，工资翻番，补助翻番，活生生的案例摆在眼前，他们不信？由不得不信！

这边刚培训完，那边廖总电话来了："雨总，胡总说广州夜宵全国有名，他做东，请我们去吃夜宵，你这边搞完没？"

两位老总的面子一定给足，咱跟胡总不熟，趁机拉拉双方关系，好事！广东企划部还要指望胡总扶持，没他点头，小辉寸步难行。算了，等明晚再跟几个新人聊吧。于是，叫上小辉一同出发。

到了心情放飞时刻，这时A集团文化就是不分大小，不分级别，大家随意开玩笑，说啥都成，荤段子自然最受众人追捧，满车人被各地流行的段子逗得喷笑，而我，心不在焉。头次来广州，感觉与北京夜景大不相同，这里是不夜城，更繁华喧嚣一些，但我牵肠挂肚，无心赏景，“女神在哪儿，知道我来了不？”

马上拽过小辉：“发个短信问问，目标今晚可有行动？”

一会儿，小辉把手机递给我看：“正常，她已回家。”

“嘿，乖乖女啊。”我心里挺高兴。小辉帮我问出很多小珺的故事，让我了解了她的生活状态、个人品质、能耐和爱好，而追她的人从大款到外籍帅哥到精英人士再到文艺青年，如过江之鲫，但好像没听说她跟谁传出啥绯闻。

小珺做销售出身，但跟客户关系保持得说远不远，说近不近，身位站得极佳。按理说甲方请乙方共进晚餐，乙方即使有二百个不乐意，一般也不好明目张胆拒绝。但在小珺的销售字典里却是工作餐没问题，但仅限午餐。晚餐？对不起，从不赴约，哈，够大牌！

男人有时很怪，越是征服不了的目标，就越感兴趣。于是甲方使出手段，胁迫或利诱，但都被小珺一一化解。她助理很崇拜地跟小辉说，珺总聪慧，现场反应快，总能找到相应办法，既维护客户面子，又能保持合作关系，她是利用人格魅力影响客户，而不是美貌诱惑客户，人家可不是花瓶，而是中层起步的精英，是独当一面的帅才。

在小助理眼里，珺总好像是她的“神”！但我也是拼命三郎，桀骜不驯，谁怕谁啊！没有挑战性的求爱，还不稀罕呢，我要用炙热情感打动这尊“真神”！

第二天，展销会现场。A集团招牌闪亮，展台前人潮汹涌，很多想代理的经销商把我们围得水泄不通，看得出他们加盟的热情与渴望，谁不喜欢钱呢？之前，销售部派专人对企划部全体人员做了招商培训，现在大伙儿都在一线帮销售部谈客户。对于刚入职的员工而言，上来就有机会参与商业实战，真是梦幻平台。可不是嘛，不背靠集团，今天谁会跑来和他们谈商务？

陪廖总站在展台旁，望着澎湃汹涌的洽谈人群，我颇有感触：“记得少年骑竹马，转身便是白头翁。A集团将无数提升机会给予每个人，包括我在内的所有人能否珍惜，能否抓住时机，就看当事人的努力和造化啦。”

四大聊天课程

老规矩，晚上的培训有一个环节，现场秒答团队成员的提问。我话音刚落，刚才回答饮用牛奶有六大不宜的那个小胖子噌地站起来问道:“雨哥好，我有一个问题，就是见到客户后总找不到好话题，口才太差，有没有什么招数速成啊？”

哇，这是一个高质量问题，说到咱强项上来了，好，今晚开一场口才培训课吧。喝了一口水，我滔滔不绝地开讲了:“我在报社做广告销售时，曾有个问题久久萦绕在脑海里。与客户打交道，如何快速建立友谊，与其成为好友？想成为好友，前提是成为无话不说的朋友，而无话不说的前提是找到共同话题，经此话题蔓延开来，一问一答，互相了解，逐步建立信任关系。所以快速找到有共鸣的话题才是打开友谊之门的关键！面对不同素质、喜好、性格、文化背景的客户，什么样的话题能产生共鸣？聊时政？说深了咱不知内幕，说浅了浮皮潦草；聊体育？不是每个客户都热爱体育；聊创业、生意、管理？这些是短板，自己刚出道，岂有经验和资历夸夸其谈；聊笑话？浅层次聊天，打动不了客户，而荤段子有骚扰嫌疑；聊历史，借古喻今？个人价值观不同，难求突破；聊电影、文化、文学？不具备普遍意义；聊八卦？咱不好那口；谈天说地？主题太散，毫无建设性；聊情事？女生怕色狼啊……”

看到众人投来期盼的目光，我知道开篇蛮吸引人，好，继续分享，“后来我在供职财经杂志期间，不断实践总结，摸索出一套对策。咱们事先准备好养生、宗教、风水、哲学四类话题，理解含义背资料，外带活学活用，呵呵，总有一类话题打动人心！历经几百场实战，我跟客户聊天形成了一个个套路，跟打一路八卦连环掌的套路差不多，什么鹞子钻天，熊鹰争斗，四龙取水，闭门推月，风火轮劈，怀中抱月……啪啪啪，一路拳脚打下来，刚柔相济，虎虎生威。我的聊天方式也是啪啪啪，按套路出手。好，哥儿几个，想不想听听养生、宗教、风水和哲学四大聊天课程？”

“想啊！”“老大，别卖关子了，赶紧的吧。”“等一下，录音、录音。”“稍等片刻啊，我先去洗手间。”“别吵了，干货来了！”……嚯，一句话激起千层浪，大家情绪高涨，看得我心里美滋滋的。也是啊，人家加盟集团按 716 方式工作，不就是为了求知识、求快乐和求财的嘛，现在有干货分享，团队所有人自然开心啦。

行，只要他们真想学，我就真做分享！马上使劲儿抖落干货呗。

养生是指通过各种健身术，强体质、养生命、防疾病，以达到延年益寿目的的医事活动。随着大众生活水平提高，很多人开始重视养生之道。但如果谈夏季养生要多喝白开水、饮食讲究均衡、午睡不宜长、大汗后不宜冲冷水澡，这类话无人喝彩。我不会系统研究养生学，客户关心什么，我就准备什么。易操作，马上用，有实效，是搜罗养生术的标准。好，按照目标细分法，分成6个板块为大家做介绍。

客户是女士？行，咱们可以从几百条养颜知识里挑宝贝，话匣子打开，甭想收住。冬天勿用太热的水洗脸，面部皮肤迅速扩张，易长皱纹；夏天勿用冰水洗脸，毛孔受刺激收缩，油垢无法清除，易长粉刺；喝水加点儿蜂蜜，长期坚持，肌肤可年轻10岁；水里加点儿醋，皮肤可变光滑，不易长痘；常用电脑的女性，洗脸水里加点儿绿茶，可有效抗辐射；水里加点儿盐，不只杀菌，还可去油；清晨一杯凉白开可祛除色斑；皮肤不好是吃得太咸。红葡萄酒可延缓衰老，生活在葡萄酒产区的人平均寿命为90岁；葡萄酒含白藜芦醇，在数百种美食中抗癌效果最好；法国女子皮肤润泽，有葡萄酒一份功劳。自制食品眼膜：银耳煮成浓汁后放冰箱，每日一次取5滴涂抹眼角，有润白去皱、增强皮肤弹性之效；每天早晚两次冰牛奶敷眼，每次10分钟，可祛除眼袋；取未成熟丝瓜，去皮去子，捣成泥涂抹眼部，有抗过敏和增白神效……

瘦身永远是女生的焦点话题，为此咱们要准备充分，各类瘦身奇招皆有。据统计，吃饭摆镜子，边吃边看会少吃25%；经常嚼口香糖可提高20%的新陈代谢速率，一年减10磅；早起刷牙抬一条腿，膝关节弯曲90度，坚持7秒，两腿交换各做3次利修身；每天喝豆浆能阻断糖变脂，去小腹赘肉；早晨空腹喝杯加1小勺竹盐的纯净水，可促进肠蠕动，减少脂肪堆积，睡前一杯蜂蜜水，此为“早盐晚蜜”养生术；洗澡时水龙头开到最大，莲蓬头离身体15厘米远，朝多脂部位冲淋，以冷热水交替冲淋最为理想，亦可针对疲劳部位，只要坚持，修身效果奇佳；冬瓜去多余脂肪；萝卜含芥子油，促脂肪代谢，防脂肪堆聚；番茄富含食物纤维，让人有饱足感，利瘦身；苹果富含果胶，加速排毒，脂肪含量低，减肥者常以其作为代餐品；木瓜含木瓜酵素，可分解蛋白和脂肪，去赘肉；墨西哥医学专家发现，女性每天吃十几颗葡萄，既瘦身，又有益心血管健康。美国田纳西大学营养学院曾做实验，一组高血压患者每天喝两杯乳酸菌奶，结果他们不仅血压下降，而且平均每人锐减11磅。实验表明体内钙足，才能快速燃烧脂肪。牛奶是补钙能手，每日两杯奶不仅能燃烧体内脂肪，而且还促进机体产生更多降解脂肪的酶……

几次见面便能聊百条瘦身术，客户会把你当瘦身专家收在身边，想跑都不行。

客户是先生？那咱们就来聊聊他们感兴趣的话题。

新西兰惠灵顿维多利亚大学的调查显示，女性胸部是男性最先关注的部位，且关注时间最长。每天关注女性胸部几分钟，可增进男性健康，甚至延寿5年。肾是先天之本，人体中最重要的精气藏于肾，其为全身阴阳之根本。胎儿五脏六腑中最先形成的器官是肾，故中医有“未有此身，先有两肾”之说。性生活消耗肾精，不节制易亏虚，所以男人要护肾。中医认为大小便时，咬牙能固摄住肾气，尤其是对肾精损害大的男性。齿是肾精华之外现，应该“肾齿两枚如咬物”，好像有俩枣子在后槽牙间，微微咬着。解手时咬牙且提起脚后跟，处于气往里收之状态，直到尿液排空才慢慢放松，如此等同补肾气，有壮阳健肾之神奇功效……谁不想护肾藏精，谁不想一展雄风？好，跟着咱的话题往下走吧……

白领健身术更是养生重点，谈及此话题，赶紧抖落绝活吧。

人体的“先天之本”肾经（关乎一生幸福的经络）和“后天之本”脾经都在腿上，每天花10分钟蹲马步，能锻炼到包括脾经肾经在内的6条重要经络，经络强，气血运行通畅，身体则强；耳朵像倒立于子宫的胎儿，耳垂代表头眼，耳外缘为躯干及四肢，内侧是内脏器官，揉搓耳朵各部位，对各器官和躯干有保健作用，中医讲“肾开窍于耳”，做好耳部保健，不仅能立即改善头痛、晕车不适，全身受益，而且强肾效果佳；手指脚趾多揉揉，失眠头痛不用愁；常揉拇指健大脑，常揉食指胃肠好，常揉中指能强心，常揉环指肝平安，常揉小指壮双肾；十指对力强心脏；双手对插头脑清，旋转关节通经脉；反掌伸展松筋骨，揉揉十指祛头痛……好嘛，连比画带实践，和客户一起探讨健身术，不亦乐乎，他们还当我是外人？做朋友呗。总之，除了不能叫成年人增高，不能治愈不育不孕，其他方方面面都有精心准备。有时，一些朋友误以为我来自中医世家，呵呵，我，只谈有趣的养生术！

等讲完养生术，接着和大家谈风水。

风水乃相地之术，又称“堪舆”，起源于战国。风水讲究天人合一，人与自然和谐，以天地为观察对象，以人为服务目标，将宅舍作为大地有机体的一部分而加以考量，是大众长期实践的总结，或说是对生活中惯常问题的一种解决方法。有人笃信风水，也有人斥之为迷信，但如果言之有理，试之为灵，不信也变成将信将疑，嗯，多一个交流沟通管道，又跟人息息相关，这正是我打开风水话题的缘由。

一位广告公司的朋友说最近睡觉总磨牙，早起全身酸痛。他感觉是压力大导致神经紧绷，因为房间睡了很久，顶多有时失眠而已。我说去看看吧。进门发现大衣柜和双人床摆在主卧，转身困难，床头堆书籍，床尾摆杂物。我告诉他睡在狭窄空间，容易神经紧绷，只是这股力量不大，要长时间累积，最近刚好工作压力大，容易神经失调……他马上把衣柜搬到次卧，又将杂物清开，主卧顿时敞亮开来，他心情好了许多。我请他尽量不开吊灯，床头摆台灯，墙角也放一盏，有空间延伸的心理作用。再者，所有光源都低于视线，也有延展空间的作用。顺便再灌输几条治失眠的养生术，呵呵，他似乎听进去了。当晚，他试着在微暗空敞的卧房睡觉，一夜无梦到天亮，起床筋舒气爽。风水上说，房间太窄好运难来。如果住不上大房，就请不要再堆杂物，否则，个人运势如笼中鸟。嗯，有风水做纽带，我跟他迅速成为无话不谈的好友。

讲完两大聊天课程，我又喝了几口水，上一趟卫生间。略作休息后，继续披挂上阵，点上一支烟，开讲第三门聊天课——哲学。“哲学是关于世界观的学说，是自然和社会知识的总结，西方最古老、最简洁的哲学定义是‘爱智慧’，表达了人对智慧的热爱和追求。其实，生活中只要用心观察，就会发现哲学不复杂，一件事、一个现象或许就是一个哲学道理的阐述。我学哲学，并不想成为哲学家，只想应用哲学解决问题，相信客户会有兴趣的。小说《堂·吉诃德》描写过一个国家，执法官桑丘在岛上颁布一条法规，规定过桥旅客必须诚实回答旅游目的，否则会被绞死。一位智者见到告示后宣称：‘我来这里是要被绞死。’卫兵和鳄鱼慌了神，如果智者言论为真，则应被释放，但如此这般，其言论即变为假。如言论为假，则他会被绞死，但如此那般，其言论又变为真！卫兵将智者押到桑丘面前，桑丘陷入两难境地，最后无奈释放智者，并马上废除法规。后来，桑丘又向智者请教治国之术，岛上很快兴旺起来。其实，二难推理是涉及悖论的哲学故事，说与客户听，一起动脑想想答案，挺有趣。自希腊以来，哲学家经常喜欢对常人习惯或想当然的概念与观念进行重新探讨，找出歧义、逻辑矛盾或模糊之处，进行澄清或重新定义。谈二难哲学问题，是希望客户对咱的聊天刮目相看，因为咱是个有想法的人。”

故事刚说完，忽然小辉递来一张纸条，写了4个字：“老大，裤链！”

瞬间明白了，我刚才上卫生间，脑子走神，忘拉裤链了。呵呵，丢人啊，但我身上有一股痞子劲儿，冲小辉挥手笑道：“放心吧，老鹰不会飞走的！”

说完，背对大家，从容拉上裤链，跟什么事都没发生似的，转回身继续做分享："哥儿几个，咱们还可以跟客户分享销售技巧，顺便探讨点儿哲学思维。"

说到兴奋处，我又手舞足蹈地讲开了："很多事儿换个做法结果便不同，因为变换方式往往起到意想不到的效果。比如，甲买烟，烟29元，但他没火柴，跟店员说：'顺带送盒火柴吧。'店员没给。乙买烟，烟29元，他也没火柴，跟店员说：'便宜一毛吧。'后来，他用这一毛钱买了火柴。这是哲学上简单的心理边际效应。店主拒绝甲的要求，是因为在香烟上赚到钱，但火柴没赚，赚钱感觉指数为1，所以甲索要无果。店主同意乙的要求，是因为香烟和火柴都赚到钱，赚钱指数为2，所以乙如愿以偿。同样，顾客很喜欢买一送一，他们认为赠送的东西，肯定有的赚，其实是心理边际效应在作怪。其实，人生道路上，改善心智模式和思维方式很重要。我，喜欢独辟蹊径地和客户聊天。新来的哥儿几个，你们呢，听完有木有启发？"

"当然有了。""好是好，就是内容太多，一次吸收不了，要多听几遍才行。""看来得事先做好功课，大量背诵才能运用啊。""我要是客户，肯定已经被老大侃晕了，呵呵，太能聊了。""雨哥，继续，继续，没听够呢！"……周围人七嘴八舌地叫喊起来。

哈，与人分享干货，我会感觉有莫名的快乐，或许这是心中有爱吧，好，继续聊。朋友交往时，恭维必不可少，但大都流于形式。我想反其道行之，请朋友直指我的缺点。谁都喜欢当老师，咱们制造机会，既帮着改毛病，又结交好友，何乐而不为？我常常开篇讲个故事：珀琉斯和海神忒提斯结婚时邀请了很多神，但纷争女神厄里斯不在受邀之列，因为她会在所到之处播撒不和之种，众神也不希望她出现。厄里斯为此感到愤怒，她决定嘲弄宴会上的众神。当新人退场后，厄里斯溜进大厅，向地上抛了个金苹果，上书"献给最美的人"。苹果在赫拉、雅典娜和阿芙罗狄忒三位女神间引起激烈争执。宙斯决定将她们送到一位名叫帕里斯的牧童那里，让他裁定，因为帕里斯是特洛伊王子。赫拉许诺使他成为亚洲国王；雅典娜愿意帮他成为战神；而阿芙罗狄忒则答应他将得到世上最美女人的爱。男孩本性被激发出来，阿芙罗狄忒得到金苹果，而另两位女神则怒气冲冲离去，并成为特洛伊城最可怕的敌人。哥儿几个啊，哲学家认为每个人都有得到赞赏的欲望，为了荣誉甚至会大动肝火。客户随意恭维我，那不是兄弟姐妹该说的话，出其不意地邀请客户评点我的不足，他们真意也好，客套也罢，反正直言不讳地批评，双方关系会迅速贴近。至于那些肉麻的恭维话，就由我来张罗吧。呵呵，一正一反，效果奇好。

接着，我又抛出一个问题："如何恭维朋友？"其实，恭维不如给朋友打气，尤其是当朋友遇到困难心情不佳时，我喜欢讲个心灵鸡汤的小故事。有位秀才第三次进京赶考，有一夜连做三梦。首先梦到自己在墙上种白菜，接着梦到下雨天，他戴斗笠还打伞，最后梦见自己跟心爱的表妹脱光衣服躺在一起，但却是背靠背。三梦似有深意，第二天秀才找算命先生解梦。先生听完直摇头："墙上种菜是白费劲；戴斗笠打雨伞是多此一举；跟表妹脱光躺着，却背靠背，没戏啊。唉，你考不中，还是回家吧。"秀才心灰意冷，回店收拾包袱准备回家。店老板感觉奇怪，"明天考试，怎么今天要回乡？"

秀才说完算命先生的解释，店老板乐了："我也会解梦。我倒觉得你必中！墙上种菜是'高中'；戴斗笠打伞说明有备无患；跟表妹脱光背靠背躺在床上，那是翻身的时候到啦！"秀才恍然大悟，精神振奋地参加会试，居然高中探花！

哲学家对秀才赶考的故事曾有一番经典评论：积极的人像太阳，照到哪里，哪里亮，消极的人像月亮，初一十五不一样。想法决定我们的生活，有什么想法，就有什么未来。我，无知者无畏，头脑简单往前冲，希望自己的"傻开心"能多替朋友分忧解闷。

……

聊完宗教板块后，我做了收尾总结："养生、哲学、宗教、风水四大聊天课程，对于肯下功夫的有心人，30 天可速成一门，而真正的高手会打四套组合拳！几次见面打完'这套功夫拳'，客户大都能成粉丝！当然，掌握四门聊天课，虽然能迅速拉近客户关系，但维系关系还得靠真诚的心，全方位服务的态度和大度的胸怀。这是个人的涵养与品德，与技巧无关。"

团队的新人们听得非常仔细，演讲完后，也许他们的激情被点燃了，会场爆发出热烈掌声。呵呵，我把绝活儿讲给大家听，配得上掌声。

由此，我将自己谈客户的三大特长全部告诉了团队：A. 聊天四大课程；B. 销售四大绝招（详见拙作第一集）；C. 评书式表达与丰富的肢体语言。我告诉他们："如能将三大特长捏合在一起，他日建功立业，指日可待！"

……

培训到凌晨 1 点多散场。回宿舍路上，小辉搂着我的脖子，悄声问道："老大，我提醒拉链的时候，你说什么放心吧，老鹰不会飞走，什么意思？"

“呵呵，又没有文化了吧，这句话有典故哦。话说‘二战’后期，为了确定战后世界格局，苏、美、英三国首脑斯大林、罗斯福和丘吉尔在伊朗首都德黑兰会晤，史称三巨头会议。三人为了各自利益，互不相让，甚至每句话、每个动作都可能被另外两人视为含有某种特殊意义，导致会场气氛很紧张。一天开会时，英国外交大臣艾登悄悄塞给丘吉尔一张字条，丘吉尔匆匆一瞥，对艾登神秘笑道：‘放心吧，老鹰不会飞走的！’说完将字条放烟斗上烧了。多疑的斯大林对丘吉尔的举动十分不解，回国后，他一再命令克格勃间谍机构查清艾登给丘吉尔写了什么，可直到 1953 年，斯大林逝世，也没能找到答案。后来赫鲁晓夫访问英国，向升任英国首相的艾登询问，艾登不禁大笑道：‘我当时写的字条是：首相，您的裤子拉链没拉上。’”

“哦，原来如此。嘿嘿，那老大，老鹰现在还趴窝呢吧。”小辉不怀好意地笑道。

“滚！有多远滚多远！”我狠狠骂道，一脚已经踹了过去。

唉，这已经不是第一次没拉上裤链就登台而丢人现眼了，看来上卫生间真不能想事啊，稍不留神，又要被人递纸条了，不带这样自出洋相的，真是的。对了，要不下次登台前，咱干脆套上厨师围裙，双保险，哈，话说，今天来一顿精神食粮大餐。

首次偶遇

小辉告诉我，明天上午小珺和助理要去俩地方，广州花园酒店和即将开业的丽柏广场。行，明天在花园酒店“打伏击”。但如何“偶遇”，不露马脚还能有惊喜感？这可是一道大大的难题！

脑海里策划了无数场景：1. 主动出击在背后拍她肩膀；2. 马路迎面打招呼；3. 商场门外设伏，然后旋转门碰面；4. 冒充应聘人员去她公司；5. 乔装快递员；6. 停车场里使劲儿拍打她的车窗……哪种见面更浪漫？

思索半天，发现都是无用功，想的全是昏招！哎哟，这玩意儿能难倒我？不可能呀……我决定不走寻常路，再次动用三大思维模式，在纸上写写画画，越想越激动，最后折腾到后半夜才昏昏睡去。

第二天，天刚蒙蒙亮，眼睛便睁开了，心里又过了一遍行动方案，感觉万无一失，忙起床叫醒小辉，告诉他如此这般。安排完，找出一套得意的行头，暗红色云纹真丝衬衣打底，外罩明黄休闲装，配淡黄牛仔裤，咖啡红皮鞋，斜挎白牛皮休闲包，对着镜子前后照照，嗯，自我感觉良好。

跟廖总请好假，又和胡总打个招呼，调辆车子跟我走。他的奥迪？人不熟，没好意思开口。8点来钟，车子便到了花园酒店。从来没为一个短信等过这么长时间，浑身好不自在，激动？身子简直在微微颤抖！连司机都探头关切询问。好不容易盼到小辉短信："白色别克，车号粤A×××××，丽柏地下停车场。"

司机马上七拐八绕地冲进丽柏地下停车场。广场还未开业，停车场挺空，很快发现目标车辆，我们静静停在别克斜对面。又一次漫长等待，不过现在比刚才等短信感觉爽，想着一会儿就能见到心上人，心里就像有一面小鼓，一直在"咚咚咚"地敲着。

一个小时后，目标出现！小珺头上缠着红色花丝巾，宽边墨镜，一身暗红职业装，修身长裤，蹬双亮黑的半高筒靴，腰杆挺得倍儿直，正朝车子走来。哇，难怪如此喜欢她呢，简直是多看一眼就多一层喜欢，"这身打扮先不说，看她走路姿势，就不是一般女生。嘿，我要追不上她，誓不为人！"

看见助理坐到别克前排，小珺坐后排，我悄声嘱咐司机："哥们儿，跟紧那辆别克，别跟丢了。一会儿，我拍一下你肩膀，你马上从别克右手边超车，然后跟它并行。"说完，我马上从前座扭身爬到后排左手边坐下。之所以有此安排，是因为我发现小珺坐在别克后排右手侧。

"好。"司机痛快答道。凡在A集团开过车的司机，能没这点儿眼力见儿？他心里早就明白个七荤八素了。

忽然小辉短信又至："有变！现在去越秀区富力商贸大厦。"管她去哪儿，早就防着这招呢。

两辆车一前一后出停车场，我们紧紧咬在小珺车后，直奔富力大厦而去。我抄起手机，深呼一口气，稳稳心神，开始干起"龌龊"的勾当来："喂，小珺，你好呀，你马上叫司机小心，开慢点儿，车上还坐着一位美女呢。"腔调放缓，尽量掩饰躁动情绪。

"嗯？雨总？你怎么知道我在路上？"

"呵呵，要不说咱俩有缘呢，我刚到广州，好嘛，就看见你的司机正在飙车，这怎么能行？快叫他慢点儿。"

"嘻嘻，雨总，不要打哑谜了，你在哪儿？"显然，埋伏打得漂亮，打出小珺的好奇心了。

“你真想知道我在哪儿啊，呵呵，我呀，特想在你心里，行不？”

“神经。不开玩笑了，嘻嘻，你到底在哪儿？”

“我说了啊，特想在你心里呀，呵呵。”昨晚已揣摩小珺心思，她接到电话肯定犯晕，思路顺着想下去，她或许要这样想：“我的车是从地库里开上来，路上也没摇下车窗，从外面根本看不到车里面。这小子不可能知道我的行踪，难道他未卜先知？怪事。”

“小珺，根据最新情况，司机还未减车速，马路上可不是闹着玩的，你要听话哦。”我开始不称呼珺总，故意改称小珺，嗯，有意为之。

估计这下把她彻底搞晕了，好像在进行实况转播，电话那头有些沉默。我知道计谋已奏效，但不可玩得过火：“呵呵，你看我刚到广州就遇见你啦，冲这份缘分，你该尽地主之谊，要不中午我们一起吃个饭？”

“先说你在哪儿。哦，你的车在附近吧。”女神果然名不虚传，她脑子转得比车轮还快，似有察觉。

我赶紧拍下司机肩膀，他立刻一脚油门冲上去，接着右拐并线提速，当两车平行行驶时，我摇下车窗，冲着旁边车子猛喊：“嗨，嗨，答案在这里……”

随着别克车窗摇下来，小珺那张清新面孔又出现在我眼前，我伸出手冲她使劲挥了挥，高声喊道：“嗨，小珺，没想到咱们能在路上照面呀，呵呵，看见你真高兴。”

显然，这次“偶遇”完全出乎小珺意料，有惊喜，有浪漫，有情调，有蹊跷，看情况确实如此。她略带吃惊神色隔空问道：“你怎么知道我在车上？”

“要么说有缘再次见面呢，我有第六感应啦，呵呵，你的香水味儿与众不同，我可是闻着味儿一路追来的哦。”全是事先编好的词儿。

谁都知道这是有点儿调调的情话，我原本等小珺往下说，可她生生把话题带拐了弯：“行了，神经。你到广州出差？什么时候到的？”

怕小珺听得费劲，我扯嗓子吼道：“刚到不久，广州有个食品博览会，老板让我负责组织。小珺，看你司机匆匆赶路的劲头儿，不会也去参会吧。”

就知道她不理会我耍贫嘴，果然，对面传来一句：“你们廖总有来吗？”

嘿，就怕她提廖总，要是得知廖总也在广州，好嘛，等会儿约她中午聚餐没准两人变六人，那可不成！就这点儿破事，我赌她不会核实，所以我平静说了一次善意谎言：“哦，廖总有事儿没来，怎么，你不欢迎我？”

“我代表广州人民欢迎你来消费旅游，嘻嘻，拉动本地经济发展。”小珺顽皮地笑了几声。

回答滴水不漏。行，咱接着你的话头说下去：“借你吉言，中午要有空，我请客，赏光不？”

“我还感谢你的招待，嘻嘻，我做东。”

唉，盼星星盼月亮，盼长江盼黄河，半年多的苦苦相思，终于盼来这一神圣时刻，我笑嘻嘻回道：“还是我负责拉动广州内需，这下广州人民该乐了吧。”当然，我比他们还要高兴些。

“广州美食很有名，你想去哪儿吃？”

“我想……”还想啥呢，早打听清楚了，只不过我要假戏真唱。

就这样，两辆车在马路上齐头并进往前开，我们俩都侧着脑袋一说一笑，也许小珺从来没经历过这样的偶遇，也没经历过这样奇妙的交流，显然，她兴致盎然。我当然更是兴奋异常，相信自己的五官和面颊，能准确表达内心世界。

小珺长发飘飘，现在头发被风吹起，更加神采飞扬，此情此景终生难忘。我仿佛也被风吹得心旌摇曳，激动不已。呵呵，快把持不住了，恨不得伸手去拉她的小手，嘿，更没出息的是，口水都差点儿淌出来。

对话时间太短太短，还没说几句话呢，后面车子不干了，纷纷鸣笛抗议。既然事情办妥，见好就收也不失为上策。一片鸣笛声中，我说了句不见不散，挥手道别。两车一快一慢，别克直行，广本右转，这次“偶遇”算暂告段落。

点上一支烟，心情久久不能平静。尽管我清楚小珺请我仅仅出于礼貌，并没其他意思，但总算有单独见面机会，就像阿姆斯特朗登月一样，都是伟大一步！还能奢望啥？“感谢上帝，感谢广州，感谢廖总，感谢小辉，感谢一切应该感谢的人，呵呵，怎么搞得像在发表获奖感言了？”我心里偷笑。

心里正美滋滋地回忆着呢，转念一想，又发现了新大陆：“按常理，她应该死缠烂打问下去我是如何发现她的，直到招认为止，但她为何立刻换话题，没点儿好奇心……哼，女神喜欢掌握主动，显然，话题再缠绕下去，她越急，反而我会拿糖，但她故意装漠不关心样，没准我按捺不住，要主动坦白交代出来，哇，点滴间便使出模糊销售主张之计，她，是一个销售高手！”

司机打断了我的猜想："雨总，现在去哪儿？"

"中国大饭店。"路上跟司机说好，午饭他自行解决，等我电话再来接我。说完，一张百元钞票硬塞到他手里。在A集团我向来敞亮爽快，对于帮自己办事的人，大方有好处。今天这哥们儿出力不少，约人成功有他功劳，像咱的福星。

现在离饭点还有段时间，我坐在大堂咖啡厅，看着大堂里川流不息的人流，情绪仿佛比刚才更甚，掏雪茄的手一个劲儿发抖。眼看时间愈加迫近，再也坐不住了，站起来往窗外眺望，心情靓丽时，看啥都喜气洋洋，就算看见街上有叫花子路过，我也愿留下50块。

正在春风得意马蹄疾时，小王来了电话："哥们儿，今天是黄道吉日，喜事迎门啊，猪舍正上大梁，听，鞭炮声多脆，倍儿响……"

"哈哈，确实喜庆！那我在这儿祝咱们猪场生意兴隆，财源广进！"

放下电话，心里更高兴："小王行动挺快，再有个把月猪舍竣工。先买百头猪仔，哈哈，猪场兴隆开张啦！"心情真是万分舒畅。

约莫又过了一根烟的工夫，约会前短信如期而至。哇，小珺真有礼貌，人未到，短信先行一步。是不是让我提前订位子？好喜悦，忙打开短信定睛观瞧："雨总，抱歉，临时有事，傍晚飞杭州，要不等下次来广州，我们再聚？"

看完短信，我狠狠地"嘿"了一声。那感觉就像冬日里，自己脱光衣服准备痛快洗热水澡，可等来的却是一瓢冷水浇头，从头冰到脚，从外凉到内……再反复翻看短信，正看，倒看，横看，竖看，越看越冷，什么冷水浇头啊，简直是在南极和QQ企鹅一起游泳！

一屁股瘫软在沙发里，一语皆无，还能说啥？我就像个爱情乞丐，可怜兮兮，千盼万盼她来赴约，可约定已随风而去。脑海里马上想起崔颢的《黄鹤楼》：昔人已乘黄鹤去，此地空余黄鹤楼。黄鹤一去不复返，白云千载空悠悠……唉，我的爱情征途怎么就这么曲折？

正彷徨迷茫间，我忽然一激灵："不对，会不会是她故意考验咱，看人品？嗯，越有变化越要稳，像个汉子反而要大度。"言念及此，马上回复："杭州是个好地方，欲把西湖比西子，淡妆浓抹总相宜，呵呵，像在说你！顺祝一切安顺。也许下次聚会更有意思，期待中。"

一会儿，收到回复："谢谢理解，广州出差多保重。"

心有不甘，还想蠢蠢欲动再起话题，但想到人家肯定忙，没心情搭理我。可惜咱的魔术构思了哦，那里面还穿插有牵手动作呢，想着想着，手不自觉地摸了出去，好嘛，抓了一把空气……

费了半天劲儿，心情才平静。我脑海里过了一遍电影，三次接触，加上助理评价和描述，我对追小珺有了新认识。第一，她外冷内热，乍一看是冷美人，估计她喜欢比较野的男生；第二，死皮赖脸，多找机会沟通，好女怕男缠嘛；第三，她为人高傲，征服她得有耐心；第四，普通相遇不如不遇。大街上迎面撞见，虽高兴，但不激动，该向神出鬼没的铁道游击队学习，保证她以后出门就犯嘀咕："今天不会又发生故事吧，怎么老是巧遇？"那时，我们从没有工作、生活重叠，变得有了交集。是啊，她对偶遇期待之际，就是开始挂念之时……

离开酒店，我已走出爽约阴影，外面阳光明媚，彩云朵朵，还有新希望，这点挫折算啥？毛毛雨啦。刚坐进车里，这脑子根本就不想有片刻闲暇，又迫不及待谋划二次相遇桥段："今天内线初显神通，虽无果，乃运气使然。广州不能再搞偶遇伏击，小珺地盘，惊喜气氛先天不足。应该在她出差到某座城市时，再巧设埋伏。嘿嘿，他乡遇故知，人生四大喜事之一，够浪漫，更证明有缘千里来相会。但……偶遇地点和场景又该如何？"

无心看车窗外的景色，我低着头陷入了沉思："今天偶遇有三大特点：1. 出人意料的地点和场景，类似港产片；2. 偶遇场景是突然爆发，但受环境限制而不得已马上终止，意犹未尽；3. 惊喜中，最短时间谈好约会计划，不给对方思考时间。好吧，再想想新的偶遇桥段……餐厅？不能再俗的碰面场所，惊喜度 0 分；候机楼或酒店大堂？偶遇高发地，1 分；酒店住宿？可以安排比邻而居，但未超想象，2 分；卫生间门口？无聊，–5 分；电梯？惊喜有但环境差，2 分；飞机邻座？浪漫刺激，但换登机牌不易控制，4 分；一天两次汽车偶遇？嘿嘿，运用之妙，存乎一心，有点像刘伯承元帅两次在七亘村同样的地点伏击日军的神来之笔，打击就是得出其不意，4 分……"

想着想着，车子已到展厅。

展会圆满结束，大家吃过晚饭，我继续培训员工。"咱们企划部一直强调做事做透、一出手就是绝活的办事风格。无独有偶，娃哈哈的宗老板常挂在嘴边的一句话是：'市场要打穿，营销在做透！'娃哈哈有时会根据销售动态，变更经销商销售范围，原本县级代理降格做区级代理。有些经销商不理解，但后来却发现销量大增，而销售成本则下降许多。按宗老板的话说，这是把市场打穿做透了。任何市场都如同一口‘油井’，浅尝辄止非理智。只有彻底打穿做透，才是开发市场的长久之计。实现目标，关键在于两点：1. 合理价差体系；2. 有序市场环境……”

有了昨晚的演讲，这帮新人早已收起轻视之心，一个个全神贯注地做笔记，这回我讲课动力更足了。“下面来讲A集团的五大竞争对手。H集团市场竞争策略是以我为主，避其锋芒，适度调整，以持久力取胜，据说他们把该策略喻为‘弹钢琴’。当对手以低价抢市场时，H集团不做针对性对抗。他们认为这是玉石俱焚，容易陷入对手陷阱——有可能牺牲一个非主力产品来扰乱或摧毁你的市场体系。H集团会利用广告和品牌优势，推广其他产品。当对手抢得一定市场，实力耗尽并提价时，他们则迅速开展强力促销。如此一纵一收，如果对手实力不强、市场基础不稳，主动权将很快回到H手中。与其交手的无数品牌，溃败原因不在于对手强大，而在于大投入轰开市场后，自己急于获利，导致自乱阵脚……好，下面介绍S集团的市场策略……”

正讲得带劲，鲍总来访。鲍总40多岁，北方人，做销售出身，比我晚半年进集团，但起步高，一周前被任命为集团休闲食品事业部副总，归汤总直管。他做事干脆利索，头脑灵活，和我对脾气，关系默契。因为广州食品业发达，所以事业部和生产基地驻扎在广州分公司。鲍总带人晚上到访，肯定有事。

匆匆结束培训，我、鲍总、小辉几个人在办公室谈事，原来他是想跟我讨论事业部成立后，做啥畅销产品好赚钱。

首先我们讨论了竞争对手B集团的动向。根据企划部的调查显示，B集团正在武汉市场试点推一款功能饮料，他们不仅提出新功能饮料概念，而且推出大口径瓶型，准备打破小口径瓶型一统市场的格局。看到竞品不断推陈出新，大家感到做休闲食品一定要提新概念，否则同质化产品必被市场强迫休息。

今天脑子给力，算超水平发挥，我一口气提出两大思路，5个策划方案。

思路一，做固定设备投资小、见效快的项目。比如，先启动薯片或糖果项目。前期最好搞OEM（定点生产，俗称代工生产）经营或采购二手设备，因为老板的生意经是先吃肉后啃骨头，前期少投入，赚钱后再说加大投入的事。集团不可能为了所谓的蓝图和停留在纸面上的预测利润，先猛砸钱配置生产线。据我观察，集团内部凡是抱有大投入等于大产出思想的高管，最终都会因道不同不相为谋而被裁撤掉。

思路二，薯片或糖果的销售可采用“借船出海”之策。前期尽量配合A集团销售思路，将产品做成赠品，分为礼品装和促销装两种，借集团品牌和渠道通路优势，慢慢在全国打开销路。集团每年采购海量促销品，高达上亿的促销费都叫外面的公司赚走了，这块利润至少有一半可以给到食品公司头上，而业务结算内部进行。由此，只要休闲食品公司拿出好产品，先期至少就有3 000万业绩打底。我的个神啊，上哪儿去找这种美事？咱们不能抱着金饭碗讨饭。

根据我对集团广告运作的了解，老板不可能一上来就给食品公司广告费，而没广告和促销支持，市场培育有难度。更可怕的是，一旦老板看见销售增长未达预期目标，说不定要换高管、换思路、换项目，鲍总没准成为后任的炮灰，所以先期要紧紧靠着A集团吃奶。一旦食品公司有了利润，再单独打广告，做促销，招聘经销商、分销商，组建销售网络，未来一片蓝海。

对于开发新产品，提出新概念，我提出5个策划方案：

1. 为了推出休闲食品新概念，应该走出去，了解世界，了解同行，而不是闭门造车。建议到外语学院，找英语、法语、德语和其他小语种学生，上国外网站收集文章和照片，翻译成中文，这点小钱值得花。因为随时向同行高手学习，能让食品公司迅速了解市场，熟悉流行趋势，这是花费少、见效快的开发策略。

2. 发动事业部全体员工，每人带一张开发计划表到各大学和食品研究所，找食品专家或学者，探讨休闲食品新概念。既然我们不能在短期内组建一支高水准研发队伍，也没足够研发资金，不如外聘研发团队，借力发力，少走弯路。

3. 指派专人，查阅专利技术档案，从中获得灵感。

4. 鲍总前妻在法国开了一家超市，争取通过她的关系网拿到欧洲产品，然后再探讨仿制和借鉴可能性。

5. 通过企划部各分支机构，邀请重量级传媒主任和食品版编辑，定期召开头脑风暴会。他们既是意见领袖，又是策划者，还是消息灵通人士，通过交流恳谈会，必有收获，同时为今后宣传打下基础。

鲍总颇为赞同，指示手下人把思路和方案记录下来，回去开会讨论。等谈完工作，请其他人休息，我们哥儿俩继续聊。当聊到老板对我的看法时，我问道："哥们儿，公司高管怎么评价我？"

鲍总想了想，说了三条："首先，大家认为你是老板的人，因为从进集团到现在，所有提拔和任命都是老板的意思，这在集团发展史上少见；其次，你对集团忠诚，性格有棱角，做事热情，心机不深；最后，你工作玩命，带队有方。"

听明白鲍总的潜台词了："有棱有角的害处是，别人啃起来十分方便！"那又如何，我还想拿棱角扎人呢。呵呵，那时真是狂妄自大！

第六篇
不花钱就想办大事

入职广告总部

飞离广州时，天空阴暗潮湿，我趴在舷窗上看广州城，思念之情勃然而发。暗恋像一场无法醒来的梦，自己如一只辛勤的小蜘蛛，日夜织着一张思念网，空空的网，疼疼的心，认了，干脆自己粘在上面吧！每天每天，日复一日，默默地等待，像蚌怀着珍珠的折磨与痛楚一般。而我正在忍受暗恋带给自己的痛并快乐着的心情。虽信心满满，但世事难料，俺真能娶她回家吗？

对第二次偶遇我有了新想法。临走前叫小辉在广州帮我买一架充电式直升机模型，最好有80米遥控范围，空中可悬停不少于20分钟。咱以前玩过航模，现在正好派上用场。可飞机拿到手还没捂热，便接到老板秘书电话，叫我进京汇报工作。

北京，A集团北京总部。再次见到老板，他穿一身灰蓝色西装，依然神采奕奕，精神饱满。当我简明扼要地汇报完广州之行后，老板将我和逸总的工作做了分工，电视、户外、互联网归逸总负责，报纸归我统管。双方互相监督，每份广告合同互审，共同签字认可后方能上报老板。完后老板交代一项策划任务，多支持新成立的食品公司开展业务。

巧了，我马上把前两天为鲍总策划的新品规划方案重述一遍，原以为老板又是夸赞呢，不曾想老板却说："设想不错，但想得好与说得好都没用，关键在于执行。今后每月写一份工作简报，我随时了解执行进展。最近我在北京，你待在我身边，还有一些广告的事情，要经常碰面商议。还有，我请逸总给你准备了一间办公室，现在去看看吧。"

我心里咯噔一下："哟，严厉起来了，还不放心我的执行力？是啊，老板不喜欢夸夸其谈之徒，他要我像过去一样，业绩为王！"

"老板您放心，我亲自服务食品公司，保证完成任务！"嘿，天助我也！食品公司在广州，小珺也在广州，公事和私事并肩上吧。我马上点头回道。

"食品公司是集团发展的另一主业，将来还要整合所有饮料业务，你要高度重视，马上组建食品公司企划部，调精兵强将过去。"瞧，老板都发话了，我还能客气？马上做推荐："好，企划部有个叫贺平的同事，能力和态度不错，我想调他组建食品公司企划部，您看成不？"

"好啊，马上发调令。"老板大手一挥道。

"老板，还有一件事要请示您。北京奶厂主管北方销售，我想调黄川组建北京企划部，他工作玩命，能力出众，有团队意识，相信能助北方销售一臂之力……"

"好啊，我完全同意。集团正是要用这批能打能冲的中层干部，你把企划部的人带出来，又向集团推荐人才，好，这样好！马上打报告，将二人工资上调 3 000 元，人员尽快到岗，赶紧开展工作。"

"是。"我马上回道。老板一鼓动，咱的热血仿佛又在沸腾，甚至每个细胞都有了侵略性！数次见面效果大同小异，我仿佛着魔一样崇拜他。

大家跟我在苦水里浸泡两年，现在回报来了，哈，一块喝糖水去！从此，虎狼之师的头牌们纷纷登场，各显神通，逐渐让老板和各分公司老总熟悉。小黄最后能坐上分公司总经理的宝座，凭的就是在北京企划部的骄人业绩。事实上，包括今天的谈话，推荐过程似乎都在按我当初的设想进行，我为人人，人人为我，大家做得风生水起，我这个企划总监是第一受益人，享受副总裁级待遇便是明证。

从老板办公室出来，马上给贺平与小黄去电话报喜，二人听完无不欢欣鼓舞，纷纷表决心。好，贺平调食品公司任职，现在F公司企划部部长职位有缺，叫谁顶岗呢？

正在盘算人选，忽然想起来，该去跟广告部的同事打声招呼。去之前先上了趟卫生间，好嘛，无巧不成书，俩蹲位门紧闭，从里面传来对话声……

“今年广告总部并入销售总公司，但老逸不乐意，他昨天在会上跟宋总叫板：‘宋总，你不能调我的人。’可宋总当场给了老逸颜色：‘你的人？你都是我的一个部门了，你的人还不都是我的人，不都是老板的人？就这样定了，明天叫人报到！’当时我在会场，看老逸的脸红一阵白一阵，而老板装作没看见。”

“哦，我说他今儿出门是摔门而出呢，原来掖着故事呢。广告部以后有三位爷，老板、宋总和老逸，唉，咱们日子难熬啊。”

“不对，你还少说一位爷，任命状上还有蓝小雨呢。听说那个家伙喜欢搞什么716，从周一到周一，每天干16小时。小样儿，他在广告部推销这套把戏，要命啊！最好滚蛋！”

“行了，哥们儿，也就是老逸去了电视台，蓝小雨没来，这些话少说点儿吧。”

我在一旁听着，不免暗自发笑：“716大名远播，哼，又非日军731部队，瞧给这帮兔崽子吓得都腿软了，至于吗？现在看来，幸好企划部第一天就把规矩定好了，执行到底，否则惰性跟放屁一样，全被释放出来，人人像他们！”

推开广告部大门，接待还算热情，包括两位厕所男，也一口一个雨总地叫着，但出门后，心却凉一半。老逸都招了些什么歪瓜裂枣进来啊，一水儿簸箩货，就凭他们也敢号称A集团广告总部，负责一个亿的年度广告预算？叫我跟他们聊企划，谈广告，不如直接洗洗睡吧。

我心里清楚，单谈纯业务，老逸算是了不起的人物，但他怕高手抢班夺权，故意招不入流的角色滥竽充数。但现在我一只脚插进广告部，哼，咱俩故事才刚开始呢，等我今后把企划部大队人马开来，别说给广告总部洗牌，那词叫啥来着？哦，对，对，叫“剿灭”……

初会老逸

推门走进自己的办公室，一间不足20平方米的向阴单间，陈设简单，靠墙有一张看不出什么颜色的皮沙发，一个破旧班台，翻了皮的班椅斜靠在旁，一排文件柜在班台后面冰冷地戳着，还欠俩柜门。知道这是广告部有意而为，下马威？我冷笑一声：“还有沙发伺候，呵呵，待遇比当初咱到企划部强多了。哼，都别得意早了，一年后，广告部没准姓蓝，等着瞧吧！”

找来墩布和抹布，洗洗涮涮啊，把邪火全发泄在打扫卫生上了。刚擦干净桌子，忽然，老逸敲门进来，急着冲我招手：“雨总，老板找。”

“啊，老板喊我们两人同去，又有新任务？”我心一惊，带着忐忑心情走进老板办公室。

老板正在接电话，他示意我们坐到对面的沙发区等他。面对面坐下，不由得我头一次打量起老逸。他中等身材，穿一身笔挺的藏青色西装，头发自然卷曲，细眉下一双小眼倍儿亮，鹰钩鼻，薄嘴唇，那张白白净净的斯文面孔，表情很少，似乎隐藏了内心所有秘密，鼻梁上架着细边金丝眼镜，看起来倒也颇显干练沉稳。

正在琢磨老逸，老板喊我们过去。刚在大班台前坐定，老板开门见山说道：“春节到现在，乳酸菌新品招商没有达到销售目标。雨总，你策划的套装画册很好，但这只是告诉经销商我们有一件好产品，还不足以刺激他们的代理热情。今天请你们来，是想商议新品推广策略，尽快打开招商局面。你们看央视的统一润滑油广告，利用伊拉克战争做事件营销，反弹琵琶，5 秒广告紧贴伊拉克战争专题，效果很好嘛。你们俩精诚团结，劲儿往一块使，动动脑……把广告打理好，集团不会亏待你们，我说话算数！雨总，你有什么好想法？”

我静静听老板讲话，听到被点名，我只是淡淡回道：“这事我正在琢磨，先听逸总高见吧。”不是咱装高深，而是对这块业务不熟，再加上第一次和老板、老逸开小会，说不激动不紧张，那是吹牛。咱怕一开口便是外行话，被老逸笑话事小，被老板看扁事大啊。

侧脸扫了眼老逸，这家伙身子往前倾，椅子上只坐半个屁股，一脸谄笑。他似乎胸有成竹，“老板，我调查过统一润滑油广告。统一曾按照整合营销传播理论，每年在专业媒体、电视、户外、广播、报纸等媒介投放 3 000 多万的广告，但效果一般，原因是缺亮点。今年他们召开广告竞聘会，有家广告公司利用伊拉克爆发战争的契机，策划了‘多一些润滑，少一些摩擦’的广告口号，一语双关，顺民意得民心，由此引爆市场，200 万品牌推广费，取得几千万广告成效……我们也可以遍邀全国顶级广告公司参与新品推广活动，广告预算 2 000 万，由他们负责新品推广整合营销和广告片拍摄任务。但实际通过比稿来取其精华，自已做推广和搭班子拍摄，最少投入获最大回报！”

老板站起来，大手一挥，很有气势地说道："好！马上征集顶级广告公司策划方案，真要是有好创意，也可以请他们执行嘛。今天请你们来，不谈常规思路，就是想给你们布置以小博大的策划方案，要求效果立竿见影！"

"老板，方案预算？"

"上不封顶！"老板以一贯的大气魄回答道。

"好，我和雨总下去商量商量，三天后汇报。"

"动作要快，抓紧去办。"老板笑着点点头，散会。

走出老板办公室，老逸冲我诡异一笑："雨总，到我办公室聊聊？"

"行。"我答道。刚才听老板和老逸对话，我感到二人颇有默契，老逸竟能提前揣摩到老板心思，准备工作做得扎实，不得不赞呀，而且刚才布置任务时，自己居然插不进半句，太被动。像外人？就是啦！

走进广告部，老逸办公室在紧里头，30 平方米的向阳单间。推门进去，我第一眼便被茶几上的"风景"吸引。嚯，这家伙行啊，茶几上摆着一尊长 1.5 米鱼缸，里面一条披着黄绿色铠甲的蜥蜴，颜色艳丽，模样温顺，拖着一条长长的尾巴，正静静地趴在缸底盯着我们看。

"这是蜥蜴？会变色吗？"我好奇地问道。

"这叫丽纹龙蜥，在温暖湿润的环境中它身体两边的绿色很艳，夏季身体变灰白，冬天颜色变深，两边的绿色泛白。而且把它放在暗处其身体会变成褐色，放手上就是黄绿色。"

"它喜欢吃啥？"

"什么都吃，面包虫、蚯蚓、蜘蛛、蟋蟀、青蛙、苹果都行，刚出生的小老鼠营养高，但我很忙，搞不到小白鼠就喂肉或猪肝。"

"会咬人吗？"我头一次看见有人养蜥蜴，好奇心大盛，一个劲儿追问。

老逸得意地笑了笑，"它呀，偶尔被激怒会张口咬人，不要用力抓或使劲拽尾巴，因为尾巴容易断。"说完，老逸竟打开鱼缸上面的铁丝网盖，伸手轻轻抄起蜥蜴，把它放到肩膀上，"我训练了好久，它才趴在人肩膀上不动的。看，乖吧。"

有点儿被震住了，我眼睛不眨地看老逸表演。老逸见我一副吃惊样，他好像更得意了，转头对蜥蜴说："宝贝，饿了吧，现在开饭喽。"说完，从沙发底下拉出陶瓷盆，里面养着百八十条蠕动的虫子，老逸边拎起一条虫，边对我说：“面包虫放在眼前，它要是饿的话会一口吞掉。如果不想吃，只能人工强制喂了。”

老逸把蜥蜴轻轻放到茶几上，伸左手把面包虫递过去，但蜥蜴一动不动，于是他用右手大拇指和食指轻轻按住蜥蜴两眼下部的嘴唇边，不停抚摸，过了一会儿，蜥蜴张开嘴，老逸立刻将虫子塞进它嘴里……

我微微吸口凉气，表演够精彩！略一沉吟，我又问他：“这条蜥蜴挺乖的，养了多久？”

“大概两年吧。”

“哦，两年？”我心里咯噔了一下：“堪舆中有流派认为蜥蜴乃五毒之物，性阴而利祸，不可长留。但也有流派认为蜥蜴利于招偏财，防小人，吉带凶！也许在我刚进A集团时，他便开始养蜥蜴，难道这厮会看风水？行啊，我养金鱼布风水局，他就养蜥蜴防人，这家伙厉害啊！更妙的是，客户欣赏完他这套喂食流程，胆大之人再摸摸蜥蜴，看看变色表演，气氛立刻活跃起来，话匣子瞬间被打开，合同都好谈一些呀。呵呵，老逸真是顶级高手！佩服！”言念及此，我心里不免暗暗点点头。

俩人又闲聊了一会儿，老逸这才把蜥蜴放回鱼缸。接着他不紧不慢从茶几抽屉里拿出一听铁罐，“雨总连夜赶到北京，太辛苦啦。呵呵，来尝尝台湾冻顶乌龙，十大名茶，广告公司送的，不便宜。”说完，喊人沏上热茶。

等我欠身感谢完，老逸身子随意往沙发上一靠，跷起二郎腿，一派主人招待客人模样，表现够大牌。他略带一丝笑容问道：“雨总，老板布置俩任务，召集广告公司献计和策划以小博大的方案，干脆我们俩各挑一个项目，您想接哪个？”

老逸说话不像我手舞足蹈，他说话很轻，但话是绵里藏针，这问题还用问吗，傻子都清楚。征集广告公司容易，而且又是他的点子，我不可能拣软柿子捏。嘿，这家伙在将军呢！

“逸总，您是广告总监，我情况不熟，呵呵，还是您看着办吧。”我对他高度戒备，他的每句话，我连标点符号都不信！

“不，不，不，误会我意思啦。老板格外重视您，他昨天提起您，说您很有才干，今后在集团能发挥更大作用。现在您挑个马上出业绩的项目，可以证明老板眼光奇准嘛，呵呵，别客气，今天您一定要先挑！”

“哟，你好像样样在行似的，有那么牛吗？话里话外全带刺，去你大爷的吧。”心里骂完，嘴巴却回道："老板立俩项目，主力是征集广告公司，而您长期跟4A广告打交道，自然您充当主力。我来做事件营销，如有成效，可以配合主力一起行动。一旦策划不理想，项目推进并未受损，所以嘛，最好我来打打游击，配合主力。"

就知道老逸等这句话呢，果然，他眼睛放光，语气也加重了，"呵呵，军中无戏言！那雨总费神，广告部的人您随便召集……"

尽是场面话，但看在他说话客气的分上，我站起来，出门前也说了一通漂亮话："在集团早听说过您的大名，如雷贯耳，老板智囊之名非您莫属！呵呵，以前咱们有些误会，还请逸总多多包涵，今后一个槽里吃饭……"误会？他屡次设计暗算我，岂止是误会?!但我轻描淡写，因为不想婆婆妈妈瞎扯。

老逸很会来事，见我一笔带过，立刻上前握住我的手，"雨总这话我不爱听了，我们有误会？呵呵，好像没有吧。"

场面上的官话，做不得数。从老逸办公室出来，我步子沉重，心情也沉重。

高人指点

这是我到广告总部后的开山之战，能否立稳脚跟，成败在此一举！老逸欺负我情况不熟，抢得先手，算了，便宜他啦。回到自已办公室，马上给小辉挂电话："哥们儿，忙啥呢？"

"哦，老大好，眼睛看电脑久了，有点涩，刚滴完眼药水。"

"平时多注意养生啦，现在说两招，记下吧。第一，全身放松，闭上双眼，快速摩擦两掌至生热，趁手热捂双眼，热散后两手猛然拿开，双眼同时用劲一睁，反复5次，能促进眼部血液循环。第二，多吃豆制品、鱼、奶、核桃、花生、西红柿和水果，增加维生素A、B_1、C、E的摄入量，可预防眼干涩和视力下降。维生素A号称是眼睛的维生素，感光细胞的代谢必须有它参与，视网膜需要它将光线转换成神经信号……"

"呵呵，我们老大擅长四大聊天课程，运用得出神入化。对了，上次你说起壮阳三招，我怎么也找不到原始记录了，能不能再说一遍啊。"

"滚，刚交上女友壮个啥阳啊，少扯闲篇，正事来了，急得不行了。"我没好气地骂道。

小辉知道我脾气，马上笑嘻嘻答道："OK，说吧。"

我快言快语，简要讲述了事情的来龙去脉，而后便心急火燎地问道："马上集合队伍，搜集有关招商的事件营销案例和近年来火爆的事件营销案例。啥时交活儿？"

"晚上给第一批，明天全搞完。"

"通知大家，明晚九点开电话会议，商讨乳酸菌招商的事件营销……"

小辉自然是痛快答应，玩命执行。看任务顺利布置下去，我相信跟过去一样，出海捕鱼满载而归呗，但事实上，我乐观过头了。

接着，我又开始骚扰熟络的广告公司，借外力呗，跟做新包装设计套路一样一样的。但他们说起理论非常过硬，可结合实际嘛，算了，我不也没想到高招嘛，没资格评论别人。一圈电话打完，成效？木有啊。

在办公室坐到下午，按提问思维模式写写画画一遍，却把我急得烟不离手，可烟灰缸里躺着十几个烟头，竟然连个头绪都没梳理出来，因为没有市调，无法借力。放下笔，我不禁倒吸一口凉气："妈呀，策划事件营销非同寻常，思路从哪块出呢？"好棘手，感觉跟策划酒店装修的难度有一拼！

正一筹莫展时，就听门外有人在骂："小王八蛋，进京不拜码头，还想不想在集团混呀？"听声音就知是齐总。

果然，他大步流星地迈步进来。嚯，我们齐总今天穿得挺帅气，黑色皮风衣，里面配件红白格子混纺衬衣，灰色鸡心领羊绒衫，黑色修身牛仔裤，一条暗红印花围巾飘飞胸前，一副洒脱派头，呵呵，感觉像是相亲回来。

看见救星驾到，我忙起身倒水沏茶。齐总递过来一根烟，似笑非笑地骂道："小王八蛋，来北京不到奶厂，你什么意思嘛。"

"唉，别提了，逞了回英雄呗，现在完蛋了。"

齐总就喜欢调我口味，他嘿嘿一笑："没事，孔子不能解决的问题，老子帮你解决！"

我没搭茬儿，只是简要把事情说一遍。刚说完，齐总拍了一下我的肩膀，"上当了吧。这兔崽子早看出你好面子！果然，你逞能耐，正中他下怀！要换成我啊，立刻将计就计，征集广告公司的活儿归自己，手到擒来，有便宜也不能给他占啊。至于剩下的难题，给那兔崽子留着吧，爱咋咋地！"

齐总之所以管老逸叫兔崽子，有典故。当初齐总开拓北京市场，想投放一批公交车身广告，尤其看好沿三环跑圈的 300 路公交车。他信不过广告部的执行力，亲自上阵谈广告，果然比老逸报价低 20%。老逸做贼心虚，马上给老板和总裁打小报告，大意是说推广北京市场需要整合营销，不能只投车身广告。这小子巧舌如簧，三搅两搅愣把计划给搅黄了。后来在北京市场投下 200 万广告，却故意漏掉车身广告，气得齐总拍桌子大骂。齐总咽不下这口气，跟老板投诉老逸报价有问题，但没有下文。

从此，二人结下梁子。老逸会哄老板和总裁开心，却无形中得罪了一批销售大佬。而我是没机会还要创造机会的人，肥猪拱门岂能拱手让人？企划部之所以能得到齐总这帮人的首肯，正是来源于上面有老板赏识，下面有销售与市场需要，双管齐下才造就今日兵强马壮的局面。

我把茶杯往齐总手上一放，甚是焦急，“老大，事情晚矣，怎么办吧。事件营销，事件营销，您老人家有智慧，快指条明路啊。”

“别问，不懂广告策划。”

我甩给他一根烟，苦笑道：“人善被人欺，马善被人骑，好啦，老大别逗人啦，你是销售大佬，招商达人，肯定知道经销商想看啥，想听甲方说点儿啥。”

齐总好像体会不到我的着急，他只顾把腿搁到茶几上，手指着皮鞋扬扬自得地说道：“雨总你看，我在中友百货新买的暇步士，真皮的。哎呀，还是哑光更漂亮！哟，哟，鞋面沾灰了，快拿鞋刷子来。”

真受不了他顾左右而言他，我朝他鞋帮子上踹了一脚：“就别调口味啦，说啊。”

齐总不慌不忙收起腿，他好像很喜欢看我着急的样儿，“呵呵，兄弟你别急啊。”我白了他一眼，没搭理。

齐总每次都这样，演完把戏才正经说话：“新品招商受阻，是因为有严重短板。集团旗下产品线很长，乳酸菌是销售主力产品还是牺牲性竞品，经销商不清楚，如果集团推广力度弱，倒霉的便是经销商。而且消费者是否喜欢新品，前景也是雾里看花。况且新品上市有三至六个月的市场沉淀期，推广投入很大，但销量就是起不来，乳酸菌熬得出来熬不出来，谁敢打包票？一次成功的招商事件营销，好比给经销商打一针兴奋剂，给足代理信心，我估摸老大是这意思。”

好一个画龙点睛，直指问题的本质。是啊，应该站在经销商角度来考虑事件营销，而不必关注消费者感受。感觉这件事第一次被聚焦，心里有点儿小兴奋：“给经销商信心，无非是通过事件营销，传递集团对新品给予了超强重视，今后将大力推广。”

言念及此，我又问道："集团给政策，真金白银付出，经销商眼睛当然会亮，但不符合以小博大策略。老大，你说咱们做点儿啥，能给他们惊喜？"

"真要听？"

"废话，快说。"

"我负责通知北方招商团队，只要完成招商任务，蓝小雨将在北京王府井大街裸奔一小时！呵呵，舍生取义的做法，多吸引眼球啊，轰动全行业！哈哈。"齐总本来长着一双细细的眼睛，讲完笑话更是笑得眯成一条缝了！

瞧他幸灾乐祸的样儿，我推了他一把，"滚！"

齐总一把拉住我，满面春风的模样，"真要大爷我走，谁来给你传好消息呢？"

我噘嘴道："去去去，尽说笑话。"

"真有好消息，有什么说法吗？"

"如我意，晚饭请吃大餐！"我故意冷冷地回道。

齐总笑眯眯地看着我，伸出两根手指，在面前晃了几晃，"一个好消息，一个坏消息，雨总想先听哪个？"

"啊，还有坏消息啊，去你大爷的吧。"这位齐总，真会撩人，我心里一紧，不禁脱口而出。

"废话，报喜不报忧，还是你大哥吗？"

我挠挠头，闷声回道："先苦，先苦后甜吧。"

"这个月，总裁要带队去美国考察乳制品市场，下个季度老板带队去欧洲，包括 4 位副总裁、15 位销售老大，其他部门唯有老逸入选，名单未现蓝小雨大名！"哦，消息确实不咋地，我沉默了。

看我情绪有点儿蔫，他拍着我的肩膀，语重心长道："兄弟，职场需要有规划，虽然条条大路通罗马，但总有捷径可走。你小子想出人头地，今后要么干死老逸当老大，要么做销售成为一方诸侯，要么荣升老板或总裁助理，狐假虎威。没第四条路可走！"

齐总不愧是销售高手，太了解说话对象所思所想，嬉笑怒骂中，轻轻松松时，每句话都投其所好，一直牵着我的鼻子走，容不得我撒泼打滚。瞧他说话的逻辑顺序，多棒！坏消息出尽，则是利好！话锋随意一转，马上提及职场升迁路线图，由不得我虚心讨教："老大的建议？"

“好处呢？”瞧这位老大哥，又摆谱了。

“我是好消息的邮差，有个好消息准让您心花怒放。”我点燃一支烟，递给齐总。

齐总悠然地吐了口烟圈，好像并不把此话放到心上，“小王八蛋，学得蛮快嘛，会调口味啦。”

“咱们集团弱肉强食，每天起来，必须跑得比狮子快才能生存下来呢。”我憋着，眉目向上一扬，还是故意不说。

这下，轮到齐总沉不住气了，他使劲儿捏着我肩膀，假装吼道：“有好消息第一时间不来通知，行，小小王八蛋！有种！”

其实，真实情况是给黄川报喜，却被新任务打岔，忘了给齐总通报组建北京企划部的事情。当我笑嘻嘻说完好消息，齐总笑着捶了我一拳。

又磨叽半天，齐总才肯给我指出明路：“第一条路是死胡同。短时间扳不倒老逸，即使真扳倒了，老板也不会坐视谁一枝独秀的！因为你们俩是老板的一双筷子，缺谁他都夹不到肉！第二条路是悬崖峭壁。集团高速发展有人才缺口，但请注意，高管分成三大派系，一派是空降部队，老板亲自请猎头公司挖来的宝贝，个个金疙瘩动不得；一派是骨干派，他们为集团出过死力，凭业绩获提拔，这帮人关系盘根错节，惹不得；一派是嫡系派，他们是高管亲朋好友，朝中有人，皇亲国戚谁敢动？三派各有优势，但你不占一条。以你的履历和草根性，没 4 年光景很难成为分公司一把手。”

我默默听着，深以为然，“看来只有第三路可走！对了，好消息呢？”

齐总只顾低头拿餐巾纸擦鞋，直到我再三问道，他才抬头说：“小王八蛋在大爷我面前装傻，其实你先下血本，把企划部做大，以此为跳板插足工程部，然后再染指广告部，呵呵，算盘打得鬼精嘛。我们都看到了，凡是你走过的地方，同人们各个被打倒，草都不长！我怕你啦！”

我一脸茫然，“你到底想说啥，这算啥好消息？”

“集团组建工程总部，廖总出任一把手，他向老板和总裁推荐你做工程总监，总裁批了，明天人事部给你发任命状！呵呵，原先凭你的俩总监头衔，进不了集团核心管理圈，只是执行层。现在坐拥仨总监头衔，前景看好哦。”

我呆呆地望着齐总，“工程总监？真的假的？刚才跟老板在一起，他没提啊。”

“老板搞双轨制，你们俩是筷子兄弟。请老逸当面恭喜你春风得意？甭想！”

“去去去，跟他做兄弟？哼，恶心！对了，啥叫把同人各个打翻，是他们手脚不干净，被咱捉了现行！”

“得了吧，你那点心思谁都清楚。知道不，工程部老庞前几天被廖总辞退了。去年，你把酒店装修清单和老庞过去所做的装修清单做了价格对比，在建材价格每年上涨5%的情况下，你的报价还便宜15%！春节前，你把材料上报廖总。廖总看完又转给审计部，老荆刚审计完，老庞就被开了。看看吧，你又手刃一位竞争对手！而前年，你也曾将老逸广告报价与企划部报价做了对比，也就是这兔崽子有根基，深受老板器重，不然他就是老庞第二！对狐狸下夹子，对敌人动刀子，你是夹子和刀子一起招呼，他们各个血溅职场啊。”

“活该！我做事信奉菩萨心肠，霹雳手段！”想起老庞曾暗中下绊子，我就气不打一处来。但伴随我高升的是仇人被手刃，自己又感觉莫名地开心：“哈哈，谁损害集团利益，谁挡企划部的道，就该去死！”

“问题是我只看到霹雳手段，未见菩萨心肠啊。”

不管齐总的调侃，我递过去一根烟，“呵呵，来吧，抽根喜烟，马上请您老人家看菩萨心肠，今晚吃大餐去！”

“看在请客的分上，就再借别人口，夸一句吧。审计部年底审计过酒店装修项目，你小子有种，造价挑不出毛病，廖总看完赞不绝口！”

“咱是船的劲儿在帆上，人的劲儿在心里，做事问心无愧，这点老大您了解我啦。那时候，有施工队想搞定咱，门口停辆小车居然能等到晚上11点，无非想拉我出去潇洒，但咱能去吗？”

“大爷我就去，玩完再说，签字就装傻，爱咋咋地，哈哈。”

知道老齐喜欢调口味，没理会，接着问：“审计部查我，你怎么知情的？”

“审计总部荆总是铁哥们儿，那天在总部喝酒时说起你，夸你夸得跟花似的。哼，你小子给他送了多少条烟……”

发现我有时候是属长颈鹿的，喜悦感传导慢，聊了好一会儿才感觉一股暖流上下涌动，心里美滋滋的。不好意思在齐总面前表现得过于大喜，但又按捺不住，只好站起来在办公室背手踱步，眼睛？早就笑得眯在一起了啦。

“小傻帽儿，瞧你乐得在屋里直溜达，你该拜访对门去，跟他分享升职好心情嘛。”

这哥们儿一眼看穿我内心，总是不忘拿我打哈哈。

忽然想到点什么，没工夫搭理他的调侃，我也是一俗人嘛，马上走过去，按住他肩膀问道："老大，你说升职还加薪不？我现在是企划总监、工程总监、广告副总监，好像集团没有兼任多职务的人吧，拿三份薪水行不？"

"我马上批准，一份5 000大洋，够花不？"

"滚！"不加薪只升职，有个鸟用啊，我噘着嘴，低头抽闷烟，发呆了呗。

"你这小王八蛋好不知足，集团百战创业时你不在，腾飞时你来了，两年从5 000蹦到2万，还不行?!当年我2 000月薪入职，6年打拼才拿2万，我是比你笨，还是比你傻？副总裁才月入2.5万，你以为三个总监头衔比得过人家一个副总裁头衔？得瑟个啥啊！"

齐总骂起人来一套一套的，他又抽了几张餐巾纸，低头擦皮鞋仍不忘继续数落："还没打着狗熊，先别说分皮的话，你这个新上任的工程总监，做了什么贡献，敢跟老板提钱？居然恬不知耻地说集团没兼任三职的人，大爷我就身兼三职！别忘了，老逸是工民建专业出身，老板跟前红人，任命他兼职做工程总监，怎么了，照样OK！哦，那兔崽子去年才享受副总裁待遇，你比那厮爬得还快，知足吧……"

……

被劈头盖脸一顿训斥，我醒了："以为自己人五人六，其实不然。"

组建北京企划部

多年后回想起加薪事件，到底是自己眼皮子浅，得意便忘形，但庆幸遇见知心大哥，他的话点亮了我的职场奋斗目标，改造了我的鼠目寸光，帮我扫清了心中的困惑，难得！

当然，我要再次感谢自己加盟A集团的决断，在热血战斗的岁月里，有老板的提携、齐总的提点，同人们的帮衬，老逸的刺激，哈，统统都是感谢对象！

我属小孩脸，前一分钟阴着，后一分钟便笑开了花，开口认错呗："兄弟我已经洗过脸了，不劳驾您老用唾沫再给我洗一遍脸！"

"唠叨那是关心，说明你住在我心里，但你交房租了吗？滚！"齐总奚落道。

咱也不是个吃亏的主啊，脑袋瓜一转，坏水来了，“齐总啊，我要是个小姑娘，真想马上住进你心里，赖着您！”

“哦，崇拜我？”这句话居然出自我的嘴巴，立刻勾起了齐总的好奇心。

“因为您是一个像卫生巾一样的男人，宽大、包容，还能吸走我的烦恼！牛逼大发了！”

“小王八蛋，滚！”齐总狠狠给我屁股一脚。

俩人嘻嘻哈哈打闹半天，累了，吃饭去。

俩人吃饭也没闲着，一个劲儿斗贫，笑声不断。当我看见清蒸鲈鱼摆上席时，灵机一动，绘声绘色地给齐总讲了个捕鱼故事。

拉古村是一个位于海湾边的小渔村。该海湾一直以来都风平浪静。大约200年前，这片海域出现了海豚。它们的到来，使拉古村传统的捕鱼方式发生了翻天覆地的变化。渔民们注意到，海豚会集体游到海湾与海洋交界线，把大量深海鱼群赶进海湾。但海湾浅水区只有1米多深，鱼群游到浅水区，海豚只能“望洋兴叹”，因为游过去很可能“搁浅”。看见上天赐予的大礼，渔民全体出动，手拿渔网，站在浅水区等着海豚把鱼群赶来。被追逐到浅水区的鱼群发现这里更不安全，马上掉头惊慌失措往深海游。不想，正好游进在此等候的海豚嘴中。拉古村渔民与海豚，就这样达成默契。据说，历经百年合作，他们的默契度越来越高，渔民只要击水，海豚便会以自己的行动告知渔民应该在什么时候、什么地方、往什么方向撒网。多年来，拉古村的渔民凭借奇特的捕鱼方式，日子过得堪称富足。

“到现在我才搞明白，海的平凡是因为它源于一点一滴，海的伟大是因为它能容纳千万海鲜啊！”齐总喜欢绷着脸说冷笑话。早知道他的套路了，所以根本不做理会。

说起这故事是想告诉齐总，企划部与北方销售公司的合作，跟拉古村捕鱼方式一样，双方各取所需。齐总为企划部提供市场实践机会，企划部帮齐总提销量，双方共享业绩光环。同时希望我们双方像海豚与渔民那样默契合作，一起吃大餐！

齐总多聪明啊，早知道我的本意，他只是冲我微微一笑：“小王八蛋很会讲故事，联手捕鱼那是有多少捕多少！”

他知道企划部成立后，老逸再来捣鬼，可不复从前啦。而且齐总也知道我们的做事风格，既狠又绝而且行动如秋风扫落叶，喜欢玩横扫！况且所有子公司当中，唯有北方销售公司最支持、最信任企划部，投桃报李，我们必将全力以赴！他能不开心吗？嗯，开心还在后头呢。

也是啊，任何成功商业合作都有三大前提：1. 利益空间；2. 讲诚信；3. 合作心情愉悦。企划部和北方公司的合作具备上述条件，能不成功吗？

谈完合作大框架，下面便是操盘思路，我跟齐总阐述了组建团队的想法："齐老大，我再说个小例子，您听听。解放战争期间，要战胜国民党军队，集中兵力有重要意义。就数量而言，解放军处于劣势，但在局部，解放军每战必集中绝对优势兵力，2 倍、3 倍，甚至 6 倍的兵力包围敌人，力求全歼。由此解放军不断集中兵力打出一次次战役歼灭战，改善了战略形势，并逐渐转入战略反攻。"

"行了，甭在大爷我面前装神弄鬼的，这是毛主席十大军事原则集中优势兵力打歼灭战的原则，古今中外战争法则中唯有知己知彼和集中兵力颠扑不破。"

"哦，您老知道啊，本来我还想来一次军事科普呢。"我打趣道。虽然齐总老是说我的不是，但我就喜欢跟他说事，谁叫他文武双全呢？

"你快来科普教育吧，再点两只螃蟹，好好听你聊！哈哈。"

……

我们俩都将毛主席军事战略思想奉为神明，为更好集中优势兵力，俩人兴高采烈地谋划一番，最后商定：齐总暗中支持，由市场部新聘 4 名督导，名为市场部人员，实归企划部管理；各子公司企划部划出一名策划，直接归黄川管，包括下市场做促销活动，可内部调动。嚯，虽然按集团编制北方企划部最多聘 10 名策划、3 名设计、1 名文案、1 名内勤，但如此一来，北企从建立之初便拥有 20 人的超大阵容，可喜可贺！

事实证明，企划部在市场上真正扬名立万，是从北方销售公司开始的。后来黄川凭借在北方企划部的业绩，成长为齐总助理，后荣升宋总助理，最后成为分公司销售总经理。而接替黄川任企划部部长的是贺平，他同样依靠该平台升任企划副总监。

朝里有人好办事，齐总神速，北京奶厂马上划给企划部 200 平方米的办公室，电脑桌、会议桌以及经理隔间一应俱全。在我忙前忙后期间，接到人事总部任命函，扫一眼放进包里，只当是前进路上的小奖励而已。

傍晚，我在北京奶厂见到急匆匆赶来报道的黄川。俩月不见，这小子变得又瘦又黑，脸上风尘仆仆，只是一双大眼睛依旧炯炯有神，中分汉奸头依然打眼。看见手下干将，我握着他的手自然格外开心："臭小子，瞧给你累的，一路下市场一路采花吧，哈哈。"

"下市场我才发现经销商数钱数到手软，而我总拿回来一堆报不了的票，数票数到手酸，真是二分钱开当铺——周转不开呢。"小黄似笑非笑，一脸无辜样。

"哭穷？老板给你加薪啦，集团百战创业时你不在，腾飞时你来了……谁出差都得赔钱，我也是。企划部蹿红速度快，所谓人红是非多，少抱怨有好处。"我把齐总训我的话全端给他了。

话音刚落，小黄的四川腔来了："低调要得，要得。"

"走吧，吃食堂去，看看北京奶厂饭菜合口不？"说完拉起小黄就往外走，"哥们儿，这次你来北京有三大任务。"

小黄哎哟一声，双手叉腰，五官挪移，惨兮兮地蹲下去，"啊，任务那么重，肚子痛，吃不下去了。"

这家伙又在搞笑，疼就疼呗，干吗还偷瞄我？迎着小黄的狡黠目光，我蹲下来摸着他的汉奸头，"滚之前，先测测你干活是否偷懒！中国台湾地区的 1111 人力银行有一道测试上班时你会努力还是浑水摸鱼的题。下面哪种狗你最想养：A. 吉娃娃、约克夏之类的小型犬；B. 牧羊犬；C. 圣伯纳犬；D. 土狗。"

小黄想了想，"牧羊犬毛漂亮，对人忠诚，我喜欢。"

"告诉你答案：养吉娃娃、约克夏的摸鱼指数是 90%，工作场合就是交际之地，不卖力工作，还喜欢八卦；养牧羊犬的摸鱼指数是 0%；圣伯纳指数是 30%，对工作有种莫名的傻劲儿，会帮同事们着想，不太会摸鱼；土狗指数是 50%，平凡上班族。"

"明白，老大，陈东他们喜欢养什么？"

"他们喜欢养鸽子，专门放你鸽子。"

小黄见我拿他打趣，讪讪地干笑了一声。

我是急性子，说正事与调侃两不误，"第一，组建团队，全方位为北方销售公司提供策划服务；第二，为北方经销商提供促销企划、品牌营销、地面广告支持；第三，拉起一支广告团队，为北方公司提供整合广告支持。哥们儿，北京是老逸大本营，他耕耘 4 年，根深叶茂，你利用目标细分法，先从小额、单项广告入手，将广告业务化整为零，今后再逐步蚕食老逸地盘，咱们要成为集团第二支广告团队……"

"老大，听陈东说企划部即将转型，要开拓广告策划和投放这块空白市场，跟广告部争地盘。行，我带人干死他们！”

“好！齐总是咱们的人，他是北方销售公司一支笔，说一不二，有啥困难找他无妨！”

“看出齐总跟你关系非同一般，这样就好。”

“哦，对了，有件事跟你交代一下。《乳酸菌笑话集》在廖总那块碰了钉子，他翻了两页往桌上一丢，说这是啥破玩意儿，没点儿卵用！我不服气，送到北方公司，齐总挺赏识，他同意先少量投放市场测试消费者反应，前期印5万本口袋书。你负责落实这事，增补修改自己拿主意。记住，重点市场集中投放。哼，廖总的广告思维僵化，不识仙家宝贝，去他大爷的吧，我偏不信《笑话集》没点儿卵用……”简直越说越生气，最后使劲踹了楼梯栏杆一脚。嗯，自己辛苦劳作得不到认可，不踹不泄愤！

“老大，给廖总最好的回复就是《笑话集》在北方市场大获成功！这事包我身上！”看着小黄信誓旦旦的样儿，我点点头。这家伙是苦干加巧干的典范，交给他办，就像老板把事情交给我一样，满意验收就是。

我们在食堂包厢里吃的是经理餐，每人两荤两素一汤，当然，什么高钙奶、纯牛奶、花生奶、乳酸菌奶随便喝，但我只是机械地往嘴巴里塞饭，因为心思全放到组建团队上面去了。感谢上苍，灵感及时降临，好幸福！我马上和黄川分享了一个志愿军“零敲牛皮糖”的战术。

朝鲜战争爆发后，按传统打法，志愿军认为一个冲锋就会打穿美帝“纸老虎”。第二次战役中，志愿军在西线集中6个军18个师合围美军第8集团军，在东线以一个兵团包围美陆战队1师、美7师，尽管这是志愿军集中优势兵力打的包围战，但只取得击溃战的胜利。

1951年毛主席电示彭德怀：历次战役证明我军实行战役迂回，一次包围美军一个整团至几个师，都难以歼灭……为打掉敌人信心，每次作战野心不要大，只求每个军一次作战歼灭美英一至两个营。此为“零敲牛皮糖”战术，由无数次小型歼灭战构成，积小胜为大胜，达到战略上消耗敌人、逐渐转化战争形势的目的。

1952年，志愿军发起秋季反攻，39军由115师攻击美军2师的两个连和希腊营一个排，116师攻击美军3师的三个连，集中优势兵力的部署方案将牛皮糖战术运用得淋漓尽致。

美军很快从统计数据中认识了志愿军的战术风格：志愿军展开7个军，同时对90个阵地进攻187次，全歼“联合国军”2.7万人，相当于志愿军第一、第三次战役歼敌总和。

谁说“牛皮糖”敲不出规模效应？

黄川听完故事，连连点头，他的观点一针见血：在A集团做事不能失败！集团文化对失败的态度是零容忍！事情办砸，要么降职、转岗，要么挨骂、滚蛋，所以企划部应该规划好运营模式，坚决打有准备之战，打歼灭战！打胜利战！

说干就干，马上管服务生要来纸笔，我们哥儿俩在纸上写写画画，最后决定按照单点爆破思维模式，调整市场平均使力的做法，按照集中兵力的战术思想，对北方重点市场重点照顾，助他们彻底打透市场！比如，进攻河北保定，常规配2~4名策划，负责协助市调、召开订货会、铺货、培训经销商业务员、为经销商制作广告宣传物料等事情，但现在的玩法是翻倍配6至8名策划云集保定，提供最大支持打歼灭战！从打穿一个市场再到打穿另一个市场，如此，一路打出骄人业绩！当然，该策略能更好地适应快消品市场反应快等特点，也暗合娃哈哈进攻法则。

谈完部门规划，还有一件顶顶重要的工作，乳酸菌招商的事件营销未有着落。对了，晚上9点还有一场电话会议等着我们呢。好了，张罗会议去。

会上大家继续使用提问思维模式，收获？两天时间换人不换岗，我和黄川轮番坐镇，俩人休息时间加起来6小时不到，经历无数脑力激荡，牺牲无数脑细胞，耗费无数心血，经过团队群策群力，终于在晨曦中，一举破解难题，现在信心满满，咱要给老板制造惊喜！

这是我到北京广告总部报道，进门没歇过一分钟换来的劳动成果，更是集合铁血团队力量换来的丰硕果实！那我在A集团工作、生活到底是一种什么样的状态？反正是鱼在水中不知水，人在风中不知风。我天天满脑子都在想事儿，一天用完两块手机电池，走路、吃饭、上卫生间的时间统统派上用场！甚至晚上睡觉，都要睁开一只眼想工作。

716的日子喜欢不？我只抱定一个想法：“前程似锦有奔头，半途而废的是傻瓜！”

传神大课

到了交稿时间，中午在奶厂匆匆吃完饭，我去总部找老逸。推门，发现他正在接待客户，点点头，示意我在自己办公室，等他会完客再聊。

坐回自己办公室，再梳理一遍方案头绪，内心依然澎湃不已。正在窃笑呢，老逸推门进来，“雨总，方案拿来了吗？”

“呵呵，马马虎虎。现在咱们去汇报吧，老板在不？”

“上午老板临时有事，一会儿跟汤总汇报。”

“哦，好吧。”对于这次事件营销的策划，我颇为自信，打算好好听一听老板表扬呢。可汇报对象换了，不免有些许失望。

“雨总，你做的策划案呢？”

“说啥呢，现在便厚颜无耻地打听我的策划？甭想！”我心里冷笑，但嘴上说道：“简单策划，几句话就说明白，口头汇报就行，要不咱们现在去汇报吧。”

老逸看了看我，脸上依旧不露神色，轻轻点点头，“走吧。”

我和老逸走进总裁办公室，嚯，豪装、中式、宽敞是第一印象。举目望去，一眼就看到中式手绘吊顶，哟，这可是沥粉画啊，工艺不简单。作画时，根据构图要求，将沥粉材料从工具口中沥在画板上，以凸出线条作为色与色的界线，线条的粗细均匀全在手上功夫……正在凝视彩绘画，汤总从内屋走出来，他冲我们招招手，“两大广告高手来了呀，快，坐，坐。”

汤总高高瘦瘦的，四方脸，浓眉大眼，鼻梁高挺，一派军人气质。他不苟言笑，遇见新人总喜欢用他那双大手使劲儿握对方，直到对方脸上显现出痛苦表情，以此警示新人，在集团好好干活，少调皮捣蛋。我真怕和他握手，因为首次见面领教过啦。还好，这次汤总没为难我，随意握握手，示意我们坐下，“有关乳酸菌招商工作由老板、我和销售老总宋总牵头，今天老板有应酬，宋总去市里开会，但工作不能停滞，你们俩人就先做汇报吧。”

汤总给人感觉威严有余，亲切不足，加上我头一次贴近总裁汇报工作，心情放松？纯属假话。我半个屁股坐沙发上，全神贯注观察两人神情。老逸跷着二郎腿，伸手从盘子里抓了把开心果放到跟前，完后又拿起橘子甩给我一个，从这家伙的坐姿和举止看得出，他跟汤总关系密切，弄得像一家人似的。喂，汤总，老逸在您办公室这般放肆，您不出来管管……可惜我不会腹语。

其实，会腹语也没用，汤总还示意我随便吃零食呢。

老逸当仁不让，马上接过话题：“是，汤总。在老板和您的亲自指导下，有关征集顶级广告公司企划的工作启动顺利，相信有您指挥，有雨总配合，广告部一定罩得住。耽误您10分钟，我做个简要汇报，这是策划书……”这家伙媚上是习惯，阿谀谦卑之词伴随左右不离口。

至于老逸的汇报材料嘛，我暗暗点点头：“谈不上多精彩，但也够分量，面面俱到，有详有略。换自己来做征集？实话说，跟他半斤八两吧。”

汤总低头看着策划书，听完汇报时，脸上绽开点儿笑容：“广告部工作一贯出色，好，我看就这么定了。”说完转过头看着我：“雨总，关于策划事件营销，你有何高见？”

终于轮到我登台了。好吧，今天就今天了，我卖卖力气，看看咱的策划功力到底几何！不喜欢客套，也不必寒暄，我有信心显露一番才干，“招商不力有两方面原因。第一，从市场角度考虑，新品营养价值能否被消费者认同，口感是否被接受，消费者能否快速养成重复购买习惯，面对棘手问题，谁心里都吃不准；第二，集团旗下有多条产品线，乳酸菌是销售主力产品还是市场牺牲性竞品，经销商搞不清，他们怕咱们推广力度弱，市场启动慢，做成温吞水，倒霉的是他们，赔上费用和精力。针对经销商的两个担心，咱们要采取针对性策略，迅速打消疑虑。”

汤总没说话，只是微微颔首。呵呵，也是啊，我还没说绝活儿呢，指望他兴奋跳起来？

略微停顿，我深吸一口气，继续汇报：“为了打消经销商对消费者接受新品速度的疑虑，集团可从6大销售片区各选一个样板市场，集中人力物力快速启动市场，虽是老套路，但还是百用百灵，毕竟经销商都喜欢眼见为实。”说到这儿，再看看汤总和老逸，二人面色如初，好，下面来讲讲绝活儿：“我琢磨着聘请重量级明星，做形象代言人！”

要说老逸不怕咱，那是假话。上次的包装比稿赛，打得广告总部落花流水，瞧他刚进门的潇洒派头，再到现在听我做汇报时僵硬的坐姿，脸上的忐忑样儿，就知道这厮心怀鬼胎，生怕我夺去风头。呵呵，这就是传说中的威慑力！

我刚说完请明星，故意停顿下来，看了眼老逸。也许他本以为这次我又有多惊艳的思路，未曾想不过尔尔。马上，他神色轻松起来，跷起二郎腿，带着调侃口吻说道：“汤总，我先插一句。雨总，你想了三天，难道只想出个明星方案？重量级明星好请，遍地都是，但费用恐怕也是超重量级的，策划不见得以小博大吧。这就是你策划的事件营销吗？”

汤总下意识地点点头，他的眼神我读懂了，颇不以为然呗。

请明星做代言人的策划方案出笼后，我就在想，既然方案特点是开场平淡，越往后走越精彩，最后以高潮收尾，可谓先抑后扬，那何不在“抑”的阶段调戏一把老逸，叫他丢人现眼，出出丑？有时候我觉得自己是个鸟人，有事没事净瞎琢磨。打定主意后，我都笑出声来了。

果然，老逸上当了，先入为主做了批判。他的意思我明白，“雨总，别往下说啦，哪儿凉快哪儿待着去吧，纯粹耽误时间！”

没工夫理会老逸挑衅，我正脸对着汤总，继续说道：“如果只是单纯请明星，称不上事件营销。咱们和明星先往好方向谈合作，吊胃口，其实是借谈判之机拍合影，请明星为集团题词！正常的人情世故，明星不便回绝。照片到手，咱们对外广而告之将邀明星做代言，比如周 ×× 或李 ××。经销商看到高层与明星合照会想到两件事：第一，顶级明星号召力强，粉丝多，他们登高一呼，消费者容易接受；第二，花重金才能请动周 ×× 啊，既然出得起天价代言费，那投放的广告费也会令人咂舌，看来集团要动真格！呵呵，这针兴奋剂打下去，劣马也能变成千里马！”

老逸一脸不屑一顾的神色，眼睛扫了我一眼，转头对汤总说：“拟聘请重量级明星，虽然有照片，但也仅仅是说集团有此想法，实际还是停留在想象层面上。哼，忽悠经销商，他们可没那么容易上当。想法有点儿幼稚，行不通。”

他不识仙家宝贝，那是预料之中的事！我成竹在胸，不禁轻笑一声，“呵呵，逸总您先别下结论，话没说完呢。这事要往真实里做，咱们以征集明星代言的广告创意和口号为名，集团可在一线报纸投放重金悬赏的广告！假设聘请周 ×× 为形象大使，请大家想想广告创意和广告口号，获奖者得 10 万重奖！呵呵，广告一出街，看起来OK了吧。经销商自然会想，A集团是行业领军企业，怎么会明修栈道，暗度陈仓，拿征集广告开玩笑？这事十之八九很靠谱！但为啥不公布确切消息？解释简单，重大商业谈判大都有来来往往的过程，但招商时不我待，只能先谈构想后落实。”

嗯，三大思维模式浪得虚名？三天脑力激荡白激荡了？呵呵，那咱也忒差了吧，看看我们的团队是如何打破思维定式的！一出手就是绝活儿！

有一家牙膏厂生产的美白牙膏，包装精美，品质优良，深受顾客喜爱，营业额年增10%。可到了第 11 年，业绩停滞，之后两年也如此。公司总裁开会商讨对策，并许诺谁能想出办法，重奖 10 万！有位年轻经理站起来，递给总裁一张纸条：将现有牙膏管开口直径扩大 1 毫米！消费者每天早晨挤出同样长度的牙膏，因开口直径扩大1毫米，每个消费者会不自觉地多用这 1 毫米量的牙膏，每天消费量将增加多少？总裁大喜过望，立即更改包装，当年公司销售额猛增 32%！

面对困境，很多人习惯于思维定式。在销售渠道不变的前提下，要想提升销量，常规思维无非是涨价或降分量，但如果掌握了三大思维模式，抓到了问题的本质，复杂局面立刻出现转机。年轻经理人以瞒天过海之计，不费吹灰之力达到最佳效果，10 万大奖顺利到手。

聘请明星的思维定式是双方签订合同，甲方付款，明星履行合约，而打破思维定式的策略便是草签合约，取得合影和题词，再设定“假如聘请”等条件对外做宣传，但至于最后是否履行合约，呵呵，跟本策划无关。简言之，我们同样以瞒天过海之计，达到借船出海的目的。

果然，我挤牙膏的方式，看得老逸有点儿发傻，刚才那副高高在上的不屑神情怎么消失了？不是喜欢养变色龙吗？现在这厮学得可挺出神入化的，小样儿说变就变啊，满分，满分！！呵呵，我不禁扬扬自得地看他笑话，没办法，有时我的心跟孩子一样。

先不讲执行方案，我有意停顿一下，得意地只想看老逸如何继续变色！哼，我的策划案是苍蝇呢，还是老鼠呢？瞧把你给堵成什么样了，憋死你，真是蜥蜴它大爷——老逸！

房间里安静下来，静得有些出奇。汤总一言不发，老逸更是三缄其口。策划案说到现在，他是行中高手，能不知成色如何？只不过他故意表现出一副思索之态，我瞧了一眼老逸的屌样，心里那个乐啊：“你要么被震了，要么在想对策，装什么大瓣蒜啊，还故意把眉头往一块拧?!哈哈，瞎琢磨啥呢，就算是拧成等于号也于事无补！蠢货，赶快给咱爷们叫好啊！”

心里乐得不行了，但脸上要绷住，但又按捺不住小激动，只好随意从盘子里抓把开心果，津津有味地吃起来。

汤总沉吟半晌，他看了看老逸，又瞧了我一眼，轻轻点点头，“少花钱办大事固然好，但是……雨总，你认为有几点不利因素？”

不出意料，汤总果然问到不利因素，我马上放下开心果，想法和盘托出：“明星代言虎头蛇尾，两拨人的态度值得关注。第一，明星的态度。双方谈判是真，甲方前期借船出海是为了取信于经销商，明星并不知意图，认为甲方态度诚恳，合同未签就开始征集广告创意，这期间他们不会提出异议。即使双方未能走在一起也正常，缘分未至呗。再说了，合同谈崩，广告便消失，而且征集广告设有拟聘请等前提条件，这是征集创意，而不是给消费者做广告，所以明星不会指责侵权。第二，经销商的态度。经销商要的是集团政策和推广力度，逸总召集广告公司海选创意是真实事件，拍摄新广告片也真实存在，投放央视和卫视更是甲方的必要行动，看到这些大动作，经销商即使对代言感到失望，但也仅仅是失望。招商完后马上是打款压货，促销队伍跟进铺货，展开地面促销，最后是新品大卖，经销商喜笑颜开。能赚钱，谁还管代言那档子事儿？所以集团只要有乳酸菌广告的实际投放做后盾，呵呵，咱们权且把这次借船出海看作善意的谎言吧。”

下午的阳光从窗户外照进来，洒落在茶几上，也照进了我的心田。刚开始汇报我有些紧张，手心冒汗，说话腔调发紧，但随着老逸沉默，汤总开始点头，咱信心膨胀，到后来，说话连手势都加上去了。

看到汤总入戏了，那就是认可方案了啊，我吁了口气，扭头扫了眼老逸，哈，又打他一个措手不及，给那厮上了一堂剑走偏锋的传神大课？呵呵，像！这家伙抿嘴装傻，但脸色很沉。那是，我们俩互砸紧箍咒，过去都是他念咒我头疼，今天颠倒过来，哈，咱念的咒语也很灵呢。这厮长期混迹总部，仗着跟领导熟络，在我面前装一副指点江山的派头，有什么了不起，哼，头一次贴身汇报，不就蹋开门了吗？

老逸你别急，这只是明星策划案送你的第一件礼物，下面准备讲执行方案！

汤总两只胳膊平伸，随意搭在沙发背上，身子倚着靠垫，眯着眼听着，我刚解释完不利因素，他又看了眼老逸，不动声色地说道：“雨总想法不错，逸总你说说下一步的具体实施。”

什么，什么？汤总竟让老逸说执行方案？耳朵听错了吧，本来是我做策划，理应由咱全盘阐述，凭什么临阵换将？不是吧，但事实就是！瞬间，我觉得空气都被汤总抽走了，喘不上气，手心的汗才干，这回又使劲儿往外冒，“汤总，我已经做完执行方案，要不我先……”

汤总冲我摆摆手，示意我闭嘴！他只是静静说道：“先听逸总发言。”

老逸反应多机敏啊，他好像抓住了一根救命稻草，只是略一思索，便有了主张：“步骤有四：1. 拉出明星单子挑对象；2. 公司领导与明星洽谈商务，借机拍合照与索要签名及题词；3. 报纸登征集广告，为招商托市；4. 重新策划招商画册，公布拟聘顶级明星出任形象代言人等利好信息、领导与明星签名合照、明星题词照、报刊征集广告样稿、新广告片拍摄计划、央视与卫视广告投放排期计划、明星代言的广告海报、新品包装设计样稿、给经销商论述及介绍的新品样板市场。经销商拿到新画册将认定我们为推新品会下血本！因为集团有这等实力，谁都相信！”

汤总频频点头，没等我回过神来，他笑着问我：“雨总，逸总的执行韬略，有补充吗？”

还补充个啥啊，这厮啪啪啪说完，连渣滓都没剩！尽管事态发展很不利，但我尽量保持冷静，因为还抱一丝幻想：“汤总只是问他执行方略，并未点他执行。”但令我后悔不迭的是早知如此，自己还傻乎乎地玩什么先抑后扬啊，我就该马不停蹄，一条龙汇报完！看，人算不如天算，自己玩大发了吧，哀哉！悲哉！

听到汤总召唤，我强装笑脸，“说得挺好。”

汤总又转过头问老逸：“投入费用，大概？”

老逸好像猜到了汤总的用意，他整个人瞬间从瘪三形象跑了出来，从神态到动作再到语气，变得自信而轻松，“在《中国经营报》《参考消息》《环球时报》打一期黑白半通栏广告几万块，印刷新画册两万，合计不超10万。汤总，如果招商成功，集团又认为有必要聘明星，可假戏真唱。该事件营销是一个动态事件，看今后市场需求。汤总，我想请命来做这件事！”

老逸恬不知耻，好像策划是他做的，还好意思主动请缨做执行呢，瞧他那副摇头晃脑的表演欲，我恨不得像喂变色龙那样给他嘴巴里塞进两只耗子！呸，真恶心！

此刻，再看看我们汤大总裁，他手指都不自觉地在沙发扶手上弹起了钢琴，整个人是少有的满面春风，“我会跟老板和宋总碰头，呵呵，好一个借船出海！既然逸总你主动请命，很好！你就来负责执行借船出海和征集广告，请律师全程参与，避免节外生枝。”

“是，好，好！”老逸脸上绽放出幸福的笑容，他还微笑着看了我一眼。

仅仅三言两语，形势已经发生天翻地覆的变化，我惊呆了：“他脸皮也忒厚了吧，居然还敢连声称好？哦，明白了，老逸肯定猜到汤总希望他出来做执行，所以故意马上请命，而汤总顺水推舟答应请求，嘿，这俩王八羔子配合得还真天衣无缝啊！当我是空气啊，去他大爷的吧，一群混账东西！”气得发疯，这回轮到我当变色龙了，也是说变就变！而且脸色正好变成黄绿色！

汤总吩咐完转头又跟我说："雨总，廖总挂帅工程总部，事情很多，他推荐你做工程总监，集团批了，你这两天赶到H公司，尽心协助廖总整合各分公司的工程部，拟定规章，规范招标、采购、审计流程……你策划的事件营销有创意，正如老板所言，你跟逸总团结一心做拍档，绝配……"

看着他们的二人转表演，怒火攻心！我的手不禁捏成拳头，微微颤抖，真想左手拍汤总桌子，右手劈了那厮！

鳄鱼的赏金

不知是怎么迈出门的，反正只跟那厮简单寒暄两句，我便立刻赶往奶厂。差点儿一脚把齐总办公室门踹开，没办法，控制不住情绪了。

齐总坐在大班椅上，正悠闲地抽着水烟，看见我气急败坏地走进来，他乐了："哟，我们雨总面色铁青啊，怎么了，被那兔崽子修理完了？"

我一屁股坐到大班台上，冲他嚷嚷道："去你大爷的吧，我被汤总和那厮联手做了。你说过老逸是老板和汤总跟前红人，但没想到他们是一家人！我像是乙方给甲方做汇报！水至清则无鱼，人至贱则无敌，没想到他们是一对贱人！一对奸人！一对烂人！他们配对打双打，老汤给那厮抛个绣球，他接着就往怀里揣，现在好啦，方案通过，但执行者是那个兔崽子，跟咱爷们儿没一毛钱关系！"

齐总一点儿同情心都没有，他还抱着一根70厘米的炮筒在喷云吐雾，半天才回了句："这点儿破事，你就气急败坏了？正常，正常。总部人事关系复杂，你才去，不适应。"

我拍着桌子骂开了："我想问问你，老汤凭啥偏心眼？我觉得老汤跟那厮是一路货色，阴险狡诈！哦，合着背后苦思冥想、绞尽脑汁做策划的是我，而抛头露脸、高光时刻却留给那厮？去他大爷的！"

齐总被吵得不能安静抽水烟，只得放下炮筒子，转到班台前面，递给我一根烟，"先别急，来，看看我这双老人头的休闲鞋，真皮，穿三年还挺新吧。"

齐总又来劲儿了，他就喜欢喊我一道欣赏他的皮鞋！没心情理会他，我往班台上一趴，闭眼想心事。

见我不搭理，齐总又拍着我后背，附耳说道："你是小笨蛋！集团派系林立，各山头老大都有自己的班底。老逸混得风生水起，是因为他既是老板红人，更是老汤嫡系！而你是什么人，靠山是谁？我知道你的做人方法，不站队，不树敌，大家是朋友，这套做和事佬的思路只适合低层次岗位，走进中高层，逼你做选择，要么站队，要么靠边站！你和老逸能力等同，谁做执行都行，但他是老汤的人，增光露脸的美差当然要留给自己人去做！其实，老汤还算公正，你怪不着他，你的落选，正常，正常……"

我默默听齐总说教，但从内心深处说，从进入报社打工到加盟K杂志，再到A集团，我压根儿不喜欢搞人际关系，只想凭业绩说话，真诚做人，瞧不起那些阿谀奉承之人上位，他们能把悍妇撒泼说成贵妃醉酒！这是习惯来的，改不了。但集团有任人唯亲之风，我挑战不来又适应不了，头疼！

我眉头一蹙，抬头，嘬着嘴打断齐总话头："先甭提站队啦，老大你说今后怎么办吧，我出苦力，老逸露脸的局面如何才能打破呢？"

"老逸有一点很牛，他以老板和汤总的令旗行事，做得有板有眼，不是一般的好！他刚到总部也经常挨汤总训斥，但他皮厚，训斥像隔靴搔痒。这兔崽子处心积虑，总在接近讨好汤总。给你说个事儿，他听说汤总大公子要毕业实习，老逸马上请他到广告部，手把手教，连去央视谈合同都带上他！再往后，他就搭上汤总这条线了。呵呵，小伙子你平时别太清高，该经营人脉资源，要出死力硬顶！有时候啊，人脉比能力重要……"

事已至此，木已成舟，我只得狠狠叹口气："唉，啥也甭说了，以后我去给老汤擦皮鞋，低头经营人脉去！对了，我还担心一件事。画册上都是他和明星合影，销售公司还以为是这兔崽子搞出来的名堂，招商成功了，还不把他夸上天？"

齐总眼睛里闪出狡黠的光，他嘿嘿一笑："看来你真被气晕了，你我手下几百人，他们的嘴巴是吃干饭的？兔崽子能坏你的好事，你就不能坏他的名声？你不是一无所长哦，在给某个人添堵方面，你已经做到了登峰造极！嘿嘿。"

哟，哟，哟，齐总的话好有启发性，我脑海里立刻浮现出真相大白、添油加醋、指桑骂槐、上纲上线、冷嘲热讽、狗血喷头等一堆成语，确实在添堵方面我有两手！妥了，想沾光？去死吧！

齐总要留我在办公室抽一袋水烟再走，那玩意儿我昨天抽过，劲大，享受不起。今天心情又很郁闷，哪有闲情跟他天南地北瞎扯。从齐总办公室出来，内心依旧愤愤不平。

胡乱吃几口晚饭，扔下筷子，出门。

我叼着烟，裹着皮衣，一个人在厂区溜达。北京的春天，春寒料峭，但吹来的冷风丝毫不能给我的脑袋降温，白天发生的一幕幕不断闪现，搞得我心烦意乱。小珺在哪里呀？我想你了。拨电话过去，很快手机里传来甜美声音："Hello，你好啊。"

"小珺，我心情好糟糕。"

"哟，你常自夸是超级乐观派，呵呵，今天发生什么故事了？"

"嗯？你鼻音有些重，感冒了？"

"好像有点儿。"

"怎么搞的啊，感冒很难受，那我说几个治感冒的小招吧，试一试保管有用。"

"呵呵，你是医生？"小珺俏皮回道。

"我是养生术爱好者啦。西学认为因人体受凉等因素，呼吸道纤毛摆动频率降低，鼻中黏液及其吸附的病毒及细菌停留在鼻腔内的时间增长，导致病毒大量繁殖并侵入人体，引发感冒。咱们用盐水反复冲洗鼻腔，可将病毒洗出，防止病毒在鼻腔繁殖，一般三天可治愈感冒，且无副作用哦。"

"这么麻烦啊，我上着班呢。"

"简单法子也有。大口茶杯装满开水，脸贴上去，对着热蒸汽做深呼吸，直到水凉为止，每日数次，对治疗初发感冒效果好。或者冷开水稀释食醋，配成浓度为10%的滴鼻液，每日6次，每侧鼻孔挤3滴，因为食醋能杀灭潜伏于鼻咽部的感冒病毒。对了，蜂蜜能激发人体免疫功能，你每日早晚两次冲服，治感冒轻轻松松。"

"真的假的啊，知道的还挺多。"

炫耀时刻到了，我哪能停顿，"再比如萝卜切碎配点儿生姜，压榨捣出混合汁，加白糖冲开水当饮料喝，每日三次，喝两天就管用，因为胡萝卜素对预防治疗感冒有独特作用。感冒多为外感风寒之邪，可用红糖、生姜、红茶混合煮汤饮，每日两次，不仅暖身去寒，而且能防治感冒……"

传给小珺治疗感冒的招数，是以批发方式嘚啵嘚啵说了十多条，呵呵，听到赞美声了，喜欢。其实我掌握着四大聊天课程，今天只不过小试牛刀，便颇有斩获，内心小爽。又闲扯两句，开始进入正题。

等我唠唠叨叨说完事儿，小珺轻笑一声："被人半路打劫，是有点小郁闷。嘻嘻，给你说个小故事，解解闷吧。”

“好。”

电话那头，小珺娓娓道来：“话说在美国教士团的刚果站上，一天夜里从河里爬上来一条鳄鱼，想袭击猪圈。猪闻到鳄鱼气味，号叫起来，传教士英哈赶紧起床，开枪打死了鳄鱼。第二天他剖开鳄鱼肚子，发现它胃里有脚镯。他调查后认定饰物是一个到河边打水后失踪的妇女的。但土人却断言鳄鱼没吃妇女：‘鳄鱼只是抓到她交给巫师，它只是巫师的工具。至于脚镯嘛，是它想要的奖赏，自己拿走的。”

小珺讲完故事，开始玩沉默，但我马上明白了她话里有话：“小珺，我知道你想说啥。一个人以主观臆想来解释事实，如果认识不到缺点，那他有可能沉沦于‘鳄鱼的奖赏’。其实，道理都懂，我自己很努力啦，策划也出彩，但汤总他厚此薄彼，所以心里不痛快！”

“你好胜心强，事事争先，所以影响你的判断，嘻嘻，也许你只看到这件事的表象哦。”

“表象？愿闻其详。”

“从集团年底尾牙宴上看，老板和汤总对你的能力是欣赏的，但跟那个人比，他们对你做事还不放心！我要是老板，挑选重大决策的执行人，一定会交给最放心的能臣办，这是第一反应！而你，实事求是讲，策划是一回事，执行是另外一回事，你的办事能力在他心中还是第二人选，直说就是欠缺信任度。还有，刚开始汤总对你的策划不置可否，等那个人印证是好东东后，他才喜笑颜开，这也是欠缺信任度的表现。嘻嘻，想成为第一人选，需要你有一颗大心脏，接受更多考验，拿出更多业绩，并非要你去巴结讨好谁，去站某个领导的队！”

我注意到小珺称呼老逸为“那个人”，呵呵，既非骂人口吻，也非尊称，但实质是带忽略性质的称谓，符合她身份，很对咱胃口，心中不免一喜。我接着问：“小珺，你说今天这事儿，汤总怎么看我？”

“想听表扬呀，嘻嘻，看在你心情不佳的份儿上，我替汤总表扬几句。我觉得借船出海想法挺精彩，符合老板花小钱办大事的风格。经历这次实战，汤总领略到你在广告策划方面的才华，足够好啦。那个人甩下包袱，而你甘于接重担，并能出色完成，所以今天你才是真正的获胜者，而那个人是失败者！汤总清楚这点，就你混沌呢。嘻嘻，雨总可不要被表象蒙蔽双眼了哦。”

美人都在表扬咱，自然我火气下去一大半："好，听你的。"

电话里，小珺好顽皮："嘻嘻，那你，你现在还生气吗？"

听见美人关心咱，这可是上等的灵丹妙药，我怎么还能生气呢，"呵呵，小珺呀，你的笑声好迷人，听得我好像站不住了，你看，我要扶着路旁柳树才能……"又是一副嬉皮笑脸的模样，真是不可救药。

听见有人调侃自己，小珺似乎不好意思了："说什么呢，好啦，我要工作啦，以后再聊吧。"

恋恋不舍挂上电话，仔细回味小珺一席话，我对自己在总部的定位有了新认识。也是啊，老逸劳作几年才取得老板和汤总信任，而我仅是总部的一枚新丁。

对了，小珺还提醒我一点，"刚开始汤总对你的策划不置可否，等那个人印证是好东东后，他才喜笑颜开，这也是欠缺信任度的表现"。我怎么看在眼里，没抓到本质呢？汤总曾三次看老逸，原来他已同意方案，就等我的广告同行和他更信任的人来表态！难怪老逸一默认，汤总口风立刻变了呢，呵呵，这更证明谁更被信任！看来经营人脉既要本事也要靠时间积累，我操之过急啦。

女生，显露智慧比显露大腿更性感，乔小珺不是一般人！和她比起来，说到商业悟性与情商经营，十个我叠罗汉也没戏，但讲到策划本事，呵呵，五个小珺手联手也白搭。刚才的交流我们算互相学习。嗯，解开思想疙瘩，顺心；和小珺说话，开心！能镇住我，能耐在我之上，哈，舒心！

第二天早上一睁眼，我双手枕着脑袋，回味小珺昨日所讲，又有新发现。我跟客户聊天，喜欢从风水、宗教、哲学或养生入题，上天入地，夸夸其谈，但仅限于谈资，没啥实际意义。而小珺却信手拈来个"鳄鱼的赏金"，活学活用哲学故事开导人，思路直指关键点，令人豁然开朗。同样学过哲学，我是摆出来当谈资，她是拿来解决问题，二者层次高下立判啊。

小珺的思维境界比咱高了许多，果然是高手！她是我前进路上的指路明灯，良师益友，这点叫咱心服口服外带佩服！至于齐总所提及的站队理论，什么走后门，阿谀奉承啦，不适合咱性格，听听罢了。我始终相信有本事的人，便是一块翡翠珠宝，放到哪儿都能闪光，夺人眼目！

好，心结彻底解开，起床，继续努力吧。

未在北京过多停留，回家一趟看父母，给二老捎带了一些各地土特产，便急匆匆赶回H公司。刚到公司，便把橙子喊来："老板批了申请报告，我将调贺平到广州食品公司组建企划部，恭喜你走马上任，在F公司企划部，接替他做部长。"

"真的？"

"虽然你是做设计出身，但肯在企划和销售上下功夫，比当初大有进步。现在我认为你能独当一面了，呵呵，施展本事的平台有了，格外珍惜吧！"

"谢谢老大推荐，没得说，玩命干就是！"橙子乐得鼻涕泡都快冒出来了。

"算上你，从企划部走出去8位部长，大家都在比拼，看谁带队伍更牛，看谁业绩更猛，看谁贡献更大，F公司企划部是贺平一手带出来的铁血团队，业绩有目共睹，你小子好好去干，小心别把队伍带散帘子了。"

"明白，我跟贺平多沟通……"

橙子刚进门时，干活有点吊儿郎当，虽然有环境氛围的强力熏陶和我的屡次数落，但进步仍不达标。但半年后看见黄川、贺平与赵一笑各有升迁，他坐不住了。马蝇效应显现：再懒惰的马，只要身上有马蝇叮咬，它也会精神抖擞地飞快奔跑。有正确的刺激，才会有正确的反应，对啊，榜样力量无穷！

去年春节过后，橙子从等安排逐渐变成主动找任务，精神面貌有改观。既然人家进步神速，已成长为虎狼之师的中坚力量，那就公平对待，给他一个机会，为企划部打拼去吧！

第七篇
工程部风波

狮王巡场

忙完企划部的事，傍晚时分，我找廖总报道，顺便给他家公子带了两样玩具。廖总热情招呼我坐下来，亲自给我沏杯茶，“雨总，你在北京干得不错嘛，呵呵，事件营销策划有想法，今天上午企划部跟我做了征求意见的汇报，我建议合影最好有汤总和宋总，他们主管销售，在经销商群体中有巨大号召力！”

嗯，先入为主是关键！赵一笑动作迅速，一早开始扩散消息，好样的！

我装作若无其事的样儿，浅笑，“策划是关键，执行看逸总本事。”

廖总没理会话茬儿，他话锋一转：“工程总部刚组建，急需规范招标、采购和审计流程。你尽快……”

装修酒店露了一手，我在廖总心中的地位火箭般蹿升，他信任我的能力和人品，所以说话直来直去。而我得到主管领导信任，也乐意为他干活，咱早看不惯工程部老庞这类傻瓜，他和老逸都是蛀虫，但老逸有真本事，能为集团创造财富，老庞有什么？只会叫乙方占便宜，败家子一个，除之而后快。

领取一堆任务回办公室。没有废话，干活吧。两天后上报招标、采购、审计流程的规范文件，同时提出总监以下各岗位的领导人选和权限。根据A集团工作经验，合同签字权和财务支付权是核心权力，廖总是总负责人，当然拥有最终拍板权。但我身为工程总监，也要拥有这两项权力，所以流程上标好自己名号。廖总审核后稍加修改便批文传达下来，由此，我进入工程总部核心层。

周末，一场倒春寒来袭，外面下起小雨，寒气逼人。天公不作美，工程部一帮人只得打伞去视察H公司三期25 000平方米的厂房，准备15天后验收。这次预备验收之行由我牵头，工程部、企划部、乙方各施工单位、监理公司几十号人前呼后拥，呵呵，感觉有点儿威风凛凛。对比去年我单枪匹马做酒店装修，完全不可同日而语哦，内心自豪感好像都能化成漫天小雨，星星点点落下来！场面得来不易，是我刀刀见血，拳拳见肉打拼出来的，好好享受吧。

一路上，众人做了简要汇报。我对建筑不懂行，但可以学嘛，身边有监理，有工程师，不懂便问。但话又说回来，走马观花的视察，形式大于内容，工程部和监理不会当我的面痛斥乙方问题，但为什么我还非要领着众人雨中漫步？呵呵，新官上任三把火，我要在乙方和工程部这儿树立权威呗。

新狮王打跑老狮王，一统狮群后，第一件事是站在土坡上咆哮，向狮群宣誓权威神圣不可侵犯。第二步便是视察领地，边界上要么撒泡尿，要么刨树皮，留下气味警告来犯者，宣誓其领地范围。

也许是《动物世界》看多了，我把狮王树权威的做法照搬过来。

头天上午先召集工程部开吹风会，宣布廖总的任免通知和今后业务流程。同时讲明白一件事，老庞被开除，我担任工程总监，明事理的人跟着好好做事，为集团创造最大效益，节约最多成本，到年底大家都有肉吃，否则别怪咱手黑！下午又喊乙方开通气会，宣布审计、验收、付款流程等规章制度，同时互相介绍认识，当然也有软中带硬的警告。呵呵，这就好比新狮王站在坡上咆哮。而今天带领大家巡视厂区，则在宣誓在咱的地盘，你是龙得盘着，是虎得卧着，都甭想狂妄！

巡视效果？我们拭目以待吧。

周六工程部和企划部正常上班，因为我当头儿，都得玩命干活。下午，办公室来了园林绿化公司的苏老板。他个子不高，30岁模样，一双大眼炯炯有神，显得很精干。这家伙自来熟，一边甩来一包软中华，一边自报家门："早听说雨总大名，呵呵，特想来拜访您，可您总在各地巡视，呵呵，直到今天才一睹尊容啊。呵呵，真显年轻，今年有 28 吗？”

我不咸不淡地问道：“请问您是？”

“哟，忘记自我介绍了。雨总对不起啊，前天您开会我在外地，没及时赶过来，实在对不起。我姓苏，苏联的苏，云彩的云，波涛的涛，苏云涛，呵呵。去年接了H公司的部分绿化工程……对了，听说您跟C公司张总关系很好，我也不是什么外人，是他外甥，呵呵。”

我笑了笑：“确实是自己人，呵呵。那您今天来有何指示啊？”但心里却在嘲笑他：“上来就报是谁外甥，知道我跟张总关系，指望照顾你？歇菜吧。”

苏总忙赔笑道：“呵呵，哪里敢谈指示，雨总说笑啦。嗯，其实也没什么大事，就是去年我们美欢园林跟H公司签了一份 72 万的绿化合同，后来增项到 108 万，首期付了 36 万，按合同要再付 30 万，都欠俩月了，您看这几天能否付完中期款？”说完递来一沓资料，有付款申请表、合同复印件和工程验收报告。

我翻了翻报告，轻轻叹口气：“苏总，唉，这里有几个问题。昨天我去工地转悠，发现三期厂房和宾馆周围的草坪，有 1/3 的草死了；樟树、杜英、红茶树有几十棵也是半死不活，还有一批红叶石楠、球根海棠、大花蕙兰长势也不咋地……合同可是约定包成活，现在花卉绿植出了状况，您说怎么付款？”

“我的雨总啊，其实那批草的根还活着呢，喷喷药就好。您只是按合同约定付中期款，后面还押着 42 万的尾款，不用担心啦。”

我看着苏总的媚笑，没搭茬儿。昨天看到新铺草坪的长势，曾问工程部：“草坪长得很一般，好像死了一大片，这是谁家的买卖啊。”

工程部管园林绿化的魏峰马上挤过来，“雨总，三期绿化由美欢园林公司负责，他们做事还不错，其实只是面上的草死了，但根还活着，过段时间又会长起来。”

真当咱是门外汉？我的第一反应是美欢园林跟魏峰走得很近，睁眼说瞎话都不带打磕巴的，行，有种！更叫人气愤的是，昨天狮王巡场发现问题，今天美欢就来拜山，通风报信还挺及时。

言念及此，我心里有点生气了，说话也没那么客气：“也许咱们理解不同。我也有俩看法：第一，1/3 的草死掉了，未能在保质期内保成活，这可是进口的美国一号，不是几块钱一平方米的马尼拉草，而且其他绿植也有存活问题；第二，72 万的合同跟中期增项合同是两码事，不可混谈。再付 30 万，对 72 万合同而言，在四个月内甲方相当于共支付 92%的款项，还谈啥垫资包一年成活？工程部有些人对此有顾虑，这叫我怎么跟廖总汇报？”

“雨总，雨总，呵呵，账可别这么算。中期增项H公司应该首付 10 万，但至今也没看到一分钱来。工程完工后，俩合同都该支付中期款，所以应该按 108 万的总合同谈付款进度。我们是小本经营，经不住……”

这哥们儿没见过去年我是如何通过一场谈判，修理 5 家装修公司的，就凭他几句苍白的诉求，能起多大作用？虽然我是有点胡搅蛮缠。“呵呵，苏总此言差矣。集团为啥给你中期增项？还不是因为首份合同执行顺利嘛，依我看增项合同就该全垫资！因为您节约了前期开发客户成本，节约了中期苗木运输成本——都是一次性拉过来的苗木，以及后期的人力维护成本，既然有三项节约，理所当然要让利给集团啦。”

“呵呵，没想到雨总是行家。”苏总有点儿吃惊。

我得意地冲他笑笑，只因昨晚加班没白费。从工地回来，我马上要来美欢园林的合同。看完我想了想，马上让赵一笑请两家园林公司到企划部聊聊，放出的口风是集团将开展四期绿化招标。一晚基本入门，基于对细节的关注，我知道了乔木包活价包括树木、人工、运费和利润。其中，一车拉 15 棵和拉 20 棵树，每棵树成本便大不同……随后又拿美欢报价咨询同行。哼，姓苏的暴利玩得不错，一棵胸径 20 厘米的樟树，市场包活价 5 000 块，他竟敢要 7 000 块?!

三下五除二便把苏总谈得哑口无言，他直喊晚上去潇洒，我才懒得搭理呢，敲着得胜鼓咱回营了。不是故意刁难他，而是看不惯他贪婪的行径！更重要的是，汤总曾耳提面命，“最近集团资金紧张，你要压住付款进度！”

高人遇高手

傍晚，我正和企划部同事在食堂吃饭，张总电话来了：“小雨，你忙什么呢？”

张总电话一到，便知是苏云涛搬来的救兵，我笑着回道：“张总好，这两天正按照廖总指示，在工程部理顺流程。”

“知道你忙，跟你说个事儿。我外甥小苏最近接了H公司的绿化，最近结款时，工程部好像有些不同意见，他小本经营能垫多少资？而且小苏干活还是负责的……小雨，这事拜托你了……”张总好像仍当我是两年前刚到集团，以上级吩咐下级的口吻在命令我。

我心里有点儿犯嘀咕，但表面还比较客气：“张总，小苏找我说过这事，但他的苗木部分不达标，付款快了，工程部担心包成活这块……”

张总了解咱的做事风格，知道唯独我不同意，他只是未点破，反而又说出个诱惑条件，“小雨，别给你张总整什么弯弯绕啦，你签单同意，廖总那块我来沟通。”

还能怎么办？我只好说道：“行，张总，我再试试吧。”

……

挂上电话，我陷入沉思。这事跟策划无关，只跟人情世故有关。我喜欢挑战策划极限，但厌恶处理人际关系，因为一句话或一件事不到位，便得罪一个人，令人烦躁。再加上我桀骜不驯的性格，大大咧咧的脾气，有时不留神就树个敌人。

这笔中期款可付可不付。做顺水人情当然好做啦，大笔一挥，张总开心，欠我人情以后要还，苏云涛赚到钱高兴，魏峰有好处会感谢我，廖总也不会怪罪咱，但公司现金流却蒙受损失！硬顶不付款？我对得起汤总和廖总器重，对得起集团栽培，但对不起张总“挽留之恩”。哎呀，怎么办呢？

想半天，解铃还须系铃人，我决定再谈谈：“苏总您好，我是工程部蓝小雨。”

“雨总好，呵呵，晚上有空吗？干脆一起出去玩玩吧。”

“呵呵，谢谢苏总美意。今天下午我又去工程部征求意见，综合工程部和审计部意见，有些人认为您报价有些偏高……”

苏总一听我要从头翻合同账，还说什么价格高，他有点急了，马上打断话头：“雨总，雨总，您听我解释一句。因为去年年底天气很不好，南方闹了冰灾，花卉养殖户都有损失，所以当时花卉是一天一个价往上涨，您别用今天的价码和去年对比……”

哪有工夫听他瞎扯，我立刻反击：“苏总，我只想问问，冰灾并未造成樟树、榆木和日本黑松的价格波动，3万一棵榆木的市面价进工厂涨到了5万，这如何解释？还有，榆木嫁接有贵贱之分，您种的榆木显然是国产嫁接枝条，为啥不买嫁接的台湾黄金榕给甲方？合同规定榆木要四季常青，但现在叶子全掉光了，都成榆木疙瘩啦。也许里面又多一层水分！呵呵，这些问题咱们可以先不谈，我保证不动美欢报价，但也希望您多支持我工作，整改完再付款，行不？”对付他，一针见血比啥都强。

果然，一通行内话把苏总的反扑气焰扑灭掉许多，他开始装可怜：“雨总，谢谢您关照。但我们小本经营，花卉苗木是我拿现钱从一家家农户手里收上来的，到今天连本钱都没收回。说真的，公司已经揭不开锅，还请雨总再通融通融，我一定不会忘记您的帮助……”

好嘛，俩人一来一往，但任凭我三寸不烂之舌怎么解释，苏总依然铁嘴钢牙！嘿，仰仗张总势力，忒不给面子啊！要搁其他公司，管你跟谁签的合同，咱上来便挑刺、砍价、拖付款，全套流程走完，乙方不掉一层皮算我白当工程总监！我现在只求延期付款，给足面子啦！行，你不开面，休怪我无情！

带着怒气回到办公室，我在付款申请单上立刻签署“不同意”三个大字！又在付款条件一栏，重重写了两条整改意见，完后交工程部办理。管他什么感受，老老实实整改去吧，活该！至于张总那边，有机会再解释，反正咱问心无愧。

以为此事暂告一段落，谁知周二下午，工程总部的财务孔姐打来电话：“雨总，这次要给美欢园林付 30 万中期款，廖总和您签字同意，那我一会儿付款了啊。”

“什么？下午付美欢园林 30 万？我签字同意了？”我头大了。

等孔姐递过来付款申请单，我恍然大悟。原来有人用涂改液将“不同意”改成了“同意”，又涂掉整改意见，然后拿复印件找廖总签字。廖总见有我和其他负责人签字，也许张总又打过招呼，于是也随签了。嘿，谁如此神通广大呢，今天见到牛人了！但这位牛人遇见咱，呵呵，算他倒霉！

A 集团付款有鲜明特色，即使付款单有老板或总裁签字，但会计在重大款项付款前，仍会电话请示，老板根据现金流会做出立付、迟付、分段付或不付的决定，好处是老板彻底掌控集团现金流。我照搬流程，但凡 5 万以上的付款，工程部财务到集团财务部办理手续前，必须打确认电话！因为每月集团只给工程部这点钱，必须抠着花，廖总和我也要控制工程部的现金流。现在付款制度显威力，在最后一道环节上堵住问题了。

集团规定凡是付款金额超过 30 万的单子，都需要汤总签署意见。而具体到工程部，30 万以下的付款申请单，只需廖总、我、总工、项目经理、工程部财务、集团审计部经理和集团财务经理 7 人签字即可付款。这张单子除了集团财务经理还未来得及签字，其余 6 人的签名都有，那问题出在哪儿呢？

我看着孔姐送来的付款单，问道："谁给您的单子？"

"廖总秘书小王，她送来一批工程部上报文件，里面有这张。"

我轻轻点点头，心里猛地亮堂了："总工老蒋和项目经理魏峰嫌疑最大！当然，他或他们一定串通了苏云涛！苏云涛神通广大啊，倒叫我小瞧了。他们联手欺负我刚进工程部人生地不熟，想绕过去直接找廖总付款，即使以后追查也有廖总顶缸，行啊，兔崽子们，有种！"

言念及此，我请孔姐先按住这笔钱不付，我找廖总商议完再做决定。

风风火火见到廖总，前因后果说完，他沉吟半晌说道："先付一半，15 万吧。"

我轻轻点点头，不好反驳廖总意见，但又按捺不住怒气："苏云涛有神通，绿化工程又是暴利，还操控工程部，我想砍砍那厮的价儿，您看？"

"你把话说完。"

"既然这次付他 15 万，叫他适当吐点血出来，大家才扯平。我想再砍 10%，您看行不？"得罪人的差事，最好拉上主管领导，这是我的原始想法。

"你看着办吧。"

"还有件事请示您。抓住内鬼开掉算了，留着是祸害！"我眼睛里有了杀气。

廖总抬眼看我一眼，笑道："好，你办事我放心。"

回来路上，我余怒未消："廖总竟然同意付 15 万，看来张总没少游说，这样做有损集团利益呢……我卡苏云涛算得罪张总了，但放纵也不行，狮王没权威啊！工程部内鬼勾结外人，居然能做出绕过我付款的骚事，视咱为橡皮图章？是可忍，孰不可忍，我要先拿内鬼祭刀，杀一儆百！管好他们，枪口才能一致对外！"

打定主意，我布下一座迷魂阵。先不动声色地邀约苏云涛到办公室喝茶，说了一堆软话，完后再给他报喜："工程款项这两天必打，正在走财务流程！"苏云涛大喜过望，视我为兄弟，闲聊时我有意无意恭维他神通广大，很会做人做事，请他教我一二。说着说着，这家伙以为我已屈从张总势力，他得意忘形，嘴巴没把门的了，我趁机赚出他和魏峰比较熟悉的事。

果然魏峰跟苏云涛很熟悉，合同也是他们之前谈定的，呵呵，好吧，我要痛下杀手了，虽然证据不足，但没办法，乱世要用重典。

隔天魏峰被开除。我拿这事又在工程部开会，树立狮王威信，严肃甲方纪律，这下工程部的人无不侧目，都知道我跟老庞不是一路人，嗯，咱要的就是这效果！接着我指示总工老蒋去杀苏云涛的价格，我当和事佬，二人开唱黑白脸。

苏云涛知道我对张总的话是阳奉阴违，魏峰被开除也是我的主张，自己大势已去。没办法，只得乖乖来谈。我只围绕一个话题说事："每月下拨工程款就这么多，你本月不要，我就挪作他用，等下月再申请吧。"

谁跟钱过不去呢，早拿总比晚拿好，他拖不起时间，果然，几轮交锋下来，苏云涛投降了，因为不降就甭拿 15 万！当然我看在张总面子上，只象征性砍下 10% 的总价。唉，不知道我的良苦用心，谁能体察？真要叫我玩命杀价，一定能干掉 30%！打官司？我们律师还要反诉他偷梁换柱给集团造成的经济损失呢。

这件事我办得干净利索，再次令廖总刮目相看！得意完，晚上反思，我才真正明白汤总和廖总叫我做工程总监的用意。我有忠诚度，又能扛事，还有点管理才干，此为一；做事动脑筋，能找出合同毛病，再加上谈判专长，砍价有保证，此为二；忠实执行汤总指示，在不太得罪乙方前提下，尽量找碴儿拖延付款期，也许一年能为集团节约几百万乃至上千万流动资金，此为三；有一手设计本事，又粗通工程，管理工程部既非门外汉，又有专长，此为四。

哈，随便一划拉，咱有此四点特长，难怪叫我到工程部做恶人呢，呵呵，他们真是识人用人的高手！想通了，我哭笑不得。好吧，食君俸禄，为君办事，下一步就像修理苏云涛那般，逐一梳理工程部合同。想着想着，酣然入睡。

二次偶遇

工作跟平常一样，依然紧张繁忙，虽然还能分得清事情的孰轻孰重，但我对小珺的思念之情愈加强烈。这不，我构思出二次"偶遇"场景：助理能安排好她们一行人坐在某酒楼户外区用餐。在几十米远的地方，我从汽车里遥控直升机降落在小珺餐桌上，飞机上绑有名片，等她看明白，车子经过就餐区，我再和她打招呼，而汽车在马路上不便停留，于是电话告之，我也来此出差，顺便参加当地飞机模型大赛，大家纯属偶遇。至于飞机降落餐桌的插曲，只不过想看看自己操控飞模的本事。当然，异地好友相逢，飞机又在小珺手上，后面的邀约顺理成章。呵呵，演出好拉风呀。

有了“伟大”目标，我挤出吃饭和睡觉时间，日夜勤加练习。自我感觉良好时，喊人大张旗鼓地抬出一张办公桌，在60米以远之地放着。呵呵，好想人前露一手，真乃信心爆棚。一片惊呼声中，我熟练操控直升机在空中划过一道美丽弧线，直扑桌子而去，可那天侧风有些大，飞机临降落时被吹得忽上忽下，最后一个没停稳，“咔嚓”一声……直接把我摔醒了：“嘿，我这是干啥呢？为追求新颖而追求新颖，为偶遇而偶遇？整天沉浸在奇技淫巧里面，想傻了吧！自己想要表达啥感情……”

晚上，天高云淡，皎洁的月光洒在楼前，树影婆娑，办公楼只有企划部的灯还亮着，黑夜中显得孤单寂寥。我站在楼前，心事重重。有人说，人的一生只有7次机会。第一次因为太年轻不知道那是机遇，失去了；还有一次因为岁数太大，抓不住，这样便只剩下5次。我不知道自己抓住了几次机遇，但我知道加盟A集团算一次，而现在追求小珺就是一次最大的机遇！

细细思量，幡然醒悟：“捧出真挚情感，征服女孩心，只有无限真心才能编织一张漫天情网，将小珺网在网中央，否则所做一切都是舍本逐末！呜呼，花开花谢随它好了，有真情铺路，相遇自然水到渠成。”

马上给小辉挂电话：“哥们儿，抽空帮我办一件事。”

“好，老大，你说。”

“请你女友仔细打听小珺的发家史，成长宏观记录和微观小故事，统统都要，故事有血有肉，有照片更好，完后汇总传过来。还有，上次曾说过她待的第一家公司是一家香港公司，你派人把那家工厂拍下来，有用。对了，再找个熟悉的记者，冒充……”

大半个月后，小辉传来消息：“老大，珺总和助理后天要去F分公司所在的省城出差。”

犹豫个啥，跟汤总打声招呼，我要去F分公司出差，原因若干。去机场路上，内心又翻腾开了：“这次不管结局如何，越有难处自己越要有信心，哪怕我撞了N次南墙也在所不惜！还是那句话，自己给自己打气，比啥都强。”

橙子到机场接机，大家见面后格外亲，看见同僚上来就谈工作，我的干活热情不禁也被他带动起来，嗯，单相思放一旁，工作摆中间。一路聊下来，我对他最近的工作成效和出现的问题，要么出谋划策，要么明确答复。效率如何？善于抓住一切零碎时间做工作，是我新近学来的本事。

刚进企划部办公室，迎接我的是 7 个策划，2 个设计和 1 个文案，嚯，场面极其令人振奋。有一部分人是春节后新来的同事，他们只是听说企划总监是工作狂，脾气暴，翻脸不认人。从众人的目光中，我读懂了："哟，这哥们儿面嫩，穿得花枝招展，脑后悬着一绺小辫，水平行不？"

早已习惯这些疑惑眼光，压根儿没往心里去。晚上照例是强化培训。

"大家好，我叫蓝小雨，培训前先分享个小故事。在肯尼亚，大象常糟蹋庄稼，防护篱笆形同虚设。而枪击大象犯法，政府赔偿又无法及时到位，所以农民苦不堪言。后来他们群策群力，在农田周围修建了很多'蜂巢篱笆'。篱笆上的蜂箱用铁丝网连接，当大象试图破坏铁丝网时，蜂巢会剧烈摇摆，怒不可遏的蜜蜂便会毫不客气地'严惩'滋事者。它们倾巢而出，专拣大象柔弱的双眼和鼻子蜇……吃过苦头的大象长了记性，即使面对空空的蜂巢，也退避三舍。蜂巢篱笆既保护庄稼和农民安全，同时又不伤及大象性命，而且农民每年还能收获两次蜂蜜！分享故事是想告诉大家，企划部干活从来都是苦干加巧干。今天咱们讲一堂如何巧干的课程，也就是企划部的蜂巢篱笆是什么？"

我又把自己干活的那几套策略搬出来讲解一遍，讲得可谓声情并茂，当然，现场气氛也甚是热烈。

会后请大家夜宵，聊事业，谈感情，安抚众人紧张情绪。饭桌上同事们各个谦恭温顺，纷纷跟我把酒言欢，不是他们喜欢溜须拍马，而是洗脑成功。

贺平与橙子秉承了企划部铁血 716 精神和管理模式，看得出人人工作热情高涨。随意聊天间，有个家伙拿着手腕上的银镯子，伸过来请我推销。我扫了一眼镯子花纹，马上口吐莲花："2 000 多年前，恺撒大帝追击庞培来到埃及，并对埃及王位之争进行调停。埃及艳后获悉后，乘船于夜间潜入亚历山大里亚，赤身裸体仅以毛毯裹身，由人抬到恺撒房门前。当晚，艳后的勇气和美貌深深打动了恺撒。于是在恺撒支持下，埃及艳后成为埃及实际执政人。后来，她命人给恺撒打造了一副金手镯，深得恺撒喜爱。现在销售的这款手镯图案，就是取材埃及艳后手镯图案，象征爱情美满、吉祥如意……"

知识在于平时积累，临阵磨枪没用。讲完故事，饭桌上肃静无声。嗯，没有三把神沙，哪敢倒反西岐？手里没杆猎枪，想镇住这帮鸟儿，洗洗睡吧。

记得刚进企划部，有一次找张总汇报，他正在公司小食堂请银行客户吃饭。那位爷有点喝高了，红着脸，挺着脖子侃侃而谈："张总家乡历代名人辈出，想那左宗棠就很了不起！有句名言说'天下不可一日无湖南，湖南不可一日无左宗棠'！记得有年两江总督陶澍回省祭祖，要路过一座小县城。县令命本地知名士子为陶澍下榻的馆驿题字。左宗棠饱读诗书，写下一幅著名对联。上联是'春殿语从容，廿载家山印心石在'，下联，下联，下……"这位爷本来有心卖弄学识，谁曾想却一时语塞？本来就涨得通红的面孔，此刻红得更可爱。

当时我锋芒毕露，不知天高地厚，站在张总身边搭茬儿道："春殿语从容，廿载家山印心石在；大江流日夜，八州子弟翘首公归。上联是说陶澍革新除弊，创'票盐法'，增税收又繁荣江淮经济。道光帝曾问有关他身世的'印心石'传说，特意手书'印心石屋'对其褒扬。下联表达湖南士子对其敬仰之情。当时清朝风雨飘摇，陶澍是第一个感知中国即将发生巨变的封疆大吏，在家乡士子里享有极高声望！"

得，咱卖弄学问，那位爷好像不开心了，瞟了我一眼，接过话题续道："左宗棠的对联表达了他将以天下为己任，以陶澍为楷模的意思。陶澍得知这副对联是左宗棠所书之后，破例接见，和他彻夜清谈。第二年，两人江宁相会，陶澍非常赏识左的才识和抱负，起用左为其幕僚。从此，左宗棠逐步成长为晚清重臣，为平新疆之乱做出重要贡献……"

虽然我抢了人家风头，但却引起张总侧目，从张总望向我的眼光中，我读懂了他吃惊的表情。后来又经历几件事情，张总认定我是可塑之才，所以才有后文我想辞职时，被他激励的故事。是啊，大江流日夜，我，厚积薄发啦。

酒喝到兴头上，有人提议让我讲故事。我做事喜欢与众不同，所以讲故事也想出其不意，"乔治在地中海大饭店被歹徒挟持，歹徒逼他给家里报平安。于是乔治打了一通电话：'亲爱的罗莎，您好吗？我是乔治，昨晚不舒服，不能陪您去夜总会，现在好多了，多亏地中海大酒店经理送的特效药。亲爱的，不要和我这样的坏人生气，我们会永远在一起！请您原谅我的失约，今晚赶到您家再道歉，可别生气呀！好吧，再见！'5分钟后，警察突然赶到，歹徒不得不举手投降，请问乔治是怎么报案的？"

讲完故事上集，我看看同事，心里说："刚才几个小时嘴皮子没停过，现在可算喘口气啦，呵呵，你们慢慢想吧。"

谁知，脸上笑纹还未消失，耳朵里便飘来一句："雨总，要是我们中的哪个人回答上来，可有小奖励吗？"说话的是一位满脸雀斑的女生，她笑盈盈地望着我。

“呵呵，小丁啊，这话好说，谁答上来我送集团形象代言人签名海报一张！”

“真的呀？！”

“童叟无欺。”我爽快答完，又偷偷瞄一眼橙子，他心领神会，笑而不语。

话音刚落，小丁悠悠说道：“乔治打电话有技巧，通话时，他一讲到无关紧要的内容，就用掌心捂住话筒，不让对方听见。当讲到关键词马上松开手，于是家人收到一通‘间歇式’电话：‘我是乔治……现在……地中海大酒店……和……坏人……在一起，请您……快……赶到！’”

见我满脸惊诧，小丁扑哧乐了：“雨总，对不住啦，故事我听过。这故事不算，我们请雨总再讲一个好不好？”

嚯，提议一出，马上引来众人连声叫好。啊，啊，本来想喘口气的，没曾想……算了吧，看见这位小丁姑娘的模样，我只想讲西施的故事，“话说越王勾践使美人计，将西施进献给吴王夫差。但进献途中，众人争相围观，致使道路堵塞，寸步难行。护送西施的范蠡见此盛况，心生一计，马上请西施住进旅馆小楼，而后四处张榜：欲见美女，付钱一文。告示贴出，全城轰动。西施登上朱楼，凭栏而立，飘飘然似仙女下凡，观者排成长龙，为一睹顶级美女而慷慨解囊，有的竟付钱多次，百看不厌。三天下来，范相国得钱无数，后来上缴国库。”

有人啧啧称奇，跟进赞道：“哇，2500年前，范蠡就为‘美女经济’开了先河！哈，绝对聪明！”

“好，故事没完。吴王夫差见到西施，惊叹天下还有这等美女，好不欢喜，忙收入后宫。西施是带着使命进宫，本想做好内应，迷死夫差，好叫他倒行逆施。可没过几天，便发现一位竞争对手——楚美人！那楚美人也是生得倾城倾国，甚得吴王欢心，有她横亘其中，不好下手。于是，西施想到一策。有一天，她劝说楚美人：‘我听说大王不喜欢你的鼻子，以后见到大王，最好偷偷捂住鼻子。’楚美人不知是计，连连感谢。没过多久，吴王问西施：‘为啥楚美人看见寡人就喜欢捂鼻子？’西施随口答道：‘她曾私下说大王有体味，故掩鼻。’夫差被人当面揭了狐臭之短，勃然大怒，立刻命人削掉楚美人的鼻子！从此，西施得专宠……”

这类故事咱随讲随有，呵呵，图个乐子呗……大家有说有笑，好不快哉。但说实话，讲完西施，再看着新聘的俩女孩，唉，连我看着都叹气。呵呵，橙子这小子深得企划部真传啊，我扭头悄悄问他：“哥们儿，新来的女生是不是影响到那帮哥们儿的干活热情？”

“她们能吃苦，愿学，听话。刚开始好像有那么点影响，但现在看顺眼了，一样是美女。”

“行，不愧是企划部干将！”我暗自称赞道。

第二天小珺一行要来省城，橙子把准备工作打理得井井有条。他委托一家跑腿公司到机场送花。一等小珺走出来，99朵百合马上迎上去。当然，给跑腿人提供一张照片，并且助理会提前通报小珺当天的着装。

她接花后，必问：“请问谁送的花？”

标准回答：“您的好友委托我们送的。”

“哪位朋友？”

“不清楚。我只是跑腿的。”

反正问不出所以然，小珺她很想知道结果？对，心里有期待，后面才有惊喜。

她们入住酒店，助理会短信通知房号，再派同事携礼去酒店。礼物与上次A集团迎宾酒店送出的如出一辙：一盒意大利巧克力；几样精致小糕点；几种进口水果；一束红玫瑰；一张恭贺珺总办事顺利、无落款的贺卡。最后请服务生送上去。但她收礼后会主动电我？歇。女神那么聪明，肯定还要保持矜持，继续装傻呗。

现在，我为小珺做了一份怀旧版“报纸”，四开四版装帧。头版是小珺手捧鲜花走出机场的大幅特写。橙子约好摄影记者，负责搞定头版照片。现在只等照片一到，马上铜版纸快印。有小辉搜来的故事，二、三、四版便能图文并茂介绍小珺个人发展历程。她大学毕业只身到香港工厂打工，业务员起家，一年后跃升销售总监，再过两年荣升工厂总经理。个人事业转型后，又加盟化妆品行业大鳄FN集团，从销售经理起步，四年时间，令人炫目地升任销售副总！

此外，三大版面还包括10个小版块：1. 同事对小珺评价的人物专访；2. 生活花絮与囧事趣谈；3. 各种爱好；4. 经典语录；5. 销售心得体会；6. 精彩营销案例；7. 我的点评；8. 莅临A集团考察题词；9. 报眼是今明天气预报；10. 个人影集，包括首家就职的工厂照片。在四版还刊登一则通栏广告，预祝她出差顺利。小版块内容丰富多彩，记录翔实有趣，完整勾勒出小珺形象，够出彩。

本来想启用“雨滴”的笔名，思念似雨滴，淅淅沥沥下个不停，等待着雨后的彩虹桥。但最后却是“万里依然”胜出，因为相知无远近，万里尚为邻……

动笔前，我仔细看了三遍小辉搜来的素材，仍未下笔。不为别的，小珺的本事把我震撼了！她比我更有事业头脑，步子走得稳，奋斗目标明确，更难能可贵的是，人家的品味很有国际范儿，事业生活两不误呢……

看着看着，强烈的共鸣袭来，思绪忽然回到过去：大学毕业闯进报社，签回 4 000 万的合同却被赶走；草创广告公司未果，反倒欠印厂 150 万；历时三年苦难还债而重获自由之身；再进传媒圈却壮志未酬；抱着跟高人学习的目的加盟A集团，从小部长起家，两年半成长到三大总监头衔集于一身……经历好复杂，既刺激又自豪，既悲凉又执着，既痛苦又快乐，对，简称痛并快乐着。

小珺与我的经历有相似之处，性格更有 90% 的重合度，本事能当我半个老师！除老板和赵强外，难得我实心佩服一人，小珺开了先例。实实在在读懂小珺后，我为她写了一篇人物传记——《传奇》，讲述她的奋斗和心路成长历程，既有波澜壮阔的场面，也有点滴细节，再结合自己 10 年商业体验，思如泉涌，是用心、用情、用泪在书写，写吧，使劲儿写吧……我想让她知道我的心是多么爱她！当写完最后一个字，我久久不忍放下那支笔……

送花送礼是打动人心的暖场，但打动人心有很多方式，比如，展望未来，憧憬美好时光。展望未来固然能令人心驰神往，但闭上眼谁不会做黄粱美梦？不值得大书特书。只有浓墨重彩撰写《传奇》，怀念青葱岁月，雕刻时光，才能引起我们俩共鸣式的怀旧，必将深深打动小珺的内心。追昔抚今，撩拨了她最感性的认知；知音难寻，触动她最敏感的神经，面对昔日至今坎坷的发展历程，恍若隔世……也许我将亲手点燃她内心深处那座沉睡已久的情感火山，让炽热的爱情岩浆喷涌而出，凝固成我们的爱情脚印，一步，两步，三步，生生世世走下去……

事实证明，从乔小珺早晨下飞机始，到傍晚拿到《人物专刊》，真情实意漫天撒下来，像一张情网铺下去，但能不能将她罩在网中央呢？忐忑不安，兴奋焦虑，热烈期待中，晚上，小珺短信如期而至：“小雨，礼物已收，谢谢关心。”哇，头一次以小雨称谓跟俺打招呼，晕倒！

一通频发短信，约好第二天中午共进午餐。哈，我的心早已飞翔起来，还能说什么？茫茫人海，有谁真能在精神世界关心她，了解她的追求？有谁真想承担责任，对她的未来负责？对不起，独此一家，别无分号。我知道，在《人物专刊》的字里行间，都已写得明明白白……对，明天我就要对她说："小珺，做我女朋友吧……"

但老天爷没给我这次表白机会。很晚的时候，老板的电话忽然而至："雨总，你在哪里？"

电话里，老板声音似乎有些急，我预感情况不妙，稳稳心神，平静回道："老板好，我在F公司出差。"

"食品公司的产品推广方案，你做完了吗？"

"老板，方案基本完成，打算这两天完善后，再跟您做详细汇报。"

"拣重要的先说说。"

"我们采取排除法，前期主推两样产品。针对儿童市场，奶片是全新品类，口感好，价格低，竞品销量不错，鲍总和企划部测算过，有60%以上的毛利，只需投入几十万生产与封装设备。至于奶粉等原材料，那是集团强项，价格质量都有保证。另一个是牛奶果糖，投入少、见效快，走集团促销路线，销路不愁。"

"好，很好。你把手头事情先放放，明早带方案赶来，鲍总已到京，我在总部等你们……"老板的命令毋庸置疑。

"好，好吧。"不知道自己是怎么挂电话的，只知道明天约会歇菜了。这玩意儿可不是一般扫兴，简直是毁灭性打击！对了，头次约会被老板搅黄了，难道第二次还远吗？胡思乱想半天，郁郁寡欢。

第二天一早，安排人送去当地风味早点和水果，上午在机场与小珺通完电话，我情绪极差，再次体验好事多磨难的滋味。也许是上天还要继续考验我的诚意，也许是上天要为小珺找个好夫君而故设坎坷……唉，反正自己受伤自己疗，只要能编出疗伤理由，怎么说都成。

满怀失望之情，我怅然赶赴北京。其实，小珺早明白我心意，只是在她收到《人物专刊》后，似乎开始对我上心了。难道是自己急于求成了？想明白了，心情好转开来："怨天尤人非我心态。相信未来，我们来日方长！"

下飞机收到小珺短信："小雨，路上多保重。"嗯，甚暖心。为了美好明天，我会更努力！谢谢小珺鼓励，马上回复："小珺好，出差在外也要多保重。如遇事情，可随时找橙子，企划部的人归你调遣。”

“跟老板汇报，抓重点，简明扼要……我们有时间再约。”

一句话提醒了我：“是啊，光顾着谈恋爱，怎么忘记汇报的事儿？以前汇报前，我都要自述几遍，直到感觉满意为止……对了，小珺的 7 字提醒箴言，有见地，高手也！”

第八篇
智斗特殊广告人

钱总精世道

北京总部。老板一见我这身打扮，乐了："呵呵，雨总你可真敢穿啊。"

我知道老板是在拿我打趣，其实他欣赏我的桀骜不驯，包括服饰，因为他性格也是如此。今天在机场碰见航班晚点，我便逛起商店来，给小珺买一条英伦风格的短裙，自己买了条意大利丝巾，往头上一包，跟行为艺术家打扮相仿，呵呵，本就是"小帅锅"一枚，现在黑白暗花丝巾包头，脑后飘着一条小辫，想不引起众人注目都不行。

在A集团也就我敢这样打扮，其他人要么西装革履，要么统一制服，而我，在穿着上就想与众不同，挺享受高调带来的快感。呵呵，那时年轻，内心张狂呗。

老板说笑完，我和鲍总把新品操作思路、案例和预算简单讲述一遍，老板对方案有赞有弹，责令我们根据他的思路再做优化，并且要求企划部继续发扬快枪手作风，务必协助好食品公司在今年上半年，将两大新品推向市场。

老板指示完，鲍总来了一通惊世发言："老板，我们食品公司绝对有信心完成任务！我想好了，这月起我不要工资，年底没完成销售额，工资只当捐款买设备，公司所有人都希望像您创业那样，艰苦奋斗，背水一战……”

鲍总是红脸汉子，说话掷地有声，气势如虹，听到他不要工资也要工作，我不禁倒吸一口凉气：“哇，原以为716了不起，但说啥也不敢拿薪水做赌注啊。鲍总是希望得到老板信任，好甩开膀子大干一场！哎哟，看来想在集团谋求上进的人，只有更狠，没有最狠！”

老板微微一笑，他不稀罕鲍总节约出来的薪水，但稀罕他的态度和决心，自然是当场否定……会议延长半个小时，因为老板来了兴致，对我们又是一番勉励，对食品公司事业前景又是一番深入浅出的讲解。

在这次见面会上，我学到了太多东西，对打工的意义又有了新认识。打工者除了求知识、求快乐和求财富，精神上更想追求成就感！鲍总感念老板知遇之恩，觉得必须做出业绩才能回报老板信任，于是出此狠招表决心！可不是嘛，这是老板的认同和自己追求事业的成就感起了作用。鲍总如此，我也如此，而老板非常尊重我们的成就感，总在恰当时候给予认同，难怪他有非凡的领导艺术……看来我的管理和激励水平跟老板比，差得太远。哈，还等个啥？今后赶紧用上吧！

会议开完，老板又交代了一项任务，去北京顶级酒店参观学习，我的设计本事将来还有用武之地。北京是咱地盘呀，马上请齐总帮忙派车全程陪同。我花了4天时间拜访十几家五星级酒店，拍摄千张照片，斩获颇丰，长见识了。

这天下午准备收摊时，汤总电话来了：“雨总，你什么时候回总部？”

“汤总好，奉老板旨意，正在王府井天伦王朝酒店拍照片。”

“下午五点半，你赶回总部，我给你介绍一个人。”

“好。”挂上电话，我拍了拍司机肩膀，“走吧，哥们儿，咱们现在回总部。北京堵车是出了名的，真要是迟到了，汤总又要跟我握手啦。”

推门进总裁办公室，看见汤总倚在窗户边，旁边站立一人，白净脸庞，短眉细眼，中等身材，穿一身浅灰色西装，正捧着一本杂志在说着什么。

汤总看见我，微微点点头，马上介绍，“这位是雨总，平面媒体由他负责。”

那人好热情，小步快跑打招呼：“雨总好。我是浩辰广告钱英，汤总好朋友。”

“您好，钱总。”这类广告人我见多了，不知他来意，也不知汤总合作态度，所以我不咸不淡回应着。

汤总满面春风走过来，“钱总在北京广告圈神通广大，他们公司代理顶级杂志的广告，老板指示可以投放300万，你负责跟钱总谈计划吧。”

“早听说过雨总本事，希望跟您学学，哈哈。”钱总热情地附和道。

我心想：“关系户不简单哦，汤总都出面了，不可小觑！”于是点头道：“钱总客气，您是广告牛人，该是我来学习。”都是客气话，我只想知道汤总的谈判底线，所以现在对钱总仅是态度恭敬而已。果然，送我们走出门时，汤总在背后轻拍一下我肩膀。

请钱总先到我办公室喝茶，很快我又回总裁办公室，汤总招呼我坐下，“钱总有个铁哥们儿，是H市驻京办事处主任。他曾几次帮集团，而且今后还会继续走动，这份人情我们惦记着要还。正好主任前几天碰见老板，提及广告这档事，他的朋友，哦，就是这位钱总，代理了北京十几块户外广告牌和几本顶级杂志广告。逸总建议集团在全国推高档特浓奶和加浓乳酸菌奶，做杂志广告更合算，老板认可该说法。至于钱总的报价嘛，你觉得过得去就行。”

“汤总，这事逸总可操盘，干吗喊我来谈呢？”我心里挺纳闷，忍不住问道。

“他前天出国考察，广告部谈不动几百万合同，我向老板推荐你来担纲。”

“明白了，谢谢汤总。那这次投放的上限？”

“不超过300万。”

“放心，保证完成任务。”

从汤总办公室出来，我没马上回办公室，而是独坐会议室想心事。看到没，老逸在总部永远是首选，我仍然是个替补……还是老规矩，先发泄不满，完后才能静心想事。感觉自己被压抑得太久，太缺一口新鲜空气了。

抱怨完，我动开了脑筋：“钱总有心计，现在他打着驻京办主任的牌子，一开口便是300万，胃口蛮大。我杀价狠了，老板和汤总面子过不去；不杀价吧，万一审计部或老逸背后捣鬼，搞个秋后算账，就得背黑锅。汤总说价格好说，我明白里面的套头，关系户广告半买半送呗，虽然咱不管这钱最后是否流到主任手里，但多个心眼没坏处。”

思前想后，决定给老板去个电话，“老板好，有个事儿向您请示一下。”

“雨总啊，说吧。”

“H市驻京办主任有个做广告的朋友，今天来了，汤总交代由我主谈，说集团同意给他300万杂志广告，老板您看价格怎么谈？”

“报价不离谱就行，但要确保广告效果。我在上海，具体业务请示汤总吧。”

“好，明白。”听得出老板周围声音嘈杂，他肯定很忙。

综合所知情况，我提炼出俩关键词，保效果和汤总管。好吧，先去会会钱总，谈判目的是一探虚实。

推开门，看见钱总好悠闲地坐在沙发上抽烟，见我进来，他马上站起来递过一根烟，笑眯眯地说道：“雨总，投放广告还请多多关照，呵呵。”

“好说，您的事儿就是我的事儿，汤总交代好了，我执行就是。对了，钱总，您是哪里人啊。”

“我是湖北黄石的。”

“黄石是宝地呀，好像东坡赤壁和东坡故居就在那块吧。”

“雨总对黄石挺了解啊，呵呵，听口音您是北京人？”

“我不算地道的山顶洞人，籍贯四川，只不过在北京生活多年，您来京几年？”

“大概五六年吧。”

“这边气候干燥，您还适应不？”

钱总微微蹙眉，轻轻叹口气：“唉，冬天不习惯，皮肤总是干裂，有点儿痒。”

“我说三个保养皮肤的养生法，您可以试试。应对冬季天气干燥，内衣要穿纯棉的，不少人肌肤干燥很大程度是由于内衣面料含有化纤，容易引发静电，导致肌肤干燥。还有，早起喝杯蜂蜜红枣水，滋阴润肺；下午喝普洱茶，保湿抗氧化；晚上喝温开水，补充身体水分。冬季办公室环境干燥，盆栽能改善微环境，一些喜阴植物有保水作用，放电脑旁挺好。”

“呵呵，只感觉雨总像一位艺术家，没想到您对养生还挺有研究。”

我微微一笑，“看得出钱总是勤奋之人，睡眠不足又疲劳，血液循环变差，皮肤就容易干燥。其实呢，皮肤痒不可怕，可怕的是心里痒，嘿嘿……”一语双关的回复，我们相视一笑。

就这样，我们有一搭没一搭地闲聊，看得出钱总有些着急了。那是，他是来谈广告的，没空听我扯闲篇。但咱想法简单，他急我不急，不管汤总是如何说照顾对方的，出于职业习惯，了解他的脾气秉性，试试谈话风格，再决定谈判策略，有备无患呗。洽谈百万级合同，慎重有好处。

眼看天黑下来，我还故意在门外转悠，钱总实在忍不住了，“雨总，您看广告该怎么推进啊，想听听您的意见。”说完他打开书包，递过来几份杂志刊例报价。

看着桌上一堆大牌杂志刊例，我点点头，“呵呵，钱总勿急，这个月我负责帮您全搞定。”

“太谢谢您啦，呵呵，时间也不早了，要不请您吃个简餐吧。”

我才懒得跟他吃饭呢，随口敷衍道：“谢谢，不必了，一会儿部门还有个晚间会议，改天吧。对了，您这边能给到的刊例价是几折？”

“呵呵，不贵不贵，八五折。”

我看着钱总满面赔笑的样儿，怎么看怎么像奸笑。我曾在K杂志做过广告总监，对里面的猫腻门清儿！主流杂志对外喊八五折，其实大都能打到七折以下，大客户或大广告公司享受六到六五折。钱总居然报八五折，这哥们儿挺精世道的，人际课一准儿高分毕业。

我递给钱总一支烟，有点被他气乐了，“老大，我看您不像谈广告的，像是打劫的，哈哈。”

“价格真不贵，我们小公司在北京讨口饭吃，还请雨总帮忙，大恩不言谢。”

其实，大家心知肚明，所以我继续装傻，“钱总，再问一次折扣，价高，我不好向上交代。”

“呵呵，这就是底价！”

我被他的表现气得哭笑不得，“这厮就是一塑料袋，在我跟前玩命装啊装！而我像个傻子，居然被他还装进去了，怎么能单刀直入刨问底价呢，看，人家把塑料袋封死了吧。”

看我发呆，钱总笑里藏刀问道：“您看投放计划是您做还是我帮忙出？”

都什么呀，投放总额、付款、折扣一个都没敲定，怎么就谈到投放计划了？去你大爷的吧，我想给你设局呢，“钱总，这事我先琢磨琢磨，后天再谈吧。”

又磨叽一阵，这才送走钱总。

晚上，我一个人翻了一会儿杂志刊例，脑子里乱哄哄的，决定先给汤总做个汇报：“汤总好。钱总刚才报八五折，这几本杂志我估摸能拿到六折，但他死守报价，您看下一步我还要继续砍价吗？”

“行，适当砍点儿，八折最好，实在不行，可以同意八五折，但动作要快。”

“明白。”挂上电话，我长吁一口气，难怪今天变得不会谈判了呢，原来被汤总的红线束住手脚，不敢大砍大杀。好吧，我做做样子，走走过场算了。

鹿遇见了狼

吃过晚饭，跟小珺煲了一会儿电话粥，又坐在办公室处理文件。企划总监和工程总监不好当哦，不论走到哪个公司，都能接到一堆传真件，等处理完手头文件，已是凌晨。

正准备收摊时，忽然想起下午来的钱总，不想则已，一想就气不打一处来！人家代理大牌杂志的广告公司，鞍前马后忙半天，也就赚几个点的辛苦费，这家伙贪得无厌，一开口就要净赚300万的25%，白拿75万的暴利，凭什么？

显然那位主任曾为集团发展出过力，老板和汤总很感激，集团发展起来，给人家面子属人情世故，所以姓钱的才仗势欺人，在我面前敢如此猖狂！

想起他那副趾高气扬的嘴脸，越想越生气，我决定不睡了，这事儿没完！但话又说回来，我还真不能直接对着干，怎么办呢？哈，更狗血的刺激来了，因为我想到了老逸！这厮大战钱总会降吗？要是他降了，那我得叫钱总投降才是！呵呵，真是一想起老逸，浑身过电！那种感受好像我是他咽不下的刺，他是我打不出的嗝，大家都是既痛苦又刺激！

很快，我想到三个层面的问题：第一，如果老逸操盘，他也许当乖孩子，秉承旨意做顺水人情，但我也做乖娃子，岂非同流合污？第二，老板总说卖一瓶奶赚不到几个子儿，广告人要处处秉持节约精神！放他一马，会造成多大损失？第三，如果我既给汤总面子，钱总又接受打折方案，我将计划外破费的坏事变成实现集团利益最大化的好事，再立新功，哈，卓尔不群！好，下个结论，牛大自有破牛法，干死钱总！

有了奋斗目标，我拼劲儿十足，那好似一头狼忽然看见正在吃草的一群鹿，杀心四起，征服欲望跟着奔腾起来。哈，玩命想方法吧。马上搬出三大思维模式，发现下午谈判纯属头撞墙，没点儿章法。钱总有恃无恐，正面杀价肯定没戏，所以我要剑走偏锋占便宜！

又是一个不眠夜，在东方发白时，我有了想法！驻京办主任的铁哥们儿狮子大张口，硬叫集团破费300万，好，那我就来帮集团再赚回300万广告费回来，不信？我马上开始行动！那时精力超旺盛，整宿不睡，只想人前显圣，鳌里夺尊！

依旧是傍晚，再次见到钱总，他依然是一副踌躇满志的样子。这次我开门见山说道：“钱总，电话里请您带上贵公司代理的户外广告位置图，带了吗？”

“我们代理三环、四环的擎天柱户外广告。好牌子一年要200多万。”钱总边说边拿出一张广告发布图。

“钱不是问题，您有现成的空牌子吗？”

钱总胃口被我吊起来了，瞧，眼里闪烁着兴奋光芒，正投射到我脸上。他兴高采烈问道：“汤总不是说这次只投杂志嘛，是不是新增户外项目了？”

“其他随后再聊，您有现成牌子吗？”

“三环、四环各有一块，差不多都是上个月到期，旧广告还没换下来，正在招商。”钱总边说边在图上给我标位置。

“哦，在这儿啊，四环健翔桥位置好一些。”我看着图自言自语道。

“雨总好眼力，健翔桥位置也算黄金地段，这块牌子不愁卖。”

我点点头，话锋一转：“钱总，我打算投放A、B、C、D、E、F这6本杂志的广告，但您报价贵，今天请您过来，就是想看看是否还有商量余地。”

“哎呀，雨总啊，这些都是大牌杂志，人家对外价格咬得很死，还请雨总高抬贵手，再降价的话，我真没利润哦。”钱总说话很客气，双手一摊，满脸无辜样。

我对钱总的拒绝毫不介意，只顾阐述观点：“老大，首次报价就是最后成交价，呵呵，您觉得这是做生意，还是要我执行国家政策呢？要让我执行政策，我二话不说，马上签合同，虽然您得到了合同，但也失去了我这位朋友。要是说咱们在谈一门生意，那就商量商量，既不让您吃亏，我也好向上司交代。总之，天下任何生意都是有商有量，双赢才是真赢嘛，您看行不？”

“呵呵，雨总这话言重了，我哪敢说什么政策，咱们既要做成生意，我更把您当成特别的好友。只不过这几本杂志的价格确实梆硬，但凡有缝隙，我立马降价！”

“钱总又在说笑啦，看来咱们对利润的标准看法不一呀，呵呵，多大才是利润有限呢？”我步步紧逼。

“其实代理杂志只有一点儿利润，根本谈不上丰厚啦。呵呵，还请雨总您高抬贵手，

A集团生意在全国做得多红火，央视天天都播着您集团的广告，我这点小钱您就别再掰扯啦……”

……

就这样，你一言我一语地讨价还价，看样子一时半会儿谁也甭想说服谁。但我纠结于此，有想法。道理简单，主任压老板，老板来压我，这是斧头吃凿子，凿子吃木头的游戏，嘿，我才不当木头呢，至少也要当凿子，吃了你这截木头！你的报价可以玩横的，可以硬扛不降，但你不能好处占尽吧，该有点儿内疚感吧，最后总要在其他地方让我吃口糖吧。呵呵，我先在这块耗着你，叫你心里打鼓，理屈词穷，等会儿声东击西的游戏才好上演！

就这样，我们俩谈笑风生，气氛热烈，但谁也寸步不让。时间一分一秒过着，眨眼到了6点半，钱总绷不住劲儿了，“雨总，晚上饭点到了，我请您吃顿简餐，边吃边聊，把事情定下算了。”

“不，不，不，咱们谈完再吃，这顿说啥我来请，在我地盘上，哪能让您破费呢？”为啥约傍晚谈合同？我就想给老钱画条底线，谈完再吃！

见我态度坚决，钱总苦笑道：“雨总啊，您就给老哥一个面子，干脆同意报价算了，反正这价码几位领导都同意……”

不容他拿领导来压人，我立刻反驳道：“当然要给您面子啦，折扣不是不可以，但您也要给我面子，大家有面子，生意才好执行嘛。”

“您说，只要合适，我一定答应。”

看到双方纠缠的也差不多了，钱总锐气被磨，几次又被我的话噎得够呛，只得放下身段，好言好语央告我高抬贵手。好，时机成熟，我就来谈谈新想法吧：“我同意报价，作为交换条件，您要送我120天户外广告时间！”

一句话石破天惊，钱总一喜一惊全挂脸上了。那是，喜的是磨叽一个多小时，我居然痛快答应了，但惊的是所赠户外广告价值几何？随便想想，120天黄金位置，80万跑不了。

他略微沉吟，想明白后直冲我摇头：“雨总厉害，难怪汤总夸您本事大，脑袋好使呢，哦，刚才打听是否有广告空位，原来在这儿等着呢，佩服，佩服！”

“钱总又在说笑啦。我也不想让您为难，所以提前问问空位，反正空着也是空着，挂我们广告，大家都得便宜，一举两得。”

钱总以为有老板和汤总背后撑腰，合同必是手到擒来，谁曾想我鬼点子多，总惦记占点儿便宜，瞧他的眼光，好像正在重新打量我，想看看我到底是怎么想的，为什么总要为难他？哼，我怕他盯我？马上，我两眼目光聚到他眉心处，怡然自得地看着他，没过一会儿，他受不了对视，收起了目光，跟我开起了不疼不痒的玩笑，“雨总这个户外换折扣的思路，蓄谋已久了吧，呵呵。”

这家伙好像不是特别反对，好吧，我趁热打铁，游说套路跟我杀孟总户外广告价格一样，“您手上有十几根擎天柱，我不求一块牌子连做 120 天，哪块牌子到期，我们广告就挂上去，沿着三环、四环做动态宣传都行，说白了就是见缝插针呗，不损害您实际收益……都是好事呢。”

钱总静静听我游说，当他发言时，不自觉地摸了摸鼻子，“雨总想的送户外广告，的确是个好办法，但送 120 天太多，30 天就行了吧。”

看见我们钱总下意识摸鼻子的肢体语言，我心里暗暗点头，“这哥们儿已同意，现在只是讨价还价。”哼，赠送才刚刚开始，我还想继续索要，“钱总，120 天户外广告，说它价值高就高，说它价值低就低，咱们别再讨论啦，你我都懂行。对了，投放 300 万杂志广告，杂志那块能送点啥玩意儿啊。”

“您知道他们的规矩，我只能赠送一些软性新闻。”

“啊，只送豆腐块新闻啊，不值钱，能否赠送 10% 投放量的硬广呢？”

瞧他的眼神，我知道他所思所想：“四两鸭子半斤嘴，你小子也真敢张口，过分！”果然，钱总一个劲儿摆手，“您是广告猛士，什么都想捞，大牌杂志怎么能送硬广告呢，咱们想都别想，不可能！”

“这个也不能送，那个又不行，这不是在欺负甲方吗？”我指桑骂槐，佯装发怒样儿，“来，抽支烟解解闷。哼，他们净装大牌，去他大爷的吧。”

“您就别指望大牌杂志送广告啦，那是传说！我的户外广告送您 30 天得了，您也好跟汤总交差。好啦，雨总，定了定了，走，请您吃饭去。”说完，钱总站起来，开始拉我胳膊。

我跟着也站起来，轻轻拨开钱总的手，认真说道：“既然您替 6 本杂志发话了，免费广告无门，那干脆您加送 150 天户外广告，算弥补这块的损失。”

我贪得无厌吗？反正钱总被我的非分之想气乐了："不行，不行，送得太多，我没法跟其他股东交代，雨总什么都别说了，您要 120 天，我给 30 天，我们各让一步，送 60 天，最后底线，多一天都不行！"

到目前为止，结果都在谈判预想路线上前进，嗯，已经走到谈判的关键点上来了，我该恐吓恐吓这家伙，好叫他就范，"您是不知道，我们盘子看起来挺大，但其实广告费一直紧巴巴的，您这块投放高达几百万，而且是计划外合同，我必须从计划内广告费里往外挤，但这些广告很多也是条子广告，挤掉谁都不合适，看来我还要跟几位主要领导做专题汇报。哎，现在我都在想，要不我将合同一拆为二，上半年先签 100 万，下半年再签 150 万，这样资金就方便调配了。"

之所以有诉苦表演，是想给老钱透露三个信息：所谓县官不如现管，你是可以找汤总来压人，但我从中捣乱，愣把大合同拆成俩合同，存心找别扭，叫你上半年找一次汤总，下半年再找一趟，累不？合同总价 300 万，但我故意扣下 50 万，哼，你有尚方宝剑，但我有水晶盾牌，您如之奈何？再说了，反正你不给面子，那我就不叫你舒坦，但谁损失更大？老钱聪明着呢，我的损失不过是被调离谈判桌，但他的损失可是真金白银，呵呵，想想后果吧。

果然，经过几轮交锋，老钱屈服了："好，听雨总安排，一年之内，我送 100 天户外广告牌！"

"谢谢钱总赏在下面子，呵呵，非常感谢！但请您先不要通知杂志社，给我 7 天时间，完后您再跟他们通气。"

"啊，为什么？"

"没啥，过几天告诉您。"

"我感觉您总是……"

知道他又想恭维我，马上掐断话头："好啦，肚子饿了，走，我请您吃饭。"

剩下的事情好办多了，出门时，我电话请示汤总，告知谈判顺利，虽然还是八五折报价，但对方赠送 60 万元黄金户外广告，相当于六五折拿下杂志广告，维护了集团权益。谈判谈到这个范儿，出乎汤总意料，照例获表扬。

接着又给齐总报喜，咱给他白搞来 60 万广告，说什么也要拿条好烟酬谢呢，齐总自然满口应允。完后又跟小黄交代，由他负责监督乙方执行。每一块广告挂上去撤下来，都要拍照留底。手持当天《北京晚报》，主拍带日期和主标题的报纸头版，背景带上集团户外广告。哈，老钱还想作弊？歇菜吧。

忙完，我才开心和钱总共进晚餐。

奇招迭出

吃完饭，我回办公室上晚班。谈判目的已达成，但后面的工作更艰巨。问题来了："如何投放大牌杂志广告，效果最显著？"翻开大牌杂志，化妆品、奢侈品、手表、服装、箱包广告琳琅满目，跨页广告、联版广告铺天盖地，每期100页起的海量广告，好似大品牌们出席月度国际化装舞会。A集团要是一身小马仔打扮，进去即被淹没，成为舞池里明星的"伴舞"。

首先，我认定A集团广告形象一定是要么不出席，要么就是头牌出场：钻石一定要最炫目、服饰一定要最闪耀、仪态一定要最高贵、举止一定要最优雅，有几次荣耀出席，本年度广告明星诞生了。很快，我想好一条龙投放思路，根据单点爆破思维模式，应该集中兵力只投放三到四期，将设计和发布组合起来，读者打开这期杂志将看到1.06米长的巨幅广告（8版拉页，正反面各4版），满园花朵属我们最艳。当几期花魁比12期跑龙套出彩得多，全年下来，谁人不识君？

其次，从明天开始，我分别约见钱总代理的这六家杂志的广告人，一起商量投放策略，综合各方意见，我确认投放时间和版面，完后再跟他们讨价还价，签订合同。果不出所料，我拿到的折扣大都是六至六五折。带着杂志社盖了章子的合同，我去见总裁："汤总，我试出这几本杂志广告底价，这是和杂志社所签合同，钱总将从300万合同里赚走65万！"

看着6份合同，汤总有些疑惑，"不是跟钱总签了代理合同，你怎么又跟杂志社签了？"

我微微一笑，"呵呵，杂志社虽然盖了章，但咱们一没盖章子，二来合同又都在我手上，他们无话可说。过两天钱总会跟杂志社签合同，肯定也是执行这些折扣。我只想知道钱总赚多少，好跟您汇报准确数字。您放心吧，他会跟传媒吹牛皮呗，大意是已全案代理A集团广告，杂志社只管收钱，哪管是谁给的钱，不会影响三方合作。"

汤总看完合同，站起来拍着我肩膀笑道："呵呵，你办事胆大心细，处处节约，折扣搞不定就想其他来补偿，谈判不错！我会跟老板讲，为你请功。"

"谢谢汤总夸奖。对了，关于杂志投放计划，我再跟您做个小汇报……"

听完汇报，汤总挺高兴，马上在《广告投放计划书》上挥笔签字：同意按此方案执行。好，第一阶段工作圆满结束。

其实，跟杂志社单签合同的原因，我只跟汤总讲了A原因，咱还藏着B、C俩理由呢。B原因好理解，万一有人秋后算账，我立刻翻出6份合同，不是谈判不力，而是集团领导要照顾H市驻京办主任的面子，对不起，价格再高跟咱无关！

那C理由呢？呵呵，可真是巧干能捕雄狮，蛮干难捉蟋蟀，哈哈，咱的绝活儿就要上演了哦。明天开始执行第二阶段任务，这是真正的公关。晚上我好激动，跟小珺聊半天，折腾好久也睡不着。

确实不易睡着，因为我拿着6份杂志合同，这是顶级摇钱树啊。当初我谋划谈判策略时，就想到应该把6棵摇钱树使用到极致！后来熬通宵夜班换来一个狠招。市场上还有几十本能搬得上台面的杂志，虽然大都是二线，但也有几万、十万的发行量，我应该尽力游说他们在本次投放中紧跟形势，赠送我一批免费广告！如此一来，他们与6本顶级杂志携手共进，能轰出最大投放声势，哇，场面何等壮观！对了，DM杂志也不能放过，要把赠送广告彻底做透！

当然，我也知道二线杂志不会轻易赠送广告，所以我事先做了大量策划和准备工作，目标是赚回300万免费广告！呵呵，成败就在明天，搞得晚上好兴奋，脑子里一遍遍过着谈判细节，直到后半夜才迷迷糊糊睡去。

第二天上午，我见到了家居类Q杂志广告总监艾总，她的杂志只算家居杂志二线品牌。前面先做半小时寒暄铺垫，无非是夸她气质出众，穿衣打扮养眼啦，再谈点儿养生什么的，唠嗑吧。大家稍微熟悉后，我转入正题："艾总，您这期新出版杂志，广告好像不多啊。"

"我们杂志注重广告客户品质，不是什么客户有钱就能刊登，您看看，个个都是大牌客户呀。"

"是吗？这1P广告是送他们的吧。"我指着皇朝家私广告，轻轻问道。

"我们哪能轻易赠送呢，呵呵，都收费。"艾总甜甜回道。

“是吗？这个月十几本主流杂志都没见过皇朝家私广告，他们怎么单单在Q杂志打一期形象广告？好像有点儿奇怪哦。”说完这话，我冲艾总微微一笑。导弹最大的威力不是落地后，而是躺在发射架上。大家都是明白人，有时会心一笑而不点破，反而更有威力。

果然艾总没刻意接茬儿。我继续说道：“其实Q杂志可读性挺好，版面编排新颖，内容扎实，假以时日必大卖。但就目前状况而言，杂志广告量与同类的《时尚家居》和《瑞丽家居》比较，还要加点油才行。”

“我们跟他们读者群不同，大家各有千秋吧。雨总能看好Q杂志，好眼光。这次您约我们来谈，是否有合作想法？”

“虽然我和艾总初次见面，但很想跟您合作。”说完，我把A、B、C、D、E、F杂志合同摆上桌面，艾总很吃惊，每一份合同都分量十足，谁看不眼热呢？

她翻了翻合同，抬头问道：“雨总打算下多大单？我一定给个超低价。”

“呵呵，谢谢。今天是想和您商量未来合作之事。实不相瞒，我上报的投放计划有您的杂志，也尽力推荐了，可因为投放预算和知名度等原因，集团总裁没批下来。”说完，我把《广告投放计划书》递给她。《计划书》不仅有A~F杂志介绍，同时也包括了Q杂志在内的三家落榜杂志，还有总裁批示：“1. 同意按此投放策略执行，由雨总负责执行；2. 年度杂志广告费控制在600万元以内，第一阶段300万投6家杂志。第二阶段300万，媒介另行商定……”

艾总仔细看完计划书，她满脸遗憾，眼光里有些许征询的目光，“哎呀，太感谢雨总了，我必须称赞您真是行内精英！《计划书》介绍我们杂志条理清晰，非常到位！谢谢，谢谢！让您大费心思，只是，只是现在还有挽救办法吗？”

“我看好Q杂志，但总裁还不甚了解，所以第一阶段的合作失之交臂，我感觉很可惜。但如果双方达成第二阶段合作，那我们需要在第一阶段就开始互相配合，提前发力，您说是不？”

艾总捋了捋长发，轻轻问道：“呵呵，我有个问题，想请教雨总。”

“您说。”

“我刚才看了《广告投放计划书》，写得非常专业，但外行人看完表格，应该觉得9本杂志都算主流媒介。我的问题是，总裁对入选杂志了解吗？他是如何圈定投放名单的？评判标准是什么？”

瞧瞧人家总监当的，提问题一语道破关键，高手！当然，为了干好“龌龊”勾当，我早备好答案了，“这次主推高档特浓奶和加浓乳酸菌奶，价格偏高，面对的是有一定经济能力的消费群。而杂志阅读群大都是城市中产和消费意见领袖，正好与新品目标消费群吻合，所以今年集团开始寻求与大牌杂志合作，其效果好比‘中药’，过程虽漫长但治疗根本，品牌形象更易深入人心，呵呵，所以咱们合作机会有大把。目前第一阶段主投顶级杂志，力求快速打开突破口，做的是市场深度；第二阶段打算广种薄收，力求辐射更多读者群，做的是市场广度。所以第一阶段收缩阵线，只选顶级杂志，这就是总裁的评判标准。他把 9 本杂志翻一遍，呵呵，人家位居集团高位，脑袋瓜子得有多聪明啊，翻翻杂志啥都清楚。”

“关于后续投放策略，我正在理解中，您能再讲讲吗？”

我递给艾总一罐口香糖，悠悠说道：“投放进入第二阶段，我希望在第一阶段受到深度影响的消费群，他们也能去影响周边消费群。为了加强辐射效果，我将在第二阶段做三件事：1. 减少 6 本顶级杂志投放量，因为前期已集中优势兵力打了几场歼灭战，后期只需巩固即可；2. 考虑实际投放金额，拟新增三至五家杂志；3. 杂志广告的精髓在于长期投放，与消费群共同成长，不断培养忠诚度，所以后续将跟所有签约杂志商谈明年合作……所列杂志在北上广深 4 座核心城市发行量最大，而这 4 座城市已成为国内消费潮流的领导和创造者，一线城市向他们看齐，二线城市又向一线城市看齐，如此一来，我们投放杂志广告，正契合高端向低端辐射品牌力量的投放理论，集中力量先在核心城市和一线城市建立消费群……”

啪啪啪，我口若悬河，这套杂志投放理论和未来计划，被我讲得神乎其神，其实呢，纯粹的人情广告呗，呵呵，见人说人话，见鬼说鬼话，真应了当初我面试借袁世凯名言来表述广告人的某种特性。

艾总好像有点儿动心，她开始主动询问，“哦，原来如此。您说我如何支持，只要能合作成功，我尽最大努力就是。”

又到一个关键点，我点上一支烟，稳稳心神，一字一顿地说道：“既然我们第一阶段做市场的深度，Q杂志没赶上趟，那第二阶段做市场的广度，可万万别错过机会，您说是不？”

“对，对，到时还请您多多美言呀。”艾总很爱笑，甜甜的笑容总是挂在脸上。

“那是一定，谁叫我很看好您家杂志呢，但光靠我说话，力度不够，您需要在我们第一期投放广告时，就开始发力！否则晚矣。”我还是一字一顿地说道。

艾总看着我，略一迟疑，“哦，怎么一个发力法？”

前面铺垫一个多小时，容易吗？我深吸一口气，开始找Q杂志便宜了，“6本杂志发布广告，Q杂志最好‘跟投’！好处有三：第一，咱们和大牌对手站队，他们有啥咱们也要有啥，不管广告真假，反正如影随形站在第一阵容，那就是胜利！因为这代表了杂志品牌形象；第二，Q杂志跟投广告，我拿去汇报，一则表诚意，二则我好说话，为今后合作打基础；第三，这次广告发布以拉页为主，一次性投放8个整版，整本杂志属我们最打眼，如果同期Q杂志上看不到A集团广告，其他客户会怎么想贵杂志？您今后谈其他广告，解释得清楚吗？这点不可不察哦。”

艾总一言不发，只是在旁默默听着，但她不必发言，咱的表演还没完呢：“我们集团一年有几十个亿的销售额，全国知名企业，行业领跑者，首次在杂志做大规模投放，而且是集中火力做异形广告，必定引起业界关注。如果Q杂志能有一番表现，将得到三个回报：1. 和大牌杂志在品牌形象上不分伯仲；2. 获二期的广告合同十拿九稳；3. 跟其他广告客户炫耀有本钱。说白了，第一期跟投广告，您赚的是吆喝，第二期主投广告，您赚的是真金白银……还请三思。”

我刻意不谈赠送二字，只说跟投，含义同但本质不同。赠送是什么概念？杂志社处于被动地位，做事没章法，态度消极，而且有客户占便宜之嫌；但跟投概念要积极很多，那是杂志社主动出击，紧随客户投放计划，进取心可见一斑。概念不同，效果自然不同啦。

果然，艾总心理防线开始松动，“真心感谢雨总帮忙，我们跟投一期整版广告，您看……”

我是吃江水、讲海话的主儿，马上换作一副神情很严肃的模样，“我们在每本杂志一次就猛投8个整版，您这边跟投区区一个整版，呵呵，只是人家1/8的广告量，合适吗？要是我来做决定，就跟投双跨页4个版，最不济也要单跨页两版！只有大气魄才能证明自己确实是站在一线媒介阵容里的！”

“啊，一次性跟投4个版面啊？”艾总大吃一惊。是应该吃惊，因为我一开口就要她赠送4个版的广告！

虽然艾总很吃惊，但我发现了一个可喜现象，艾总张口闭口都在谈跟投概念，话术有成效了哦。她心思活泛了？好像有苗头。

老话说得好，劈柴不照纹，累死劈柴人！现在，我要做的就是顺着木柴纹路一刀一刀往下劈，把她的心理障碍全部砍掉，“如果我们平均使力，每期发布一个整版，那您跟投整版我认为OK，形象上大家彼此彼此。但现在情况不同以往，请您注意，咱们下个月将在6本顶级杂志投放广告，全年只投4次/本杂志，次数虽少，但每次要投8版的拉页，广告出街肯定很打眼，到时人家是8页对您1页！呵呵，那您干脆别跟投了，小气将带来三个不利局面：1. 无法满足发布要求，我们想单期杂志独占鳌头，给读者留下最深印象，叫其他广告跑龙套；2. 您这是告诉其他人，Q杂志在本次广告运动中是来打酱油的；3. 拿着贵杂志一个跟投版怎么和领导解释，不疼不痒嘛。我呀，真不想欠您的大人情，第二阶段给您多少广告才能还得起人情呀，呵呵，索性大家互不相欠得了。”

从国内杂志开天辟地做广告开始，有时为了拉拢大客户，顶多也只送1页广告做个人情，就这杂志社还要挑三拣四，看你的潜力和诚意，不是轻易可以得到的呢。但我厚颜无耻，一张口，对不起，要送就送单跨页或双跨页。1页广告？坚决不要！呵呵，瞧这大牌装得，说无与伦比那是大话，但要说接地气嘛，配得上。

果然，艾总被我提的要求唬住了，因为她没见过胃口这么大的客户！那是，我事先做足准备工作呢。

首先确定投放策略时，就发现以此说服二线杂志跟投，妙不可言；其次，充分利用A集团品牌优势，规模投放优势，激发了自身优势，从而吊起二线杂志想得怕失的胃口；最后精心制作计划书，体现我对杂志广告和推广的理解，核心思想直指二线杂志所思所想，话说进心坎，由不得他们不信！完后再伪造总裁批示，编排说辞，搞得滴水不漏。计划书版本迥异，六大顶级杂志始终不变，但每个版本换三本不同杂志入围，为的是能圈定更多杂志，大家又互不碰面，他们会觉得入围机会难得，我得手概率将大增！

在A集团经历过多场重要谈判，见识过很多谈判高手，跟高手学完再对付这帮广告人，可谓游刃有余。果然，又经过一番“说服”，第二天Q杂志跟我签订赠送单跨页合同……

说我借力打力也好，借花献佛也罢，借刀杀人也行，反正咱拿着6本杂志和Q杂志合同去“勾引”其他杂志，不到两周光景，业绩突飞猛进，迅速搞定200多万“跟投”

广告！但有一说一，这些杂志可是心甘情愿赠广告呢，谁也没逼他们送！很多人还一个劲儿请我吃饭，算了吧，已经在广告上占了大便宜，就别占人家小便宜啦，我一一谢绝。

齐总知道后，直骂我手黑，呵呵，自己感觉是挺黑的。只是航空杂志死活不肯就范，任凭我说得天花乱坠，他们岿然不动！失败让我很不爽，算了，不要对自己太苛刻啦，搞定大局足矣。

如果将所有我经历过的谈判按难度与成果排个序列，这场谈判排名第二！排名第三的是去年那场以一敌五的酒店装修谈判，为集团节约几百万装修费。虽然第二名创造的效益不如第三名，但第二名是无中生有创造的财富，第三名是砍价节约的财富，两次谈判难易高下立判。那排名第一的谈判？请见今后的拙作……

当厚厚一沓赠送合同放到汤总办公桌上时，顿时感觉自己脸上光彩四射，背后神光附体，脚下踩着祥云，呵呵，有点飘。一件还人情的广告居然被我搞成一次广告运动，上对得起汤总安排，中对得起齐总对我关照，下对得起咱那薪水。我硬是无中生有，闪展腾挪，凭策划和谈判能力创造了260万免费杂志广告和60万免费户外广告，谁能把这件事办得如此漂亮？

老逸行不？哼，拍死他也想不到这招吧，哈哈！现在念起那厮，我又开始过电了。

至于今后是否有兑现承诺的广告，去回报十几份跟投杂志，我当时未有考虑，只顾忙着“一出手就是绝活”的效益去了。多年后回忆起来，感觉巧取豪夺的做法不厚道，诓骗合作伙伴远非上策，完全可以想出其他办法来谈合作，虽然效果打折，但交到好朋友，无论对集团还是个人而言，都是好事一桩！可惜当时我顾及不到道义层面上的东西，说白了，自己急功近利了。

当然，那时的我，感觉已变成集团高层的执行之剑，管你是哪路来的妖怪，指哪儿打哪儿，攻无不克，战无不胜，不是一般牛，哈。

但太骄傲的人，往往会受到挫折的磨砺，我也不例外……

不论工作多忙，也不论在何地，心里依旧惦记小珺，每天照例给她发信息或打电话，名为请教工作，实为嘘寒问暖。欣慰的是回信虽语言平实，但用心能体会真意！呵呵，爱情来了，感觉真好！

刚刚处理完杂志投放的事儿，廖总又喊我回工程总部开验收会。好嘛，手里拿着一沓广告、企划和工程文件，披星戴月一边往回赶，一边研究资料。当然，行李多出两大包，全是北京特色小吃，一帮哥们儿嗷嗷待哺，等着回去周济他们呢。

回到H公司企划部，分完美食，大家热热闹闹搞了一次聚餐。完后再到工程部，这次再见面，发现众人对我格外尊敬。我明白其中道理，上次快刀斩乱麻式地开除魏峰，对他们震动很大，也许外面传言不虚，我一旦急眼了，便是一位心狠手辣的总监。

廖总带领大家验收完工程，我照例挑出几份有猫腻的合同，对照所做工程找出一堆毛病，完后走入砍价一缓付工程款流程。我软硬兼施、各个击破，加上与廖总唱黑白脸，工程部又积极配合，总体看走势良好。

但咱也有烦心事。谈判虽占有地利人和优势，可天时不在我这边，呜呼，再过一个月便是端午节。工程公司特别注重春节、元旦、端午、中秋、九月一号等几大节日和重要日期来临前收到甲方付款，这是雷打不动的行规。我要在端午节前卡住他们的工程款，这批人当然烦躁啦。有人夜里打来匿名电话威胁："做事别过分，当心点，走出厂区小心被人暴打……"

大晚上听见这话，有些瘆得慌，是不？哼，威胁我的人多了，广告圈里还有大把人等着咱呢，去他大爷的吧，谁怕谁啊。

第九篇
西单偶遇

左岸咖啡馆

正在企划部、广告部和工程部三头忙碌中，小辉传来震撼消息："老大，珺总三天后到北京出差。"

正好有方案等着汇报，咱别传真请示了，直接面谈吧。马上打听老板动向，秘书第一句话就亮了："老板请你后天动身到北京开会，是关于加强开拓农村市场的专题会！"呵呵，天如我愿，心里不禁默念千遍："等不及啦，女神快来吧。"

打听好小珺的航班号，照例99朵百合花迎接；她入住王府大酒店，照例是礼物送达。小珺见怪不怪，发来条短信："小雨，你挺能折腾同事嘛。"

"啥？使唤人？啥意思？"

"唉，不知道你喜欢装傻还是真傻？"

"在老板面前我是装傻，但在你面前是真傻。"短信一发，我得意笑了起来："嘿嘿，调侃中带一丝调情意味，看你如何接招?!"

"不对，你说反了。"哈，回答妙啊，瞬间把情话打得无影无踪。

因为我脑子现场反应慢，这么多年的工作养成一个习惯，那就是见客户前，事先做准备。好吧，这次约乔小珺见面，总要事先做点儿准备哦，希望营造更浪漫的气氛，给她留下更深的印象！

马上打开万能的百度，输入很多关键词，什么浪漫约会案例、女生约会喜欢男生做什么、约会技巧、如何更好地约会……

很快，我看到了一个动人的约会故事。

记得17岁那年，第一次和她接吻，快吻上的时候，她突然说等一下，我就纳闷了，这是要干吗？

只见她小心翼翼地从兜里拿出三颗糖，是那种圆圆的糖果，有草莓、苹果和荔枝味，她让我挑一颗喜欢的，我指了一下荔枝糖果，问她："干吗？"

她二话不说撕开糖纸，吃了那颗糖，然后一把扯过我的脖子，我俩就接吻了，呜呼，全程一股荔枝味，甜甜蜜蜜的感觉。

后来她跟我说，人生那么长，我没有自信能让你记住我，但是你喜欢吃荔枝味的糖果，我只能让你记住，我和你接吻是荔枝的味道，这样以后你再吃荔枝味的东西都能想起我，想起我和你接吻的味道。

如今，我们分手好多年了，每次吃荔枝味的东西都会想起她，家里长期存有荔枝糖，想她了会吃上一颗，就好像在和她接吻。若还有机会，真想告诉她，人生那么长，我可能要记着你一辈子了。后来，我有过两个女友，但终没有结果。

时间就这样沉淀下去，光阴如梭，终于有一天，我再也无法抑制自己心中的那份情感，决定去找她，我们要在一起！

后来经多方打听，知道她大学毕业后找了一份不错的工作，几年后辞职开了一家糖果店，经过努力打拼，慢慢积累了一些财富。

我终于有一天找到她，开口第一句问道："还记得，记得那次荔枝糖的味道吗？"

她忍着泪水，慢慢递给我一颗荔枝糖，轻轻告诉我，"荔枝糖的味道一直没忘记，只是我们再也回不去了。"

我没有转身离去，也没有奋不顾身冲上去抱住她，说出多年以来心里一直只想对她说的那些话。就这样，我们傻傻地凝视对方，彼此沉默了很久，很久。夕阳的余晖透过窗户斜映在她的脸庞上，她一如当年那般楚楚动人。不经意间，嘴里的荔枝糖快融化完了，心里突然流过一股暖意，仿佛那些年曾一起走过的旧时光还在身旁。或许，这已经足够。有些人，有些事，一旦错过了就是错过，不再擦肩，也不再回头……

曲折的爱情故事打动了我，还犹豫什么？马上喊人去买各种口味的水果糖，抓一把揣进小包，到时，我也要含一颗水果糖，深情地凝视小珺，跟她说一番动人的情话，哈。

哦，对了，她是喜欢草莓、苹果、荔枝味的糖果，还是喜欢凤梨、桃子、菠萝味的？瞧我，好不纠结啊。

约定好，下午享受咖啡时光。这是小珺的提议，让我欣喜若狂："喝咖啡好呀，完后是烛光晚餐伺候，接着带她去什刹海酒吧，玩到high处，该轮到我表白的时刻啦，女神啊，今天要不彻底打动你，咱在你面前就是真傻！"

中午刚过，我便开车在酒店门口等上了。这次等人感受与众不同，水到渠成呗，虽然心情也是激动万分，但能预料到今天必是我们终生难忘的初约！果不其然，只不过跟我预料的不一样。

漫长等待，仿佛全世界的人都在我眼前走过一遍，终于，小珺现身酒店门口！看她打手机的样儿，就知在找我。马上，停在汽车车顶上的直升机腾空而起，直扑小珺而去。她忽然听见头顶有马达轰鸣声，忙抬头张望，就见头顶上正盘旋着一架红色直升机模型，小珺完全没料到眼前竟有这般景象，下意识往后躲。谁知飞机有灵性，如影随形，就在她头上2米高的位置悬停。太出人意料，小珺不禁花容失色，双手下意识紧抱胸前，又忙低头变换角度连连后退，但木有用。

打哪儿飞来的直升机，无缘无故追人没够？乔小珺慌乱中回过味来。她又看了眼飞机，淡定下来，嘴角浮现一丝笑容。被浪漫景象击中了？像。果然，直升机没再调皮，乖乖离她两米远徐徐下降，当降落到与她眼睛齐平位置时，悬停。小珺很快发现起落架上挂着张纸片，她似笑非笑，开始左顾右看，四处踅摸，就知道现在她特想抓到我。哼，可能吗？

又过一会儿，飞机再次下降，离地1米时忽然绕着她身子又飞一圈，等秀完这套动作才徐徐落地。看见半米多长的直升机围着一位漂亮女孩飞来飞去，路人纷纷围拢过来，哈，有众人羡慕好奇的目光捧场，真给小珺长脸，浪漫不？非一般浪漫啦……直升机螺旋桨越转越慢，但小珺的脸上似乎由晴转阴，她绷着小脸，走上前捧起飞机，纸片上有句留言："请背对酒店大门，左转再走50米，我代表北京人民欢迎你。"这话也算扣了当初小珺代表广州人民欢迎我的说辞。

满以为她会捧着飞机走来，那咱将以浪漫、时尚、多才的身份现身，哈，长脸，拔份儿！可谁知，小珺放下飞机，头也不回，反而朝右快步走！哎哟，情形不妙，人家不喜欢被围观，她根本不按剧本演戏！还谈啥胜利者形象，顾不得许多，我忙从车里跳出来，从后面撵小珺。大庭广众下，不好意思猛喊小珺、小珺的，灵机一动，我边跑边喊："蓝小雨，蓝小雨，等一下，等一下，蓝小雨，蓝小雨……"个人形象？心慌慌，跑步姿势笨拙，狼狈不堪。

……

北京，西单，一家名为"左岸"的咖啡馆。头一次和乔小珺单独面对面坐着，似在梦中。看着她秋水般的眸子，明净清澈，灿若繁星，含笑含俏含情，我恨不得立刻跳进去畅游！她喝咖啡不放糖，喜欢慢慢品先苦后甜的滋味，而我喜欢放很多糖，结果被她一顿嬉笑。咖啡香味在空气中飘散开来，闻起来欣喜，看着她品咖啡的优雅姿势，心中不禁一动，好陶醉。

我们从工作聊起，现在的情况是，众高管在她面前介绍过我，而我刚刚给她做完《人物专访》，她熟悉我，我了解她，说起话来好像我们有 5 年共事经历一般，加上都是销售起家，所以聊天很有共鸣。

小珺慢慢搅拌着咖啡，她冲我轻轻一笑："你知道这间咖啡馆为何叫左岸？"

没敢乱猜，我摇摇头。

"19 世纪，塞纳河西流穿过巴黎市中心，河右岸是新兴商业的繁华气质，而河左岸咖啡馆林立，活跃着很多艺术家、哲学家、诗人、音乐家，咖啡馆里涌动着丰沛的人文思潮……"

我静静地听着她讲的小资故事，临了我问道："那你看我在 A 集团的穿衣打扮和设计水准，像玩艺术的状元郎吗？"

"不，像豺狼。"说完，小珺笑得花枝乱颤，她一个劲儿用手捂住小嘴。

"啥呀，我是纯洁但不单纯呢！"说完我们俩哈哈大笑起来。

看着她的纤纤玉手，心中一动，"话题跟着你跑，不如我来掌舵。"我笑着指着她的玉手，"小珺，你的无名指比食指长，相书上说这样的女性创业更容易成功哦。哈，认识你以后，我深以为然！"

"又来说你的风水和看相了，嘻嘻，真的假的啊。"

我喝一口咖啡，慢慢说道："美国霍华德 · 休斯医学研究所的科学家调查发现，大多数男性无名指比食指长，女性则正好相反。他们多年研究，证明性激素中有控制、决定手指长短的基因。欧洲经济学家曾调查几千名企业女老板，并拍下她们手指的照片。统计发现，无名指比食指长 10% 以上的女性，在风险承受力和决断力等方面表现更好，因为这些欧洲女性企业家的手指更显示出了男性特征——无名指更长。这决定了她们能像男性一样承受更多压力、更有决断力！”

“你不仅通晓古人相术，而且还拿国外科研成果来佐证，嘻嘻，这套看相术很能拉近客情关系嘛。”

“看相算个啥，你看，现在我双掌完全合拢，左右手中指一样长吧，过 30 秒再来比试，我能让左手中指比右手中指长 1.5 厘米，信不？”说完，我双掌完全对齐合拢。

小珺好奇心大起，半起身，边检查边问：“魔术吗？哼，坚决不信！”

“睁大眼睛哦，别说我搞鬼，嘿嘿。”我说笑的同时，撤回双手放在桌下，很快我又抬起胳膊，在她的严密注视下，双掌从手腕纹路处开始完全对齐，慢慢重叠开始合掌。哇，见证奇迹的时刻到了，只见左手中指竟然真的比右手中指长 1.5 厘米，清晰可见，看得我们小珺目瞪口呆！

小珺捏着我的双掌前后左右看了好几遍，手掌根部和手腕上的几条纹路完全对应，但左手中指就是莫名其妙长出一截，非常醒目。她沉吟一会儿点点头，似笑非笑地冲我挑起大拇指，“小雨，你牛！但说到玩手指上的功夫嘛，我也会，但玩法不同，我会凌空点物！”

我微微一惊，“何为凌空点物？”

“看我的咖啡杯，现在在桌上纹丝不动，安静吧，但我只要用手凌空一指，咖啡杯会在桌上往前滑行几厘米，我再凌空一指，杯子又能滑行几厘米，你信不？”

我完全相信武林高手会劈空掌之类的硬气功，但绝不信小珺有此本事，“哈哈，怎么可能呢？你要会凌空点物，我就能叫左手中指比右手中指再短 1 厘米，而不是刚才长 1.5 厘米！”

“嘻嘻，你的中指忽长忽短，一个套路呗。哼，再换个诱惑力强的说法请我表演绝活吧。”

“行，只要有绝活儿，我马上传授中指变长的玩法！但要是唬人把戏，那可要答应我晚上去泡吧哦！”

“嘻嘻，此话当真？”

“君子一言，驷马难追！”

“凌空点物来啦，你闪开点，嘻嘻，小心点着你！”就见小珺左手把自己的咖啡杯往后轻轻一拉，跟着她右手离杯子30厘米，凌空一点，哇，邪门的事真发生了，咖啡杯像长了一双脚，竟缓缓向前移！紧接着小珺又是凌空一指，杯子继续往前滑行，期间好像还略有拐弯，把我看得瞠目结舌！

顾不上理会小珺笑盈盈的眼眉，我端起咖啡杯，可任凭我端详抚摸，但就是看不透她出老千的端倪，半晌过去，我轻轻叹口气：“唉，神通广大，佩服，佩服！”

“跟你说我会凌空点物，嘻嘻，眼见为实了吧。”

没工夫搭理她的调侃，我脑子转啊转，很快坏水冒出来了，“知道你凌空点物厉害，要不你用金手指再指指这玩意儿？”说完，我把Zippo打火机往她跟前一推。刚才只顾聊天，没仔细观察小珺在杯子上怎么动的手脚，再来一次，我定能戳穿把戏，何况Zippo打火机体积小分量重，她能顺利搞定？呵呵，够呛。

不出所料，小珺一撇嘴：“看官当然轻松啦，其实凌空点物大耗我内力呢，你以为这是讲故事啊，讲完一个再来一个？”

我两眼紧盯小珺，目光交汇时，俩人相视一笑，大家心知肚明呗。

小珺很淘气，她双掌合十，看着手指自顾自唠叨，“嘻嘻，雨总愿赌服输哦，该公布金手指玩法啦。”

“要不我们交换各自的绝活儿吧。”

小珺边笑边摇头，“有些人说话不算话哦，还号称北京爷们儿呢，嘻嘻，真给纯爷们儿丢脸，喂，喝完咖啡我要说拜拜了啊。”

没办法，就怕小珺说拜拜。“好吧，公布玩法。我的左手放桌下平伸，实则在运气，是用意念调动体内的‘气’去冲击中指，同时中指使劲，像在玩命戳啥似的，连运三次‘气’去冲关，完后跟右手中指比较，能短时增长1.5厘米。呵呵，这是一种气功表演。”

“哟，还气功呢，说得神乎其神，你会气功呀？”

“实不相瞒，我会点儿皮毛，但我的大师兄练到‘辟谷食气’阶段，高手来的。”

“什么辟谷食气啊？”

“辟谷是指不食五谷，对养生祛病、延年益寿、激发潜能有帮助，是气功的高层次修炼法。说白了就是静坐，姿势不限，舌抵上腭，两眼微闭，全身放松，排除杂念。食气时只用鼻吸气，越深、越细越好，引气下咽。呼吸要慢，一呼一吸为一次，最少360次。辟谷期间口干可喝水和吃枣，因为含枣核可受气添津。”

“好像挺神的，但人怎么能不吃不喝呢？”小珺手托脸颊，听我一顿神侃。

“支持生命的能量主要是靠呼吸和存思获得，以此启动光合作用，直接通过空气吸收大自然的营养和能量，维持生命。道家认为人体是小宇宙，人体外时空是个大宇宙，所以辟谷期间存思太阳能量进入身体，开通了人体摄取宇宙能量的渠道。辟谷不进饮食，无饥饿感，身轻体健，精力充沛，这些很正常啊。”

“没明白。”

“道家认为一个人的辟谷功能没开发之前，对宇宙来讲是个封闭系统。通过导师的引导和个人修炼，把辟谷功能调动出来，成为一个开放系统，生命所需的各种物质能量则通过思想意识以及穴窍毛孔的呼吸，直接从宇宙中摄取。说白了就是改变能量的供应渠道。”

“辟谷那么好，你怎么不修炼啊。”

“呵呵，辟谷需要安静环境，随时能静心服气，还要有老师带着专门训练，而我一天接200个电话，16个小时贡献给工作。但我这几天在琢磨，要是以后我们俩老了，倒是可以手拉手一起辟谷食气，哈哈。”

听我说着情话，小珺脸颊微微泛红，“去去去，谁跟你辟谷啊。嘻嘻，女生抵抗不住美食的诱惑呢。我呀，以后要周游世界，尝遍天下美食！”说到尝遍天下美食，不知她又想到什么，对我微微一笑，哇，一颦一笑间，仿佛那份灵韵都溢出来了，让我不得不惊叹她清雅灵秀的气质。

5月的北京，春光明媚，下午的阳光从咖啡馆窗外照进来，在悠扬的钢琴声伴奏下，似有了灵性，汇成涓涓细流，一种被幸福笼罩着的感觉在我心底流淌。我们俩就这样慢慢品着咖啡，轻声说笑，享受着这份难得的悠闲。

但不知是什么话题触动了小珺，她眼睛忽然盯着我，悠悠说道：“小雨，感觉你挺能和我偶遇嘛，呵呵，你的身影好像无处不在呀，问题是，真的有这样的巧合吗？”

“单田芳经常在评书里讲无巧不成书的故事，你还别抬杠，天底下没准就有这般巧合的事儿呢。”

“是吗？上次我去F市出差，人刚下飞机，花到了，嘻嘻，这不是巧合！小雨，你是不是搞定我身边什么人了？”小珺面颊上又浮现出似笑非笑的标志性表情。

“千真万确，如假包换。当时集团正在省城组织经销商订货会，打算在一家五星级酒店召开，手下人无意中提起有个化妆品高峰论坛也在那儿召开。说者无意听者有心，我派人查到参会名单上有你公司的名字，兴许你就来参会啦，于是我安排跑腿公司天天到机场碰运气，呵呵，没想到还真偶遇上啦。”

其实，男人的小把戏有时很可笑，瞎话说得更可笑，小珺才不信这套鬼话。“小故事编得滴水不漏，但真假未知。好吧，既然你自信能和我经常碰面，嘻嘻，那不如今天再喜相逢一次？”

“啥？喜相逢？听起来挺吊人胃口，有幻想力，但如何喜相逢……她不会搞鬼吧？不行，得打住这可怕的念头，再搞出啥幺蛾子咱招架不住。”言念及此，嘴巴说道：“啊？今天坐一起就是喜相逢啦，看，咖啡多好喝。”

“哼，不算。现在开始，我们分头逛西单，俩小时，你要能在西单某商场或专卖店看见我，我就相信你的话！”

“啊，啊，西单相，相，相遇？没搞错吧！全国数得着的大型商业中心，一条街有四五座百货大楼，上万家店铺，每天几十万人拥进去，别说找人了，就算牵手都可能走散！俩小时能偶遇？这是变相跟我说拜拜啊……”瞬间，我似万丈高楼一脚踩空，飘荡荡在半空中，心一下子收紧了，好悬没吐出来。我的个神啊，刚喝的那口咖啡忒苦了。

我也呆呆地坐着，心里早已翻江倒海：“三次碰面，她心知肚明，难道她今天想看看爱情缘分，还是存心想戏弄我？女神想干啥？”

“怎么了？偌大的A集团的企划总监和工程总监，雨总，怎么忽然变得不自信了？”小珺一本正经，看着我轻声细语问道。

“不，不是自信不自信的事儿，西单是不是稍微大了点儿？”我尽量保持刚进门的潇洒神态，但语调还真出卖人，好像话音中带着祈求味道。

“哼，对你够优待啦。我还没说在北京城喜相逢呢？你要怕了，算我白说。不好意思，一会儿喝完咖啡，我还有事，先走一步啦。”小珺步步紧逼，从她脸上看不出喜，瞧不出怒，瞅不见嗔，摸不清路。她像黄蓉？比我还鬼马，简直是“智慧 黑洞”啊！

“真，真要喜相逢？”面对蛮横的非礼要求，我舌头打战。

“小雨，不得不提醒你一句，已经过了一分钟。”小珺说完，俏皮地伸出一根手指，在我眼前晃了晃。她的手真漂亮呀，好想马上抓过来紧紧握住。唉，先别意淫了，解决问题要紧。

眼看不应下来，人家姑娘兴许一生气就要说拜拜，这，这可如何是好？关键是万一没碰上，小珺是不是认定我跟她无缘无分？从此各走各的路，各唱各的歌，茫茫人海再也无缘喜相逢？

“小雨，又过了一分钟哦。”温柔的声音飘进耳朵，在平时我一定骨头酥麻，但现在感觉是高音喇叭在播放挑战书。唉，全被搞拧巴了，这，这，这怎么玩啊！

“小雨，你要再没拿定主意，我就自己逛街了啊。”

望着小珺似笑非笑的面孔，明知圈套，那也只能走一步看一步，我一股狠劲儿蹿上来，咬牙道：“好，听你的！不过，如果能看见你，又该怎么说？”

“呵呵，看见我，你就要陪我去吃北京有名的老莫西餐厅。”

“小珺啊，据说老莫西餐厅天天爆满，还不接受电话预订，要不咱们先抢个位，吃完再逛西单？对了，老莫历史故事多，我先讲一个吧，话说……”现在手里只有一根草，我也要狠命揪住！先把水搅浑后再说。

故事还没开头，就被小珺生生掐断：“小雨，难怪廖总说你干活前，喜欢先讲条件，搞不到好处就撂挑子，今天算印证了。要是你在西单看见我，故事留到餐厅里再说，不是更有意思吗？对了，到时我收个徒弟，把凌空点物的本事传给你，嘻嘻，免费传授行不？”

本来还想问万一没遇上怎么办，嘿，未战先怯，掉价！脑袋一转，对策来了：“女士优先，你先请吧，我结完账再去找你。”

小珺见我应下来，脸上浮现出浅浅笑容，她看了眼墙上挂钟，笑嘻嘻道：“别操心结账的事，你先去卫生间里待会儿，现在是下午 3 点 10 分，如果在 5 点 30 分之前大家没碰面，恭喜你晚上彻底自由了，想去哪儿都行。”

我，晕倒……

原地等待

好像看一眼少一眼似的，走三步回头看一眼，依依不舍……三分钟后，等我窜到大街上，小珺呢？映入眼帘的是迎面走来的一对老年夫妇。我忙从兜里掏出钱包，拿出小珺照片，跑上去问：“大伯，我和朋友刚走散，您见过她吗？”

“小伙子啊，对不起，没看见。”大伯看完照片摇头说道。

我怅然立在街边，不禁目瞪口呆：“啊，啊，第一个线索就……小珺，小珺，你在哪里啊？”

顾不得许多，玩命往商业街跑吧，穿梭在人潮中，我边跑边看边想：“西单百货、西单购物中心、西单赛特、中友百货、民族大世界，小珺会先去哪家？她想逛时装、箱包、化妆品，还是首饰珠宝？是站街，还是商场门口守株待兔？哇，选择太多，怎么办？怎么办啊？”

站在中友百货门口，我茫茫然，感觉打从娘胎呱呱落地后，人生中好像还从未如此急过。跟蹦极感觉相比较？蹦极像蛙跳。别感慨了，赶紧撒腿进去找吧，我从一楼鞋柜区窜到化妆品区，又窜到二楼淑女区，再窜到三楼，四楼，五楼，接着再下楼……再上楼……下楼……上楼……

记得曾送给小珺一句情话，“我知道你的双脚一定很累，因为你在我脑海中跑来跑去！”我现在正在实践中，而且比跑来跑去更累10倍！呜呼哀哉，跑得我浑身湿透，腿脚打战，大口吐粗气，身子斜靠在柱子上，眼前已现幻觉，大楼仿佛在地震中，使劲儿晃个不停，晕！

跑了三遍中友，大失所望！再冲到街上四处踅摸，哪有小珺人影。也许在百货大楼找人非上策，我又开始扫街，像泥鳅般在人群里窜来窜去，时不时还瞄一眼手表：哇，1分钟没了；哇，5分钟没了；哇，10分钟又没了，秒针好似飞毛腿，一溜烟绝尘而去……眼看离考试大限越来越近，人呢？依然芳踪不见！

这回我彻底傻眼！几十万人挤在西单商业街，俩小时想找个人，好比往沙漠里泼水种水稻——白费力气嘛，发现概率等于几十万分之一！我的个神啊，可找不到人，今后如何开口谈缘分？死皮赖脸纠缠人家，伤自尊……真是着急到内心最深处，不知不觉我忽然喊了一嗓子：“啊，啊……”

一声惊叫未完，周围人立刻扭头驻足观望这个突然冒出的疯子，我脑子真空一片，仿佛街上冷冷清清。我站在原地纹丝不动，因为彻底绝望了。一屁股坐到马路牙子上，再也不看人了，抱头，闭眼，空想。也不知过了多久，忽然有人轻轻拍拍肩膀，我瞬间一激灵："是不是小珺盯梢，在我绝望之际，雪中送炭来了？"

忙喜笑颜开抬头看去，"小伙子，书包拉链开了，一个人坐在这儿小心点啊。"一位大妈路过，好心说道。

"谢……谢，谢谢。"唉，就知道天上哪能下钻石雨呢。

抬头又看看来来往往的人群，我的妈呀，束手待毙也不是咱风格，但确实人潮人海里找不到她……我由急变怒："看出来了，女神想玩死我啊，她以其人之道还治其人之身，什么西单偶遇啊，全是戏弄人的说辞！"

抱怨归抱怨，再抬眼看看手表，好嘛，时间真对得起咱，居然还能给咱剩半小时！说来也巧，一对穿着张扬的恋人，勾肩搭背，四目传情，有说有笑地从身边路过，嘿，不看则已，看完我身上那股狠劲儿又蹿上来了！我的性格就是越在困境中，越有小强精神，越有虎狼干劲，怕？怕有个鸟用！我用手使劲擦擦脸，好吧，最后 30 分钟决战，行就行了。不行，不行也得行！

强迫自己冷静，冷静，再冷静，点上一支烟，忽然，脑海里闪出麦克阿瑟圆桶考试的桥段来，哎哟，人家面对的也是解不开的疙瘩……最后踏着困难而获胜 。思路豁然开朗，我使劲一拍大腿，"对啊，既然小珺能出偶遇难题，那一定有解决之道，否则她戏弄我干吗？我相信她不是叫我在茫茫人海中真去找人，而是在某个特定场合偶遇她！对啊，遇见问题要先抓本质，呵呵，关键时候怎么把这个给忘记了？晕死啦……"

哈，乔小珺，你等着啊，看我如何破解！马上捋一遍过程，希望发现蛛丝马迹："初次约会在酒店门口，然后直升机盘旋，接着咖啡馆出题，最后是满大街寻人……对于这些场合，小珺希望我们如何偶遇，而且一定还要浪漫？好，采取八大提问方式中的排除法……商场偶遇？五六个大型百货卖场，几万家商铺，浪漫倒有，但偶遇难度最大，排除；街面偶遇？人流汹涌，不光是有你有我，还有无数闲杂人等，偶遇难度很大，无浪漫可言，排除；酒店门口？哼，就凭她那骄傲性格，会在门口傻等？那是不可能发生的场景，排除；看来，只有咖啡馆偶遇最有可能，浪漫有了，但理由呢……"

最后恍然大悟："两人相处因闹别扭而暂时分开，错过如同鱼入大海，如果还想'偶遇’，还想相遇，最好是在原地等待！哈，小珺用意深刻哦！”起身，拍拍身上的尘土，迈起轻快脚步，走，回初次见面的咖啡馆去！

傍晚 17 点 20 分，我推门走进咖啡馆，挑一张靠窗的台子坐定，点两杯卡布奇诺，一人一杯，然后安静地看着窗外行人。这次等人是在等甜蜜偶遇，浪漫偶遇，神奇偶遇，难道不是吗？我心里升起曼妙感觉。

非常准时，一个熟悉的窈窕身影在眼前一晃，门被推开，啊，来了，来了，来了，我内心狂喜不止，一个箭步从座位上蹦出去，小珺见我突然从座位上跳起，她也不禁“啊”了一声，掉头就往外跑……顽皮！

从后面撵上，我双手抱住她肩膀，小珺还是那副似笑非笑的面容：“小雨，你一直在咖啡馆里坐着，没去找我吗？”

“整整在百货大楼和大街上跑了 90 分钟！你瞧，汗水到现在还没干透呢。对了，顺便还看完全世界的人了，只是没看见你！”

“哼，狡猾！你怎么会猜到咖啡馆呢？”小珺捶了我胸口一拳，娇嗔问道。

“用真心就能体会到。”

“其实，我只是想告诉你，偶遇不是天天都能发生，今后日子还长着呢，如果你想回到当初，最好先回到起点！”

……

我轻轻捧起小珺脸颊，眼睛里闪着灼灼情意，嘴巴喃喃道：“我们只有起点，永远没有终点！”说完，低头吻向香唇。小珺羞得满面通红，紧紧闭上眼睛，再也不敢多看一眼。我的舌头慢慢在她滚烫的唇上滑动着，内心深处一点点地感受温柔缠绵的唇香……要命的是她呼出的鼻息热气催化了我的热情，小小的挣扎更让我疯狂，横在她腰间的手臂越收越紧，仿佛要把小珺揉进自己身体里，从此成为我的一部分……就这样，我们拥吻着，像刚刚经历了生离死别的爱侣，不在乎周围人在看，眼里只有彼此！

不知过了多久，我们才收起热吻，但内心依然在狂跳，我拥着小珺，抚摸着她的脸庞，“我爱你在日夜，月亮不说，但失眠作陪；爱你在每天，分秒不做证，但知道爱到永远！”

小珺也情迷款款，悠悠回道：“Me，too！”

刹那间，绵绵情话又点燃激情，热吻接踵而至……

对了，包包里的水果糖呢？不是还要含在嘴里，深情凝望嘛，我的个神啊，太激动，太忘情，太投入……大概有200多个太什么吧，把这事全忘了……

傍晚，我牵着小珺的手，两人互相依偎着慢悠悠地往前走。傍晚的西单，华灯初上，霓虹灯此时此刻格外醒目。路过一家咖啡店时，忽然想起点事来，“小珺啊，我们喜相逢啦，那你的金手指还没揭秘呢。”

小珺挣脱我的手，兴高采烈比画上了，“嘻嘻，还记着呢呀，好，告诉你，算是小小奖励。咖啡杯没问题，但戏法奥秘在于杯子底沾了些热水，上演前我先把杯子往后一拉，利用水的张力，杯子会自己往前滑动一小段距离，所谓的凌空点物，其实是物理原理显神通。”说完，小珺嘻嘻哈哈跑开了。

“啊，啊，什么玩意儿啊，好歹我还会气功，有真本事打底呢，这，这，凌空点物纯属小魔术啊。”

看见小珺在前面笑嘻嘻猛跑，哪能放过她？我也是笑呵呵快步追过去，跑过一条街，在转角处一把抓过来，小珺笑得腰都快弯下去了：“小雨，记得表演时，杯子要放在玻璃或木桌子上啊，搁在塑料布上保准不动！”

好嘛，还跟我唠叨凌空一指呢，看来只有用嘴巴才能堵住她调侃我的嘴巴，我一低头，嘴唇又吻上了香唇……

……

晚上在酒吧玩得很尽兴，我们俩微醉，手牵手我送她回酒店，临别，我悄悄问道：“要兄弟我上楼侍寝不？”

小珺捶了我两拳，咯咯笑道：“不需要！嘻嘻，你的那帮兄弟伙更需要你，去吧。”说完，她一路笑着跑开了。

第十篇
农村市场策划报告

老逸要倒霉

乔小珺在北京办事，第二天傍晚她要去天津开会，接着去西安，所以我们相约下次广州见。晚上回到办公室又煲了一夜电话粥，呵呵，爱情力量真是大无边，第二天上班，我丝毫未觉困意。

困意是没来，但气愤情绪却来了。我拿着明天开会的一堆资料，流程表上面赫然写着：下午14点由方逸华主讲《进攻500个县级市场策划案》。匆匆看完《策划案》，我急眼了！不对啊，这兔崽子好狡猾，打着启动县级市场广告的旗号，干的却是市场企划的事，这些促销策划应该是企划部来做啊。哦，明白了，一定是他在背后游说老板或总裁，企划部没啥了不起的，他要大包大揽，给领导看看自己也能干好企划。好嘛，重大策划都由他一手把持，我又是备胎？

哼，就这厮的水平还想到台面上耀武扬威，去他大爷的吧。我做过省级市场、市级市场，去过县级市场，恨不得每月都和齐总讨论县级市场推广经验和方案，摸爬滚打做了两年多市场企划，兔崽子敢到我地盘上撒野？哼，到明天下午，在24小时之内，我一定要找出《策划案》十大缺陷！看看你家蓝爷的手段，当着众高管面肢解《策划案》，拆了你这厮的台！呵呵，那时说干就干，真是年轻气盛，锋芒毕露啊。

当然，也不全怪我年轻气盛。上个月我贡献的借船出海事件营销，老逸执行得非常漂亮，他只花费三周时间，便全部搞定明星签名与合影，总裁和宋总都有与该大牌的合影，报纸征集广告和招商画册也顺利出街，手里有了这些武器，招商工作比去年顺利许多，老板和汤总几次在会上都点名表扬老逸能干。哼，他们却单单不提我的创意！谁能咽得下这口气？

但话又说回来，我佩服老逸的执行能力，简单高效完成高难度挑战！据说他跟明星谈判前，准备了很多数据，什么集团两年要印刷 1 000 万张海报，全国有 2 亿消费群将看到明星形象；集团年度投放 1 个多亿的明星版广告，会有 3 亿受众群；集团将印刷 500 万本画册，将有 2 000 万消费群阅览……互换宣传资源、互相借势、为明星拔高曝光度是他谈判的中心点，而不是以一般人“借明星光”的思维去谈！

更牛的是，他还带去两三样宝贝：1. 历年海报、画册的千万量级印刷合同，金额达一个多亿的央视投放合同，明星与产品 PS 海报创意；2. 十几箱照片，涵盖 30 多个省城、300 多个地级市、2 000 多个县级市的上万家终端零售店照片，这些照片拍摄了集团广告的发布情况：小店店招、店内海报、公交车身等各类户外广告，无论从数量还是质量而言，都颇有震撼力。据说是广告部三年搜集整理而得。这些实物都佐证了他此言不虚。

大牌明星看到这些，谁不怦然心动？换作我来做这事，顶多跟他一样，甚至还可能出什么纰漏。但话又说回来，他为集团立功，我只为集团高兴，但心里憋着一股不服输的无名火呢。本来该咱风光无限，却被他抢去风头，不开心！

现在老逸送来一个好机会，那咱可要珍惜，好吧，今晚卖卖力气，再次动用三大思维模式，看看咱的策划水平，哈，操刀上阵劈了这厮！

北京总部大会议室。

会场布置得庄严肃穆，主题墙挂着大红色条幅——“加强 A 集团农村市场建设专题会”，咖啡色大会议桌上摆着水果拼盘和鲜花篮，音响、投影、话筒早已布置得妥妥当当。按惯例，每个参会人员面前都放着一沓草稿纸和一支铅笔，大家拿着会议资料，都在低头翻看。早上 8 点 30 分，老板和总裁步入会场，端坐在大会议桌中间，周围黑压压地围坐了几十号集团高管。在主持人宣布完两天会议流程后，会议正式开始了。

老板首先发言："很多人认为，中国有开发价值的市场唯有北上广深等几十座中心都市，这些城市人口众多，有的甚至超过欧洲小国。但就快消品、家电等大众消费品而言，中国市场的'肉'在城镇，而'骨头'在大城市，我们应该把前者称为主战市场，后者称为窗口型市场。前几年集团起家的重点就是在农场市场，因此我们才得以高速发展。这几年市场重心逐渐转移到各大城市，有些忽略农村市场，因此导致很多区域销售裹足不前，我们必须及时改变现状……中国人口 75%在农村，城市人口仅有 3 亿多，全球第一大市场就在中国农村！过去 10 年，在中国市场上创造销售奇迹的企业，如海尔、TCL、步步高、三株、巨人等，无一不是'吃肉高手'。宝洁公司 60%以上的销售额来自城镇市场；康师傅之所以比实力更强的统一集团在大陆市场领先一筹，也在于它更早把营销重心向城镇下移！那些靠啃'骨头'做大的企业寥若晨星……"

老板的主题发言为本次会议定下基调，今后所有部门工作都要围绕该发言来开展。果然，老板发言结束后，总裁又开始训话："……中国市场的'肉'难吃，其最大风险是巨大的营销网络成本。我们做过计算，食品集团如果想做到 60 亿销售额，家用电企业做到 200 亿销售额，其每年网络运营成本起码要 10 亿以上。产品旺销则一切顺畅，可一旦有什么风吹草动或发生危机，销售网络便成为可怕的吞噬现金流的'黑洞'。针对现状，我们要改变农村市场销售模式，进一步和经销商捆绑，调动分销商积极性，共同发财致富，共同抵御风险……目前绑定渠道市场有 5 类做法：娃哈哈联销体模式、可口可乐渠道下沉模式、GL 参股建公司模式、脑白金捆绑制以及常规模式。下面我分别介绍各模式的优缺点……

众高管正襟危坐，大家静静听老板和总裁发言，看，老逸眉头紧锁，一副全情投入的表情，还奋笔疾书做笔记。我不禁冷笑一声："呸，装模作样，恶心！"

看不惯他做作样儿，拿起打火机准备点烟，齐总轻轻捅了捅我，低头看见一包软中华递过来，我噘着嘴瞪了他一眼，趴他耳边低声喝道："喂，老大，不是说好一条烟嘛，怎么 10 包变 1 包啦？"

"对不住你了，那 9 包烟让我给换成这双休闲鞋了，看，老人头的牌子，磨砂橡胶底，新世界百货买的，你猜多少钱？"

我根本不理会齐总的调侃，"说，剩下 9 包烟啥时上贡？"

"非常感谢你，黄川我挺喜欢，这家伙脑袋瓜好使，执行力还不错。"

“发生啥故事叫您老人家赞不绝口啊？”

“法国德棱集团去年携乳酸菌奶进军北京市场，今年跟他们打了一场白刃战，我们的买赠促销和刮刮卡活动把他们打得有点痛。上个月从内线得知他们大中华区老总汤姆要亲自到北京市场考察，大爷我提前一周买断100多家大中型超市食品堆头区，搞了两周大型促销。等汤姆上门考察时，凡是他走过的超市，全都是我们的宣传、堆头和地面促销，连广播都是我们的促销广告，阵势可大了，嘿嘿，看得这老哥直摇头。德棱北京市场部抱怨A集团促销力度太大，希望总部给更多政策支持。但据说汤姆考察完，感觉搞不过我们，打算从北京撤了。他滚蛋才好呢，我在北京一枝独秀，呵呵。”

“这事跟黄川有关系？”

“你从老钱那儿搞来100天户外广告发布权，我就叫黄川跟他谈判，在指定的KA商超前，集中在那段时间挂几块我们的户外广告。但老钱没资源，黄川就唆使他去跟其他广告公司临时换位，搭着小黄运气不错，有空牌子出来，然后又给老钱打了点折扣，汤姆到了北京，我给洋兄弟在5家商超前准备好了大牌子，看得他直叹气，呵呵。”

“小黄干活喜欢苦干加巧干，呵呵，这段时间没给你丢脸吧。”

“还行吧，企划部配合市场部忙了几个通宵，看你面子上，我奖了3 000块。”

“啊，我怎么不知道奖励呢？”

齐总压低声音，冲我嘿嘿坏笑道，“小笨蛋，他们怕你雁过拔毛呗，傻！”

“滚。对了，滚之前，先把烟送来！”

会后齐总告诉我，他从德棱北京市场部挖来几个人，通过这些人了解到对手很多内部信息，包括我们的价格优势和促销力度已成德棱的一块心病，他们上半年亏损严重，军心浮动。汤姆这次来北京实地调研，就是为了决定是否坚持做北京市场。掌握内线情报，齐总决定毕其功于一役，花了不到百万促销费，造出惊天声势，严重摧毁竞争对手信心，最后硬是把一个主要竞品打跑了。

故事好听，但我听出残酷的血腥味儿，齐总是市场竞争的胜利者，我就佩服强者，所以超喜欢他！

会议进行到下午，进入农村市场广告专题会。老逸做主题发言。看着这厮摇头晃脑的样儿，我心里阵阵冷笑。

他的策划案开篇是：根据销量，本次将在湖北、湖南、安徽、江西、江苏、河南、山东、河北、陕西、山西、辽宁等地区精选500个县。入选条件是淘汰富裕县和贫穷县……

一、提高县级市场销量的五大支持

（一）电视广告

1. 首层覆盖：我们全年将在央视一套与六套黄金时段投放3 000万广告，对农村市场的覆盖与影响力在媒体圈首屈一指；

2. 中层覆盖：全国五大卫视全年投放2 000万广告交叉覆盖，对县级市场有深度影响；

3. 基层覆盖：投放县级市场，具有较强磁吸作用。预算：5 000元/县。

（二）户外广告

在全县选出100个有影响力的商场和大零售门店，悬挂横幅、店招、海报等宣料，因数量众多，容易形成视觉冲击力和龙头带动效应。宣料费由公司支付，5 000元/年。但悬挂、铺贴费由经销商支付，当地业代考核。

（三）海量促销品

每县分发2万张海报，10万张宣传单，2万件促销品（平均0.5元/件），每月投放3 334件，对农村市场必将形成巨大杀伤力。

（四）简易促销活动

为提高消费者参与热情，只要买一排或一件产品，凭小票或收集瓶贴即可参与兑换礼品。促销组由两人组成，集团支付人工、海报、促销品等费用。预算：每县全年举办150场 ×100元/场=1.5万元。

（五）启动学生市场

1. 赞助小学或幼儿园文艺演出，演出中穿插集团系列产品的节目，同时向家长散发宣传单。预算：25所/县，1 000元/所，合计2.5万元。

2. 举办儿童才艺赛，聘用当地广告公司负责执行，市场部监督。预算：1万元。

综上所述，每个县全年投入总计80 000元。

……

砸场子的人来了

老逸噼啵噼啵半天说完策划案，汤总问道：“哪位老总有补充？”

不容他人发言，早就磨刀霍霍了呢，我就像弹簧一样，“腾”地站起来，“逸总发言很精彩，这是一份实实在在的《策划案》，个人认为很有实践指导意义！下面我再做几点不成熟的补充，请诸位领导和逸总酌情考虑。第一，《策划案》在选取县级市场范围时，考虑的是销量。我觉得应该综合考虑地域集中度、销量和运输半径这三个方面。地域相对集中，便于公司统一管理，更易造声势。考虑销量是指在当地销售排名第二或第三的市场，应列为入围重点，因为第二、第三名有市场基础，更容易冲击冠军，并且能更快更狠地打击竞品销量，一举两得。而销量差的市场，需要夯实基础，培养忠实消费群，短期销量难有大幅提升。集团投入资金却无好回报，索性先缓投，所以《策划案》提及的淘汰富裕县和贫穷县的入选标准，值得再商榷……”

说完第一段，会场鸦雀无声，我偷偷瞄了一眼老板和汤总，他们正低头写写画画。嗯，好兆头。而老逸汇报完，一副扬扬自得模样，能理解他的骄傲。集团大规模市场运作，由他亲笔撰写，确实有荣耀感。当我提出修改建议，他很淡定，因为他知道我会挑刺。看到那厮漫不经心瞧我一眼，我鼻子哼了哼，心里不住冷笑：“知道今天来干吗的不？别急，咱爷们要亲手肢解你的方案！”

“第二，《策划案》讲解县级执行方案很全面，非常细致，但忽略了农村市场的竞争对手。南北大区十几位销售老总一致认为目前各大竞争对手的注意力依然放在城市圈争夺上，而农村市场活跃的是H集团与各地杂牌。《策划案》没说清5件事：在圈定的500个县的区域内，这些竞品的实力？产品特点？市场投入？如何耕耘农村市场？消费者忠诚度？个人认为划定县级区域时，最好附加几份市场调研报告，确认清楚每个区域的竞争对手。呵呵，所谓知己知彼，百战百胜嘛。如果逸总需要这份竞品分析报告，企划部7天提交，我可以当着老板和汤总的面，立下军令状！”

廖总一听我又要立军令状，联想起当初做酒店装修时我也曾干过这事儿，他乐了：“雨总，你以后立军令状只有罚无奖啊。”

“廖总，企划部帮逸总尽快完成报告，有义不容辞的责任，所以我才敢立状于此。”我把胸脯拍得山响。看，连老板都在点头呢。

齐总在旁打趣道：“我负责监督雨总军令状的执行！”说完，轻轻踹了我一脚。我明白齐总意思：“你数落他的方案，说就说呗，立个啥军令状啊！”但我已经顾及不了许多了，只求速速肢解老逸！

好，已割下去两刀，老逸还不觉有多疼，无妨，第三刀来了，“第三，《策划案》战术讲解很细致，但似乎欠缺战略规划。H集团主战场在农村和地级市，而在地级市，其对手为其他几大品牌以及A集团，咱们可借竞品拖住他们部分力量，而重点攻打县级市场。H集团如果预算或准备不足，我们第一轮较量必打其一个措手不及。但咱们一拳打出去，竞品肯定反应强烈，因为关系到生存。尤其本地杂牌会采用降价或买赠来做殊死一搏。现在所有县均分8万，那关键时刻，能否及时打出第二重拳？似乎要做通盘考虑。这里提两条小建议：1. 首选500个县不如精选300个县，总费用不变，却能打出1 600万刮刮卡活动作为第二重拳，拳拳见肉，狠狠打击竞品反扑势头；2. 300个县划为三等，100个A等县，投入推广费为10万/县，力争市场占有率遥遥领先于第二名；100个B等县，投8万而力争占有率第一；100个C等县，投6万而力争占有率进两强。战略规划是将有限资源尽可能集中在一起，有利于彻底做透市场，独占鳌头！今年花血本培养客户群，在增强口感依赖度以后，明年费用减半也能保增长，但忌讳搞天女散花式的投入。”

“这点雨总说得到位。第一拳打出去，竞品在渠道上堵截我们，比如实施奖励专卖商计划，与商超渠道实施特别优惠联合促销行动，A集团广告和促销怎么跟进？如何化解对方攻势并顺势打出第二拳？这些《策划案》未提，需要补充。”齐总不紧不慢地在一旁敲着边鼓。

果然，发现老逸那厮脸色由晴转阴，这是我希望看到的结果。嗯，加快发言节奏，给这厮再补几刀，“第四刀，啊不，第四，下半年有中秋、国庆、元旦和春节等重大节日，《策划案》也许受费用控制所限，没谈针对节日所做的促销活动，但现在正好有了刮刮卡活动。活动可行的基础有二：1. 利用三四线市场中人更热衷抽奖的小赌心态，在各省农村市场举办大型促销，拟设5 000元的头等大奖；2. 大闹县级市场，竞争对手不会束手待毙，而举办两次大型刮刮卡活动正好是打击反扑的利器！”说完前四点，我对《策划案》实施的切割手术，有些动到筋骨了。瞧我这嘴，连个把门的都没有！

哼，离割完肉还早着呢，我接着说道：“一般而言，买A送A的形式虽然实在，但冲击力不强。而刮刮卡抽奖虽然奖品诱惑大，但往往一个“谢谢”就算报答消费者，很多人由此怀疑奖项真实性。针对促销弊端，去年年底企划部为北方公司在天津市场上的销售策划了‘箱箱赢大奖，谢谢也有礼’的促销活动，我们结合两种形式做了创新。奖项设置有电脑、微波炉、拉杆箱、保温杯和‘谢谢’5个奖项，而消费者集齐4个‘谢谢’便可兑换一盒利乐包。我们设计大奖时，将“买四赠一”捆绑进来，促销实效很好，天津市场在三个月后销量提升至700万/月。逸总可以借鉴北方公司促销策略。”

天津市场原归齐总管辖，每月有700万销售额，后来由汤维山接手，他本想有番作为，但因为急于求成，乱搞经销商奖励政策，又不听宋总建议，结果经销商大肆窜货，严重破坏了市场价格体系，零售商停止进货，销售额萎缩成200万/月。齐总临危受命出征天津，他邀我去做策划和执行，后来黄川献计，举办“箱箱赢大奖，谢谢也有礼”的大型促销活动，有力推进了市场复苏进度。大会上和盘托出黄川的策划杰作，好比是给我的方案附加一份实效检测报告，意义重大。呵呵，顺带在众高管面前表表战功，够荣耀。

书中暗表：汤维山是汤总亲表弟，我在会上大肆鼓吹收复天津的业绩，有损小汤总形象，本不想出此下策，但为了彻底拆老逸的台子，咱豁出去了，六亲不认，结果得罪飞扬跋扈的小汤总，以至于后来我们工作中摩擦不断，此为后话。

讲到这里，我感觉仿佛又回到刚进A集团时，自己在大会上滔滔不绝，痛批集团广告存在若干问题的片断。任时光流转，第三个年头，我能在高管会上宣讲市场促销方案，一股自豪感真是油然而生，赞！

而此时，老逸停笔不记了，他很吃惊。我眼角余光扫到他投来的眼神，心里明白这厮所思所想：“一口气说五六条大修大改的建议，蓝小雨你想干什么，今天是来砸场子的?!”嘿，他猜对了！今天我来者不善，就是来拆台的，不肢解完你的策划案，咱爷们就一直在台上说下去!

我身上的狠劲儿真上来了，不管不顾又抡起一刀，“第五，《策划案》说每县分发2万张海报，10万张宣传单，2万件促销品，数量够足，很有市场冲击力，这点值得肯定。但问题是宣传看点在哪儿？没有吸引力的看点和口号，会导致投入越多浪费越多！所以，行动前我们必须明确促销主题，比如说‘热烈祝贺A集团第10亿瓶高钙奶运抵江西革命老区！’”

话音刚落，老板赞道：“口号很好！既说出集团实力，又讨口彩！逸总，刚才雨总5条意见，你都要记下来。”老逸马上笑着对老板答道：“呵呵，雨总说得很精彩，我在记录。”

西南销售公司总经理卢总笑着说道:“大家别抢啊，这口号我先用了。”

齐总一撇嘴，“卢总，你那疙瘩连3亿瓶都不到，吹得猛了点，呵呵，还是北方大区捷足先登吧。”

“没事，第10亿瓶运抵革命老区改成第5亿瓶运抵就行啦！以后每年加1个亿！”他的话招来一片笑声。

老逸看看卢总，又瞧瞧齐总，表情有些寂寥，他想现在就赞美我的精彩方案？不必着急，我才说1/3呢。瞧他冲老板笑得那个虚情假意啊，全身直晃。嘿，等着吧，一会儿有你哭的时候！我心里想得很美。

继续，我又抡起第六刀，“2002年春节前夕，可口可乐把纸箱包装改成一次成型的压塑包装，成本下降很多。但非常可乐认为纸箱易搬运且送人喜气洋洋，比压塑包装好送礼。所以他们加大促销力度，并将财神年画装入纸箱。果然这年春节，很多农村消费者买整箱非常可乐当礼物送人，销量在不少地方一跃超过可口可乐。由此可见，在农村市场我们要做透送礼这个市场。但压塑包装真不如纸箱好送礼吗？我们宿州经销商反其道而行之，开发出100毫升，280毫升，500毫升三个品种独立塑封包装，附带装一条烟的空间，送礼最不为过，实效极好！今年企划部搜集了一批企业开发市场的好套路，比如，S集团的经销商把单子放进未卖服装的口袋里，一散发便是成千上万份，湖北当地果奶品牌给游泳培训班赞助果奶……第六点建议是，《策划案》最好附录一批实效促销方案，供市场参战人员参考。”

啪啪啪，啪啪啪，我把企划部搜集来的几十个促销奇招给众高管晒了出来，会场嗡嗡声一片，侧耳听出来了，有人在啧啧称奇。连汤总这个平时很难表扬人的人都赞了一句，“企划部一如既往，为集团做了实事。”

看到老板和汤总投来殷切的目光，我浑身上下每个毛孔仿佛都打开了，过去吃的716的苦，心里受的煎熬的累，现在看来不值一提。事业成就感让我内心的愉悦感急剧膨胀，好像有一股暖流从脚底直蹿脑袋顶！嗯，爽！飞，飞，飞了！

齐总是好人，他及时做补充:“雨总做了一本《50个市场实效促销方案》，北方公司大都有借鉴和运用，收效很好。”呵呵，真对不起老逸，本来是他汇报进攻农村市场的策划会，被我搞成企划部表彰会了。

连番建议也许真出彩了，销售公司老大宋总冲老板笑笑，打断了我的发言，“老板、汤总，我来说两句。说到农村促销方案，逸总方案不错，雨总补充得也精彩。但从销售公司来说，这次行动集团最好借鉴宝洁公司的‘跑店系统’，这是外企精细化运作结合本土实际的产物，为的是争取最多销售网点，分销最多品种，争夺最大陈列面积。鉴于乡镇终端网络分散，各地风俗有差异，当地人更相信邻里口碑等特点，宝洁公司大都招本地业务员，为业代划分跑店数量，规定拜访频率，制定路线，他们负责小店的联系、铺货、演示、维护、促销等工作，既解决了食宿和交通问题，又提高效率。乡村店主是当地的舆论和意见领袖，维护店主关系是完成终端网络渗透的重要一环，所以宝洁公司业代会定期上门了解经营和需求信息，连店主及家人的爱好和生日也都要登记造册，上传指挥中心……竞品采取的终端战术会被‘跑店系统’第一时间侦测到，中心马上制定对策来化解。正因为业代走动频繁，所以店主推荐产品力度很大，市场旺销再正常不过。还有，宝洁公司的‘巡店系统’也很有实效，主管定期巡视检查销售。现在得终端者得天下，我们维护终端不能拘泥于传统思维……”

宋总打开销售话题后，众人纷纷踊跃发言：

“商超是县城的窗口和示范市场，能极大带动零批渠道旺销。我们可以在每座县级市选三家商超，常年做堆头促销，且必须进乳品饮料区的第一堆头位置……商超销量应在 2 万以上 / 月，三座商超年销售额 72 万以上，既确保盈利，又抢占到市场份额。集团有商超产品线，容易核实经销商实际销量，对完不成任务的经销商，要在费用报销上做处罚。”

“超市陈列应占据排面视觉效果最好的第二三排的位置，货架陈列面宽度应达 2 米以上，可以考虑给予商超陈列费。为了保证未来农村市场持续增长，集团要重新设计一批新式堆头款、围挡、瓶模、易拉宝、POP 海报、跳跳卡、传单、橱窗画、促销品等宣料，但必须纳入 CI（企业形象）、VI（视觉识别）系统，相关操作细则建议由企划部出具《操作说明》。”

“伊利的促销运作常采用‘突击队’模式。各地办事处组建一支或多支突击队，平常分散在各卖场开展促销，遇有大型活动又可集结，应变力强且杀伤力很大。我们有些销售区域已组建促销队，但规模不大，效果有限。这次深度开发农村市场，建议组建一大批促销突击队。”

……

“面目全非”脚

关于大力建设农村销售系统的话题，会上足足讨论近一小时，最后确认招聘1 000名本地业代，2 000名促销员，高薪保业绩，开展一场带有全国营销性质的“人民战争”。每位业代手里拿着一张地图和6个管理表格，实行制度化、流程化、精确化管理。

讨论完招聘话题，汤总示意我继续发言。刚才看到众人踊跃发言，好像挺热闹，其实大都在说正确的废话，应景而已。我参加A集团大小会议几十场，曾仔细观察过高管参会的种种表现，发现集团会议挺有趣，并存两大现象与四类高管。

现象一，老板和总裁听到高管提出棘手问题时，更想听到解决方案，所以那些只带问题而没带解决方案的高管常被批。老逸狡猾，总是提问在前，解决方案在后，所以每次都有表扬听。

现象二，有些人貌似“黑脸包公”，替领导讲他们不好讲出口的话，跟唱黑白脸堂会差不多。这批人里有人神共愤的“恶人”，只做得罪人的事儿，而领导充当和事佬，大家共同导演一出出好戏。他们是领导心腹，比如人力、财务和审计总监。我曾亲眼见过有高管在会上向总裁要费用支持，总裁刚要满口答应，但财务或审计总监“挺身而出”，历数种种不合理性，一番唇枪舌剑，最后总裁居中调停，既保护高管干活积极性，又节约开支，还做了一回好人，而财务或审计总监则成为人家眼中的“恶人”。其实哪个公司没有唱双簧的？只不过A集团更多罢了。

集团开会，高管们表演精彩，可分为四类：

A类高管敢进谏，经常放炮，勇于批评不良现象，因为一开口就有料，所以他们发言会引起全场骚动，这批人以创业元老居多。

B类高管打着解决问题的旗号，实则为自己的业绩歌功颂德，在会上满嘴跑火车，海吹一顿如何面对困境，自己如何快速解决，销量又提升多少，但因为有喜人数据撑腰，所以这类人颇受公司赏识，他们大都是空降部队。

C类高管把会场当战场，说起话来明褒暗损，死掐对手，以我和老逸、南北研发中心、齐总和小汤总为代表，恨不得有十几对这样的“死对子”。领导喜欢看掐对厮杀，因为坐收渔翁之利往往能实现集团利益最大化。

D类高管先观察会场气氛，只在恰当时候说些正确的废话，他们只是为了博领导欢心，表现积极姿态。这类人资历浅能力弱，只有一些边边角角的表演。

我认为有助于个人进步的东西都值得学习，所以今天我要效仿B类高管，明修栈道，暗度陈仓，夸夸业绩吧："今年我挂靠四川D市，春节前进驻D1县后，为尽快打开局面，做了6项推广工作。第一，经销商和办事处联合召开'新产品推广会'，针对打预付款的零售商实行奖励政策，按预付款给予12%的返利，同时举行抽奖活动。预收货款在D1县零售业可谓开天辟地之举，他们都摇头。那天订货会开到中午不见一人，但我们仍坚持宣传和联络，后来终于等到一些人来，刚讲解完就有零售商交款，还有人表示回去拿钱，最终到会110人，打款9万！ 3月订货会有200人参会，打款27万。六一订货会打款39万，特等奖由手机升级为摩托车，引发行业轰动。连开三会，经销商占用零售商大量资金，成功上演'终端拦截'战术。第二，我们开展'D1县销售百强排名'活动，根据排名给予产品奖励，由此极大调动零售商积极性，正所谓不须扬鞭自奋蹄！第三，销售旺季来临前制定打击窜货策划案，旺季前不降价，关注那些抱怨价高又不交预付款的客户，纵容他们向窜货商要货，等窜货商囤完货，我们连续20天低价发货，导致窜货商积压成灾，打赢一场情报战……第六点建议是，《策划案》应该汇总集团耕耘县级市场的成功经验，这样指导意见更丰富，实操性更强。"

贺平为D市重新策划了销售方案，我看后综合大家意见又进行补充，方案由四个核心组成：1. 组建二批商联合体，打破竞品渠道垄断；2. 基于N乳业在农村市场统治地位相对薄弱的情况，首先以农村市场做突破口；3. 打开几个县级市场局面后，再进军D市招商，如此，市级二批亲眼看见榜样市场，说服力大增；4、招商完成后马上开始运作促销活动。

实践证明，农村包围城市的战术，半年实战效果出众。因为有业绩撑腰，荆天再向西南大区要政策时，钱总见风使舵开绿灯，目前的情况是招商成功，下货通路顺畅。经初步抽样统计，A集团产品正在步步蚕食D市，已占市场销量20%，销售走上良性循环之路。有此佳绩，我在会上讲故事，腰杆挺得硬邦邦。

老板看着我眉飞色舞地讲解，忽然笑着说："D1县做得好，河北满城县、辽宁盘山县、河南舞阳县、山东齐河县和你们增长速度一样，都是地区榜样，以后县级市场都可以按榜样做法操作。宋总，请你负责这件事，马上下发一个文件。"略微停顿一下，老板似乎自言自语，"销售公司怎么把雨总挂到四川的D市去了？他怎么也是省城的料嘛，呵呵，不过这样也好，先从基层市场起步，好，很好！”

“老板在夸人还是骂人？哦，明白，他自言自语问我为啥被发配边疆，问完即猜到有人搞鬼，所以他自圆其说，改口基层起步是正招。妥了，现在告诉老板我被人黑了，超爽！”

就在我稍微发愣的当口，审计总监荆总忽然清了清嗓子，他开口了：“我对D市销售略知一二，这里说几点。今年他们销售是零启动，但爬升速度很快，上半年回款突破300万。他们的推广方法简单高效，比如，连续密集搞订货会，D1县是标杆；每月选5座超市、5所小学举行免费品尝活动；举办有奖知识问答与喝奶比赛；在学校、医院、机关、高档小区等处建立特别销售区，样板店做店招，不能做则挂条幅，堆头配传单或乳酸菌手册，力争做成区域内第一品牌形象……最具特色的是D市团队提倡互助学习，我为人人、人人为我的团队精神，每周召开促销和成本控制会，每天下班开市场分析会，大家讨论发现的新问题，找到方法，第二天马上实施。这点最好补充进《策划案》中。在20世纪，美国的卡内基教授提出建立学习型组织，引领了世界潮流，因为任何组织要想发展都需要学习。在建设学习型团队方面，我认为D市做出了表率，值得全国市场借鉴。”

其实，所谓学习型团队只不过是子明、晓峰他们把企划部的干活风格带过去，还是那套716苦干加巧干模式，还是我为人人、人人为我的互帮思想，但经过荆总小喇叭一吹，像先进战斗小组似的，呵呵，有意思。

汤总扭头问宋总：“D市经理是谁？”

宋总笑道：“不是外人，正是荆总的大公子荆天，这小伙子勤奋，走到哪儿业绩都出色，干活像他爹，呵呵。”

这时老板站起来，大手一挥，很有气魄地说道：“好呀，我们集团就需要又红又专的人才，我们的事业就要一代一代传承下去！荆总你负责转告荆天，练好本事，有的是大舞台给他表演。”

看见自己辖区被老板和宋总点名表扬，卢总挺高兴，他站起来跟风赞道：“荆天做D市很有型，在西南大区被树立成样板市场，上个月我派了4个地级市销售去学习，反响很好！我建议调荆天到成都做副经理，干好以后再另行升职。”

上次老卢不待见我，所以我对他有点成见，心里暗笑：“哼，倒挺能抓机会，讨好荆总吧。”

老板听完卢总建议，点点头，马上转头吩咐宋总："过去我们常说发现一个人才就提拔一个，现在荆天冒出头了，你马上调荆天到W市做范总助理。大家都可以直接向我推荐人才，只要他有真才实学，又愿意奉献才干，我们绝不亏待！"

宋总边回答"好"，边在本上记录。嘿嘿，乐事来了啊，我提到自己挂靠D市，可没料到荆总借机替儿子鸣锣开道，打起个人品牌广告来了。结果老板一高兴，雏鹰飞到高枝上了。那W市还了得，比成都市场高一个层面，是集团四大直销市之一，每年几千万销售额，直属宋总管辖。荆天调任W市，三年后必能飞黄腾达呢。呵呵，真是业绩好大家都受益。但我还是该感谢审计部荆老大，无形中也算捧了我的场子。

就在荆总发言时，我又溜了一眼老逸。哟，这家伙低着脑袋，右手扶额头，左手放桌上，虚握成拳，但伸出一根笔直的中指正对着我发言的方位！哎哟，这兔崽子不服不忿啊！你这厮希望大家赶紧结束评论?!去你大爷的吧，想什么呢，勿急，勿急，哥们儿我还有十几刀没砍呢，叫你站着进会场，躺着出去！

等老板发言结束，我继续提建议："世界日化巨头宝洁公司，进入印度市场比中国早，他们常举办当地人喜闻乐见的大篷车下乡促销活动，取得很好的业绩。通过近距离交流，让人们亲眼看到产品功能演示，听到有说服力的介绍，并亲身试用产品，很快，宝洁消费群在农村市场茁壮成长起来。后来宝洁在中国成立很多支大篷车促销队伍，带给了中国农村市场消费群亲近感、真实感和相关感，极大促进本地销售。他们首先利用彩车、电视、音响、帐篷、彩旗等形式吸引人们眼球；聚集起众人后开始派发传单和样品，同时开展有奖问答和产品功效演示活动 ，使消费者有切身感受；前面铺垫好，再举办现场抽奖销售，进一步刺激购买热情；最后放映插播N次广告的露天电影，继续拉拢情感。这套流程的每个环节都是根据消费者心理变化，按照心理学理论而设计的，每个动作都让消费者'欲走还休'！宝洁正是依靠大篷车策略，在农村市场攻城拔寨……他们还制作了一本执行手册，所有人须按手册完成工作。比如，几点几分做啥事，应该怎么做，完成何种目标，啥时结束，由谁检验，谁最后评估，这些都是标准化执行条例。第七点建议是，学习宝洁集团开发农村市场的成功经验，迅速组建大篷车促销团队，企划部有宝洁相关资料，可供逸总参考。"

宋总听完点点头，"好，麻烦雨总明天给我一套资料。"

我马上笑脸回应："是，明天送达。"

我刚要继续做汇报，廖总插言道：：“雨总曾汇报过，我认为有必要做个尝试，宝洁公司在农村市场搞过几年，证明这是行之有效的推广办法。我建议集团可以在H公司管辖的一个省试点，效果好马上复制！”

上半年广州企划部小辉招了一位前宝洁公司的策划，我才有缘拿到这套执行手册，研读中被人家细致严谨的精神所震撼，捧着手册叹为观止。马上跟廖总、齐总和张总推荐，但组建大篷车促销团队需要一笔费用，而且对A集团而言，这是非常新鲜的事物，他们说等开销售大会，再向上汇报。这次我有意识讲出来，就是希望企划部协助销售公司执行大篷车促销计划，为集团发展做一份贡献。

汤总看了眼逸总，笑着说道：“那就请廖总拿出方案，大家再开会论证。”

看看，我说的好几条企划建议，都引起领导重视了，给力。我情不自禁扭头瞟了一眼齐总，这位老大正冲我颔首点头呢。

真是信心倍增呀，好，说完企划，我开始转战广告策略，手起刀落，第八刀呼啸而至，“《策划案》所述广告投放策略很精彩，有实操性。但在农村市场建立品牌形象，除了电视媒介以外，还可以利用三大快捷高效渠道。广播是农村重要信息来源之一，投放成本低；墙体广告受众广，成本低；敬老院是基层乡镇人流集中地，也是信息枢纽中心，这些渠道值得一试。像三株、脑白金大量发布墙体广告，成为开拓农村市场的法宝。我们以此说服D1县二批商加大投入，在乡镇交通要道投放几十块墙体广告，通过上述传播手段，我们的产品销售一路飘红。”

只有傻瓜才会第二次跌进同一池塘，这次肢解老逸的策划方案，我吸取上次汇报事件营销的教训，跨马扬刀只管一路往下砍，继续砍吧，“《策划案》建议集团在每个县投8万，但没提及经销商跟投多少费用，这方面集团曾有正反两面教训。第九点建议是，如果咱们投5 000块钱的电视广告，那经销商就要跟投5 000块广告，至少也要按10∶6的比例来投放！经销商不跟投广告，他们就不心疼集团广告费，为了更紧密地捆绑住渠道，也为了众人拾柴火焰高，《策划案》应该加入这条跟投策略，县级市场广告费必然暴涨乃至翻倍……”

汤总看了我一眼，转头跟老逸说：“雨总这几条建议很好，你加到方案里。”

汤总说话声音很低，但我隐约听到他的嘱咐。呵呵，岂止是加进去，老逸的方案现在还能要嘛，早千疮百孔了吧，哈。

我心里很得意，拆台的活儿干得更欢实了，那真是刀刀见血，“在电视传播领域，逸总提出首层覆盖、中层覆盖和基层覆盖等策划概念，主次分明，思路到位。但《策划案》未提广告片版本。据传史玉柱策划脑白金广告片时，为了更好更快地启动农村市场，他曾多次下基层，和当地人一起看片，一起开座谈会，听取农村消费群对各版广告片的反馈意见，最后敲定《送礼篇》作为主打。尽管城市中坚白领对脑白金广告嗤之以鼻，但它在农村市场却广受欢迎。脑白金曾做过对比实验，换其他广告则月销量下降，恢复后则当月销量反弹，说明城市与农村消费群有不同的广告口味！现在A集团大举进攻300或500个县，第十点建议是，县级电视台可播放15秒、30秒农村版广告片和60秒专题片，广告部应向脑白金学习，主创人员下到县市，亲自走访受众群体，在大量市调基础上，制作一版能切实拉动销量的广告片。”

“完全同意雨总建议。”老板在我的话音后面给广告部下了一道命令。

老逸脸色越来越沉了，那张白脸已成铁青色，我理解他痛苦的根源——不知道我后面还要剁多少刀！好吧，看在同事一场的分上，给你一个痛快的，真想马上告诉你还有整整8刀，免得你度日如年！

但我刚想开口却欲言又止，呵呵，咱忍住了。凭啥要告诉你答案呢，每一条建议就像拆一次台，被肢解的滋味不好受吧。哼，想想当初你是如何打击我的，处处下绊子，屡次陷我于困境，这次我要血债血还，好好煎熬着吧，让大伙看看你丢人现眼的风景吧。

果然，会场上一些人看出我这次发言是有备而来，名为提建议，实则在肢解老逸的策划报告。那些平时看不惯老逸欺下媚上的高管们，纷纷向我投来赞许的目光，尤其是齐总，都伸出大拇哥来了！哈，我的干劲更足了。

“《策划案》详细规划了每县投放广告的费用，一目了然，但没说谁来执行。咱们都知道所谓策划容易执行难，不谈执行只说策划，似乎不接地气。我认为执行有三难。第一，集团同时进攻500个县，那就意味同时在500个县投放电视广告，谁来洽谈这笔合同？集团哪个部门有如此多的人才储备，能担纲负责每个铜板的费效比？第二，县级电视台栏目收视率大不相同，有的是本地新闻频道厉害，有的是都市频道夺魁，还有的是电影频道是状元，在最短时间内由谁来确认收视最高的栏目？第三，经销商有电视、墙体、广播、手机短信等广告需求，谁来负责落地执行？光靠销售部执行，他们并非广告专才，执行是否到位？”

啪啪啪，三个问题一出，全场侧目。呵呵，老逸啊，打死你也没想到同时进攻500个县，后勤保障有问题吧。好，我来给你提供解决方案，“我认为即使逸总挂帅我殿后，组成十几个人的谈判小组，一个月内既搞不定500个电视台的谈判，也搞不定几千块墙体广告的谈判，更搞不定后续复杂的执行！下面我来谈谈第十一点建议。假设我们在8省进攻农村市场，可以在每个省和两三家本地大型广告公司结为战略联盟，由他们负责各县广告策划与落地，我们负责提供策划思路、审核合同、横向对比、监督播出效果，及时与销售沟通，不断调整广告运作思路。由此，在全国就能坚决彻底、大规模地开展农村市场广告运动……”

说完第十一点建议，我清清楚楚地看见老板重重地点了点头，根据我对他的了解，这个观点肯定引起了他的高度重视！果然，宋总说出了高层的顾虑：“雨总的建议很细致，这确实是个问题。我建议关于聘请本地广告公司参与行动的议题讨论，由销售公司、广告部和企划部三方面人员专门开次研讨会。”

老板冲宋总又点点头，说道：“完全同意。时不我待，明天晚上就可以召开。你们三方各拿出方案，一起讨论。我和汤总也参加。”

“好。”老逸软绵绵地应答道。

他能不软绵绵吗？我讲了一个小时，口干舌燥，喂，他也不倒杯水来，真不够同事一场。我心里暗暗埋怨。

“此外，《策划案》还忽略了一个细节。几千万广告费投放下去，谁来监督广告执行情况？打个比方，咱们可能一次性投放两千多块墙体广告，但投放时间不同、价格和位置也不同，那么每块墙体广告从始至终，由谁来管理、谁来监督？第十二点建议是由广告公司全程监控，墙体广告发布第一天，监督人需持有本地当日报纸，站在广告墙前拍照存底，证明广告已发布。此后每月拍摄一张证据照，咱们将根据监督人衣着、绿植变化和报纸头版的不同来印证广告发布时间，当这块墙体广告发布的最后一天……”

汤总忽然打断我的发言：“汇报请简练。方案执行是需要监督，但不需要你在会上告诉大家如何监督，细节不讲了，会后和逸总交流。”

“是。”我光顾着挥刀拆台，故意延长汇报时间，期待羞辱他的时间拉得更长些，结果被汤总批评。明白他这是站在全局出发，既要开短会，又维护了老逸面子，并非特别针对我。好吧，便宜这厮了。于是我加快挥刀频率："下面我来谈谈第十三点建议……我的第十五点建议是……下面谈第十八点建议……"

本来老逸费力撰写了《进攻 500 个县级市场策划案》，众高管听完，感觉策划案主题突出，有详有略，可执行力强，符合老板定下的基调，整体似乎还不错。但那份粗枝大叶、缺乏布局与执行细节的报告，怎么能跟我这份精心谋篇布局的策划案相提并论呢？不比不知道，我蓄谋已久的连环 18 刀，刀刀见血，刀刀要命，他的《策划案》在大会上被肢解得面目全非，血肉模糊！

所以，我发言刚结束，众人受到启发又来帮腔，足足围攻了老逸好一会儿。

这个说："逸总报告虽然精彩，但听完雨总分析，我认为还是雨总做的策划更贴近实际，建议由雨总重新撰写企划部分。"

那个讲："企划部与广告部各有所长，但这次汇报，企划部好像样样在行，18 条建议，条条都有见地和说法，希望广告部奋起直追！"

还有人发言直截了当："幸好还有雨总补充发言，不然我们拿着广告部的《策划案》下市场，失败难料。广告部有些人不心疼集团投入，我们还心疼呢。"

……

老逸你倾耳细听啊，这些话好似万箭穿心吧，我先肢解了方案，完后他们再把方案钉在耻辱柱上，哈，今天过得太精彩！我不由得看了眼老逸。

不看不打紧，一看这厮的脸，像挨了一顿"面目全非"脚！哈哈，变色龙不仅变色，还变形呢。那是，谁受得了在众高管面前被痛批一个多小时啊，不变形才怪！对这类痛批经历，老逸当然颇有经验啦，第一次发生在我刚进集团时，痛批广告十大问题，今天算第二次。看得我心里那个痛快啊，得，又过电了。

最后老板做了总结发言："下午策划会议开得很成功！大家有很多优秀想法和实践经验，请逸总晚上加个班，汇总发言，重新修订《策划案》。明天晚上再过一过，大家无异议，集团就下发文件，10 天后正式启动项目。散会后，雨总要协助逸总完成《策划案》。明天上午召开财务成本会，下午是生产、研发和法务专题会，相关参会人员要做好准备……"

一散会，大家三三两两往外走，我和齐总并肩出门，协助逸总做方案？瞧这家伙怒气冲天的眼神，就知道不欢迎我指点江山，咱何必自讨没趣呢，忙死他才好！至于老板仍叫他修改方案，那是个面子问题，反正我砍下18刀，领导知道咱的本事就行了，爱谁做谁做。

爱谁做谁做？不对，我坏水又冒出来了：“狮舞三堂没人看，话讲三遍没人听。明晚他第二次讲方案，要是我杀个回马枪，再毁了他的方案，那是不是以后他在大会上，不敢当我面说任何策划了？哈哈，这厮太痛苦了！”

言念及此，我知道今天晚上要跟老逸一起加班了，当然，企划部谁也甭想睡觉。那时候，我跟他像一对蛐蛐，被老板放进一个罐里，见面便死掐！他疯了！我也疯了呢！

青葱岁月留下一行奋斗足迹

晚上，高管餐厅高朋满座，这批人天南海北来，再次重逢，照旧是荤素段子齐飞，污言秽语横行，也是，开一天的会，晚上集体精神放松可以理解。吃完饭，我和齐总在总部楼下溜达。齐总一只手搭着我肩膀说道：“哥们儿，看出来了吧，老板为什么要提荆天到W市？”

“为啥？”

齐总见我不过脑子张嘴就问，好像有些气不过，抬膝盖狠狠顶我屁股一下，“只会傻干活，以后开会好好琢磨老板和总裁讲话吧，人家不会白话里有话。”

“老大，我把一切告诉你了，我压根儿不喜欢琢磨领导讲话，只想把事情做透，做到极致！一出手就是绝活儿，技惊四座！”

齐总点着我脑门，有些哭笑不得，“你呀你，知道你用功的心思，但今后多注意人情世故，有好处。荆天那点业绩根本不值得拿到全国销售会上来晒，比他牛的人多了去了，但老板偏偏点名提拔，那是看在老荆面儿上。集团快万把人了，审计部越发重要，他们威慑高管，好比纪委噢。今天明面上提拔的是荆天，其实暗中笼络的是老荆！跟你说个秘密，千万不许说出去！”

“是，左耳进右耳出！”

“听说审计部跟老板进言，鉴于三个月前东北大区经理带骨干集体跳槽，造成销量波动。防微杜渐，他们想私下监控高管手机和邮箱，给专车和办公室上窃听设备，而且还要在全国办事处安装摄像头，监督外派主管工作。”

我吃惊地看着齐总，不禁脱口而出，“嘿，东厂来了，上面同意吗？”

齐总使劲儿搂了一把我肩膀，压低声音说：“小点儿声！据说老板不同意，但汤总点头了，还建议审计部发展内线情报，搜罗风吹草动的迹象。”

“俗话说人上一百形形色色，集团扩张太快，人心不一定那么齐。我能理解审计部的用心，但不同意他们的做法，摆明侵犯人权隐私嘛。”第一次感觉电影里的狗血剧情要降落身边，瘆得慌。

“你好天真，他们不会背着上面搞监控吗？你以后说的三级片情话，没准全集团共享呢，哈哈。”齐总说完，笑着跑开了。

“滚！”我喝骂道。但不管真假，我决定新买一部手机，公事私事分开。

俩人嬉笑打闹完，齐总又问道：“知道为什么要老逸来讲《进攻500个县级市场策划案》？”

我吹了声口哨，满脸不屑，“那厮准备N天，本想上会显摆显摆，但我提出雨十八条，条条直指《策划案》短板，谁企划更牛，哼，他们心知肚明。”

“这是老板有意识培养他进销售公司，嘿嘿，他又先你一步哦，所以这次没叫企划部动手。”

齐总知道我火气的命门，每句话都像煽风点火，听得我抬起脚把一颗石头子儿踢得老远，“去他大爷的吧，老逸被我们联手拆了台，净丢人现眼了。哼，他去销售总部有什么了不起，我身兼三个总监头衔，还怕他不成？远的不谈，就说近的，老大你看着吧，按惯例，这次进攻农村市场集团肯定会成立总指挥部，我没准去指挥部还能混个一官半职呢。”

“就知道你小王八蛋要说企划部动动手，那兔崽子可以洗洗睡了的话。记得你刚来，连基础企划都不会做，才过俩春节，现在全国销售会议上都能侃侃而谈布局了，而且比年初挂靠D市水平又涨一截，行，叫大爷我刮目相看……”说着齐总笑呵呵递来一根烟。

点上烟，透过徐徐散开的缥缈烟雾，听着齐总夸奖，眼前似乎浮现出很多个不眠之夜的情景，不免来了感慨：“人活着就是为了实现个人梦想！有一日千里的成长喜悦，有深陷困境的不屈精神，有跌宕起伏的人生历练，有潮起潮落的心境写照，青葱岁月留下一行奋斗足迹，哪管成功与失败，勇闯天涯的人生，感觉挺牛气。呵呵，当我有一天离开A集团，回忆起来，希望三天讲不完啊！要是三分钟码完这段经历，生活忒平淡啦，哥们儿我不干！”

齐总轻轻拍拍我脑袋，“好好干，你小子会有出息的！”

第二天晚上，老逸拿着策划报告过二堂，果然，在会上老板宣布组建县级市场总指挥部，销售公司老大宋总任总指挥，老逸担任广告负责人，我是企划负责人。那是，老逸做的企划案空洞缥缈，而我的发言有理有据，所以硬把这块业务重新抢回来！嘿，他想染指咱的业务，门儿都没有！

散会后，齐总笑着对我说了一句：“跟你相处多年，你教我一个道理，只要肯努力，世上没什么事是你搞不砸的！”呵呵，此话不虚，因为这次老逸过二堂，我又把他的汇报给搞砸了。

早在一个多月前，我请黄川负责收集全国快消行业促销品，那小子干活也是玩横扫，他跟全国几十家礼品供应商谈合作，画大饼，很快，从牛奶杯到鼠标垫，从铅笔袋到存钱罐，林林总总1 000多款促销品实物快递到京。他嫌数量与质量双差，于是又跟广告公司谈促销品合作方案，受其诱惑，一些有实力的广告公司又贡献出很多新颖礼品，包括可口可乐、菲亚特汽车等上百家外资公司赠送的各类礼品。

这次我叫黄川连夜组织人，制作若干个绷布大画框，将礼品分门别类挂在画布上，嚯，晚上开会前抬进总部走廊，那气势好像跟包装比稿时抬进去的货架一样，照样先声夺人！（请见拙作第一集）

反正老逸二次过堂时，我又稀里哗啦抡上几刀，结果抡出了齐总评价。

还有一件让人开心的事情，企划部这次参会有斩获。宋总认为我还要兼顾工程部，无法全程投入，叫我推荐一人做助手，对他直接负责。我马上推荐北京企划部部长黄川。第二天小黄便开始列席集团高层会议。

从此，小黄开始在更高平台上施展才干，逐渐得到高层垂青，一年后出任销售总经理助理。而企划部的势力借机往销售公司高层渗透，部门员工的个人发展平台变得宽广许多，既有本部门升迁机会，又有在销售公司攀升的机遇，大家干劲更足。而我也得到总裁首肯，因为我推荐的人肯吃苦，表现好，有业绩，同事赞，为集团发展做出了贡献。呵呵，能不表扬咱嘛，老逸比我资历老，但他手下没走出一位可堪重用的干将，而这时我的企划团队早已人才济济啦。

敞开心扉

有人养了两匹千里马，结果越养越瘦。他咨询一位智者。智者说："养千里马最好是分槽养马。因为千里马有能力，互不服气，放一个槽里它们不吃草，光忙着互相踢了，这是能人内耗。所以不能安排两匹千里马完成同一任务。"

后来，那个人又分槽养一群猪。结果发现小猪不吃料，越长越瘦。他又向智者请教。智者说："应该合槽喂猪，让小猪们一起吃。一头猪不爱吃，两头猪争着吃，三头猪抢着吃，一群猪往死里争！有竞争才有成长嘛。"

老板对蓝小雨和方逸华的管理手段很有意思。刚开始是分槽养马，蓝小雨管企划总部，方逸华管广告总部。老板分工明确，能人各管一摊，此为英雄不见面，好汉不碰头。但等到时机成熟后，他又搞合槽喂猪！老板请蓝小雨加入方逸华的广告部，又请方逸华加入蓝小雨的工程部，二人开始拼死争夺总监大位，从头打到尾。竞争是一个好玩意儿，没有内部竞争哪有他们二人的兢兢业业的工作态度？

老板玩分槽养马与合槽喂猪可谓熟练至极，集团由此也实现了利益最大化！此为顶级管理手段。

第十一篇
输赢胜败

雨总，你在哪里？

集团销售大会一结束，我又跟随廖总马不停蹄赶回H公司，因为工程总部还有自己的会要开呢。

时间过得飞快，眨眼已到夏末，三个月里我是北京、广州、上海、H、C等城市跑来跑去，忙得不亦乐乎。有个佐证，我南航的普通会员卡因里程累积都升级为金卡会员啦。

这期间，我和老逸倒也相安无事，我的企划部在茁壮成长，他的业绩也在增长。其实我有点儿期待两人再来一场PK，就像上次召开“进攻农村市场研讨会”一样，他单枪匹马撰写策划报告，我率几十号人24小时提出18条建议，最后在大会上狠狠剁他18刀，肢解了方案。呵呵，他单兵作战再牛，能斗得过虎狼团队吗？哈，真想再欺负他一遭呢。

日落胭脂红，无雨必有风，真是盼什么来什么，这天中午接到总裁电话，“雨总，你在哪里？”

“哦，汤总好，在H公司，廖总刚开完会。”

“手上的活儿放一放，晚上跟廖总去W市。刚才集团开完电话会议，有关情况，你马上去找廖总。”头一次听到汤总说话略带焦急，显然，火烧眉毛的事情来了。

我的情绪被他带起来，话音里也带了一丝忐忑：“好，我马上去。”

见到廖总才知道销售公司遇见麻烦了。W 市位于长江边，千万人级别的大市场，消费能力强劲，是中国著名大都会城市。W 市历来是各路商家必争之地，活跃着全国所有乳业巨头的身影，而作为南方样板市场，W 市场在 A 集团城市销售排行总榜位列第二，地位显赫。最近不知何故，4 家行业领军品牌不约而同集中人财物力于此地，展开白刃争夺战，场面惨烈，甚至传出理货员为抢夺超市排面，几十个人大打出手、群殴而招来警察的状况。

A 集团本想坐山观虎斗，但没曾想自家销量受到严重冲击，W 市区域经理范总和所属大区总监传总连连向总部求救。集团总裁汤总点名廖总挂帅救火，而我负责企划和广告！

哈，一线大城市的广告权啊，梦寐以求的广告权啊，汤总终于交到我手里了，还有比这份信任更高兴的事情吗？木有，木有，我决定打一场漂亮的阻击战，好好扬扬名！

本来是傍晚出发，但廖总家的宝贝在幼儿园突发高烧，他风风火火接了孩子去医院，打完针已是 10 点多。廖总有一位 8 岁千金，41 岁又喜得小公子，他对这两个宝贝，那真是捧在手里怕摔了，含在嘴里怕化了，顶在头上怕歪了。能理解他的焦急心情，所以我没打电话，只是在企划部安排人手搜集 W 市情报。

半夜，我坐廖总专车赶去 W 市。他一脸疲惫，慵懒地坐在车里，半晌无语。我望着车窗外黑漆漆的夜，想着心事：“好像半年没休息了，感觉整个人被拧进汽车发动机里，齿轮咬合转动，一环扣一环，我不是在市场上就是在去市场或会场的路上，要是没有精神支柱，事业追求，人都会疯掉了！”越想越觉得自己不容易，精神好像有点儿莫名的颓废。

高速公路旁的发光条被车灯照得一闪一闪，夺人眼目，我看着看着，感觉刚才的一声叹息不该是咱的风格，是啊，哪能中途泄气呢，我得马上振作！心生此念，身子不由自主坐了起来。好，趁现在有空，盘点大半年来的业绩吧：

排第一的是，策划借船出海的事件营销，投入 10 万换来 1 个多亿的招商业绩，引发集团轰动；

排第二的是，智斗浩辰广告钱总，为集团创造 260 万免费杂志广告外加 60 万户外广告，被老板称为广告虎将；

排第三的是，梳理工程总部各类合同，重新谈判累计砍下200万，延迟至少600万工程付款进度，廖总接连两次为咱请功；

排第四的是，策划了《进攻农村市场的促销全案》，负责3 000多万促销款的落地、执行与监督，市场节节推进，自己又被宋总倚为心腹；

排第五的是，企划部现有很多干将，他们能征惯战，有将才，堪大用，得到集团高层首肯；

排第六的是，策划乳酸菌奶新品系列画册，被经销商誉为一本万利；

排第七的是……

……

嚯，盘点十大业绩，我开始兴奋起来，到了年底，集团应该奖励我多少呢？哈，值得期待哦。

但当我盘点老逸功绩时，有点不开心了，因为他也有几手漂亮业绩：央视年度广告招标、执行事件营销、整合集团广告传播、拍摄系列产品广告片、网络营销、进攻上海市场……据说也为集团创造了好几百万效益，深受老板和汤总器重。

就拿上次出国考察来说，集团奖给每位高管2万块零用钱。考察回来，所有人箱子里装满了大肆采购的衣服鞋帽，唯独他到超市购买大量国外奶制品，奶倒掉留下外包装。当整整两箱子产品包装摆满了半张会议桌，由不得老板不赞一声！这是事业心的表达，更是忠诚度的表现。还有比他做得更好的人吗？

看来我要夺取广告总监宝座，还需时日呢。勿急，此次W市场攻防战正是咱一显身手的机会，老逸好好看咱表演吧，一出手还是绝活儿！

振作精神，我开始玩命想事件营销。过了很久，廖总开腔了："那边有什么情况？"

去之前，我紧急调动企划部玩命搜W市信息。听见廖总询问，我马上做汇报："Y集团抓住国人对草原的美好向往，喊了一句：'青青大草原，Y家好牛奶'，迅速唤醒消费者对草原的美好体验，产生的亲和力又转移到牛奶上，品牌形象很受益。目前Y集团和H集团的攻势很猛，买赠活动一个接一个，打得其他品牌节节败退。10年前，Y集团曾举办'昭君回故里，Y家送深情'的大型免费品尝活动，向中小学生赠送100万支雪糕。不吃不知道，一吃忘不掉，一传十，十传百，当年市场占有率高达50%，实现了过黄河跨长江的战略营销目标。这个方案被S集团改了改接着用，效果依然牛。H集团的策划也非常到位，他们正逐一扫荡各大小区，相当于宝洁的大篷车开进城市小区，每天组织促销活动……”

廖总微微闭着眼睛，静静听着汇报，当我说完竞品促销后，他忽然插言道：“哦，昭君出塞又来一次，呵呵，出人意料啊。嗯，还有什么消息？”

“有价值的消息不多，因为时间短，汇总起来大致有三条：1. 这几天价格战打得热火朝天，牛奶比瓶装水贵不了多少；2. 竞品广告铺天盖地，车载广告和本地都市新闻频道是热点；3. 地面促销、KA（关键客户）与零批陈列的争夺非常惨烈。很多超市乐见牛奶大战，他们对咱们的合同执行睁一眼闭一眼，A集团在商超的陈列方面严重受损。”

都是坏消息，听得廖总不禁微微叹口气：“哎，打仗是需要‘米’的，汤总这次只批800万市场费，却要求立刻收复失地，依照那些大品牌的打法，这点钱只够烧俩月！看来我们要想点以小博大的办法。雨总，你鬼点子多，有什么好想法？”

“当前众多乳品厂家在W市火力全开，争得头破血流，A集团不能说无法抗衡，但正面交锋是杀敌三千，自损八百。既然正面竞争充满困难，是否可以避实击虚？自古兵家曾言，水趋下则顺，兵击虚则利。我想营销应避开正面战场，让开闹市区，以W市城乡接合部为发力点，侧翼进攻，在此地深化销售网点，再凭不懈努力迂回包围，使产品成为星星之火，燃起燎原之势！说白了是先从外围往里打，等竞品子弹打光，力气消耗尽，咱们也就完成了‘农村包围城市’的战略布局，一个冲锋打过去，他们有天然牧场，我们也有天然品质，呵呵，谁怕谁啊！”

“避实击虚，你把做D市的销售套路搬来了。好，到时再听听一线声音。”廖总顿了顿又问道：“广告打算怎么做？”

“当前消费者脑子里都装了‘注意力过滤机’，他们一个个变成了具备广告免疫力的‘商业老兵’！美兰德调查数据表明，现在每个电视广告的效果只相当于20年前的13%，价格却贵6倍！而且受众对电话广告的厌烦和规避程度也排在所有广告类型首位。国内受众对电视广告只有3.5分钟的忍耐度，更有45%的消费者正努力不看电视广告。这次预算偏紧，我不打算主投电视广告，琢磨着以事件营销为销售爆破点，您看呢？”

“有道理。”

“还是老规矩，邀请当地一批广告公司PK，谁献的计策是奇谋，咱们便跟谁合作！我调了赵一笑和两个企划，明天他们赶来负责这事。”

就这样，廖总和我交换着看法，刚上车那会儿两人似乎还有担忧，但说着说着，心情开朗起来，到后来车里都飘荡起了笑声。

冲动是魔鬼

后半夜我们进入W市。第二天一大早，廖总在销售公司办事处召开群英会。抵近观察廖总主持销售会，感触很多。人家在集团位高权重，坐在会场里气场十足，虽然困境犹如泰山压顶，但他谈笑风生，真是一派大将风范。而我呢，遇见突发事件，焦躁情绪挂脸上，二者高下立判。

廖总冲大家笑笑点点头，简单说几句开场鼓励话，便叫大区经理和城市经理说事、诉苦、谈想法。会上我再次见到荆天，半年多不见，格外亲切。这家伙整整瘦了一圈，眼神虽疲惫，也现出了眼袋，但精神状态很好。其实在A集团凡追求上进之人，大致都这副神情，被统称为“汤总宝贝”！呵呵，因为汤总喜欢我们忘记疲劳，全情投入，做铁人。

我们俩坐到一起，我在本上写了一句：你和D市还好吧。写完悄悄递给荆天。时间不长，荆天递回本子：我跟您学了人情做透事情就能搞定的思路，为了巩固二批联合体，每月开座谈会解决困难，比如，二批倒货和冲货、大零售商客情维护、赠品发放、恶性降价，大家一起探讨。我常鼓励他们把市场维护好，都有钱赚。此外，还跟您学一招，让马儿跑就要让马儿吃草，经常要政策，钱总磨不过，陆续批了点费用，二批得到好处，更听话了。

看完荆天留言，差点乐出声来，果然都是我的做事套路。我又写了一句：四川爷们儿为了前程，真要狠起来，绝对狠角色！向你们哥儿几个学习了！

荆天回复：子明、晓峰才叫真狠，我就没见过这么玩命干活的人！他们白天跑个半死，晚上还做您安排的事，领教了企划部的干活风格！

……

散会后廖总带队开始实地调研，忙活到傍晚才回办事处。大家喝口水，洗把脸，很快，第二轮会议开始了。廖总首先发言：“奋斗在前方的将士们的确辛苦，老板和总裁托我带来诚挚问候。集团领导知道大家现在面临很大压力，请大家放下思想包袱，不被眼前暂时的困难吓倒，胜利一定属于我们……刚才去市场看到的情景确如众人所言，竞品龙争虎斗……下面我来谈谈具体的反击方案，请大家做好记录……”

正在这时，老板电话进来了：“雨总，你和廖总在W市吧。”

“是，老板，廖总正在开会。”

“哦，你们辛苦！我们遇见的是暂时困难，很快能收复市场。当年创业那困难比这个大多了，你请大家千万不要灰心！”

“是，廖总正在给大家打气。”

“好，很好！有这么一件事，建行正在给H公司办贷款，他们介绍了一家有实力的本地广告公司，叫程一广告，他们的人晚上会来找你。如果价格差不多，就跟他们合作吧。”

“是，我先聊聊。”放下电话，我不禁嘿了一声，呵呵，我们大老板和汤总是不是觉得我对付广告关系户很有办法啊，前面刚送走驻京办主任的朋友，后脚又跟来一个银行关系户。这帮人神通广大，躲都躲不过去呢。

回过神来，发现会场有了争论，大区经理传总正在发言：“农村包围城市是一步妙招，但好像不太适合W市实情。我们在一个多月前还处于领跑地位，品牌、品质和口碑三好。造成目前销量大幅下滑的原因是几家竞品大打价格战，消费者图便宜争相购买打折货，如果我们参与价格战，马上就能夺回市场，恢复市场秩序。为什么要舍近求远，先从城乡接合部起步？这就相当于二次开发W市，还请廖总再考虑一下。”

“说的有一定道理，但参与价格战，谁能回答我四个问题：这场战役将打多久？需要投入多大费用？即使打赢，产品价格回调难度大不大？打输了怎么办？”廖总眼睛一直盯着传总。

会场安静下来，我刚想站起来说打算以事件营销为突破口，替廖总帮帮场子，但转念一想，现在是真刀实枪搏杀，万一策划的事件营销差劲……算了，忍忍吧。

但传总没忍住，他跟廖总说出了肺腑之言：“老大，W市场是我们几十个兄弟一刀一枪打出来的，千辛万苦才站住脚跟，不能叫几个竞品一个冲锋就给赶出城……记得三年前二次攻打W市，老板践行时说人在市场在，所有希望寄托在你们身上，不能丢A集团脸面！三年来，我们天天跟这几个对手过招，集小胜为大胜，才打下今天大好局面！所以还请老大跟上面再沟通沟通，多给些支持，我保证带团队一个月把失去的市场夺回来！失败了，您怎么发落都行！”

市场是一个没有硝烟的战场，敌人笑我们就得哭！传总发言让会场气氛为之一变，众多销售主管在下面开始嘀嘀咕咕，这个站起来跟廖总请命，那个站出来立军令状，还有人口才甚好："W市场是全国销售样板市场，要是标杆被竞品打倒，好比是M集团和H集团联手把呼和浩特市场攻陷一样，L集团与Y集团的颜面何存？一寸山河一寸血，十万青年十万兵，我们要跟这帮孙子死磕！"

嚯，会议室开了锅，众人撸胳膊，挽袖子，群情激奋。传总团队好样的，个个是血性汉子，精神没被敌人摧垮，连我的情绪都被他寥寥数语带起来，血有点儿沸腾。

竞品正步步蚕食地盘，谁不焦心？廖总望着W市场销售团队，看得出人们大都情绪激动，他走到传总跟前，拍拍他肩膀，朗声说道："你是一方诸侯，也是集团一员大将，此时心情我理解，团队心情我也能理解。市场丢了谁都心疼，但打仗不能意气用事，不能逞匹夫之勇，对吧。今天不是请大家表决心，而是要拿出一套切实可行的反击方案，最后上报汤总和宋总。冲动是魔鬼，大家沉住气，相信我们的力量，市场很快会有转机！"

廖总安抚完大家情绪，眼光又落到我身上，"汤总点名雨总来助阵，他是集团策划高手，我们来听听他的高论吧。"

啊，啊，廖总好坏，怎么现在就把我推出去，什么都还没准备呢，还要听高论啊……没办法，只好硬着头皮站起来，"各位领导，各位同人，大家好。廖总给咱们指明了奋斗方向，下面我来谈谈策划，说得不好请大家海涵。"加盟集团近三年，包括销售公司在内的中高层对我的能力都知晓一二，所以众人比较尊重我，会场逐渐安静下来。

"今天跟随廖总和传总考察市场，现在是价格促销战、商超堆头战、产品陈列战、广告传播战四战合一，竞品各显神通，甚至我看到有商家在超市促销，居然推出消费者丢色子定中奖金额的活动，感觉整个市场已经被打乱套了，没章法可言。如果咱们还采用常规策略应对，立马会跟五六家竞品搅在一起，消费者最后知道的只有降价信息，而记不住A集团品牌内涵，如此非常不利于长期耕耘本地市场，所以咱们的策略最好是另辟蹊径。"

从众人眼神里感觉开篇好像还不错，我不自觉地点点头，"最好以事件营销为切入点。我想到的事件营销是以秋季W市万人马拉松长跑为契机，这种十几万人参加的大型活动，声势冠盖全城。具体做法是：1. 总冠名将获得很多宣传资源；2. 争取更多传媒助阵，大谈

A集团对国人健康的呵护；3. 传媒采访冠亚军，我们事先派人与组委会协调，许诺赞助冠军，买他感言一句话：‘我每天喝A集团的高钙奶，对身体大有帮助’；4. 比赛路线上做巨型产品堆头或充气模型，超有震撼力；5. 租飞艇，挂着广告沿马拉松路线反复飞。据去年报道，W市马拉松当时有几十万人围观，今年比赛时人群上方飞着咱们的广告，冲击力极强；6. 沿路挂条幅和插彩旗；7. 聘500名长跑爱好者打旗帜，统一穿着营销服，组方队参赛，借实况转播造声势；8. 针对大型团购客户，可赞助他们组队参赛，但服装上要印广告，示范效应显著；9. 1984年国庆阅兵，北大学生在游行队伍里突然打出‘小平您好’的条幅，轰动全国，咱们在长跑大军里埋伏几支奇兵，跑到不同赛段打出不同口号，可做成新闻；10. 马拉松发令枪响，场外会有一批自行车爱好者伴行，在他们身上打主意，形成场内外互动之势；11. 沿路布置百座促销宣传站，既增强互动，又能做临时促销；12. 凡取得成绩的选手，拿到的奖品是我们的礼品装，镜头前全都是我们的产品形象；13. 马拉松选手跑出去后，咱们在后面再举办‘5公里趣味跑’，效仿国外趣味长跑赛，由参赛者背负或头顶产品跑5公里；14. 观众人人手持印有我们产品logo的小红旗，因为谁都想摇旗呐喊；15. 通过马拉松比赛拔高品牌形象，健康、营养、亲民、坚持、振奋等词汇与产品挂钩，彻底与竞品做区隔。我想把马拉松比赛变成产品表演赛，而且每年赞助一次，随着时间推移，赞助成效将深入人心，反响将越来越好……投放费用预计200多万，能直接拉动几百万销售……”

说完初步策划的三个事件营销方案，呵呵，这回把大家胃口吊起来了。荆天带头鼓掌，他知道我的手段，相信出自我手的方案，质量有保障。廖总也赞成我主攻体育赛事和学校市场，传总等几位销售大佬更是催我尽快拿出可行方案，都在嗷嗷叫呢，搞得气氛挺热烈。

但话又说回来，这也算把企划部支在锅上烤啦，还不知道能否实现策划目标呢。唉，都是被廖总逼的，提前说大话，头痛哟。

剑走偏锋

晚上廖总和传总团队在办事处继续商讨对策，而我约见程一广告一行三人，总经理刚总，策略总监段总和客服经理徐小姐。总经理+业务总监+美女客服是广告公司见大客户的标配，我见过很多。

双方落座，有意互相打量一番。看得出，他们对我的服饰颇为惊奇，那是，他们印象中的集团广告总监大都西装革履，正襟危坐，而我颠覆了人们的惯有看法，酒红色头发，一条小辫脑后飘荡，浑身上下穿得花里胡哨，嘴里叼一根雪茄，跷着二郎腿坐在沙发上，模样还很年轻，但神态又挺张扬。呵呵，这种惊异眼神我见多了，不做理会。

没认识小珺前，我的眼光准会落到徐美女身上，乌黑的头发，漆黑的杏仁眼，白皙的皮肤，身材挺拔，提鼻子闻闻，一股淡淡香水味似有非有地飘来，呵呵，美女真养眼啊。但现在我心无旁骛。所以，广告公司发动的美女攻势对咱无效。

这时，我目光紧紧落在刚总身上。他四十来岁，中等身材，面目和善，脖子上挂着一块琥珀，夺人眼目。我冲刚总笑道："您这块琥珀很牛啊，乃佛家七宝呢。您信佛？"

"呵呵，没想到雨总对佛教还有研究。"

这类话题我手到擒来，"《般若经》说佛家七宝是金、银、珊瑚、琥珀、琉璃、砗磲、玛瑙，而藏传佛教的七宝为金、银、珊瑚、蜜蜡、红玉髓、砗磲、珍珠，统称'西方七宝'。琥珀和蜜蜡从地质学上说是同一种东西，透明称琥珀，不透明为蜜蜡。蜜蜡在藏传佛教中尤被重视，用来做念珠和护身符，有强大的辟邪趋吉功效，黄色蜜蜡可用来催财旺财！刚总戴着琥珀来，看来是有备而来啊，我们合作成功希望很大，呵呵。"

……

我还是从养生、风水、哲学、宗教四门聊天课程入手，很快，大家熟络起来，陌生拘束感一扫而空。刚进入正题，策略总监段总从包里拿出一沓资料："雨总，这是我们搜集的各家竞品投放本地电视和报纸的30天监测报告。"

哦，还真是有备而来啊，行。第一个动作我就有点儿喜欢。报告不光有监测数据，还有数据分析，更有针对性的策略动议。他们显然在见我之前，下了功夫。

足足看了十多分钟，我才开口："刚总做事扎实，没签合同，您就把很多工作做完做透了，谢谢！"

刚总递来一支烟，笑着说道："雨总客气啦，呵呵，都是我们的分内事。"

"刚总、段总，我想听听当前的传播策略，希望不吝赐教，呵呵。"

刚总仰天一笑："哈哈，您能做集团广告总监，该是我们向您学才是呢。"

"对，对，应该向您学才对。"段总在一旁附和道。

初次见面，人家看中的是宝座，而不是人。我听过太多乙方的夸奖，不会有半丝骄傲，“好啦，刚总、段总，客套话不讲，您二位赶紧来指导一二吧。”

我静静听着段总的发言，无非是一些俗套的推广套路，嗯，他们不了解我的做事风格。但听着听着，亮点来了：“程一广告认为四大品牌没有投放W市标志性户外牌，反而扎堆做车身广告，未免给消费者留下‘过客’印象。建议A集团立刻投放长江大桥或市中心标志性大牌，亮相便鹤立鸡群。”

这想法对胃口，我微微点点头，随口问了一句：“费用？”

“我们为A集团特别推荐两块黄金户外牌，长江大桥引桥左右的两个擎天柱！一年总投放才300万，而每年有500多万辆社会车辆和公交车过桥，相当于0.6元/车。开小车或坐小车的人群大都是城市中产或社会顶层人士，首先在他们心目中建立起高端品牌形象，是正招。”

“段总建议以户外广告打响头炮，盖住竞品风头？”

“只要户外广告创意出彩，引起全城瞩目，我们必定成功！”

“长江大桥的左右对牌？想法大胆。”我被他们的想法吸引过去了，略微沉吟，笑着说道：“我对这次W市投放有五点想法：1. 本次‘任务包’分为企划和广告两部分，程一广告的策划书也要分成企划和广告两块；2. 企划预算400万，广告预算400万，费用不高省着点用；3. 活动目的是尽快收复失地，恢复市场占有率；4. 请广泛搜集各类经典促销企划案，咱们借鉴模仿提高；5. 所有策划要剑走偏锋，支持以小博大……”

他们刷刷刷地记录着，听我说完要求，刚总问道：“雨总，所谓策划要剑走偏锋，您的标准能再说细致点吗？”

“好，我说一正一反俩案例。有个豆奶粉的品牌推出一则广告，一头牛和一颗豆子结婚了。一年后，新郎豆子由衷赞叹新娘：‘你真牛！’新娘娇羞回道：‘你真逗！’广告虽然幽默，但没说明白豆奶粉的核心竞争力，能给消费者带来啥利益。呵呵，这是品类宣传而不是品牌宣传，因为任何豆奶粉都是又牛又逗（豆）！咱们出策划方案，但凡带广告硬伤的点子就别出笼了。”

段总一脸自信，“那是一定。呵呵，请雨总放心！程一广告在Z城位列三甲，水准完全有保证！”

我点点头，继续说道：“好。信你们！再说个案例。东北Y药厂推出一款胃药，该药的诉求点是含有乳酸菌，能有效调理肠胃功能。最近他们的广告在电视上打得很猛，我要求广告部监控Y广告播出时段与频率，如果我们投放栏目一致，那我们会跟电视台谈，先播放5秒A集团品牌广告，接着播Y广告，完后A集团15秒乳酸菌肠胃版广告跟进。1个5秒和1个15秒广告死死夹住Y广告！消费者聪明着呢，看完Y广告知道了乳酸菌医药功能，再看完A集团发酵乳酸菌奶制品广告，他们会怎么想？呵呵，医补不如食补嘛，还是喝活性乳酸菌奶吧，既调理肠胃，又是健康营养食品，一举两得呀。”

“哈哈，这个投放策略牛！根据广告法规定，食品不能做医疗宣传，虽然发酵乳酸菌奶富含乳酸菌，但不能从医学角度大讲特讲，正好Y广告把乳酸菌医学功能讲明白。借力打力，让其他产品替A集团做嫁衣，哈哈，雨总有奇招！”段总笑着挑起了大拇哥。

眼神交汇，我第一次看到他略带佩服的眼光，我不免暗自得意起来：“刚才一见面，还以为我是混混吧，随便讲个小策划，你就喊高手了？哼，以后有你拍案称奇的时候。”上个月，我跟老板提到这条投放修改意见，同样获老板嘉奖。那是，脑袋瓜好使，又肯钻研的高手才能出此“损人”计谋。呵呵，哥们儿我煞费苦心，在背后做了多少功课啊，都是为了尽快把老逸从总监位置上赶下去啊。

这时，刚总也加入赞美团队，“再加上A集团品牌在Y广告前后各出现一次，消费者既明白乳酸菌好处，又记住品牌名，一举两得，真是高明的策划！”

“我们新播出计划一出炉，自己阵营当然是叫好声一片，但把Y广告夹疼了，他们不断跟各电视台投诉，电视台转头找广告部商量，但我硬顶着不换。两边都是广告大户，谁也不敢得罪，最后电视台大都充当和事佬，批给A集团一些广告资源，呵呵，有甜头吃我才肯离Y广告远点儿。”说起自己的策划高招，总叫人陶醉。当然，我也不例外，事情来龙去脉越讲越带劲。

……

双方商定，四天后程一广告交策划全案。送走他们，我认真梳理了投放思路，扭头去找廖总汇报。廖总靠在沙发上，神情有些疲惫，从来不抽烟的他，居然也悠然点起了一根烟！此情此景甚为难得，我不免要打趣廖总：“老大，以后加入烟友团吧，呵呵，以后我也方便管您蹭点儿好烟抽。”

“得了吧，都是被你们几个来回熏的。看看下午开个会，七八条烟枪喷云吐雾，我差点一口气没上来。”

坐在旁边的传总冲廖总喷去一口烟圈，“本来老大想去捏脚，但破事太多，绊住了脚，只能抽根烟解乏。老大，我的理解还行吧。”

“捏你个头，难道竞品还没把你脑袋捏疼么？”

“您带着雨总亲自冲到一线，自然能马到成功，所以我感觉担子没了，脑袋早不疼啦，哈哈。”传总嬉笑说道。

廖总悠悠伸出 5 根手指，在我们面前晃了几晃，“这些年我在集团东奔西跑，品尝过人生 5 种极限，饿、累、压、急、喜！没想到今天又品尝到‘熏’的极限。”

平时看廖总一副威严神情，那眼神似一把利剑，好像能穿透人心，但私下闲聊发现他有时也挺可爱，我不免对他有了些亲近感。其实廖总没变，变化的是我的心态。刚加盟A集团，我仰视廖总这一层级的高管，虽有自信，但那时业绩不显，不足以和他平等交流。但经过三年磨砺，随着职务提升和业绩彰显，我好像已融进集团核心团队，越发自信，心态越发成熟，再跟廖总接触，已能以平常心待之。这是职业经理人必经的一段心路历程，庆幸的是，我走得比较快！

几个人闲扯几句，我开始做汇报：“刚才和程一广告的人接触了，他们是老板介绍过来的条子广告公司，据说是本地三强。本事暂时看不出来，但他们做事态度还行，这是他们做的《竞品媒介投放分析》。”说完我把资料递给廖总。

廖总翻了几页，问道：“知道你做事风格，但凡做汇报，一定有想法，说吧，又要给谁设套布局啦。”

廖老大说话总是一针见血。前在装修迎宾酒店对付装修公司上，后在当上工程总监要砍基建单位总价上，我都有过谋篇布局，给廖总留下了印象，所以到了后来，他见我拿着材料来汇报，总喜欢打趣。

我笑着说道：“呵呵，是布了个局，但不是针对乙方，而是为了集团全国销售一盘棋。”我又介绍了在长江大桥引桥做对牌的策划：“此外还想到一层，各种机缘巧合之下，A集团目前正在投放北京王府井、上海南京路、深圳华强北、广州北京路、成都春熙路等地的户外广告牌。这五大旅游城市是商务和旅游大市，而每天这些城市的购物中心里客流量又极大，如果庞大的商务和旅游群在繁华地段看到咱们的广告，会刺激他们的购买信心，而且可以把消费信心带回地级和县级市，有利于拉动全国销售。W市也是国内中心城市，所以我建议投放户外广告，算是一举两得。”

廖总微微点点头，但没表态。就知道说这些理由不足以打动他，好吧，既然他不见兔子不撒鹰，那我现在就来放只兔子给他瞧瞧，“纵观国内户外广告创意，大同小异，我打算做个别开天地、另创一家的设计方案。画面主体仍采用喷绘布打底，一个小朋友嘴里叼着一根吸管正在吸一杯鲜奶，但咱们可以把吸管和杯子用霓虹灯灯管武装起来，随着吸管里霓虹灯灯珠不断往上闪烁，一格一格往上跳，远看好像鲜奶被小朋友吸吮上来似的。与此同时，杯子里霓虹灯灯珠不断往下闪烁，从上到下一格一格变暗，好像鲜奶不断被小朋友吸走，由此构成一幅动态画面。等霓虹灯灯珠闪到杯底，则表示杯中奶已被小朋友喝光光！这时，杯子里所有霓虹灯灯珠会全部重新闪起来，代表又是满满一杯，小朋友接着喝奶就行。更猛的是，我打算让小朋友的脑袋和杯子伸出户外牌边框，做成一个完全异形的户外牌。呵呵，我相信消费者看一眼，准能记住品牌形象！”

廖总听完喜上眉梢，竟然脱口而出：“好，好，很好！不过，不过我担心长江大桥上的车辆剐蹭事故会不会因此增加呢？”

众人笑声一片。笑声中，传总有点小激动，他站起来边比画边说：“把霓虹灯搬上十几米高的擎天柱，全国首创啊，像是在播放电视广告，很能抓消费群目光，估计还有点轰动效应！更妙的是，小朋友只喝口感好的奶，动态画面不断重复，代表我们的鲜奶品质好，所以小朋友才喜欢喝完一杯又一杯！儿童看到这个广告牌，他们会想也许这杯奶真好喝，那我也要喝；而大人会被童趣画面吸引，头脑里将形成健康、口感、品质、回忆、童真等好印象，非常有利于销售。但我想提个建议，没别的意思，还请雨总把把关。”

“您说吧，我洗耳恭听。”

“那个杯子最好换成利乐枕。虽然透明杯子表现牛奶不断下沉效果好，但如果用我们的利乐枕，传播广告信息好像更丰富准确些，反正是童话表现，不透明的利乐枕也能表现透明感，说得过去，您认为呢？”

未等我发言，廖总赞道：“修改意见好，白天传播信息更多，晚上又不影响灯光效果。”

嗯，瑕不掩瑜，我又听到了领导赞扬。临出门时，廖总嘱咐道：“这次所有广告和企划方案你都要当面跟老板或汤总汇报，他们签字我们才能执行。”

告别廖总，转头再去和一笑他们并肩干活。瞧这一天忙得没边了，走路都打晃，可实在没办法，我只想充当市场灭火英雄，叫领导们看看咱的本事！所以即使工作再辛苦，我也要打起十二万分精神，冲刺、冲刺、再冲刺。

晚上正和一笑说事，钱总来电话，我看着手机心想："大晚上这哥们儿打哪门子电话呢，又有啥破事？"虽然心里不痛快，但还是接了他电话："钱总您好。"

"呵呵，雨总好，这么晚了还在加班呀。"

"哎，倒是想早睡来着，但又担心您来电话说事呀。"

"哈哈，雨总真幽默。不过事情还真有那么一点儿。我今天给汤总送杂志样刊去了，嗯，总体他满意，但后来提了个要求。"钱总说话有些吞吞吐吐。

可我满脑子都是W市场的事件营销，杂志的事根本不想听，"哦，您按他意思改吧，甭打招呼了。"说完准备挂电话。

但谁知钱总冒了一句："别，别，这事必须和您打招呼。您曾反复说杂志广告不上荣誉证书，但汤总非上不可！"

"啊，为什么？"

钱总别的本事看不出来，模仿秀的功力叫人开眼，就听他惟妙惟肖模仿起汤总腔调来了："知道杂志广告多贵吗？A集团获得过中国名牌、国家免检、驰名商标一堆荣誉，为什么不刊登？读者怎么知道我们的实力？雨总和您在这件事上有失误……"

不等钱总表演完，我急眼了，"汤总不懂广告，您怎么不解释呢？应该马上告诉他杂志是深度阅读，是文化大餐，读者群感受的是品牌文化和情调，广告是在高端人群和意见领袖中树大牌形象，看个神马证章啊。要知道品牌形象高于产品形象，大牌杂志广告哪个是证书说话？哼，装大牌都装不像！"真想骂他一顿，笨嘴拙舌，还是做广告的呢。

钱总见我说话跟机关枪似的，"突突突"一顿扫射，忙赔笑解释："冤枉，雨总冤枉啊，我跟汤总说过了，但反而被数落一顿，叫我下次发布前必须给他签字。雨总，要不您跟他说说，回头再听您的信儿？"

挂上电话，我气呼呼地坐在椅子上抽闷烟。不怕神一样的对手，就怕猪一样的领导，太不尊重职业经理人的职业底蕴了。唉，电话解释不清，晚上还得写一份说明呈上去。本来就忙得不行，偏偏又遇上笨死了的钱总，郁闷。委屈憋在心头，硬着头皮写报告，我真想给汤总拽过去一句话：该文稿老板已审阅签字。想了想，拿老板压总裁？那是傻子。

企划部都是快刀手，赵一笑带着人很快约了几家本地头面广告公司，经我一阵忽悠，大都兴高采烈领命而回。呵呵，向七八家广告公司发出一个个'任务包'，那就好比广撒网捕大鱼啊，借助他人大脑完成自己工作是我的一贯做法。几天后汇总上来各色事件营销、促销方案、广告策略和执行报价，我看完有了想法，又再次邀约程一广告报价。

我拿着刚总的报价，杀得他直皱眉头，最后坐立不住，都有点跳脚了呢。那是，肥猪躲不过屠户手，我对谈判颇为自信。经历一番艰苦砍价，最后连霓虹灯制作费他们都给我免了，当天傍晚时分，总价870万的广告和企划一揽子案子新鲜出炉，首付260万，廖总、传总和范总看完表示认可。赞助马拉松？来不及啦，等明年再议吧。我们选择以学校做突破口，集中一切火力先撬开150万学生大市场，辅以几十万的幼儿市场。那真是准备了十八般武器呢。

当晚我又精心完善好这份策划案，连夜发给老板秘书，并告知，我明天下午赶回总部当面跟老板汇报，请老板有空先瞅瞅。合上电脑笔记本，内心还是有点小激动，出发前脑袋空空荡荡，但仅仅一周时间，由六大一流的策划专案构成的推广全案就放在眼前，哈，辛苦没白费，等着老板表扬吧。老大签完字，我回来指挥企划部会战W市场，只需三个月必将打个翻身仗，收复失地指日可待。呵呵，心里美滋滋的！

呜呼，抬眼看看手表，哇，又是凌晨3点，洗洗睡吧，明早还要赶回北京呢。

遇初恋

上午在机场接到廖总电话："雨总，你请老板、汤总尽快批示方案，完后你一定要去趟财务总部，请他们及时划拨款项，前线急得不行了。"

"是，保证完成任务。"我信心满满地答道。

下了飞机，在10号出口我碰见接我的司机，但有点吃惊，"哟，阿健，哈哈，怎么是你呀？你不是去东北大区做销售了吗？"阿健曾是H公司司机，装修办公楼时为我开车，被我三说两说鼓捣进企划部苦学一年，后申请内部转岗，凭本事去了东北大区，做了一个县级市场业代。

阿健憨厚地笑了笑，伸手接过我的行李箱，"老大好！昨天总部召开北方公司销售交流会，参会的都是各地优秀销售代表，呵呵，我跟着也来了。"

"行，哥们儿你牛！对了，你怎么来接我啦？"

"听人讲你中午到北京，我请好假，跟总部车队打声招呼，开车来接你啦。"

“嗨，你也是，一会儿到总部咱哥儿俩不就见面了嘛，呵呵，干吗非请假啊。”

“不行，一定要接您！打心眼里说，我挺感谢老大，从企划部学到716风格和本事，今年我都被提拔做地市级副经理啦。”

“呵呵，恭喜我们阿健！”我挑起了大拇哥，“企划部各个是汉子，我只是外因，每个人的努力是内因，取得成功都是个人努力的结果！”

“老大，这话我不爱听，做司机每月也就拿1 000出头，现在能拿到4 000多，要不是你给的锻炼机会，我永远难出头……”看得出，阿健说的是肺腑之言。

阿健带我走进停车场，一会儿在一辆白色轿车前停下来，“老大，我跟车队人熟，呵呵，今天开了辆宝马。”

“真有你的。对了，去年开过老板公子的玛莎拉蒂，但从来没驾驶过宝马，来，你坐旁边，今天我当司机。”说完，我就奔驾驶座去了。

“你太辛苦，还是我开吧。”

“没事。”说完，我一屁股跳上驾驶座。

车子奔驰在进城高速公路上，心情大爽。看着道路两旁一个个擎天柱广告牌从眼前不断晃过，心里那个美啊：“哼，看见没，都在投放户外广告，但他们的创意稀松平常。咱把商业楼上的霓虹灯移植到户外牌上，动态构图，全国首创，嘿，一出手就是绝活儿！”

“老大，乐什么呢？”

我挺想知道阿健的故事，所以没搭茬儿：“说说你吧，呵呵，蹿得挺快啊。”

阿健递来一根烟，笑着回道：“呵呵，都是托企划部的福！我刚去两眼一抹黑，下市场遇见麻烦，我给一笑哥打电话，他都能讲清，还帮着想点子……”

“是啊，以前咱们聊过，1 000多的薪水还想讨媳妇，哼，在大城市月入8 000才有资格谈爱！你再干几年，讨个漂亮媳妇，得多开心啊，哈哈。”

“东北人能喝，无酒不成席，但我酒精过敏，怎么跟他们交朋友呢，呵呵，您的人情做透四招我全都用上啦，效果杠杠的，得，跟您讲一件乐事……”

就这样我们有一搭没一搭地聊着，听着阿健的成长故事，渐渐地，我的思绪仿佛被他带到了过去。

“老大小心！”阿健突然大喊一声。

原来我开车走神了，没发现前面轿车正在刹车，幸好他及时提醒，我才忙踩刹车，好悬。就在即将停稳时，忽然感觉车子微微震动了一下。

阿健忙扭头看看后窗，“坏了，可能被追尾了！”

我们俩忙下车查看，果然，一辆高尔夫顶到了宝马屁股上。再仔细看看，还好，只是轻微剐蹭。

这时，从后面冲过来一个人，一个劲儿道歉：“对不起，对不起。”

我抬起头，好不吃惊地喊道：“啊，是你？”时间如白驹过隙，近10年不见，她依然美丽动人。一袭白色长裙，衬托出婀娜身姿，乌黑飘逸的长发下，有着精致可人的五官，尤其是一双笑眼，天生烟熏妆，极动人。

她看见我更是吃惊，无论如何也没想到从宝马里钻出来的竟是我，酒红色长发，穿着花衬衣，戴着大墨镜，嘴巴里叼着烟，一副公子哥儿打扮。

“你，你这是去哪儿？”她都不知道怎么开场了。

“你还好吧。”我轻轻问道。

“嗯，算是吧，我跳槽去另外一家4A广告做AE了。”

阿健看看我，又望望美女，好像明白了点什么，识趣地退回车里。我随手从兜里摸出名片夹，掏出名片递过去，“巧了，我跟你还是同行，呵呵，我在A集团上班，喏。”

“呵呵，头衔真多。看来你做得很不赖呀。”她朱唇微启，依然是那般迷人。

我是故意给她名片的，那上面印着企划总监、广告副总监、工程总监三大头衔，更有A集团金字招牌替头衔背书，广告圈里谁拿这张名片都要侧目看我呢。

“呵呵，有空去拜访拜访，肯接待吗？”

我两手一摊，歪歪头，笑道：“好呀，随时恭候大驾光临。最近有点儿小忙，提前来个电话好不？”

“你变化很大，变得成熟多了。”

“你没变，还是那么漂亮。”

“谢谢。”

“好，你开车小心点儿。现在我赶着去汇报，先走了啊。”

“嗯，你也一样。”

我冲她挥挥手，好像浑身上下金光四射一般，晃得她眼睛好像有些迷离。

汽车刚发动，阿健便不怀好意地冲我眨眨眼，笑呵呵说道："哇，美女够靓！那模样，那身段，那皮肤，呵呵，才看一眼我就……嘿嘿，老大好有艳福啊。"

"瞎说啥，哼，我跟她没一毛钱关系！"

"是吗？不会吧，嘿嘿，我看美女瞅你的眼神……"

我轻轻叹口气，"唉，哥们儿你切记一点，要是交到女友，最好经历点考验，现在她对你好，不代表大难临头时她还对你好！原本以为天下最幸福的事情就是有事做、有人想、有期待，但其实最幸福的事情是高光遇故人啊！去他大爷的吧，都什么啊。"

阿健挠挠头，困惑，"老大你在发什么感慨？没听懂。哦，那个美女过去是你什么人吧。"

车子开出去好远，我都说不上来是什么情绪，几年时光弹指一挥间，但依然有高兴、难过、怀念、仇恨、忧伤、怨恨、平淡、骄傲的情绪，反正五味杂陈。我没有再说什么，过去那一幕幕经历像电影一样回放，不断在脑海里闪回。

插叙：在我离开A集团时，集团把这台宝马奖励给我，所以，我也算是在高光时刻遇见初恋，她绝对没想到，几年前还负债累累的我，居然很快就东山再起了！呵呵，她没想到的事情，我坚信自己一定能行！

惨烈争斗

路上心神不宁，直到我下了车，看见办公楼上挂着的集团招牌，我才一拍脑袋，心里说道："别胡思乱想，先把正事办妥要紧。哼，早知我有今日腾达，何必当初绝情？"虽然发泄了怨言，但心里还不是个滋味。

踏进总部大门，跟同事们打着招呼，那股紧张忙碌的气氛便扑面而来，由不得乱想，我很快进入工作状态。

正巧，电梯门打开，我刚走出来，迎面便碰见老板带着老逸。老板一只手拎着公文包，正大踏步往这边走来。他没有以往热情的笑脸，也没有热情的招呼，更没有以往的和颜悦色。看到老板气色不佳，我心里一紧："谁惹老大生气了？会不会是老逸？"容不得多想，老板已到眼前。

老板面带愠怒，劈头盖脸训斥开了："你打来的报告我看了，预算900万，为什么一上来就要付广告公司300万？怎么可能呢？他们什么都没做，就要先给300万？你根本不会谈合同！广告部是这样付款吗？简直开玩笑，你这是在拿重大任务开玩笑……”一场疾风暴雨猛烈向我袭来，打得我惊慌失措！

我见过老板骂老逸，贬张总，损齐总，斥小汤总，但他对我从来都是称赞有加，从来都是和颜悦色，连一句重话都不肯讲，更甭提什么骂人了。但今天毫无征兆，老板指责我的工作一无是处，毫不留情责骂我，简直不敢相信自己的眼睛和耳朵！我的脸颊瞬间变惨白，额头渗出滴滴汗珠，整个人被骂蒙了，竟傻呆呆站在原地一动不动。辩解？去他大爷的辩解吧，思维已是一瓢水倒进一团面粉里。

老逸站在老板身旁，得意地望着我，一遍遍从头到脚打量着，那眼神好像是在动物园里看四不像，充满兴奋感。老板这边火力刚停，他便不失时机敲边鼓：“雨总，既然你称赞这家广告公司有实力，为什么不谈垫资合作？钱在自己手上，他们服务会更好，赠送资源会更多。而且，你提的幼儿园促销案，效果可能持久，但投入费用高，启动又慢，对当前打击竞争对手没直接帮助，这类促销想法幼稚，雨总你也不审审，就直接上报？”

老板直接把我骂傻了，不敢还半句嘴。但老逸跑来占便宜，话里夹枪带棒地贬低我，顿时一股无名火“腾”地直冲脑门，“投入40万能笼住近200家幼儿园，覆盖10万儿童，紧紧抓住他们，谁说不能起量？竞品没做，我们当然要第一时间做进去！”

“设想挺好，但实际作用有多大？我说了不算，但宋总已经否决，他认为你异想天开！哼，几十万砸下去，没点儿效果，你负得起这个责吗？”

没等我还击，老板接着批我：“你现在架子很大嘛，接机要动用宝马！听人说开辆大众去，你扬言谁爱坐谁坐，反正你不坐！太狂了！”

老逸连连冷笑，“雨总应该管好手下人，一个个也是张狂得紧！有人不够级别就申请笔记本电脑；有人当面顶撞领导，不听指挥；有人到处散播流言蜚语，挑拨销售部与广告部关系；有人给领导编绯闻，造成恶劣影响；有人动用公司资源泡妞；有人稍微加点班，就违规申请补助；有人打着帮经销商做本地推广的旗号，很多广告报价虚高，败坏集团名誉，个人也有拿回扣现象；有人丢了公司相机，直接管经销商索要；有人虚报差旅补助，甚至拿虚假发票报销；有人公车私用；有人下市场正事干不了，歪事天天有，叫经销商掏腰包赞助吃喝玩乐一条龙；更有甚者，下市场跟经销商打牌，赚了钱回来就给他们申请特别补助……”老逸当着老板的面，简直在诉说企划部十大罪状！

这兔崽子讲得眉飞色舞，越说越得意。这兔崽子敢这么鞭挞企划部是骗子、傻子和呆子集合地，是可忍孰不可忍，我绷不住心头怒火，二目圆睁，一个箭步冲上去，指着老逸鼻子，怒吼着："王八蛋，你胡说！"

一股激愤劲儿涌上来，我马上以牙还牙，以眼还眼了，"哼，你多牛啊，央视百大客户的执行价居然比广告公司报价还高5%，真是创了天下奇闻！俩报价有15%落差，要么你傻，被人骗死去，要么吃了回扣！你在传媒圈坑蒙拐骗，臭名远扬，败坏集团名誉，还有脸说企划部！你怕高手来抢走饭碗，故意招些歪瓜裂枣滥竽充数，广告部年年就十几条破枪维持着，凭他们想做好一个多亿的广告？去死吧……"啪啪啪，啪啪啪，每一句话都戳中这厮痛点，骂死算了。

看我说个没完没了，老板好像动怒了："蓝小雨，你要干什么？"

听到老板训斥，我才收住口，慢慢把手放下，两只眼喷出火来，狠狠盯着老逸。就在这时，电梯门又开了，老板看我一眼，厉声训道："W市促销由逸总负责，你明天移交给他。"说完，带着老逸往电梯里走。老逸冲我一阵冷笑，背着老板，伸出右手冲我竖起一根中指！

他们走进电梯，给我留下二人背影的那一幕，我，终生难忘！

短短10分钟，我感觉像过了一年，天地间好像已不能自由呼吸，浑身疲惫得不行，不知道是怎么走回办公室的。才坐下，阿健就冲进来了："老大，我刚在地库停车，才几分钟啊，上来就听说你和老逸在过道差点动手了，出什么事了？"

我摆摆手，轻轻说道："工作上冲突，没啥，你先去忙，我没事。"

"要不我喊几个哥们儿收拾他一顿？"

"算了，别瞎闹，我想一个人待会儿。"

"早知道这孙子很阴！老大，有什么事儿你尽管开口。那，那我先走了？"阿健见我脸色很不好看，也不好再说什么。

我点点头，不再言语。

心乱如麻，在办公室如坐针毡，站着累，坐着烦，最后只得蜷在沙发里闭眼想心事。脑子里全是电梯情景，老板严厉的目光，老逸挑衅的眼神，一个个动作，一句句指责铺天盖地而来，令我窒息。想不明白，实在想不明白，老板知道我做事风格，6天拿出策划方案肯定是日夜加班，不到位可以指正修改嘛，现在仍在谈判中，一毛钱都没执行！都至于嘛，好像我给集团造成多大损失似的，搞不懂！对了，那兔崽子鞭挞企划部，为什么老板看我笑话而不阻止，反而在我骂广告部时，他出手叫我闭嘴了？太反常，真搞不懂！

丢掉W市广告和企划指挥权，无所谓，但干吗拿点小事严加训斥，又纵容老逸乱搞，他着了什么魔？天啊，伴君如伴虎，我真搞不懂老板在发什么神经！

越想越窝火，我索性坐起来，点上一支烟。那兔崽子眼红我拿走800万，肯定在背后搬弄是非，毒蛇口里吐莲花，整得我好苦！但老板绝顶聪明，怎么能上当呢？把我打倒，集团啥好处也没有啊！唉，挠破脑袋也理不出头绪！对，对，有一点想明白了，熬通宵赶出来的策划案，被老板和老逸联手批得一无是处，今天丢人丢大了！想到这儿，我不怒反笑，哈哈笑个不停。

我放肆狂笑，但突然笑不出来了，因为想到一件事。老板不会给我撤职吧，把企划总部给那兔崽子管?！想到此处，后脊梁骨冒凉气，感觉冬天来了。

果然，彷徨无措时，傍晚时分预感成现实。人事总部小姑娘送来调令：兹委派蓝小雨组建设计部，工作地设于C公司，由张胜甲总经理统管。原蓝小雨负责：1. 企划总部和广告总部工作，现移交方逸华负责；2. 工程总部工作，移交蒋龙负责。请在三日内办理好工作交割手续……落款处有汤总签字，还有鲜红的A集团公章。

手拿这纸调令直哆嗦。苍天啊，我拼命工作，为什么要扼杀我的前途？为什么要毁掉我的梦想？不公平！我暴怒了，把人事部调令撕得粉碎，拉开窗扔了出去。完后打开公文包，倒出所有文件，哪管是广告部文件还是工程部合同，一边猛撕一边痛骂："王八蛋们，行，你们心黑手狠！哥们儿我一心为公，但却落到兔死狗烹的下场！去你大爷的吧，一群王八蛋！"那劲头有点像失控的核反应堆。

撕碎所有文件，我站起来踹了班台一脚，咬着后槽牙狠狠骂道："撕破脸皮了，凭啥还要卖命？王八蛋们，咱不干了！马上辞职，滚蛋就是！此地不留爷，自有留爷处，咱学得一身本事，明天创业去！"

越想越生气，我下定了辞职决心！但一想到辞职，我嘴巴似乎又有点发软，这，这，这……闭嘴了。

脑海里不由得浮现出1 000天的奋斗历程，企划部从几人起家，拼到现在近百人，这是何等威武。我带领团队永动机式地工作，完成一项项极限挑战，打得骄傲的广告部满地找牙，摆得高傲的工程部俯首帖耳，高管为之惊叹！唉，三年来，企划部无论是走投无路还是柳暗花明，我们都同舟共济，生死与共，真舍不得铁血哥们儿，也舍不得我热爱的事业……

可厚着脸皮留下，企划总部被老逸管，那我会遭受无休止的羞辱，士可杀不可辱！对了，设计部又偏偏落户C公司，张总外甥被我办了，回去不是送给人家冷嘲热讽的机会吗？不行，咱是红脸汉子，坚决不受双重羞辱！

一不做二不休，周末干脆撤了，去广州投奔宝洁、王老吉、可口可乐，照样风生水起，而且还能和小珺朝夕相处……但，但一走了之心有不甘啊，这算是被老逸赶跑还是主动投降呢，我怎么能被那兔崽子干趴下？不可能！无论如何我也要昂首离开，无论如何我也要打死那厮才能走！

可大话好说，事情难办。今后老逸插足企划总部，这道心里门槛迈不过去啊！啊，啊，左也不是右也不是，我想扯脖猛喊，可怕人笑；想低头大哭，可没眼泪；想张嘴痛骂，可被骂对象太多；想得过且过，可心又不甘。我快疯掉了！

沧海横流方显英雄本色

正在这时，黄川和阿健推门进来。小黄大吃一惊，“老大，你脸色好难看。”

“没事。”我躺在沙发上没动，用手指了指班台前的椅子，示意他们坐下。

小黄拉过椅子，坐在我身边，关切问道：“刚刚听到人事部议论通知的事，才知道你和老逸大吵一架，所以过来看看。”

“黄哥跟宋总才回，我就把他拉来了。”阿健补充道。

“我没事，大丈夫能屈能伸，你们去忙，我想发发呆。”

黄川看了看满地纸屑，轻轻叹口气：“哎，老大可别想不开，你不会想辞职什么的吧，那兄弟伙可坚决不干！”

我一言不发，既不表示同意，也不表示反对，只是闭着眼听他唠叨。“去年我刚去H公司企划部，廖总好像不喜欢我，几次在会上批我，说我这个不是、那个不行，那真是拜罢天地去讨饭——没过一天好日子！我当时很生气，就打电话给你闹辞职。你跟我说了很多，现在还记得那句：‘哥们儿我还没辞职呢，你辞个啥？!你以为你有多大能耐，伺候不了廖总就是个笨蛋！去去去，该干吗干吗！’所以我挺感谢你，给大家规划了职场方向，现在算熬出来了。对了，那时你还说了句：‘鹰飞高空鸡守笼，两者理想各不同。’到现在我还记得。后来，我开始动脑揣摩廖总心思，事事不顶牛，想他未想的事，做他未做的事，很快业绩有了。当初我要意气用事，那可是酒醒不见烤牛肉——悔之晚矣！”

想起来了，去年黄川被我调到H公司企划部做部长。这家伙有个特点，要是领导懂业务，能震慑住他，他便能俯首帖耳卖命干活。反之，他准是一个嘴里骂骂咧咧，说尽风凉话的调皮捣蛋分子。我接到小黄辞职电话，马上明白了，廖总超忙，管小黄不如我耐心，俩人肯定因工作闹了矛盾，于是我决定用激将法，把这家伙唬回去，所以连哄带骂的。他后来跟廖总磨合得不错。但小黄用自己辞职的事来劝告我，两回事啊，因为不知道那帮王八蛋为啥要对我痛下杀手！

小黄嘚啵嘚啵说半天，见我还是一言不发，他也犯愁了。那是，这件事不是三言两语就能解开心结的。三个人只是抽烟，屋里气氛沉闷，我睁开眼，伸手拍了拍小黄的腿，“哥们儿，没事的。你去忙吧，我只想静一会儿。”

刚说完，我手机响了，一个陌生号码跃入眼帘，我把手机扔给小黄，他懂规矩，马上替我接电话：“您好，我是雨总助理，他？哦，他正在开会……什么……好，我问问，应该没事吧，好，一定转达。谢谢。”

挂上电话，小黄满脸疑惑问阿健：“你开宝马接老大，车子被追尾了？”

阿健鬼机灵，马上替我遮挡，“踩刹车有点急，后面车子冲来，轻微剐蹭，不仔细看没事。”

小黄看我像死猪一样，毫无往日的生气，他眼珠转了转，换了个话题，“那个女孩想问问老大，宝马没什么事吧。她声音可真甜，我才听她说了几句话，就感觉是围着火炉吃西瓜——心上甜丝丝，身上暖烘烘。好听哦！”

阿健看见小黄冲他挤眉弄眼的，马上搭言道：“真是个大美女，化着烟熏妆的双眼，水汪汪的，我还以为是仙女追尾！”

小黄撇了撇嘴，“老大，她说请你有空回个电话，听那意思，好像她还有什么想法。现在老大在追嫂子，不然今晚就给她办了！”

“办她容易，嘿嘿，老大认识！”说完阿健掏出手机，“我背着老大，偷拍了几张照片，让你见识一下什么叫仙女下凡！”

小黄刚看到第一张照片就尖叫起来：“哇，这不是老大的初恋嘛！”

脑子已是糨糊，听不得大喊大叫，我不耐烦地冲他喊道：“叫什么叫，去去去，滚！滚！”这个小黄，都什么时候了，还扯八卦，他实在是没话找话！

小黄没理会逐客令，他跟阿健八卦起来：“那年情人节晚上，老大带着我们光棍们泡酒吧，醉酒讲起初恋故事。春风得意认识初恋，俩人好得像神仙眷侣。快谈婚论嫁了，但老大创业失败，卖掉房和车搬到半地下室。环境巨变，初恋没法熬了，更何况老大不仅变成走路的，还背负一身重债！所以初恋整天哭天抹泪，啰啰唆唆。老大又要对付债主，还要安慰她，这日子怎么过下去啊，只能是十字路口分手——各奔前程啦。”

“哦，难怪今天老大意味深长地跟我说，以前以为最幸福的事就是有事做、有人想、有期待，但其实最幸福的是高光遇故人！哦，原来有故事啊。”

小黄是精细鬼、伶俐虫，无缘无故八卦我的情史，肯定有目的，这不，他话锋一转：“老大，你曾说初恋走后，你大哭几场，发誓要在最短时间东山再起！后来还清外债，迈出成功第一步！加盟A集团后，领导企划部创业非常狠，创造力更是像天上鹰的飞行路线、崖上蛇的爬行路线，令人捉摸不透，而最后又总是出奇制胜，所以你一路升迁，到今天才能高光遇故人！刚才的电话，我感觉美女想见你，呵呵，这也算报了分手一箭之仇！既然你当初发誓能东山再起，那为什么今天不能再发个誓，一年后报今日一箭之仇呢？”

哟，是啊，小黄说得有道理。我的心好像泛起了涟漪：“当初我内忧外患，贫困交加，债主菜刀剁在办公桌上，我没掉一滴泪。只是听到初恋轻轻说出‘分手吧’，眼泪不禁在眼眶里打转，那份苦楚悲情好似心如刀割，万念俱灰，痛苦至极。是啊，那时初恋和生意伙伴全都远走高飞，全世界也许只有小王还信我能咸鱼翻身……我咬牙充英雄，硬是双手劈开生死路，几年光景从负债百万成长为存款百万，照样是条汉子。眼前丢官罢职的困难好像比不过当初吧，难道我被吓住了？”

想着想着，我眼睛有点潮，但不想让手下人看到狼狈相，只得胳膊搭在眼睛上，把头扭向沙发靠背一边。

阿健也在一旁帮腔：“老大，都是我不好。不该私开宝马，给了老逸栽赃口实，此仇不报非君子，说什么我们也要整死这龟孙子！但你走了，群龙无首没法斗啊，企划部会被各个击破，大家都要滚蛋……”

阿健还在劝解，我手机又响了，小黄递过来，“老大，小辉电话，接不？”

我拿过来轻轻说了句:“嗯，是我。”

听筒里传来小辉焦急的声音:“我不管发生什么，也不管其他人怎么想，反正我只认你是老大，我们部门只听你安排……记得那年我身无分文投靠企划部，我们才认识，但你二话不说借钱给我买被褥，至今我还要感谢！以前我是职场傻子，跟你学三年，薪水和本事都翻倍……君子报仇十年不晚，以后一定搞死他！”

“好，谢谢！我没事，你忙去吧，过几天我到广州去看你。”

才挂上电话，一笑电话又至:“老大好！我率H公司企划部先表个决心，所有人只尊你是我们老大！其他人说话全不好使……你的口头禅是沧海横流方显英雄本色，英雄都是冲浪高手，虽然起起落落，但总是立于潮头不倒！这些话我们都记着呢，所以我觉得这点困难跟你过去的经历比，小儿科，我们都信你……人在江湖玩的就是快意恩仇，血债血偿，我们找机会剁了这杂碎！”

一时间企划部各个负责人电话蜂拥而至，看见小黄偷笑，我知道准是这家伙干的，好汉难敌四拳，饿虎架不住群狼，这家伙懂这道理，喊一群人表忠心，唉，真是患难见真情，难为他了。

我站起来，拍了拍小黄和阿健肩膀，“谢谢，都去忙吧，我会给大家个交代。”

送走二人，我心乱如麻:“自己不慎被小人算计，现在如果我拍屁股走人，岂不正中老逸那奸人毒计？留下来做设计，设计啥玩意儿呢？张总不搞死我，老逸也要变着法搞死我！老板跟我这儿天高皇帝远，到时生不如死，那时再提辞职，丢两回人！”一会儿坚决走，一会儿又坚决留，把我搞疯了。

正在胡思乱想，齐总电话又来了:“兄弟，听说你今天成了闲人，郁闷了。”

“你知道啦。”

“这么大的事情，轰动集团啊，呵呵，你小子名气还挺大。”

“外面都在说什么？”

“其实有很多人不理解老板做法，但也有些叫好声音。”

“哼，噪声，老逸一伙的。”

“给你爆条猛料。世界顶级乳制品集团和两家欧洲投行联合组成一个收购财团，最近连找老板三次，他们开价90亿全资收购A集团！”齐总进公司7年，消息灵通，他透露点儿内幕，再正常不过。

"啊，老板同意吗？"我大吃一惊。

"不清楚，我又不是董事会成员。但我认为集团是老板命根子，给多少钱都不卖。跟你说这事是想告诉你，被身价几十个亿的老板说几句，太正常啦，甭往心里去。我也曾三起三落，呵呵，早习惯啦。"

刚才还气急败坏一通乱骂，但听齐总说有财团居然开价 90 个亿收购 A 集团，我大吃一惊，狂妄气焰消了不少，因为不佩服老板那是假话！能在这样的顶级老板手下打工，别说表扬，就算挨顿骂也是一份荣幸！

齐总了解我，爆料似一剂良药，好像吃下去瞬间就有了良性反应，我对老板没那么大怨恨了，只是心有不甘，"我又没做错啥，凭啥乱骂人？"

"凭啥乱骂人？呵呵，他是你老板啊，他想骂就骂，怎么了，爱咋咋地，你还能管他不成？"齐总又来调侃人了，"其实呢，老板骂你越凶，就越是器重你！如果天天夸你，反而不正常。也许最近看你不顺眼，想修理你！"

"歇菜吧，他知道我面子薄，不比老逸的脸皮，平时挺尊重我的。"

"好了，不要贫了，跟你说三句话。首先，集团近期回款不好，到处都要钱，你开口就是 300 万首付款，老板拿不出来钱，当然要骂你谈判无能啦。你也是，让利广告公司叫他们垫款啊；其次，你最近跟螃蟹学，横着走，张嘴闭嘴都是企划部牛，别人吃闲饭，这样做树大招风，老板骂几句，也是想杀杀你骨子里的傲气；最后，老逸搬弄是非，那仅仅是一个催化剂，但你的企划部也不都是好人啦，老板喊他去管一管，这是做给你看的……你有时候啊，太争强好胜啦……"

齐总说得虽不无道理，但我也有苦衷："老板注重现金流，希望广告公司垫款，而老逸又紧盯单价，哦，合着是人家又垫款还不许赚钱，谈个毛线啊！"

齐总刚说完，廖总、财务陈总、采购肖总、人力马总等一圈好友都打来安慰电话，他们的拳拳关心、殷殷期望很暖人心，我的气没刚开始大了。

十犬出一獒

晚饭没心思吃，思前想后仍然犹豫不决，我想听听乔小珺的想法。

电话刚拨通，我劈头便说："小珺，不乐意干了，我想辞职！"

"啊，怎么了？昨天还屁颠屁颠傻乐，怎么今天就要辞职，发生什么了？"电话里，小珺甚是关切，连语气都变了。

当我把事情原原本本述说一遍，电话那头稍微沉默片刻，小珺问道："小雨，你先别急。我想知道通知书提到工资下调了吗？"

"没说。"

小珺想了一下，又问："人力资源提过吗？"

"也没说。"

"原来如此。明白了，你安心工作，很快会官复原职！"

"好啦，别逗人玩啦，还官复原职呢，我心灰意冷，只想走人啦。"

"听我说嘛。老板是借机考验你的忠诚度哦，他根本不怀疑你的能力，只是找了一个机会灭你的傲气，顺道再看看你扛压能力！"

"哟，此话怎讲？"我被小珺一席话搞晕头了。

"你说老板很有危机意识，曾故意拖延一位销售高管半年的工资不发，因为老板想观此人忠诚度。如果为高薪而来，那他不可能熬半年；如果心里有爱，愿为老板出力，工资反成次要问题。当老板试出真金，立刻重用和重奖，有这事吧。"

"这哥们儿任劳任怨当傻子，最后老板全额发薪，还重奖10万，轰动集团。我们老板考虑的是企业风调雨顺，薪水足发，可一旦危机来袭，如果几个高管先跳船出逃，人心思浮，严重的话将危及企业生命。所以和平时期故意制造个人危机，这是居安思危之道。"

小珺比我冷静得多，她开始做深入分析："那就对了。你进A集团满分转正，又年年高升拿大奖，一路顺风顺水并非好事。从哲学上讲，每件事都有一个度，月盈则亏，水满则溢，过度则物极必反。你提拔太顺，老板有忧虑，因为升迁总会碰到天花板，万一你失去征服目标，还会持之以恒吗？那时集团正委你重任，但你失去动力或另谋高就，遭受损失的可就是集团啦。所以老板有意挖个坑，希望你有一颗大心脏，面对困境也能忠于他！熬过逆境则升迁不在话下。熬不出来嘛，那就不值得培养啦，也就是一般般的经理人。呵呵，他深谋远虑，既熟读历史，又看透人性，不愧是顶级企业家！其实，这种炼人法跟磨人薪水法如出一辙，你还没看出门道？"

"十犬出一獒，你是说如果我熬出来，那就是老板的重点栽培对象？"

“是。打个辞职报告，老板肯定挽留，也会赏你一官半职，但从此你再也甭想超越那个人，顶多做个卖苦力的企划总监，职场生涯难现风光哦。”

“小珺啊，你干吗那么肯定老板想法？”

“剥去头衔而不提及工资，这样的人事任免正常吗？”小珺马上反问一句。

“说得有道理，但我不服气，难道就凭那厮几句话，就否定所有业绩，谁也想不通啊。我在集团玩命工作，是有目共睹的呢，从星期一干到星期一，每天工作 16 个小时……”

刚要发牢骚，小珺马上打断我的话头：“小雨，你说了太多的细节，现在谈论的不是多勤奋，做了多少贡献，讲那些无意义。你非常清楚手下每个主管的本事、业绩和态度吧，老板难道不清楚你？他太明白啦。既然他明白你是个人才，那为啥还要打翻在地？太过蹊跷了吧。其实，根本不是那个人三言两语的事儿，而是他想验金，看看你能否像个男人能屈能伸，无怨无悔爬起来，再奋斗一次。”

小珺这话有启发，“是啊，齐天大圣被佛祖压在五行山下 500 年，出来后一心向佛，保唐僧西行有功，最后受封‘斗战胜佛’！我呢，被压设计部，爬起来掸掸尘土，重新来过收拾旧河山而已。最后在老板眼里，我的形象将被打造成一位忠心耿耿、能力出众的斗士！”

听我半天没言语，小珺在那头笑嘻嘻问道：“小雨在想德才兼备这词吧。”

人没见面，但已被看穿心思，情何以堪啊，我讪讪回道：“就你聪明，啥都瞒不过呢，对了，你为啥能一眼看穿把戏？”

“是啊，你要一眼看穿，把戏还能玩下去吗？”小珺说话从不带任何脏字，但贬损力量却更为强大！

话是开心锁，小珺真是良师益友。我心结已解，情绪好了很多，听她如此调侃咱，有些不好意思地跟着笑了起来。

小珺接着说道：“还有一点很重要。小雨，你该好好检讨。这几个月跟你聊天，我发现个问题。你有一个做事生怕别人不知而到处宣扬的坏毛病，有业绩便得意忘形，太高调可容易得罪人哦。就拿上次农村市场研讨会来说，你告诉我灭掉那个人只要 40 分钟，但你故意花一个多小时批他，汤总看出你没安好心眼，只好出面制止，连这种高规格会议你都敢拿来公报私仇，可想而知在其他场合，你对看不惯的人也是痛下杀手！电话里你眉飞色舞讲起这些个人英雄事迹，扬扬自得，呵呵，感觉你好张扬！要知道海龟下几千只蛋都不动声色，而母鸡下一个蛋所有人都知道。有一批高管羡慕你被老板赏识，被汤总器重，被廖总推荐，又嫉妒你的业绩和奖金，那就更看不惯你的飞扬跋扈，浑身扎刺的毛病，他们在老板耳边咬舌头，时间长了，人多了，老板不得不考虑同事们的感受，这次借机灭灭你的八面威风，他们的气出来了，对集团稳定也有好处……”

一席话让我彻底蔫了，本以为很占理，谁知全是自己的错?!哈，太出人意料了哦，佩服她的冷静，从不同角度分析问题，句句在理，她是牛人！

挂上电话，我回味着小珺的话，越咂摸越觉得句句在理！老板做事从来是有章法的，他今天变脸一定有缘故。若非高人提醒，我差点儿意气用事了，呵呵，说来职场也混迹多年，怎么就没点长进呢？惭愧。

是要好好检讨过失啦。原来还算谦虚低调，见谁都是哥哥姐姐叫着，但今年手握仨总监头衔，开始瞧不起一些人，说话语调变得颐指气使起来，太骄傲！都是给老板打工的，我牛气神马？真要是牛人，创业会失败吗？自己是满瓶不动半瓶摇，其实还在成长中！大家说的对，我尾巴翘得老高，在会上为了打倒老逸，居然贬损小汤总战败天津的糗事，以此来抬高自己策划水准，难怪连汤总都看不惯呢，出面喊我快点汇报。不厚道！

还有，包括小汤总在内的这帮人是集团老人，忠诚度高，虽然他们能力一般般，但也曾跟随老板南征北战出过死力。我蹿得快，年纪又轻，以后来者身份反而做了高管，引起这帮人羡慕嫉妒恨在所难免，所以老板修理我也是秀给他们看的，不厚此薄彼，一碗水端平嘛。这些确如小珺所言。

对了，老逸今天说企划部这些事，还真不是捕风捉影，件件有出处。他说有人给领导编绯闻，造成恶劣影响，这是事实。老逸想搞他小秘书，秘书不从，被我得知，便怂恿各分公司企划部给那厮四处广播，添油加醋，弄得众人皆拿老逸开涮。

他说有人丢了公司相机，直接管经销商索要，这也是事实。赵一笑下市场相机被盗，他胆大包天找经销商顶缸，被我臭骂一顿，但没做处分。他说有人不够级别就申请笔记本电脑，这还是事实。王小辉把我好的坏的本事全学去了，这家伙找机会给手下一口气连配三台笔记本，廖总负责集团固定资产管理，为这事还点了我几句，我给小辉扛下来，连句重话都没说。

……

他说有人虚报差旅补助，嗯，此言不虚。贺平这帮人都干过，为笼络人心，我只顾小部门利益，签报销单时装傻了。黄川总抱怨出差赔钱，我心疼他攒钱难，于是在去年做伪证多报销 7 000 块，他说有人散播流言蜚语，挑拨销售部与广告部关系，这事天天有……

企划部和广告部互相攻讦，比的是谁更黑呀。毛毛细雨湿衣服，流言蜚语伤好汉，企划部人多势众，不断放大广告部的无能无效，造成了老逸不可愈合的心灵创伤，还伤及了无辜，搞得广告部其他人也灰头土脸。他说有人动用公司资源泡妞，嗯，千真万确。公司出人、出钱、出车，几十号人为我忙大半年……

反思中，我的好胜性格又起："不对，有些事很隐秘，怎么老逸都门清呢？哼，企划部一定有内鬼！"

冷静下来，我想明白三件事。

第一，自己管理不善，为抢业绩护犊子，对手下违规乱纪事件得过且过，结果被仇家抓了现行。如果有东山再起的那一天，这类事件要及时堵截，赚钱要在明处，该严厉处绝不手软。

第二，老逸是我铁杆粉丝，24 小时盯梢，不光他的耳目众多，而且企划总部有内鬼。行，既然大家都喜欢折腾，那就静静等我二次出山吧，这次他做了初一，玩我玩得挺爽，呵呵，我给打 8 分！那下次哥们儿我就来做十五，弯曲的竹竿，反弹力更大，出手一定还回 18 刀，活劈了那厮！

第三，因为我气焰嚣张，无形中得罪很多人，以后必须低调谦虚，好好修补关系，争取重新做人。比如C公司张总，原本是我的'挽留恩人'，只因他外甥做绿化工程得罪了他，本来有机会去解释，但我目中无人，懒得沟通，导致现在形同陌路，这次再回C公司，一定要赔礼道歉。

好吧，安心睡觉喽，明天开始二次征程。嘿，晚上入睡很香？唉，失眠了。

第二天起来，跟老逸做工作交接。因为我们已经撕破脸皮，所以大家都没藏着掖着，说话全是夹枪带棒。但无论他如何奚落调侃，我都一派无所谓的劲头，微笑面对，甚至还打哈哈自嘲。他以为我会垂头丧气，郁郁寡欢，谁曾想我脸皮太厚，像特开心似的，其实内心在滴血！

我临走时，老逸站起来，一阵阴笑，"雨总这次走，别的车可能坐不惯，嘿嘿，我还是派辆宝马送送吧。”

我一脸蔑视，仰天哈哈大笑，“谢谢您老惦记，记得每天擦擦班台，伺候变色龙，哥们儿我明年要坐这儿，你懂的！”说完冲他挥挥手，关上门，扬长而去。

辣子不会甜，好汉不会乖，他知道我的为人，说完这话，叫他三天睡不着！

完后我又向汤总和宋总辞行，宋总告诉我关于启动幼儿园市场的方案，他认为创意不错，但不适合当前市场快速启动，因为集团近期现金流紧张，无力支付W市推广费，只能砍项。哦，明白了，不是方案差，而是因为资金而搁浅！嗯，进一步印证小珺的判断是准确的。

而汤总出人意料给我一番温暖鼓励，嘘寒问暖，甚至还拉了几分钟家常。他还故作认真地说组建集团设计总部，顶顶重要，叫我把设计总部做成另一个企划总部。我自然是“愉快”领命，满口答应。从总裁办公室出来，咱心里挺敞亮：“要真被贬下界，总裁还会热情招呼我吗？洗洗睡吧！”

完后又去奶厂向齐总辞别，我嘴巴贱，跟齐总摆了小珺观点，齐总深以为然，顺便也夸奖她眼光独到，情商高。当然，临别时他送上深深祝福：“兄弟，咬牙过几天苦逼日子，谁挺不住谁是王八蛋！滚吧！”

刚转身出门，齐总又喊住我：“老话说得好，狐狸蹦蹦跳跳，当心失去毛皮！老逸蹦跳去了企划部，但我相信你不会闲着，可别下手太狠了哦！”

呜呼，齐总也太懂我了吧，以后还怎么跟他玩啊?!我笑着回道：“老大，下次我若出手，一定是给那厮扒皮抽筋！”说完，我们洒笑分别。

最后回家跟爹妈告别，说是要出差几个月才回京，请他们放心。母亲做的饭菜真好吃，我狼吞虎咽，看得母亲好心疼。她见我还是单身一人回家，在外面没人照顾，又想张罗介绍对象。我笑呵呵告诉她：“妈，过年没准儿就给您领个美女回来。”

母亲夹块鱼肉给我，“你跟你弟弟一样，都是外貌协会的会员，不过只要能找个踏实能过日子的人就行啦。”

看着母亲头发上又添不少银丝，我身上那股劲儿又蹿上来了：“一定要玩命奋斗，让两位老人家过上更好的日子！”

嘿，但得五湖明月在，春来依旧百花香，谁说我几个月后就不能杀回来?!

第十二篇
东山再起

损招磨恶人

一夜火车无话，第二天我到C公司张总办公室报道。张总端坐大班台后面，抬头瞟了一眼，不冷不热说道："有事吗？"

因为工程那档子事儿，我得罪张总，人家不咸不淡招待我，已算很客气。我不卑不亢回道："张总好，汤总叫我组建集团设计部，还请您帮忙指导安排一下办公室、办公用品和招聘的事。"

"我很忙，这些事找综合办去。"说完，张总扭头看电脑，嘿，直接忽略我的存在了。

"张总，想跟您解释那个工程……"

张总头都没转过来，马上冲我摆摆手，示意别说了，"你做得很对，很大公无私，不必解释。请问还有事吗？"

本想好好解释，但看他爱答不理的样儿，把我身上那股傲气拱起来了："求人不如求己，自己搞定就是。你爱听不听，以后有机会再解释，都是无所谓的事。"但嘴里好客气，"好，谢谢您，那我先走了。"对，上赶子不是买卖，咱靠本事吃饭，不靠人家脸色。

我是从C公司企划部起家的，公司上上下下我都熟，即使面对新来的或从其他分公司调岗过来的人，我也有办法迅速搞定。从北京出发前，我喊小黄买了两大包北京特产，这回全派上了用场。礼物开道，再加上熟人帮忙介绍，很快我重新跟这帮人打成了一片。

晚上，我在企划部开了一个小会，大致说了一下最近发生的事情。我信心十足地告诉大家，该怎么干活就怎么干活，我会很快重返企划部！阿伟跟我一年多，进步飞快，现在是C市企划部代理部长，子弟兵来的，对我忠心耿耿。他在会上问道："我想不通，不给他点颜色瞧瞧，他还真不知道自己是色盲！"

"好啦，阿伟，你别乱发牢骚，带着大家好好干活！"我很严肃地回道。

"要是老逸打电话来，指挥我们干这干那，是真干还是假干？"有人问道。

火车上，我仔细琢磨过这问题，听阿伟问到，我嘿嘿一乐："当然是真干！不能因为我跟他有矛盾，就坏了集团利益。"

"那我们越玩命干活，老逸功劳就越大！便宜全被他占去了啊。公司领导肯定会想，企划总部不论谁领导，成绩都一样，看来雨总领导团队的才干也就那么一回事。不同意老大看法，我想阳奉阴违！"阿伟狠狠说道。

"好啦，听我的。咱们不是给谁干，而是只给老板干，企划部是铁血团队，自己干得多学得多。老板给企划部发薪水，咱们当然要对得起这份薪水啦……"

一席话讲得冠冕堂皇，众人听后默不作声，阿伟更是气鼓鼓地站着一言不发。当我是A集团雷锋？洗洗睡吧。

小会开完，我兴致大发，邀请大家去酒吧闹通宵。就在众人酒吧发泄，又唱又跳时，我把阿伟拉到一旁，"哥们儿，今天会上人多嘴杂，又有新人，我不知道是否有老逸耳目，有些话讲不开，懂吗？"

"懂，懂。我就觉得那些话不像老大风格呢，呵呵。"

"好，我说两点，你记住。那天晚上企划部头头脑脑都给我打过电话，唯独陈东到今天不来电话，我想这小子是被老逸拉下水了，你对他多加小心。"

"啊，是他?!"阿伟吃惊地看着我。

我把贺平讲的那件事简单说了下，气得阿伟破口大骂："这个忘恩负义的东西，我打死这个畜生！"

我猛吸一口烟，狠狠说道："老逸这厮媚上而欺下，因为找他的广告公司太多，所以他有个不爱接陌生电话的习惯。你跟其他几个头儿讲，从明天开始，无论大小事一律请示他后才行动！切记，从早到晚，无论是电话还是短信，尤其是晚上加班，打爆这厮的电话！”

“哈哈，老大你还是那么坏！现在近百人的企划部归他管，要是那么多请示汇报涌过去，直接累死他！行，借你思路，我再来发挥发挥，以后分公司下市场的人，有什么汇报，不必说给负责人，直接向这厮请示！哈哈，老大啊，他成 114 了！”

“聪明！”我拍着阿伟脑袋，“这厮新官上任，意气风发，他会天天发号施令，严加督促企划部替他卖命干活。好，咱们将计就计，他发一道命令，你们就找各种请示理由，从早上八点半打到夜里两点半，回他 50 个电话，事无巨细请示。套用小黄的话说，我叫他抱着黄连敲门——苦到家了！”

阿伟眨眨眼，坏水又来了，“是！他以后燥热了，我们就说雨总就是这样带部门的，多请示多汇报。榜样在那儿，让他叫苦不迭。”

我把烟头弹到地上，又狠狠踩一脚，“阿伟，一定要保密，仅限几个人知道。你要跟手下人郑重其事宣布，多跟老逸请示汇报，要尊重新领导，不能怠慢人家。还有，抬出分公司一二把手的牌子，说是领导让请示的，他便不好发作啦。时间久了他还想带企划部？呵呵，躲都躲不过来吧。”

“哈哈，老大太坏了！集团没谁熬得过企划部，尤其 716 是全周无休，夜里两点还开会，哈哈，老逸的 114 要爆棚！”阿伟在酒吧强劲音乐的陪伴下，很兴奋。

“不顶千里浪，哪来万斤鱼，我们要狠狠过段苦日子，他不死我们就得死！天天拿工作缠死他，懂吗？”那是，我一天接几十个部门的电话，每天俩小时批文件雷打不动，上卫生间、漱口、坐车，甚至吃饭都在工作。

聊到最后，我搂着阿伟肩膀，畅想起未来了：“老逸占了企划总监的名，就要请他体察民情，每天几十个请示电话等他拍板，每天各地促销方案等他批示，每天琐碎破事等他裁定，每周数个电话会议等他主持，哈哈，上山容易下山难，想管我的部门？去死吧！”

……酒吧劲爆的音乐，夜场炫目的灯光，我们火爆的话题，交汇在一起，构成一幅奔腾的画面。

“跳吧，唱吧，挥起你的手臂，明天的生活更精彩！”现场DJ高声告诉我们。那还犹豫什么？我把发辫使劲一甩，扭动着身躯，热情似火跳进舞池……哇，好一个狂放不羁的蓝小雨！

艰巨任务来袭

第二天下午，后勤科张科长带我来到一间拐角办公室。房门也许好久没用，推开时嘎吱作响，斑驳的墙面，黑乎乎的水泥地，沾满灰尘的窗户，歪歪斜斜吊在半空的日光灯罩，仿佛在诉说："兄弟，赶紧收拾收拾吧，可等来你了。"

我接过钥匙，给科长递过一根烟，"房间还挺宽敞，装十来个人办公没啥问题，太棒了，呵呵，让您费心，谢谢啊。"

"对不住，雨总，实在找不到好房间了，先将就用吧。这房没大毛病，只是挨着动力车间，平时有点吵。"

我使劲踹了一脚墙，笑着说道："紧靠动力车间好啊，动力十足嘛，哈哈。"

"雨总，有个事还想请您帮帮忙，呵呵。"

"您说。"

"我有个侄子，学广告的，大学毕业后一直没找到合适工作，您部门如果需要人，看看能不能，那个什么，呵呵。"张科长看着我的表情，有点儿欲言又止。

要是放在前几天，我根本瞧不上主管层面的人，端起架子拿糖呗，但经历过一些事，我变成熟了，"行，您让他去找企划部赵一笑吧，我打声招呼，有名额先来实习吧。"

"我知道企划部干活不要命，就想让他跟着一块多学学，对孩子有好处。"

我很客气说道："呵呵，谢谢您瞧得起企划部，以后我们俩部门多走动。"其实企划部骨架有了，外面招聘也是招，内部应聘也是招，只要716规矩不变，谁来都能变成工作狂，这是环境改造人的威力！

送走张科长，挽起袖子，干活吧。没桌子？找后勤科借了几张旧桌子对付着用，OK；没电脑？立刻从企划部划拉两台，OK；没网络？跟工程部打声招呼，马上牵线，OK；没设计师？人事部答应当天挂出招聘启事，OK。其实我内心挺感谢张总，原以为他会给我不见天日的仓库一角，或者只见天日的半露天棚子！行，好歹是一间向阳办公室呢。知足者常乐，我挺满意。

杨柳是部门老人，她懂我心思，不仅张罗人打扫卫生、换灯、洗窗帘、买烟灰缸，还从工程部搞来库存壁纸和地毯，又请人连夜施工。等第二天我来设计部，嚯，连沙发都放进去了，呵呵，办公室旧颜换新容啊。

杨柳看我跟没事儿人似的，勉强挤出一丝笑容：“老大，只能这样布置了。”

“很好，暗合风水布局。”我回给杨柳一个灿烂笑容。

办公室有了，任务呢？张总派秘书告知，10天翻新他的办公室。我懒得问他的喜好和费用，因为我胸有成竹。看看穿着便知他喜好冷色调；费用也好说，以库存建材为主，不铺张；至于时间，经过残酷竞争存活下来的人，加班加点很正常。虽是微不足道的任务，但跟当初组建企划部一样，我投入极大热情，认真揣摩，巧妙构思，精雕细琢，天气又给力，10天后办公室如期交付使用。据秘书事后透露，张总是欢天喜搬进去的。那是，咱没让C公司破费什么便把事儿办妥了，无人说闲话，他自然欢喜有加。

有了装修办公室的见面礼，我和张总关系有缓和。嗯，好苗头。

与此同时，根据汤总指示，新组建的设计部以建筑和室内3D设计为主，所以我前期招了两位设计师，建筑设计师易胜和室内设计师金山。这天正在做资料储备时，汤总电话来了：“雨总，集团给你设计部3个名额，进展如何？”

“汤总好，刚招到俩人。”

“好，明天你到上海拜访HDE集团，找他们的常务副总秦总。现在给你一个策划任务……”

原来，HDE集团的总裁秦总与汤总是莫逆之交，两人是长江商学院EMBA班同学。HDE集团在湖北有块2 000多亩的土地，紧靠京珠高速，交通便利，周围真山真水环抱，田园风光美不胜收。今年秦总奉命组建地产项目部，6年分三期开发完该地。地产项目部策划很久，发现项目距武汉100多公里，纯做地产难销售。于是他们决定将项目开发成旅游地产的形式，以热点旅游带动地产销售。想法虽好，但当地无地热资源，无可彰显的历史人文渊源，无独特风俗，连AAA级国家景区都不是，在这片地方投资做旅游项目，难度很大。

前几天同学聚会，秦总跟汤总聊起这件事，汤总决定推荐我帮忙做策划。一则HDE曾为A集团进攻上海市场提供过支持，人情要还；二则相信我有本事；三则目前我闲人一个，不用白不用。

放下电话，或许是救生浮桥，或许是陷马坑？嗯，管它是什么呢，有活干总比闲待着强百倍。印象中，每次当困境将我逼入死胡同时，身上好像总能爆发潜能，真希望这次飞檐走壁的潜能早点爆发！

当然，我明白汤总用心：“策划做成更好，失败了拉倒，纯属还人情，这不是必须完成的任务。”但我想法简单，“嘿嘿，汤总，您等着吧，事件营销让您认识了我，旅游地产就让您记住我！您推崇老逸有策划本事，他算个毛线啊，呸，只配给我提鞋！不信？拭目以待呗。”

看看，啥事都扯上老逸，哈哈，我快走火入魔了。

带着只许成功不能失败的心态，我见到HDE集团秦总。他瘦小枯干，一张脸皱巴巴的好像没展开，稀疏几根头发，短眉下一双小眼，眼神逼人。实话实说，这位秦总相貌猥琐，一丁点儿富贵相没有的人，怎么能身居高位，和汤总平起平坐呢？奇怪！当然，他看我的穿戴也感觉奇怪，从他眼神里我读懂了，“汤总推荐的是个什么鸟人？像个艺术家，说话还挺张扬，水平行不？”

我跟着秦总往办公室走，他走前头，回头招呼我：“听汤总推荐，雨总策划很有一手，呵呵，希望能看到你的大作。”

秦总一回头，当时就把我惊呆了：“哇，‘狮子回头’！平生首次见！”原来秦总身子在前，回头说话时脑袋居然像狮子回头那般，近180度扭过来，此相被相书称为‘狮子回头’，乃大富大贵之相！”

见高人不能失之交臂，我异常兴奋。交流完知道了任务的艰巨：1. HDE集团在武汉周边有块2 000多亩的土地，已和政府达成协议，先做成旅游产品板块，以此为基础再做商业地产开发；2. 秦总希望平地拔起一座极具特色的儿童乐园，期待投资少效益好；3. 儿童乐园由室内室外乐园组成，总投资不超5 000万；4. 最短时间完成策划。

秦总花小钱办大事的想法跟老板如出一辙，难怪汤总喊我来做事呢。好吧，这活儿咱接了，但提出一个条件，给我配几名助手，协助我工作，人选条件？无所谓。1. 活的；2. 非聋哑。满足这两条就行。

秦总被我开的条件逗乐了，正好他手上有8个大学刚毕业的愣头青，我一听眼睛就亮了，好呀，带着脑子和电脑过来吧，两个月策划完毕。秦总点头同意，大家商定，三天后C公司设计部见。

下午，带着一身疲惫刚走进C公司大门，迎接我的只有坏消息。阿伟急匆匆跑来：“老大，老逸给北京的黄哥和上海的陈东加薪40%，给广州的辉哥加薪30%，其余部长普加20%，汤总批了下月开始执行。那兔崽子没安好心眼，在邀买人心！而且他正在拉拢我们几个人去广告总部任职，兼管企划部。他正往部门玩命掺沙子呢，我担心有人倒戈……”

我默不作声，只顾拖着行李箱边走边抽闷烟。阿伟一把抢过行李箱，拉住我胳膊，“老大说句话呀，怎么办呀？”

“去他大爷的吧，他可以将企划部的人带出部门，但不可能将企划部从他们心里抹去！对，这就够了！爱谁谁，你管好部门就行。”我身上那股狠劲冒出来了，张嘴骂了起来。

阿伟嘬嘴回道：“还有件事，陈东真投降了，他去广告部当了副总监！”

“嗯。”我嗯了一声，继续往办公室走。

“现在上海企划部部长是老逸的心腹张德全。”

“知道了。”

“我刚刚知道老逸从去年到今年上半年，借集团发动上海战役之际常驻上海，百般拉拢陈东，又以广告总部名义聘陈东为上海广告分部部长，单开月薪 3 000 块！那时候陈东私下享受着企划部和广告部双薪！现在，这个叛徒正带着广告部的人，大肆在各部门拷文件！”

“知道了。”

“老大，你这是怎么了？光顾走路，也不表个态啊。”

我腾地站住，或许是愤怒到了顶点，不怒反笑：“表态?!呵呵，陈东算神马玩意儿，等我杀回广告部，第一个灭掉这贼！资料是死的，人是活的，随他拷过去好啦，都是芝麻粒的小状态，哈哈，想开了就那么一回事！”

唉，刚笑完，瞬间我便后悔了。看着阿伟眼里有点发潮，我忙拍拍他肩膀，“对不起，心情不好，哥们儿对不起！”

“老大，你快说办法吧，老逸加上陈东这二狗子，他们会毁掉企划部！”

“哼，你觉得老逸给黄川、贺平、王小辉、赵一笑加薪，他们会叛变吗？”

阿伟使劲摇摇头。

我搂着阿伟脖子，把一根烟塞进他嘴巴，再点上火，附耳低声道：“如果企划总部的骨干随便被老逸糖衣炮弹俘获，那只能说明大家对我没信心，活该被人干掉！但你冷静看看，最近团队凝聚力空前强大，互相支援成铁板一块。而老逸又加薪又挖人，呸！只是挖走一条蛀虫，还能掀起多大风浪，没啥大不了的。哥们儿你神经再粗点儿就完美喽，咱们宁可战死也不能被敌人吓死，是不？”

阿伟脑袋瓜极灵光，马上明白了：“对啊，他没招了，应该是他害怕才是，你是说现在该企划部出招?!我好像有点明白了。”

“其实，你还没明白，我再说透点。大家都知道老逸阴损乖张，当面是个人，转脸是个鬼，他瓦解企划总部是为扳倒我！我滚蛋了，大家很容易被各个击破。他会将威胁其地位的人统统赶走，比如黄川、贺平、王小辉，顺者生逆者亡，到头来谁也没好下场。现在团队力保我，说白了也为自己。呵呵，老逸发动的进攻，雷声大雨点小，吓唬旁人还行。好啦，都是鸡毛蒜皮的破事，赶紧去忙吧。记住，打得一拳开，免得百拳来。告诉大家齐动手，搞死那厮！”

阿伟使劲点点头，“老大，明白了。那，那，那我去忙啦。”

看着阿伟跑走了，我感觉好累好累，唉，主要是心累。本来金秋 10 月，天空湛蓝，秋风送爽，厂区成片的枫树都红了叶，我打算搬几把凳子坐大树下，端着咖啡杯，摆上大果盘，团队一起兴奋地聊聊策划案，多叫人开心啊，但这个老逸还挺能鼓捣，不叫人省心。不行，再也不能玩沉默了，我要反击！

索性把行李箱放倒在草坪上，一屁股坐下，揪根青草含嘴里，背靠着大树，跷起二郎腿。难得片刻的悠闲，我看着远处飘来的白云，心里又开始启动三大思维模式的流程了，想着反击策略……老逸给企划部插内线，有多少优势，就有多少劣势，我就不能埋广告总部的钉子吗？应该给小黄安排个活儿，叫他想一切办法，不管是美女还是金钱攻势，反正要搞定广告部个把人，叫他将老逸的广告执行方案全拿来，我鼓捣鼓捣，就像他批我一样，也给他梳梳皮子，撰写一份《A集团下半年广告发布十大缺憾》！哼，来而不往非礼也，我要第三次狠批这厮，一出手还是绝活儿！

财务总部陈总是铁哥们儿，我该请他帮忙告知老逸付出的每笔广告费，看看他所说的请乙方垫资做广告是幌子不？哼，打蛇打七寸。

再给广告圈好友们打招呼，请提供广告监播报告和报纸样报，因为电视台有时会因工作疏忽而漏播某些广告。如果老逸监播不力，又付了全款，那谁造成损失，我就叫谁承担责任！一份《监播报告汇总》等于一份资产损失表，谁看谁怒从胆边生！

还有，咱爷们儿手里有了样报，就像当年给H广告挑毛病一样，拿放大镜看问题，请最专业的人，用最专业的眼光，集体挑刺，再写一份《A集团报纸发布十大问题》！谁看谁皱眉！

他管理企划总部，想必干得多错得也多，我应该叫部门负责人据实情，人人撰写一份自己部门的《企划部工作十大失误》！批一批领导过失之责。哼，数据汇总上来，谁看谁肝颤！

……

我绞尽脑汁地想啊想，想到兴奋处，早就起身围大树转圈走了，呵呵，什么事情也架不住我玩命琢磨呀，直想到天擦黑，饥肠辘辘才罢手。好吧，先给这厮准备6份沉甸甸的汇报材料，看起来各个似炸弹哦。言念及此，我不禁狠狠拍了一下大腿，都乐出声了。

开心了，直接拖着行李箱去食堂吃晚饭。呵呵，这顿饭吃的，那叫一个香！

吃完饭，我开始行动。马上拨通陈东的电话："哥们儿，是我。"

"呀，雨总，雨总好。"电话那头陈东不冷不热打着招呼。

我板起脸，一字一顿说道："听说你最近玩得挺欢，但不要见到老虎就烧香，见到兔子就开枪，有本事冲我来吧。"

"雨总，不敢，不敢！"

"如果你还认这个雨总，就该了解我做事的手段。给个小建议，不要跟着某个人屁股后傻跑，小心被当棋子！有些事也别强撑，你又不是雨伞！但凡做事给自己留条路，有好处。"

"呵呵，无论如何你都是我老大！"陈东笑声好假，声音发虚。

"记住，我们有重逢那一天！嘿嘿。"嗯，威胁性质十足。

……

打完第一个电话，接着就给相关人等去电话，足足忙了一小时才收工。

策划儿童乐园

所有事情安排妥当，马上投入到策划工作中。对于这次策划案，我先列出四步走的纲要：1. 全面市调；2. 儿童乐园整体定基调；3. 目标细分法逐一攻克难题；4. 剑走偏锋拔高创意，做成顶级策划。市调安排下去也有要求：1. 先看赚钱项目，搜世界十大主题乐园；2. 再看赔钱项目，搜赔钱破产的主题公园；3. 再搜新闻报道和评论文章。

我知道，这次全案策划不能全靠企划部发力了，他们有他们的工作，再额外加班也不合适，我只能依靠新招募的两个设计师，外带 8 个大学刚毕业的愣头青，虽然团队力量薄弱了一些，但我有玩得很溜的三大思维模式啊，谁怕谁，呵呵。

其实，十来年的职场和创业路上，我做过很多项目策划，想出来不少销售鬼马策略，都是因为我掌握了三大思维模式，这是本质。

所谓三大思维模式是指提问思维模式、目标细分法和单点爆破法。

一、提问思维模式

大脑用于思考的区间是一个名叫前额叶的地方，科学研究发现，人类的前额叶习惯每次只思考一个问题，如果同时想几个问题，系统容易崩盘死机。

该思维模式是最有效的解决问题的思维模式。“提出问题—分析问题—解决问题”的运用流程是，做好市调，针对一个主要问题先抓问题本质，再利用 8+15 提问群对该问题做细分提问，把该问题拆分成一个个小问题，当细分提问到了极限，很容易解决一个个小问题，如此，主要问题也就迎刃而解（大问题不易解决，细分成一个个小问题总好解决）。

解决第一个主要问题后，次要问题上升为主要问题，咱们再集中力量解决次要问题，以此类推。

李嘉诚、史玉柱都是运用提问思维模式的顶级高手。

二、目标细分法

咱们把大目标细分为一个个可量化、可立刻执行出结果的目标。首先攻克第一个小目标，当完成第一个目标后，再去攻克第二个目标。每完成一个小目标，就享受一次成就感，以此类推，最后顺利完成总目标。

目标细分法分为横向和纵向。现实中，人们做事之所以会半途而废，这其中的原因，往往不是因为事情难度大，而是觉得离成功太远，他们不懂得运用目标细分法，把一个大困难切割成一个个能解决的小困难。

苏秦、张仪、诸葛亮、托尔斯泰、俞敏洪都是运用目标细分法的顶级高手。

三、单点爆破法

包含思维版和冠军习惯，强调集中力量打穿一点，最后取得全线突破，单点爆破的思维版就是主动想到集中全部力量，以某个主攻方向做突破口的思维模式,坚决不往大海里撒盐。

冠军习惯：是反复执行的过程；是不知疲倦、反复执行的过程；是不知疲倦、反复执行、不断提升的过程，这是一个战术执行过程。

孔子、雷军、周鸿祎、陈年都是运用单点爆破思维模式的顶级高手。

三大思维模式是你中有我，我中有你。用目标细分法来分解一个大问题，分解得越细小，执行阻力就越小，越容易战胜每一个小对手。

在解决问题的过程中，用单点爆破来聚集各种资源，只攻克一点，聚集资源越多，攻克被分解下来的细小问题的可能性就越大，是最完美的组合动作。

由此，也就有了“目标细分 = 多就是少，单点爆破 = 少就是多”之说。

提问思维模式是三大思维模式集大成者，需要有六大基础做支撑：

目标细分和单点爆破是运用好提问思维模式的两大基础；

提问数量级必须有保障；

做到冠军级市调；

善于精准抓到问题的本质；

在头脑中形成提问思维模式运用流程。

一句话，六大基础需要高强度、持续训练才能掌握，真不是看一遍两遍就学得会的。

由此可见，想掌握提问思维模式并非易事，但如果我们掌握了提问思维模式、目标细分和单点爆破法，就是行业高手，一出手震撼全场。看看史玉柱、周鸿祎、雷军、陈年等叱咤纵横商场的大企业家，他们都是运用三大思维模式的顶级高手。

经过十多年沉淀，我也算是掌握了三大思维模式的运用之法，解决了很多棘手问题，当然，这次也不例外。

……

工作机器热火朝天开动起来，很快完成了市调报告。我看完资料，陷入沉思：主题公园投资大，见效慢，特色主题公园都需要大手笔。先看看负面报道。据香港《东方日报》报道，当前主题公园赢利现状堪忧。内地有主题公园 2 000 多家，其中六成亏损，两成平衡，两成赢利。亏损原因：游乐设施、人造景观严重雷同，游客只去一次，公园前期热闹，最后沉寂；脱离本地需求导致客源不足，公园试图以无特色项目吸引外地游客显然不切实际。

再看看赢利的主题公园创意。

第一类以“复制”为创意原点。有资料介绍，迪拜投资者将投资几十亿美元玩“山寨”游戏。他们将复制一个放大版泰姬陵，作为全世界新人结婚圣地。阿拉伯版泰姬陵将比印度泰姬陵大5倍，包含购物中心和五星级酒店。山寨版泰姬陵旁边，有众多“山寨”建筑，包括意大利比萨斜塔、埃及大金字塔、古巴比伦空中花园、亚历山大灯塔以及中国长城等世界七大奇迹。

在迪拜乐园，游客能完成世界一日游，他们将在长城慢跑，住金字塔，逛伦敦桥，看大本钟，游圣保罗大教堂，登埃菲尔铁塔远眺，或前往威尼斯水城消遣。连嗜赌游客也能找到乐子，因为投资者将把拉斯韦加斯搬过来！该园将于2016年竣工，预计每年吸引3 000万游客，盈利额可观。

第二类是迪士尼乐园。迪士尼在全世界投资兴建5座乐园，每座巨无霸乐园都占地上百公顷，投资几百亿，2 500名维护工人，年接待千万游客……这是儿童向往的娱乐天地：在“海底两万里”，游客乘坐特制潜艇，将看到一片生机勃勃的海床、满载珠宝的沉船和陷落海底的古城；在未来世界，游客可到“月球”游览……碰见演员扮成的米老鼠、唐老鸭、白雪公主，更使人童心复萌，游兴大发。

东京迪士尼乐园有三大特色：1. 一切为动态。乐园35个项目都是活动的，2 000多个人偶和动物欢蹦乱跳，惟妙惟肖；2.“永远建不完”。开园以来不断增加设备及服务来吸引游客；3. 适合团队游。比如，学生被编为若干小队，老师带着他们先组装了过山车模型，体会要达到何种速度才能实现高空旋转，之后，学生们拿着装满水的杯子坐过山车，比比看游戏结束，谁杯中水最多。

第三类是深圳华侨城欢乐谷。欢乐谷是一座融参与性、观赏性、娱乐性、趣味性于一体的超级主题乐园，5A级国家旅游景区，占地35万平方米，投资20亿元。开业至今接待游客3 000多万人次，游客量连续8年为国内第一，位列亚太十大主题公园之一，是中国主题公园中的领跑者，拥有比肩国际一线主题公园的实力。

欢乐谷拥有世界落差最大的“激流勇进”、亚洲最高“太空梭”、中国首座悬挂式过山车“雪山飞龙”、世界轨道最长的水战船“丛林水战”以及国内首条高架观光游览列车……每天几十场精彩表演，带给游客无尽的惊奇享受；逛灯红酒绿的欢乐大街，品尝各国美食。公园通过主题包装和营造神奇景观，让游客在一次次惊心动魄的历程中，进入亦真亦幻的神秘境界。

第四类是志趣家儿童职业体验馆。儿童职业体验馆是面向儿童打造的职场体验乐园。孩子们在志趣家可以体验医生、护士、模特、演员、记者、设计师、厨师、消防员、警察等职业……项目有各自的主题和特色，比如，医院包括急诊室、手术房、育婴室和诊断室；汽车中心的活动包括考驾照、销售、维修、加油、洗车……在老师的指导下，孩子们完成工作后将拿到职业资格证书，还可以赚钱消费。孩子通过劳动可以激发创意和劳动兴趣，培养团队意识。

以志趣家为代表的儿童体验馆风靡世界，国内也有多个类似项目落地。

新闻报道提醒我们什么？全国只有20%的主题公园赚钱，没特色意味着失败！赢利的主题公园分别拥有天时、地利、人和等要素。

打文化牌（天时）。迪士尼凭借美国强势文化和自创建动漫文化，拥有大批粉丝，面向全球旅游群，与其竞争需从卡通文化入手，时间积累长，风险高；

打设备牌（地利）。深圳欢乐谷投资20亿，连锁布局一线城市，以本地和旅游人口为消费目标，与其竞争将会演变成投资竞争，实属下策；

打体验牌（人和）。志趣家营造出孩子们熟悉的生活场景，进门即体验，动手又动脑，摒弃观光型游览经历。而杭州宋城利用传统历史，提出“给我一天，还你千年”的口号。后来者只可借鉴与提高，勿全面复制。

通过大规模市调和分析，我迅速了解了儿童乐园行业。但下一步策划该往何方走？市调报告中的一则新闻吸引了我的目光。德国慕尼黑机场营销副总裁欧特巴说，旅行通常是伴随深度情绪化而存在的，人们总会做出不寻常的事情。为了迎合这种消费心理，慕尼黑机场为旅行者修建了溜冰场和沙滩排球场，但最令人不可思议的是建了一座冲浪池，很多旅客来到机场会换上泳衣就去冲浪！

这条新闻我足足看了10遍，最后得出一个结论：既然机场都能做出超乎想象的玩意儿，那儿童乐园更应该生猛！也许是只有更猛，没有最猛！

效仿迪拜乐园、迪士尼和欢乐谷？洗洗睡吧。汲取主题乐园有益营养才更实际。好嘛，我组织前几天刚来报道的一帮新兵蛋子天天研究资料，翻来覆去看资料，渐渐看出一点门道。

迪拜表面是山寨世界奇迹建筑，其实是花钱买历史，借他国历史文化来成就自己事业。迪士尼乐园大受欢迎，那是基于迪士尼独创的以米老鼠、唐老鸭为代表的卡通文化，他们将虚拟动漫文化落地建成实景，游客穿梭于虚拟世界与现实之间，实现童话梦想，自然令人流连忘返。欢乐谷让游客拥有惊险刺激的体验，走的是先硬件搭台，后文化唱戏的路数。园区添加古今中外文化元素来包装项目，游客大呼过瘾。

顶级主题公园表面千差万别，但内核如出一脉，都是在用文化包装项目，只不过手法不同。迪拜乐园是“借用文化”，迪士尼乐园是“自创文化”，华侨城欢乐谷是“添加文化”，志趣家是“消费文化”。

显然，借用、自创和添加文化，要么投资大，要么耗时长，皆不适合。那我们的儿童乐园计将安出？HDE集团的秦总只给5 000万，一架超级云霄飞车就须投资6 000万，呵呵，这点预算只配给顶级乐园提提鞋。

我把新招来的建筑和室内设计师当广告策划用，还要把8个大学刚毕业的小白教育成716工作狂，简直是生掰过来，搞得易胜、金山们苦不堪言，但当他们看我以身作则，谁也不龇牙了。

设计部连开四晚的会，只讨论三个问题：1. 最少资金吸引最高人气——如何引爆市场？ 2. 最短时间创造最多效益——如何持续吸引人气？ 3. 管理维护费用最低——如何低成本运行？

那段时间，我在设计部带着大家一起想方案，忘记了睡觉，忘记了吃饭，忘记了给小珺打电话，把自己当牲口用，玩命琢磨，拼命思考，使劲想象，全部精力投身于创意的世界，一直想到疯癫算了！

经历日夜加班，大家群策群力，解决方案呱呱落地了。我们成功开发了一批富有参与性、互动性、亲子性、挑战性、知识性、独创性的儿童游乐项目。

眼看一道道难题逐渐被破解，一座座关口逐渐被攻破，我的心再也不能平静啦，这不，八大全国首创游乐项目，已在我们面前露出了迷人微笑。我特喜欢别开天地、另创一家的感觉！

敞开心扉

2013~2016 年，我们 716 团队招募了 6 000 多位同学，系统学习三大思维模式（提问思维模式、目标细分法、单点爆破法），又把当初我策划的“迷宫”“青少年上下五千年博物馆”“坦克大战”“穿越大峡谷”“少林十三棍僧救唐王”等王牌项目做了详细讲解，也就是把我的思维推导过程做了详尽分析，像数学公式一样，第一步做什么，第二步做什么，第三步做什么……

牛人大 V 们不会仔细讲解他们破解难题的过程，只是告诉人们一个结果。问题一换，结果就不能套用。而同学们学习三大思维模式的过程，就是训练自己掌握三大思维模式的过程，这等于掌握“解题的思维推导过程”，好比是做一套数学公式，人人都能复制拿走。只要掌握三大思维模式，今后再遇见问题，就好比自己是蓝小雨，那就能逢山开路，遇水搭桥，这一点都不神奇。

此外，通过高强度训练，同学们执行力大幅提升，什么拖延症、不专注、口才不佳、爱找理由、自卑、做事三分钟热度等毛病，也都烟消云散啦，所以训练一年，同学们取得年薪翻倍的业绩，仅是 716 团队平均水平。

有同学问了，蓝小雨你这家伙招募这么多同学，未来想干吗？呵呵，这是一个好问题。我在想，要是把 10 000 位同学训练成一个个“销冠”，再团结起来投放到某个细分领域市场上，比如，开创“瘦身 + 健身”项目，打通线上线下，策划一个颠覆瘦身行业的玩法……

对了，现在我就在策划团队的创业项目。为了尽快树立、传播品牌形象，我正埋头写流行歌曲，明年将邀请 10 000 名 716 团队的同学做推广，之后再推出一款 APP，集瘦身训练、幽默短视频、50 款原创粉丝游戏、与众不同的社交、8 000 位明星入驻于一体……呵呵，这事儿有想头。

2008 年我开始撰写小说，2010 年 8 月 16 日首发天涯，引发轰动。2012 年 1 月 1 日由中信出版社出版，同年我开始做销售课程的内训，摸索培训经验。2013 年 11 月开始对外招募同学。2017 年 5 月，716 团队将会封群，因为我一个人精力有限，不可能服务更多同学，这期间会专注训练大家快速成长。

2017 年 10 月，团队创业项目将正式启动，十年磨一剑……或许在不久的将来，我们在《我把一切告诉你》第四集中，再来讲讲这些销冠同学中有趣的人与事，还有我们的奋斗历程，期待早日和大家聊聊……

不是猛龙不过江

在国际领域，策划业是发达行业，世界 500 强中有 95% 的企业与 30 家至 100 家专业进行策划的高级策划顾问公司进行合作。企业内部所聘用的各类高级策划人员占员工总数的 12% 以上。随着全球经济一体化进程的推进，中国企业正处于从执行型向决策型过渡的阶段，企业竞争成为企业综合实力的竞争，企业成长涉及战略、生态、融资、管理、营销 5 大领域的全程策划，所以我认为汤总推荐咱帮助 HDE 集团做项目策划，他找对了人，因为我已经在该项目上有了重大突破！

度过紧张忙碌的 50 天，基本完成儿童乐园策划全案。美中不足的是，我本来立志策划十大原创游乐项目，但时间太紧，只想到八项，要是秦总多给一个月，我定能圆满完成任务。算了吧，不易呢，整个人累瘦了 5 斤。

灯下再观看一遍策划书，感慨涌上心头："任何人、任何事都不能阻挡我前进的脚步，困难就是纸老虎，不经捅！"

好吧，为了达到完美推介效果，我手捧策划书，开始声情并茂地宣读，一遍不行来两遍，两遍不行来三遍，直到富有感染力为止。靠着咖啡提神熬到后半夜，换来的结果是，自我感觉满意。

这次上海之行，我没敢穿得太花哨，怕秦总有想法。只是暗红色衬衣打底，奶黄色鹿皮夹克配米色休闲裤，手腕戴着海柳手串，照照镜子，呵呵，好像形象还行。这次是东山再起的关键一战，我要施展全部本领！给自己打完气，出发。我和金山在飞机上沉沉睡了一觉，醒来时精神焕发。

下午再次见到秦总，他带着项目总监笑呵呵迎出来，"雨总辛苦，呵呵，期待聆听您的大作，呵呵。"

“谢谢秦总，希望方案大家都喜欢！”我笑着回道。

大家步入会议室，嚯，宽大的会议室里早就黑压压地坐了二三十号人，大家西装革履，正襟危坐，气氛挺严肃。我看完不禁倒吸一口凉气：“哎呀，我原以为只是给秦总单独汇报呢，没想到遇见大阵仗喽！哦，连摄像机都大模大样地摆上，怕咱不提供策划PPT的电子版？”我只能佩服人家事无巨细的准备。

真要感谢在A集团得到的锤炼，经过多次大型会议的历练，咱练出了点气场，无所惧！我深呼一口气，拳头紧握，心底暗自叫了一声：“今天就是今天了，拼了！蓝小雨，加油！”

别人做汇报大都是对着电脑坐着讲，语气平缓，感情平淡，而我这次做汇报是站在投影屏幕旁，面对HDE集团高层脱稿讲，只是有时转身，用电子投影笔对着屏幕指指点点。金山负责操控电脑文件，根据我的讲解速度更换PPT内容。

没有多余客套话，打开PPT，我开始向秦总团队讲解策划宗旨：“考察全国游乐项目，我们发现儿童乐园可分为深圳欢乐谷与香港迪士尼两条发展路线。欢乐谷突出设备先进，强调惊险刺激，但似乎文化底蕴较弱。迪士尼以营造童话世界为标准，强调观赏性体验与美式文化，但好像又欠一点互动和亲子性。我们的儿童乐园不走寻常路，依托深厚历史和传统文化，开发出一批具备高度参与性、互动性、亲子性、挑战性、知识性、独创性的儿童游乐项目，从而走出了第三条发展道路。”

讲到这里，金山配合默契，屏幕上打出“别开天地，另创一家！”8个大字。

我见过很多广告人在汇报时，滔滔不绝说了1斤的策划，但拿起来扭一扭能挤掉9两水分！我不擅长此道，只想说干货。

看得出，秦总轻轻点了点头，开篇不错哦。好，马上进入正题：“我们的儿童乐园拥有两大特点：第一，规模宏大，门类齐全，以团队游戏为主，是中国最大的儿童室内游乐馆。轻钢结构场馆占地40 000平方米，开设300个游乐单项。2 000位游客可同时玩乐，日接待上万游客轻而易举。经测算，游玩所有项目需12天时间。换句话说，游客要7个双休日才能走马观花体验一遍，还甭谈啥深度游。第二，300个单项中有70%适合全年龄段游客……策划思路是人无我有，人有我新！即便是常规项目，比如儿童淘气堡，我们也要做到尽善尽美。好，稍微解释一下。这座占地2 500平方米的超级淘气堡，将所有淘气堡游乐单项一网打尽；全国最大的500平方米海洋球池，恨不得一眼望不到边，家庭畅游乐翻天；头顶悬空铺设的300米通电轨道，高处盘旋，穿梁绕柱，童趣景观独特，一列皇家蒸汽火车模型在轨道上疾驰，可播音乐、拉条幅、拽气球、弹射糖果，喷烟鸣笛，营造一个欢乐梦幻世界。再对比同类项目，咱们的淘气堡可谓卓尔不群！”

秦总轻咳一声，饶有兴致地提了个问题：“您是如何想到火车这个策划的？”

见此情景，我颇为得意，“看完全国淘气堡项目，我发现普遍缺失童趣景观，这点要向迪士尼学习。于是，我想到卡通火车。一则造价低，二则景观能动。当儿童看到火车从头顶呼啸开来，超乎想象，童话味道扑面而至。但光看到火车还不够，互动性弱了，于是又改造火车模型，播音乐、拉条幅、拽气球、弹射糖果都是后加上去的。比如，火车开到某地，忽然向孩子们弹射巧克力糖果，人见人爱，像圣诞老人驾车送礼，欢乐气氛瞬间引爆。”

“说的有道理，费用呢？”

“淘气堡项目的设备和装修费，打包价30多万足矣。”

秦总轻轻点点头。他身边的人静静听着演讲，看表情和姿态，已经被我带进策划中来了！

我再接再厉，“常规游乐项目包括嘉年华游戏馆、电子游戏城馆、淘气堡、5D电影院、拓展训练馆等，但所有项目都有升级，由此打造出多种独一无二的游乐体验。不仅如此，我们更策划出一批全国首创游乐项目，比如森林运动会、飞越大峡谷、穿越蜘蛛网、渡江侦察记……儿童乐园比拼的是创意，不是投资。”说完大纲，我开始讲起这些新鲜玩意儿来了。

我宣讲策划方案跟说评书似的，悬念迭生，肢体语言丰富多彩，再看看对面HDE集团的团队，刚开始还有人做记录，到后面众人放下笔，全在欣赏我的表演。看到策划案受到欢迎，我更卖力地宣讲起来，慷慨激昂说完常规游戏项目，秦总不禁喜上眉梢，不住点头！那是，项目都是原创，好玩，花钱少，谁不喜欢这些项目呢？

2011年，以“水木清华”为令的清华百年校庆文艺晚会招标，有6组团队竞标，曾任春晚总导演的王冼平在汇报时另辟蹊径：“难道百年学府的庆典非要明星大腕助兴吗？其实不需要一个明星！晚会通过《水》《木》《清》《华》四个篇章，表现清华大学百年创业、奋进和发展史。用100分钟时间讲述清华一百年，每分钟代表清华发展的一年。”行家伸伸手，便知有没有，组委会聘王冼平做总导演，晚会取得巨大成功。

我以王导为楷模，也要给秦总上演点儿震撼性内容："秦总，刚才走马观花讲了些常规游乐项目升级版，真是耽误您和团队的时间。下面请再给 180 分钟，我期望为大家讲解国内八大顶级原创游乐项目，都是企划团队独家策划，全国绝无仅有，希望大家喜欢！"

抛砖引玉的讲解思路出人意料，他们以为已体验到了策划的高潮，谁知才到半山腰？呵呵，王冼平能构思独特，我也当仁不让，一出手也要有绝活儿！

我滔滔不绝讲起八大游乐项目的策划方案，"超级迷宫""青少年历史博物馆""寻宝""坦克大战""极速飞车"……当眉飞色舞讲完最后一个项目后，我做了总结："据说金庸写武侠故事很有一套方法，他在每个故事往下发展前，总会罗列 10 个结局，挑选最不可能的结局来搭建故事发展脉络，所以读金庸小说，有峰回路转、出人意料的感受是常事。本次旅游地产项目的策划运动说穿了，我是跟金老先生学习，所有创意集中火力，往最不可能实现的结局大胆构思，如果能实现不可能的想法，那一定就能做出剑走偏锋的作品，精彩异常！好，汇报完了，谢谢大家……"

会场响起热烈掌声，而且是秦总带头站起来鼓掌！他的表情不必多做描述啦，反正是兴奋激动类型。刹那间，所有吃的苦、受的累都有了最佳回报，我幸福地像在云端漫步！

出门的时候，秦总高兴地说道："雨总，你的八大原创项目真不错，但我个人认为那座互动式的上下五千年博物馆，才是乐园的镇园之宝，呵呵，你是怎么想到的啊。"

"呵呵，秦总识货呀，我那天就在想一件事。儿童乐园以提供团队游戏平台为主，消费群主要指向中小学，但前面光是打打杀杀的游戏，总感觉缺乏一个邀约噱头，我们怎么说才能彻底打动校长、教导主任和家长们呢？于是想到打造一座上下五千年博物馆，充当素质教育基地。一文一武，寓教于乐嘛，学生来玩的理由够充分。"

……

秦总晚上有点儿喝高，他拉着我的手，"雨总有兴趣加盟HDE吗？"

我笑着回道："呵呵，谢谢秦总栽培，我在A集团挺好。"

秦总却摇摇头，脸上很兴奋，"汤总说过你的薪水，其实以你的才华，薪水并不高嘛，只要肯来年薪 40 万！还不算年终奖！职位嘛，做项目部常务副总兼策略总监……"我沉默了，要说不动心，假话。

秦总一席话叫我半晌无语，他拍了拍我的手，接着说道："其实，光有策划案还不够，规划时需要策划、室内设计、视觉设计、灯光设计、绘画、魔术、舞台造景、机械工程、老师等专业人才加盟，而全息电影技术和心理学人才也要有，只有聚合这些力量，才能打造好儿童乐园。我们需要你来牵头，整合这支团队！”

我看着秦总殷殷目光，心里好不吃惊：“秦总厉害啊，我才讲完策划方案，他就消化完了，而且提纲挈领抓住执行要点，又马上点明团队所需各类人才，高手！和这类高手共事，值得期待！”

我冲秦总竖起大拇哥，“呵呵，策划好很牛，规划好更牛，但执行好才最牛！您太清楚啦。您才是顶级高手！佩服！”

“雨总，我真心期望你能加盟HDE，我这个人好相处……”

秦总游说很久，最后我答应考虑考虑，他这才收住话题。第二天他想陪我在集团转转，我婉言谢绝。因为一场大战胜利结束，脑力透支，身心疲惫，我只想回去大睡三天。

敞开心扉

孙正义创办的日本软银集团，先后投资包括雅虎、阿里巴巴在内的几百家网络公司，被誉为网络公司“孵化器”，他个人则被尊称为“日本先生.com”。

孙正义的创业史包括搞发明创造。他曾给自己设立过“每天想一个发明”的目标，操作思路简单，从字典里随意找三个名词，然后想办法把它们组合成一个新东西。一年下来，他的发明竟多达250多项，而其中有个特别发明——“语音电子翻译机”，输入日语，机器能自动发出与其相对应的英语的声音来。后来，该发明被他以100万美元的价格卖给夏普，成为掌上电脑的雏形。

剑走偏锋的做事思路到了每个人手上表现各有不同，比如，金庸先生和孙正义先生，他们与众不同，是先想思路后做事。我也是跟他们学来的这套做事方法，先用三大思维模式找到别开天地、另创一家的解决方案，然后再一步步执行完善，最后策划方案得到HDE集团认可。

在这里，为大家再爆个料。我把“超级迷宫”和“青少年历史博物馆”等多年前策划的案例，拿来和招募的5 000多位同学做分享，事先请大家做预热作业，但无一人能答对点儿什么，因为他们还不会三大思维模式呗。但大家通过学习这批案例，几个月就能初通，策划的这些东西，好像也没那么难了。

龙虎斗

刚到机场，我便将胜利消息跟大家分享，引来一片欢呼声。晚上回到C公司，马上带企划部和设计部的人一起去KTV玩，好一阵happy，我心情极佳。至于是否跳槽HDE集团，我也就是当时心动而已，回来想都未想，那是不可能去的。道理简单，我热爱A集团！我热爱企划部！我离不开这片热土……

呜呼，肯定有人往我床上涂了双面胶，怎么挣扎都挣扎不起来，搞得昏天黑地整整睡了两天。第三天日上三竿，我脑子终于醒了，抽着烟，喝着咖啡，半躺在床上想老逸。这家伙给我手下八大金刚加薪，但谁也没拉拢过去。

现在也不再骚扰贺平他们了，那斯精力不济，还不到一个月便被我发起的电话攻势打得屁滚尿流，根本不踏入企划部半步。而陈东被我那个电话吓着了，替老逸做事畏首畏尾，后来黄川喊他连喝三天酒，动之以情，晓之以成破利害，愣把陈东改造成双面间谍，为我所用。看来他三板斧使尽，后面该我发飙了。

想到这儿，我脑子兴奋了："趁着近期工作不忙，干脆抓紧时间整理老逸工作失误的6份材料，从监播报告到广告失误……"太想看老逸被我批时，他那变色龙般的表演，百看不厌啊。好，说干就干，再也躺不住，马上穿衣干活去。

一周后，梦寐以求的好消息传来，我接到人事总部一纸调令，任命蓝小雨为集团总裁助理，同时兼任企划总监、广告副总监、工程总监和设计总监，今日到岗……哇，总裁助理?!拿着调令看三遍，眩晕。

我马上给小珺发条短信："去医院拍X光，发现心上有一点东西，仔细一看是你名字，原以为我只是把你存进通讯录，却没发现我一直把你藏在心里！"

小珺很快回信："好啦，别拿网络段子甜我，说吧，有喜事了不？"

"聪明啊，哈哈，我，不仅官复原职，而且还被提拔成总裁助理！哈哈！"

"恭喜！恭喜！这是你应该得到的！你去HDE做汇报震住对方，秦总挖你跳槽，我就觉得你会东山再起！他肯定游说过汤总，本来领导就是为了考验你的忠诚度，现在考试成绩优异，集团没必要再装了。”

我满脸笑容，嘻嘻哈哈说道：“还有个原因，呵呵，老逸管理企划部，部门效率和服务质量明显下降，引发各分公司不满，像齐总他们总跟汤总投诉。内外原因综合在一起，集团领导也就加快换人进程了。”

“少来啦！要不是你背后搞鬼，他指挥企划部有那么辛苦吗？每天打几十个骚扰电话，发几十封邮件，得不到指示便原地待命，想把他累死在任上？”

“其实我真希望再多等几个月，看看那厮是如何吐血而亡的，哈哈！”

“好啦，我要工作啦，晚上再聊吧。”

太开心，我才等不到晚上呢，马上又拨通小珺的电话：“还有件事要请示我们珺总。陈东背叛企划部，投靠老逸又被黄川拉来当双面间谍，我怎么处理他？”

“你可以手刃叛徒，因为陈东投靠死敌，出卖情报；你也可以宽厚待人，因为陈东戴罪立功，给你报备了广告部执行方案，有帮助之功。问题是你看重的是之前的陈东，还是之后的陈东？”

“小珺啊，你觉得我会怎么做？要是换作你又会怎么做？”

小珺替我高兴，电话里总是笑个不停：“嘻嘻，小雨是谁啊，睚眦必报呗。你走马上任之际也就是陈东离职之时！换作我嘛，想学诸葛亮七擒孟获！”

“七擒孟获固然大气，但部门其他人怎么看我？他们会想，陈东墙头草随风倒，八面玲珑，谁上台都是大红人，现在蓝小雨纵容叛徒，那我们当忠臣遭受折磨，毫无意义嘛。”提起这个助纣为虐的陈东，我心里就憋着一股气。

“谁说奉他为上宾的？死罪饶过，活罪不免，贬回上海，降薪半年以示惩戒。小雨呀，关键是你没成气候，大丈夫要有点容人之量哟。”

“不行！这二狗子枉费我真诚待人的心，卖主求荣，带头拉拢同事，反攻倒算，干尽坏事！我明天到京头一件事就是搞死他！”越说越生气，我根本听不进小珺意见。杀掉陈东，既给老逸下马威，又在团队面前杀一儆百，还出了我胸中恶气，全是好事呢。

……

挂上电话，我有点生气。乔小珺的话是妇人之见，不懂男人间的快意恩仇。我是红脸汉子，对恩人赤诚以待，对仇人冷酷无情，没有貌似大度的装洋蒜。

但等到晚上，我平心静气和小珺聊了聊，她又解释一番，这回听进去意见了。敌人是老逸，干掉他需要团结最多的人，需要积累最多资本，这是一场马拉松PK。陈东成长快，本事越来越大，可说是企划部除了黄、贺之外的三号干将，有他支持如虎添翼。而且陈东投降是因为穷怕了，才被敌人金钱攻势所败，但又能戴罪立功，如果我既往不咎，不仅重获一员虎将，而且团队会认为我做事大气，今后更将出死力干活。

临了，小珺反问我："你下午意气用事，能干成什么大事？普通人会杀陈而后快，但你时常标榜自己与众不同，为何不能反其道而行之，宽大处理？"

呵呵，小珺说得我面子上都挂不住啦。好，听人劝吃饱饭，我就做一个剑走偏锋的蓝小雨吧。

集齐四大总监头衔

第二天，我坐早班飞机，春风得意回到北京城。再次来总部报道，恍如隔世，呵呵，内心只有喜悦之情。

齐总为我接风，我们哥儿俩真是喜相逢。我故作神秘，搂着齐总肩膀笑嘻嘻说道："老大，这次我来得仓促，没带礼物，但给老逸准备了一份大礼！哈哈。"

齐总看我从书包里翻出一沓资料，他眨眨眼，手指点着我脑袋，呵呵笑道："给那厮准备了黑材料？"

"他煞费苦心为我写过大字报，尽是鸡蛋里挑骨头的破事。来而不往非礼也，我也替他准备了一份下半年广告总部错误集萃，老板会喜欢的。咱以事实来说话，他4个多月给集团造成了100多万损失！"

"啊，有这么多？"齐总嘴巴张得有些合不拢了。

"废话，睁大眼睛看看吧，这是《A集团下半年广告发布十大缺憾》，这是《A集团全国电视广告6个月监播报告》，这是《A集团报纸发布十大问题》，这是《企划部60天工作失误汇总》……"说着，我把6份材料递了过去。

齐总翻着资料，我站在一旁简明扼要地说了几句："老大，这是我搜罗来的证据。这是广告部执行单价与企划部电话谈判单价对比表，包括投放电视、报纸、户外、网络广告等，二者落差便是广告总部给集团造成的损失，里面有的差价蛮大的，肯定有猫腻……瞧，这是他们已付的广告费，但电视台漏播广告所造成的损失表，看看吧，4个月漏播十几条广告呢……喏，这些是我认为投放无效广告所造成的损失表……还有这些，是老逸在管理企划部时，在策划、投放、购买时的十大工作失误，以及若换成企划部会采取的策略，有对比才有高低之分……对了，这些是样报……”

有内线配合，有外线帮衬，有我专业知识支持，这份报告挥洒自如，不得不叫人信服！

齐总翻着资料，扑哧笑了：“神仙也有三个错，何况是他，呵呵，但你这功夫下得也太深了吧。”

“那是，几个月前我就开始给那厮编织一张‘天罗地网’，现在起网了，老大你仔细瞧瞧渔网里活蹦乱跳的鲜货啊，哪条鱼都是这王八蛋的罪证！哈哈，趁年轻把能干的坏事都干完呗，瞧这活儿干的，咱可是热情有加，还义务加班，注入了全部能耐呢。”

“我看不光是注入了能耐，还注水了吧？”

我，笑呵呵，既不承认，也不否认！齐总见状，抬脚给我屁股来了一下，“龙怕揭鳞，虎怕抽筋，材料挺拱火，那兔崽子不得死了啊。”

“不，我希望汤总活剐了他！哈哈。”话音刚落，我和齐总笑作一团。

其实，平心而论，这份报告也有吹毛求疵的地方。一般来说，企业广告老总业务极忙，一直在高度紧张的工作氛围中打转，他要在最短时间内做出很多判断，难免存在失误。就像我打算投W市长江大桥广告牌，基于拥有户外创新广告形式，当时为追求极致轰动效应，我头脑发热选择投放对牌。而老逸接手我的工作，只投一块户外牌，事后评估效果仅仅打了个八折，但为集团节约百万费用，受到廖总赞赏。

老逸的减法策略比我的加法策略高明，但不代表他水平比我高，因为我在最短时间内要策划和决定价值几百万的投放方案，广告与企划十几个案子搅和在一起，难免有考虑不周之处。而他在暗处细细揣摩，发现策划案缺陷非难事。

现在颠倒过来，企划部一堆破事缠住老逸手脚，没工夫容他多做思考，所以他在制定与执行广告策划时也是漏洞百出，而我有时间陪玩，纠偏易如反掌。反正我也不是啥好鸟，他泼给我的冷水，我烧开后给这厮泼了回去！

傍晚，在赶往总部的路上，迎接我的是北京深秋的寒风、漫天飘舞的落叶，以及一个坏消息：老逸升任董事长助理，和我同天升职！区别是我是总裁助理，他是董事长助理！哎哟，还是高我一头！我不免暗气暗憋："行，叫你高高在上，现在就给你拉下马！"

我心里憋着一股火走进总裁办公室。汤总伸出一只大手，热情招呼我："儿童乐园策划案做得不错，HDE秦总连给我打俩电话，交口称赞，呵呵，你替集团添彩了。"

汤总使劲握了一下我的手，手劲也忒大了吧，我被捏得差点儿龇牙，刚才的火气早没影了，我强装笑脸："谢谢汤总栽培，都是团队的功劳，还要感谢秦总给我找了8个帮忙的家伙。"

"雨总，不管你身居何位，都能把领导交托的任务圆满完成，说明你心智练达，肩膀有担当，业务精熟，所以经我推荐，老板批准你做我的总裁助理，希望你有一番表现！"说完，他才松开手。

我对职场三定律——要么忍，要么狠，要么滚——已有深刻理解，吃过爆亏肯定长记性啦，现在就跟当初进集团一样，重新夹起尾巴做人，所以我没表现得太过惊喜，只是一边偷偷活动被捏疼的手，一边认真回道："谢谢您推荐，我会尽力完成任务！"

果然，汤总满意我的态度，这次重返总部，我一没有趾高气扬，二没有抱怨牢骚，反而态度谦卑，他不禁赞了句："好！"

呵呵，我的小珺料事如神啊，她论述集团领导的想法在见面时都已印证。汤总话里有话，而且刚才使劲握我的手，也是别有用意，大家心知肚明。言念及此，不禁更钦佩小珺一层，要没人家提醒，我安有在集团东山再起之日？

汤总夸完人，开始布置任务："这次调你回总部，是为了让你参与ZTV投标事宜，逸总跟GE广告公司打过很多交道，你作为副总监也要尽快熟悉ZTV业务，明天那边公司的人会来找你。"

"逸总是广告总监，这类顶级广告业务，我情况不熟，还是他来谈，比较，比较好吧。"不知汤总是何用意，所以我故作推辞。

汤总冲我笑着摆摆手，"GE广告来谈有关春晚投放项目，要甲方马上拍板，但逸总陪老板下市场，过两天才回，但事情总要有人来做吧。老板和我知道你鬼点子多，换主将或许有不同效果。你不必有什么顾虑，大胆去谈。"

这回明白了汤总用意："其实老逸电话也能跟他们沟通，但汤总推荐我主持谈判，其一是他想看看在广告投放方面我的才干；集团未来将实行双轨制，需要我积极参与广告运动，此为其二；其三是我曾斗法浩辰广告的钱英而大获全胜，他期待我再接再厉。"

管汤总是怎么想的呢，反正我知道这是一场重要谈判，不能有丝毫闪失！挑战性工作来了则意味着我又可能会露脸，哈，心情愉悦，马上点头应了下来。唉，只想成功露脸，却没想到失败？我好自负呢，真是改不了！

看到汤总秘书进来说有客人在会议室等，我马上加快汇报进度，“王伟是C市企划部的代理部长，工作尽心尽责，这次儿童乐园的策划他率团队给予很大支持，您看是否能特别提拔，把那个代字给抹了？”

汤总爽快答道：“行，打个报告上来。我们对有理想有干劲的新人，要破格重用！”呵呵，我积少成多，这次又壮大了企划部力量！咱干活从来都是求回报的，无论是过去还是现在。行，汤总真给面子！

临走时，我递上《A集团下半年广告发布十大缺憾》等6份报告，起身告辞。

果然，报告发威了。第四天上午，人事总部就给广告总部下发通知：兹任命蓝小雨为广告总监，方逸华同志为广告副总监和工程总部副总监，二人其他职务不变……

啊，啊，啊，怎么会这样？我以为这次十拿九稳扳倒老逸呢，叫这厮彻底滚出广告总部，谁知道他来给我当副手？嘿，痛苦。更蛋疼的是，他虽然丢了广告总监，但又趁机混入工程总部，呵呵，这哪里是副手，这简直就是来当监军啊！看着人事任免通知书，我太佩服集团领导们了，原本想撮合我们精诚团结，但发现二人离心离德，各自为政，于是领导改弦易辙，要把我们俩生捏到一块，互相提携进步！但在我眼里，这样的安排却是为了互相揭发，互相督促，谁尾巴也甭想翘起来！

我们俩在广告总部斗得鱼死网破，但领导看得心花怒放，于是他们举一反三，在我工程总部的势力范围内，楔入一根大钉子。从此，我们二人又将开辟一个新战场，在领导眼里再上演一场龙虎斗！

不由得，我冲着汤总办公室方向挑起大拇哥，大喊一声：“牛！”

但为什么不安排老逸当企划副总监呢？我严重怀疑人事任免通知下发前，汤总找老逸谈过，那厮肯定被企划部给搞怕了，坚决不肯进来玩！呵呵，算他识相，齐总早就说过阎王开酒店，鬼也不上门，我的企划部全由嫡系部队组成，他根本玩不转！而工程部的人是廖总子弟兵，跟我纯属上下级关系，所以他才敢进来混。

但不管怎么说，我现在是集团的广告总监，老逸是副总监，我才是广告部老大！历经三年辛勤耕耘，终于初步实现打翻老逸、一统企划总部与广告总部的梦想。呵呵，想到这里，我内心不免涌上一股强大的骄傲和满足感！

按捺不住激动，我只想立刻跟小珺分享喜悦心情，马上拨通电话：“9对3说，除了你，还是你！嘿嘿，呵呵，哈哈……”说着说着，我乐开了花。

“瞧把你乐的，嘻嘻，是不是6颗炸弹把那个人轰下去了？”

“哈哈，好个聪明的乔小珺，佩服！正是如此，刚接到人事部通知，我现在是广告总监，那兔崽子副的，以后我名正言顺管死那厮，哈哈，这可是梦寐以求的事情呢，今天终于成功啦！以后我要一刀刀活剐了他！”接着，我把任命状给她读了一遍。

谁知电话那头没有喝彩声传来，只是微微沉默，我感觉奇怪，“小珺，你怎么了，不替我高兴吗？”

“小雨，我当然要恭喜你又赢一场，但事情也许，也许没你想得那么简单。那个人跟你一样犯错受罚，但还留在广告部做事，只是位置对调。其实，他在老板心里形象依旧，任命状好像是一碗水端平，但在我看来纯属安慰你。以后你管着广告、企划、工程和设计，管得过来吗？工作总有疏漏，而他又在暗处，时刻想反咬一口，我有担心呢，别乐观太早了。”

“实现集团利益最大化是老板和汤总的一致想法，所以齐总说我们俩是老板的一双筷子，互相监督，缺一不可。我目前赶不走他，但以后难讲，一方面我会快速成长，越来越优秀，团队越来越强，逐步打破均衡，另一方面我是广告总监和工程总监，而他都是副手，县官不如现管嘛，我会给这厮安排最棘手任务，天天给他穿小鞋，时刻蹂躏他神经，手下人打打配合，哈哈，上下夹攻不出两年，彻底搞死他！”

“小雨，我喜欢你的自信！但我总觉得……”好像是我被贬似的，小珺的语气里带出一股不无担心的味道。

我不爱听了，马上打断她的话头：“好啦，先不说以后如何如何，我现在要去抢老逸的大办公室啦，叫那厮和那条变色龙统统滚蛋，哈哈。”

“小雨，你的傲劲儿又上来了呢。抢来办公室固然有成就感，但老板会怎么想你？只怕说你不配做一方统帅；汤总又会怎么看你？只认为你无容人雅量；广告部同事会怎么贬你？只觉得你小肚鸡肠，好出风头。你平时总把毛主席的话挂嘴边，‘凡是敌人反对的，我们就要拥护；凡是敌人拥护的，我们就要反对。’现在的情况是那个人希望你天天把广告部折腾得鸡飞狗跳！这间办公室都成了火药桶，坐得安稳吗？依我看，他会在领导面前玩悲情博同情，因为他们不喜欢看你挑事，至少希望表面一团和气，所以你该欲擒故纵，表现得宽容大度些，低调秀给众人看，淡化位置对调带来的冲击波。毕竟，你的终极目标不是抢走办公室，对吗？”

终于发现自己的一个大秘密了，居然还觍着脸言道，9 对 3 说，除了你，还是你！其实我有时就是个 4，除了 2，还是 2！自己得意便忘形，忘形便失智！还能说什么呀，只有听从的份呗！

电话里，我不怀好意笑了笑：“好啦，我火上浇油是不能获益，呵呵。现在都听你的，要来虚名作甚，叫他在大办公室如坐针毡吧，我在小办公室发号施令，反而是无言的讽刺，乔大小姐高啊！你是在教我杀人于无形吗？”

“呵呵，知道就好。你重回总部可别表现得趾高气扬，也别故作谦虚，自然而然就好，小心那个人告阴状。”电话那头，小珺又再三叮嘱。

瞧瞧我们的小珺，跟老师一样，每件事都要嘱咐，我为人处世真有那么差吗？也许是当局者迷，旁观者清，其实小珺所言我都懂，如果不是老逸三番五次想赶尽杀绝，我不至于仇视他到极致。我忍下这口气，静心思考后想通一件事。表现宽容好像有点儿肉，但却是心态成熟的标志，是以柔克刚的无上妙法！做好这条，我能争取广告部大部分人的支持，对孤立那厮有帮助！

当然，这次我听进去小珺的建议，还因为F分公司的一位中层干部，他上半年被提拔为分公司副总，便把任命状贴在办公楼大堂一个月，被人放肆讥笑。

放下小珺电话不久，便收到齐总贺信：“你给他留下很深的阴影，这是你不好，他都可以在阴影里乘凉了，祝小王八蛋再次荣升！”

呵呵，这位齐老大是段子哥啊，说话阴损，幸好跟他是一路货，不然非被贬死去！马上我也憋了一句端给他：“他就是你的蛋，只要你步子迈大一点，他就觉得疼！”

敞开心扉

古代有位老禅师，一天晚上在禅院散步，发现墙角有张椅子，他一看便知有人违犯寺规越墙出去溜达了。老禅师走到墙边，移开椅子就地而蹲。少顷，果真有一小和尚翻墙而入，黑暗中踩着老禅师的脊背跳进了院子。当他双脚着地时，才发觉刚才踏的不是椅子，而是师傅。小和尚顿时张口结舌，但出乎意料的是，师傅并没有厉声责备他，只是平静说道："夜深天凉，快去多穿一件衣服吧。"

可以想象听到老禅师的话，小和尚有何等的自责心情，在宽容教育中，徒弟不是被他的错误惩罚，而是被深刻教育了。

汉朝的刘向曾说："山锐则不高，水狭则不深。"现代职场上有太多的快意恩仇，但真正的高手大都怀有一颗宽容之心，得饶人处且饶人，收获反而更大。

抉择

好，新官上任三把火，我暗下决心："请诸位领导上眼吧，我要带领企划总部、广告总部、工程总部、设计总部大干一场，施展平生本事做一番业绩出来！"

下午办公室来了两位VIP贵宾，GE广告公司的总经理常总和项目总监红总。GE是ZTV顶级广告代理公司，双方关系非同寻常，里面有说不清的弯弯绕。而ZTV在传媒领域大名鼎鼎！GE正是凭借与ZTV的莫逆关系，才全案代理了A集团年度电视广告。

与众不同的是，A集团老板亲自与GE老板敲定全年ZTV代理合同，老逸负责具体执行。所以今天贵客登门拜访，我要好好聊聊。

常总刚进门，我就被她的高贵气质吸引了，好一位美人。留下深刻印象的是她眉宇间有种惊人的美丽，柳眉下一双眼忽闪忽闪的，还有长长的睫毛，而亮得让人觉得炫的一双大眼，异常灵动有神。正拿她跟小珺做比较时，常总冲我微微一笑："雨总，您好。"

"哦，常总好。呵呵，您这身民族服饰真打眼，很衬气质。"我冲常总双手合十道。这招是最近跟HDE秦总学来的。

常总见我双手合十，忙还礼，"谢谢雨总夸奖！您穿着也独特立行呀，呵呵，艺术家气质，连打招呼都与众不同。"

"呵呵，大家彼此彼此，都不愿太平庸。"说完，俩人会心一笑。

宾主落座，有人沏好茶。常总递上名片，"听逸总说A集团广告现在由您负责，希望我们传承友谊，精诚合作呀，呵呵。”

“承蒙老板和总裁栽培，希望大家一起进步。我知道A集团已和贵公司合作4年，大家知根知底，好像一家人。我愿意为双方长久友谊贡献一份力量。”

都是场面话，好客气。话匣子打开后，我仍从养生、风水、哲学和宗教四大聊天课程入手，收获了一片欢声笑语，大家逐渐消除了些陌生感。

看着会谈气氛融洽，常总话题一转，“雨总，今天来是想和贵集团商量春节晚会软性广告的投放计划，我们刚拿到两块资源。第一块是由主持人口播8次全国贺电，广告以念出贵集团名字的形式穿插进去，比如××××集团恭祝全国人民新春快乐，后面接驻外大使馆贺电、边防哨所贺电等，报价400万元。第二块是A集团提供一款产品或手提礼品袋，植入到一线明星的小品里，报价也是400万元。这两款软性植入广告，我们想推荐给A集团、S集团和L集团。”

我知道GE代理A集团、S集团和L集团等名企的广告，所以她说推介给其他集团，一点儿也不感到吃惊。我想了想，“对不起啊，常总，呵呵，我脑子笨，反应有点慢。您刚才所说，应该有三个关键词：1. 春节晚会赞助；2. 两款软性植入广告；3. 价值400万。我说的对不？”

话音刚落，常总扑哧乐了，“雨总真幽默，您眼睛多亮啊，一看就绝顶聪明。前年，可口可乐曾赞助春节晚会，他们联合广告公司策划春晚软性投放方案，当着几亿电视观众，在《大变魔术》节目中竟然变出一瓶可口可乐！轰动整个快消品市场。ZTV认为这是双赢策划，所以今年又有了软性植入市场，机会难得，还请雨总速做决定呀。”

接着，常总开始了神展开，马上为我勾勒一幅动人图景，期望带动气氛，但我不动声色，因为还有好多没搞明白的地方呢。“呵呵，有几个问题，还请常总示下。第一，为什么小品未定？第二，产品以何种方式出现在舞台上？是简单道具，还是放在某位置不动？给特写镜头不？第三，产品在小品里出现的时间，一闪而过？还是持续展示十几分钟？故事跟产品有关联不？”

“那些明星肯定参加小品演出，但他们的剧本还在打磨。您知道春晚有5次审查流程，每次都会有修改甚至换稿，所以目前无法确定。产品肯定是小品的一款道具，但不会一闪而过，至少有定格镜头，特写镜头难讲，但我们保证产品留在镜头里的时间累加不少于5分钟。”常总说完伸出5根手指，纤纤玉指，雪白如脂，但每根手指折合80万广告费！嗯，宰人不商量。

我沉默了一下，又提了一个问题："用最出名的腕儿的小品搭载产品自然是好事，但放进其他人的小品里嘛，呵呵，风险来了，那您认为哪款广告性价比更高？"

常总放下茶杯，不紧不慢回道："我认为各有千秋，要看贵集团的倾向性了。8次口播广告贯穿整台晚会，不断重复贵集团名字，尤其是开场第一次口播和零点报时前的第七次口播，根据以往统计数据，收视率将飙升，非常有利于宣传集团的品牌。小品广告能展现产品包装，产品有定格镜头，视觉直观性更强，而且几位小品大王是晚会的台柱子，作品有品质保证，收视率高，有利于树立产品形象。"

嘿，常总行啊，回答滴水不漏！好吧，我换个问法，"那您认为两款广告的缺陷？"

常总轻轻一笑，"这款广告的缺陷便是那款广告的优点。比如，口播广告没法出现产品形象，小品广告不能念集团名字，二者互补。"

我暗自盘算着："常总带我玩迷宫，兜兜转转，就是不肯说实话！小品广告肯定比口播广告效果好，但存在不可控因素。产品在小品里以何面貌出现？万一企业logo没有对准镜头，几百万便打了水漂。"言念及此，"常总，您能确认产品在小品开始时就出现在舞台上吗？"

"真不能确定，因为剧本随时在改动。"

"实话实说，我怕产品在小品里不够醒目，企业白投几百万。"

"您尽管放心，既然ZTV敢收几百万，就有义务负责让产品打眼！"说到这儿，常总故意压低了声音，"呵呵，私下给雨总透露个消息，我们会跟小品编剧联络，请他们尽最大可能以最醒目形式植入产品广告！"

我给常总的茶杯续上热水，接着问道："好，还有个问题。L集团和S集团的想法？他们会积极参与吗？"

常总收起笑容，很正经地说道："雨总啊，我们可是刚拿到的资源，首先拜访的就是A集团呀！"

常总鬼话连篇，跟她相貌严重不符！什么头一个拜访啊，瞧她说话时眼神闪烁，肯定是最后一家啦，"好，最后一个问题，购买截止时间？"

"我们担心企业抉择过程长，所以第一时间来报备项目，7天内必须完成签约和打款，晚会瞬息万变，他们等不起，到时有可能收回广告资源。"

“我倒是想再等等更确切的消息，比如产品以何种方式植入小品？植入谁的小品？植入时间有多少？看来有无数不确定因素，却要企业马上来确定，太难为我们啦。呵呵，常总啊，职业经理人有职业风险，一着不慎，满盘皆输哦。”

“呵呵，您又开玩笑啦，我们合作四年，没有一次诓过瓢的。还请雨总尽快向领导汇报，一来时间不等人，二来竞品不等人，三来焦点曝光机会不等人，外面有大把企业在等……”常总又是一番游说，不禁把我说得动心了。

最后常总留下历年春节晚会收视报告，作为汇报参考。

我花了整整一天的工夫才理顺思路，刚要喘口气，老板回总部了。马上跟秘书约时间，好，下午 3 点做汇报。

走进到老板办公室，第一眼就看见老逸先坐在那里了。他看见我，脸色似乎不佳，想必他已经看到我给他撰写的半年工作报告，整个为他的工作梳理总结一遍，太负责任了呢。呵呵，他应该感谢我才是，为啥还绷着小脸？嗯，真想冲上去问个究竟，算了，懒得跟这厮磨牙。

我转头笑着对老板说道：“老板，我昨天见到GE广告的常总和红总，她们推荐了春节晚会两款软性植入广告。”

显然，常总也跟老逸说过，所以老板直接问道：“你认为参与意义如何？”

我拿出报告准备回答时，老逸却抢先发言：“老板，这是好事。春节晚会是传媒圈顶级焦点事件，正常年份有 8 亿收视人群，集团积极参与，既在消费群里打形象牌，又给予经销商和供应商销售信心。”

老板点点头，扭头又问我：“雨总意见？”

那一年，A集团重金投放ZTV招标段广告，老逸得知GE广告为讨好老板和总裁，邀请他们观看晚会现场演出，还特意安排领导在前排嘉宾席就座。这家伙动了脑筋——春节晚会出奇招！他通过常总疏通关节，希望和晚会摄像和导播打招呼，在镜头扫嘉宾席时，多给老板特写镜头！但春晚是什么场合？你想怎么样就能怎么样？一般人望洋兴叹，但老逸真不白给，使尽浑身解数，最后竟马到成功！前面是晚会现场，这家伙却在后台行走，算手眼通天啦。

事实证明，老板赞他神通广大很有道理，最近几年晚会嘉宾镜头里，总有几个老板和总裁鼓掌的大特写，老逸的脸也算是露到天上去了。

经销商见老板端坐嘉宾席，大都兴奋异常，甚至奔走相告。这种无形的广告语言似乎在宣告：各位经销商们上眼啦，老板年年是ZTV春节晚会座上宾，那是因为A集团是行业领跑者，实力雄厚！大家跟着他们打市场，一定有奔头！

表面上几个特别镜头是带给老板无上荣光，但实际是A集团获益匪浅！相当于每年为集团创造百万级无形资产！所以老板曾有感而发：在A集团，方逸华单兵作战无可匹敌，蓝小雨团队作战盖世无双！但个人如何跟团队作战？最后老逸数次被我夺走风头，也是有原因的。

有了前面的故事，所以老逸今日的回答甚合领导心意。其实我也赞成投放，但老逸把我要说的话先抖落了，逼得咱只能改弦易辙："期待集团赞助晚会，但我是从另一个角度分析结果。A集团将投放3 000万ZTV 1月和2月A特段广告，又准备购买ZTV推出的'春节小火车套餐'，99万的套餐是春节15天连播120次黄金时段广告，由此彻底打通从1月到2月这全年最欢庆的60天，形成密集投放阵势，全年广告聚焦于此。如果再加上晚会软性广告，则聚焦效应翻倍，好像在60天投放期里会有一颗明珠闪闪放光，符合花小钱办大事的投放策略。"

老板见我们都持积极态度，他兴致勃勃地说道："二位总监说得有道理。既然ZTV开出的'小火车套餐'，以回馈VIP客户为主，价格比较优惠，我建议可以加开一趟，将聚焦效应再次放大！"

老逸马上附和道："好！老板的建议非常好！"

"哼，真会拍马屁，小心拍出屎来！"我心里骂完，侧脸看他一眼，这家伙正冲着老板笑容满面地竖大拇指呢。

老板轻轻笑了笑，又问老逸："集团是投放口播广告还是小品软性广告，你的意见？"

经历过一起一落，现在我明白老板为啥要首先征求老逸建议了，因为这是多年习惯使然呗，而不是对我有偏见。以前看不懂，白着急半天，所以刚刚听到老板的问话，也就不急了。

老逸口若悬河，把小品广告夸得跟花儿似的，他最后说道："晚会小品年年重播N次，每次重播好比给集团做一次广告，这笔隐性收入也要计算在内。"

看他闭嘴了，我鼻子微微一哼，不紧不慢说道："赶上好剧本，赶上大碗儿担纲，赶上有产品特写镜头，当然是赚，但万一没赶上呢？春晚创办以来，一共200来个小品，至今反复重播的不过三四十个作品而已，谁保证咱们能中大奖？”

老逸摇摇头，一脸不屑神情，“雨总胆子太小，那几个腕儿的王牌小品，哪个不是晚会焦点？他们有强大的编剧团队做支撑，各个演得出神入化。我敢断定L、S和其他集团一定在抢小品，他们敢作敢为，A集团为什么不行？我做了数据分析，只要产品有5分钟上镜，相当于播放10支15秒广告！ZTV随便一个栏目的15秒广告都要2万多，但收视率不足2%，而春晚综合收视率有35%，即使打个折，投放小品的广告价值也超过600万……”

老逸毫不示弱地摆出一堆理论，哟，还有数据分析呢。玩去吧，这也叫数据分析？

我轻轻一声，“哼，小品价值超600万？逸总的计算方法挺有趣。虽然常总许诺5分钟上镜时间，但随着小品故事的深入，请问哪位观众还紧盯产品不放？这是春节晚会节目，不是唱堂会，给几个产品定格镜头已经很可观了。35%的收视率是高峰数据，那是因为大腕儿小品登台，反之呢？”

老逸咳嗽一声，刚要反驳，我摆摆手，接着分析：“此外还有两处疑点，请逸总解释。众品牌齐看好小品广告，而且GE和ZTV又精于计算，但他们只报400万，竟与口播价持平，为何如此慷慨？如果按逸总算法来推测，小品价值将超600万，该广告产品是皇冠上的明珠，GE为何贱卖？”

你敢把我的策划看扁，我就把你脑袋捏圆！俩疑问一抛出，老逸张张嘴，没吭声。看出来了，这哥们儿是在野党，在野党主要职责就是批评和反对！

好，来看看我的数据分析吧，“老板，逸总，我准备了一套数据。第一，从春晚35%的超高收视率、春晚品牌价值、独一无二性和千人成本分析，8次口播我认为实际价值是300万，换算公式是……但GE报了400万，无折扣，想必拿到这块资源要付出很多成本，所以溢价100万。投放口播广告的稳定性毋庸置疑，而且能快速、大范围在陌生消费人群里扩大品牌知名度！从某种意义上说，口播广告被甲方溢价100万，我认为这个溢价咱们可以接受。第二，小品广告固然优势突出，但不可控因素有四。我认为小品广告表现最佳时，价值要超过500万，换算公式是……但如果非一线大腕儿出演，则收视率难保证，相当于折损100万；产品上镜不打眼，折损100万；产品展示时间短，折损100万；小品播出效果不佳，再折损50万，最差结果是投入500万却只收益150万，直接折损350万！总之，小品广告要一次性保证四大条件，而效果才比8次口播高200万的价值，谁敢拍胸脯保证？冒不可控的险，不值！所以我建议本次投放以稳为主！”

老板一言不发，靠在大班椅上静静听着争辩，显然，他在思考中。这时，老逸的脸有些涨红，“雨总，你认为GE为什么小品报400万？”

我的眼神中充满了胜利味道，笑着说道：“呵呵，这还用问吗？GE代理A集团、S集团、L集团等六大客户，正因为他们也吃不准小品播出效果好坏，所以才宁愿少赚也不敢得罪自己的大客户，以后生意还要做下去的！如果小品广告的效果一般般，客户怨声四起，我猜GE回答是平价出货，价格低值得你们冒险，没人逼投。你们认为小品有风险，可转投口播广告嘛。GE报低价不是良心发现，而是现实决定。”

老逸摇摇头，站起来两手摊开，还是一脸不屑，“哼，什么现实决定啊。GE没把握，何必要推风险大的小品广告？他们利润不错，不缺那点代理费，怎么会得罪大客户！这是GE找来的特殊广告资源，是外面广告公司想都不敢想的资源！GE广告公司是用顶级资源回报大客户，而不是拿来坑爹！你自己吓唬自己，不了解GE，也不了解春节晚会，他们完全有能力影响软性植入广告……”

“说什么呢？”哼，敢拿你的人脉优势贬低我的广告专业技能？我“腾”地也站起来了，准备开兵见仗了。

恰在此时，汤总、宋总走进来，老板忙招呼他们参加诸葛亮会。当我们再次陈述利弊时，两位老总赞同我的分析。于是老板迅疾拍板：“好，就这么办！”

接着老板又做了精彩的分析：“广告传播分为甲类购买群体、乙类知道品牌但未购买群体、丙类未知品牌群体，三类群体按金字塔形排列。我们需要将人数最多的丙类群体转化为乙类群体，打造潜在消费群，只有尽可能扩大乙类群体，才能最终增加甲类购买群体。投放8次口播广告，观众只要听到一半，便可扩大乙类群体，从这个角度来说，400万的广告费还是花得值！当然，小品广告也有优势，但更适合家喻户晓的产品，咱们的品牌还不是可口可乐，观众看到是没有共鸣的。如果仅仅是镜头闪几次A集团的logo就完了，能指望观众有什么强烈反应？我们如果投放小品广告，丙类消费群转换为乙类的效果，肯定不如口播广告，而且还存在4个风险。我们通过春晚扩大乙类群体数量，在1、2月又投放3 000多万A特段广告，加上春节开出的两列小火车套餐，观众们看见密集广告，完全有可能迅速转化为甲类群体，直接拉动销量……”

听完老板论述，我只剩钦佩之情！他虽不是广告专业出身，但总能高屋建瓴看穿问题本质，我又纠结于细节啦！老板说的对，我们的品牌知名度还不是可乐层次的，适合做口播广告，只有可口可乐这样的超级大牌才适合投放小品植入软广……好吧，老老实实跟老板学本事吧。

我正在沉思这套传播理论时，老逸脑子转得飞快，他马上进言："老板、汤总、宋总，我建议口播要念集团名的全称，别念集团简称，因为所念名字时间越长，观众越容易记住品牌名！"

老板大手一挥，"好，意见很好！雨总你要记下来。"嘿，我的风头又被这兔崽子抢走一半，有点郁闷。

我和老逸起身向老板告辞，但10分钟后我又单独返回董事长办公室，"老板，这次谈判我想声东击西。以S和L集团的广告行事风格，估计他们会看中小品广告，A集团最好伪装成也好这口的架势，造成三家竞争小品态势，面对一热一冷局面，GE广告会想方设法说服咱们转投口播广告，但让步是有条件的……"

"好，我和汤总、逸总会配合你的工作，他们找我，我会及时表态。"老板顶级聪慧，我才说了上半句，他便说出了想法。

回到办公室，我不免心里一乐："常总啊，常总，您还没领教过我的谈判风格吧，行，螳螂捕蝉，黄雀在后，咱们走着瞧。"

事实证明我决断无误。竞品如愿拿走小品广告，但大年夜他们看到的是产品礼品袋被人拎上舞台，动态上场的开篇，走势好像还不错，但礼品袋放到桌上出了状况，袋子的侧面正对转播镜头而不是之前说好的正面，虽有定格镜头助阵，但侧面巴掌大的地方，哎哟，品牌logo有些看不清！雪上加霜的是其植入的并非最受追捧的作品，而更令人绝望的是该小品平淡如水，只收获寥寥笑声。

而我们的8次口播状况平稳，集团名声大震。即使我第二天看录播，也感觉声声入耳，太好听啦。哈，职场高管的位置有风险，咱又凭借三大思维模式迅速破解了难题，绕过了一个陷马坑！

令人至今记忆犹新的是，当晚我的手机收到老板发来的一条短信："雨总，广告效果很好！祝新春愉快！"这，就是老板颁发的奖状，而且各地经销商也来电表达激动之情，哈，我高兴了三天，逢人就笑！

当然，还有叫人笑不起来的事情。跟老板汇报完春节晚会赞助的事，我来总部差不多一周有余，但有一个人在故意躲我！对，他就是故意的。于是我给黄川去了电话。傍晚，我在办公室见到了一位不想见到的人。

陈东满脸尴尬进门，想遮掩愧疚之情，但想笑又不敢笑，想正儿八经但又想装无所谓，脸上的肉被折腾得不知该如何站队了。早知现在何必当初，看着他两手来回搓的样儿，窝囊废！真想一脚给这贼踹出去！

我示意他坐下。眼前这个陈东，还是三年前的陈东吗？恍惚间，我回到初次见他时的场景，沉默寡言的小伙子，只知埋头干活、从不说三道四的家伙，屡获部门表扬的先进人物，他怎么会背叛我呢？现在，我想劈了他……

足足沉默了三分钟，我起身走到他身边，拍拍肩膀，“哥们儿，知错必改乃为俊杰哦。”

“老大，对不起，我不该……”

我挥挥手，语气尽量平缓，“不提旧事，往长远看吧。本来想跟大家解释你近期贡献，但团队一些人保留看法，整天在我耳边叽叽歪歪的。其实呢，也不想给啥处分不处分，但为了平衡团队，也为了给你敲敲警钟，所以死罪饶过，但活罪不免。这样吧，先回上海继续做企划部长，业务归黄川统管，你的那个广告副总监先放放，行不？”

陈东低头轻轻回道：“谢谢老大！您看我今后表现吧。”

“好，我回头跟汤总请示，你先做个准备。”

小珺在给我下指导棋，她建议小不忍则乱大谋，不提旧事，只说未来，陈东反而更内疚，我对她是言听计从。“好，你回到上海后牢记两点。1. 放下包袱，我是原来的我，你是原来的你，咱们抹掉过去重新来过，只要咱们哥儿俩团结起来，一切困难都是纸老虎！ 2. 老逸那边有啥异动，随时来找我，好不？”

“行！只是，只是我担心跟小辉、贺平，还有一笑，我们闹得有点儿僵，还请老大帮着做做工作，我……”

我使劲捏了他肩膀一下，悠悠说道：“之所以上海业务归北京管，就是因为黄川和你私交不错，你们共事我放心。至于其他人，我想时间能抹平误会，当然你的表现也是大家改变看法的武器，珍惜机会吧。”

陈东原以为我会一顿臭骂后叫他滚蛋，万没想到我能从轻发落，他神情渐渐放松下来，不像刚才那般忐忑，“是，谢谢老大，我会做出一番业绩叫大家瞧瞧！以后我坚决跟老大走下去，风雨不弃……”

听着陈东又是痛骂自己又是发誓，我打断他的话：“行了，事情过去很久了，啰唆话不讲也罢，明天你找黄川商量部门协同作战的事，10 天后动身去上海吧，期待你打个翻身仗！”

送走陈东，我长长吁了一口气。

我现在有 4 个总监头衔，如果再带着大家做具体业务，肯定得不偿失，所以我打算将企划总部大半业务交给黄川。小黄是企划部公认第一悍将，他借着这个机会，正式成为部门二把手。于是，我上报黄川升任企划副总监和调动陈东去上海的报告，隔天，汤总批准申请报告，大家对我的人事安排也无异议。

企划总部经历这次风波，无论在业绩、团队士气、团结度还是管理上又有新的发展，在黄川带领下成为一支攻打市场的生力军，屡受集团嘉奖！

敞开心扉

赵玉平教授从《水浒传》悟出了“从梁山政治中学领导才干”，其总结很精彩。

宋江是一个县衙押司，走后门进去的，没有任何资源背景。他没文没武、没专业没文凭，他能当好一把手吗？答案是众家兄弟皆服宋公明。因为他做到了“送、公、明”三字。

老话曾说：“成全别人的人，自己成就最大！”实际上，宋江的原则是“我自己不要，都给你。要钱给钱、要物给物、要感情给感情”。而且他送得公正、送得明白，领导力全围绕一个“送”字，“送”的过程中要有一个“公”字，还有一个“明”字。有了“送”“公”“明”三字，宋江无优势也照样获得众兄弟支持。

宋江用人四策值得借鉴：

《水浒传》让人佩服的是用人方法，有“用而不重、重而不用、厚而不尊、忙而不乱”四种管理方法。

关胜，不是江湖好汉，不属创业团队，他的价值观、行为标准和梁山完全不一致，是朝廷降将。为什么梁山排名第五？那是因为他名声大，但不让他管事。有些人地位高，但不是自己人，所以不予权力，这就是重而不用。

朱武，每次打仗宋江带上他，从第六名好汉之后所有人都得听他指挥。这个叫“用而不重”。朱武能文能武，又是年轻干部，顶着授权用，但不能给职位，地位慢慢来。

时迁，能力突出、有重大贡献，但为什么排名倒数第三？因为鼓上蚤是个贼，不能把非主流人物排位靠前，否则主流人物不爽，但可以给予丰厚待遇。名声不佳之人，贡献再大，也不能进领导班子。

梁山好汉们工作安排是：掌管杀猪头领一名——操刀鬼曹正；主管种菜上粪头领一名——菜园子张青……梁山特点是英雄多职位少，如果英雄没事干，他会觉得受冷落。所以特别强调要领导会“找事”，让员工人人有事做、处处忙起来，这就是忙而不乱的管理之道。

做小事抱一颗成全自己的心，做大事需要抱一颗成全别人的心。蓝小雨听从乔小珺建议，在成全了陈东事业的同时，也成全了企划部的力量不受损坏，更成全了自己的事业。这是一个高明的决定，非意气用事可为。

蓝小雨在实战中，对黄川、贺平、赵一笑等人的使用，皆尊崇“用而不重”之策，没有马上提拔黄川为企划副总监，是想让他们哥儿几个再争一争，等到有了足够的业绩才给予位置，因为地位要慢慢往上爬。

而对于陈东的任免，类似时迁，名声有损但业绩突出，所以蓝小雨主要以安抚、送温暖、加薪和补助为激励手段，但提拔职务却排在赵一笑和王小辉之后。

第十三篇
危机公关来袭

周末吃完午饭，正在伏案写一份《近期设计部需要完成的5件事》的文件，但脑袋发胀，四肢酸痛，好像有些干不动了，感觉天旋地转，像发烧，摸摸额头，烫。我躺在沙发上，任手机铃声狂响，也不想碰。也许前段时间熬夜太狠，这几天整个人又非常亢奋，身体终于吃不消了。

躺了好久，我咬牙爬起来，想吃完药回宿舍睡一觉再说，但就在刚刚爬起的当口，陈东连门都没敲便冲进来，大嚷大叫道："老大，不好了！今天上海的《QC新闻报》刊发一篇3 000多字的专题报道，说集团C公司部分鲜奶检出菌落总数超标，指责上海分公司拒不撤架，有部分市民饮用后，先后急性肠胃炎发作到医院就诊。此外文章还罗列A集团曾被曝光过'胀气奶''早产奶''异味奶''瓶装奶酸败'等负面新闻……"

发烧受不得刺激，但屋漏偏逢连夜雨，刚上任就遇危机公关，天啊，我脑子"嗡"的一声，好似万丈悬崖一脚蹬空，心收得好紧，差点儿背过气去！这消息太差了！陈东看我靠在沙发上一动不动，脸色惨白，嘴唇通红，他忙俯身问道："怎么了老大，生病了？"

我长呼一口气，缓缓说道："拿到报纸了吗？"

"没。上海媒介圈的人打电话说的，网上能搜到报刊原文。老大，这事处理不当可能会闹大！我认识QC报的新闻部主任，刚才打电话求证，他悄悄透露报社要做跟进报道！去年我们500毫升鲜奶因操作不慎，渗入碱水，产品上架遭消费者投诉。幸好华东销售经理及时'了难'，才没被捅出去。他们后续报道会着重提及这件事，质疑产品质量不稳定……"

听不下去了，我忙问："他们怎么啥都知道啊？"

陈东摇摇头。我心乱如麻，脑子晕得失了方寸，过了一会儿，才勉强说了句："哥们儿倒杯热水，再拉开左边第二个抽屉，拿一盒幸福科达琳。"

坐起来吃完药，陈东起身又去倒热水，"今年您让我多跟媒体走动，最近跟他们广告总监混得挺熟，正好原计划是下周一去上海，我先找找他吧。"

我叹口气："唉，没用！老逸在上海投了近200多万的纸媒广告，但QC报是非重点，咱们可能得罪人家啦。如果QC广告总监认你，编前会时他就应该通知，还是人情一般般啊。"

傻眼了，陈东和我有点手足无措了。就在此时，老板秘书小高急匆匆跑来给我爆了个头："快去老板办公室，急事。"

"啊，出了啥状况？"我吃惊问道。

"好像是报纸给集团曝光什么的了，我也不清楚，你快去吧。"

出门前，我安排陈东马上发动上海企划部所有人全力找媒介关系，最好找到QC报的社长、总编或常务副总，或者认识他们的熟人，跟他们搭上线，才是解决问题的关键。

现在火烧眉毛了，无所谓发烧啦，我心情极其复杂，只是下意识跑向董事长办公室，在过道上便遇见汤总、齐总、张律师等人行色匆匆赶来了。

大家围坐会议桌，人手一份报纸复印件，各个面色凝重。总裁开门见山道："今天下午，上海《QC新闻报》刊发一篇了负面报道，大家都看到了吧。整篇文章充满敌视情绪，据员工反映，他们抽检存在严重的流程问题，抽检可信度也大有疑问，这是一个子虚乌有的质量事件，这是竞争对手在背后搞鬼，捏造事实，我们必须严厉还击……广告总部和企划总部必须马上行动起来，先灭火再打击竞品嚣张气焰……现在集团第一时间已委托权威机构重新抽检……"头一次看见汤总发雷霆大火，我被吓着了。

张律师接过汤总话题："从新闻报道上看，质监站是上海下辖的S市。我赞成汤总观点，某个竞争对手勾结质监站的人，在集团大举进攻上海市场并取得不凡业绩时，有意曝出产品不合格消息，他们希望以此打击我们市场信誉，破坏销售渠道，瓦解忠实消费群……建议组成律师团立即赶到S市调查取证，尽快搜集有利证据，找出他们违规抽检的证据！”

宋总到外面接完一个电话，落座便说：“华东传来消息，目前发现有两家竞品正在大肆复印该报道，根据目前所掌握的数据和来自其企业内部的消息，他们大概复印了4万份，已在华东片区向我们的经销商、分销商、KA商超、农批市场、老干部活动中心、学校、样板店、士多店分发复印件，企图摧毁渠道网络。”

齐总有些焦虑，他狠狠吸了一口烟，闷声说道：“我们必须马上组织队伍下市场，做好解释和安抚工作。”

宋总的话不多，但分量太重了，人人脑海里浮现出一幅画面：竞品拿着报纸，添油加醋诋毁我们产品质量，恐吓经销商，吓唬消费者……A集团信誉受到沉重打击，坏形象一传十，十传百，5天后满城风雨……市场情况瞬间严峻起来。

会场气氛有些压抑，众人一语皆无。这时，老逸摇摇头，拿着笔记本对着屏幕读道：“广告部刚刚搜索到网络上已有大量转载文章，初估有300多篇，四大门户网站的报道有两家在首页，两家在二级页面，三大人气论坛也有人正在盖楼，点击率直线上升。而且发帖、转帖情形还在继续恶化。”说完他看了眼老板和汤总，“事件才爆发几个小时，就有众多网上负面报道，肯定背后有水军推动。”

老逸那点汇报材料真是小儿科，他只是照本宣科念点破消息，那咱也来贡献点未来的消息吧，“企划部委托圈内人士打听内部消息，《QC新闻报》的新闻部主任透露报社打算做跟进报道，着重提及去年我们鲜奶渗入碱水事件，质疑产品质量不稳定……”

老逸吃惊地看着我，他做梦也没想到我的动作是如此之快，更没想到我在报社圈里的人脉关系深不可测啊！嗯，做梦没想到的事情多了，我也没想到自己刚上任，见面大礼便是一场危机公关！而且更没想到的是，我头一次看见老板皱起了眉头！看来情况越来越糟糕，已到非同小可的程度，会场气氛更加凝重。

老逸转过脸对汤总说：“我认为当务之急是把市面上所有报纸收缴上来，防止事态进一步扩大！”

“我反对！”也许因为发着高烧，我说话语气有些重，众人目光齐刷刷地聚焦过来，“2001年《南方周末》头版头条刊登美国、瑞士三位获诺贝尔奖的科学家指责中国核酸营养品的文章，认为没证据表明核酸是营养品，结果当期报纸被不明身份的团体恶意收购。但该报刊登跟踪报道，新闻还是大白于天下。《济南时报》曾刊登消费者在“3 · 15”咨询现场投诉某空调的报道，当天被人恶意收购，该报紧急加印 5 万份，造成了更大轰动效应。《京华时报》曾曝光某家电巨头服务问题，当天报纸被恶意收购。但报社重磅曝光收报行为，给该企业造成巨大名誉损害。如果逸总带人收报，岂不正中报社下怀？他们正愁市场太风平浪静了。我建议马上和报社取得联系，撤掉网文，阻止后续报道，争取和解！”

啪啪啪，仰仗多年混迹于报社的经历，我如数家珍般说了一堆案例，博闻强识，好像有点儿广告历史家底，看，连汤总都瞟了我一眼。

刚显摆一下，老逸不干了，他是逢我观点必反，“雨总胆子太小。报社天天给企业曝光，许多企业都在收报，但也没听说报社动静多大啊。市场上每留下一份QC报，就要毒害几十位消费者！”

我刚要反驳，老板把茶杯往桌上使劲一摔，冲我摆摆手，他吩咐宋总：“你命令华东大区的人收报纸！”

“好。”宋总马上电话布置任务。

老板是那种极具反抗精神的人，也许是豪气又涌上心头，他站起来冲我们挥挥手道：“逸总、雨总发言很精彩，大家先不要争论。他们是他们，我不怕邪！他们只要敢刊登，我们就敢收购！没什么了不起的！”一席话言简意赅，但讲得气吞山河，把我震得没敢吱声。

老板又环顾一圈，“现在要选一位能征惯战的高管去上海，马上平息危机！”

第一次我没敢迎着老板目光，悄悄低下了头。低头是有原因的。纸媒圈里的《北京青年报》《南方周末》《华西都市报》等报刊，素以风骨强硬著称。企业被曝光后，客户希望报社能高抬贵手，往往会送钱做广告公关，但这些报社有新闻原则，敢给公关客户吃闭门羹。《QC新闻报》近几年发展很快，我登门拜访，万一搞不定，此事非同小可……

面对悬于盛宴与葬礼一线之间的危机公关，我，第一次感到怕！只好低头认㞞。

耳中忽听老板在点将：“雨总！”

哇，老板点的是我！顿时感觉呼吸都要被夺去了。我缓缓抬起头看着老板，他的目光是那般灼热地望着我，充满了信任感，“就你了！雨总你精明强干，想法很多，报社出身且人脉广，还了解他们底细。想一想，没人比你更适合，我相信你！”

“完全同意。雨总给大家留下的印象是思维敏捷，做事有狠劲！相信你在上海能有一番作为！好，尽快出发。”汤总讲话时，也向我投来赞许目光，好嘛，现在是额头、脸颊一块发烧！

说完，汤总又对老板秘书小高吩咐道：“马上去查飞上海的航班。”

老板看人看得太准，其实我是一个非金钱可收买之人，只要给点阳光和信任，咱就能做到士为知己者死。瞬间，老板的表扬让我热血沸腾，他的人格魅力感染了我，勇气好像又回来了，我下意识点点头，“好，明天一早动身！”

“好，再给你派一位律师。”老板看了看身边的张律师，“一会儿到财务部办手续，我叫他们马上拿20万现金。雨总和你赶赴上海，责任重大，遇事要沉着冷静，想尽办法说服报社撤稿。同时，华东大区将全力配合你们行动。”

张律师和我使劲儿点点头。

“很好！我会迎接你们凯旋！”老板信心满满说道。看着老板那么信任我，那么认可我，我的热血又开始沸腾！发烧？早忘啦。

这时，小高跑着进来，急匆匆说道：“汤总，今晚飞上海的所有航班全部告满，现在去南京、杭州方向的票还有，都是晚上9点多。”

汤总毫不犹豫地说道：“马上给雨总和张律师定今晚飞南京的票，我叫华东大区接机，把他们直接送到上海。还有，你再给齐总、阚总、许总预定好明天最早一班飞上海的机票，他们必须中午赶到。”

汤总话音刚落，生产总监阚总、研发总监许总脚步匆匆闯进来，嚯，军令如山，所有高管行动起来，如雷霆之势。我切身感到大战来临前的紧张，好像浑身都在打战。

安排完我的工作后，老板开始做总结性发言：“我来谈谈处理危机公关的切割思路。有人指责我们有产品质量问题，正面回应谁也扯不清。他说有，我说没有，那到底有没有？我打个比喻，有人说你偷钱了，你说自己很清白，坚决没干那事。但问题的焦点还是纠结在偷钱与否上面，绕不出去。所以低劣的公关策略是正面反击，我们反其道而行之，主动谈点消费者有兴趣的话题。三年前，蓝小雨曾建议集团应组建慈善基金会，以集团慈善基金会名义捐助希望工程，帮助失学儿童重返校园，既做了善事，又回馈社会对我们的养育之恩，还能在危机来袭时，转移话题。现在我告诉大家，集团慈善基金会三年来累计投入了 2 000 万善款，助学万名儿童。面对这次危机，完全可以向社会公布集团所做善事，他们谈质量问题，我说慈善事业，我们和负面报道做了一个清晰的切割。”

没想到，真没想到，几年前我的建议今日竟然派上了用场，老板纳谏如流啊。马上扭头看了眼老逸，这厮却送上白眼，我毫不示弱，回他个一脸蔑视，心里好不骄傲：“你以为搞定春节晚会有多牛，天真！你平时吹吹牛还行，关键时刻没卵用！三年前，我预埋一根神钉，今日闪闪发光！看看吧，给你上堂危机公关的大课！”唉，都什么时候了，我还在跟他一比高低呢。

老板喝了一口水，继续说道：“危机公关的第二个原则是覆盖。现在负面消息漫天飞，那我们马上推出更多正面报道，用最短时间把负面东西打沉水底！现在，我安排任务，大家兵分三路。第一路由宋总负责：1. 齐总明天赶赴上海去一线指挥，随时向我和宋总汇报；2. 收报纸；3. 华东大区要组织好队伍下市场，切实做好解释工作，打消渠道疑虑；4. 申请上海质监局抽检产品，并将检测报告向社会公布；5. 晚上我和宋总负责召开销售电话会议，统一部署行动计划。宋总管全国市场的异动，发现竞品捣乱要及时处理，同时做好全国销售的安抚和解释工作。第二路由逸总负责：1. 马上组织人撰写慈善新闻稿、集团狠抓质量新闻稿，我亲自审稿；2. 明天在全国各大报刊、网络上发布；3. 动用一切力量，跟主流传媒打招呼，请不要跟风报道；4. 雨总负责指挥企划总部的全部力量配合逸总行动，消除网络负面影响；5. 捐款数据和扶贫照片，由秘书小高提供。第三路由雨总负责，张律师配合。明天赶到 QC 报社，争取第一时间做通解释工作，请报社不要跟进报道，同时撤掉他们的网络版新闻。”

老板思路清晰，办事有章有法，分工明确到位，众人刷刷地做着记录，会场充斥着大战来临前的紧张气氛。只有老逸插了一句话：“是。我们大量发布正面报道，把负面消息打沉，同时争取各网站第一时间删帖。”

老板高屋建瓴总结了危机公关的应对思路，言简意赅，比教科书讲解强百倍。众人听得频频点头。

老板看了一眼手表，转头跟我说道：“你们还要赶飞机，先走吧。”

和齐总意味深长地对视一眼，我收拾东西出门。身后传来老板严厉的训斥声：“去年的年终大会，我曾三令五申强调，对于各地危机事件，要第一时间上报销售总部。但是，华东个别领导隐瞒这次危机事件，一定要严肃处理！”

这一声声训斥，好像是半空中打下来的皮鞭，啪啪啪地抽在我的后背上，一种莫名的恐慌瞬间袭来。是啊，刚才光想美事，万一危机公关不成功，再回总部，老板就会如此这般训斥我！太可怕！

我跑回办公室嘱咐陈东，一定要发动上海企划部所有人一起去找关系……现在最最重要的是立刻和《QC新闻报》的社长或总编搭上线，今晚找到人，明天好办事。哇，我疯掉了，一边往行李箱扔东西，一边疯狂打电话找人！一路上我恨不得打出去50个电话！等赶到机场，关系确实搭上线了，但都是七拐八拐认识来的，报社会给我开面儿？洗洗睡吧。

瞎忙活半天，一无所获。我坐在机场大玻璃窗前，望着黑洞洞的天空，心神不定。明天，明天等待我的将是什么？思绪翻滚，那真是一会儿忧一会儿喜，一会儿烦一会儿怒，心乱如麻啊……

发烧滋味不好受，脑袋晕沉沉的，集中不了精力想事。张律师走过来递给我一杯热水：“兄弟，你和逸总是老板的哼哈二将，水平不分彼此，但这次危机公关你们的表现大大不同。老板点将，按说逸总是第一人选，但他舍逸总而选你，看来你深受老板信任哩！”

张律师的话引起了我的好奇心，马上追问：“呵呵，您说说看。”

“你和逸总思路都很清晰，鬼点子都很多，本来不分伯仲。但这次逸总只是把监测信息反馈上来，那是发生的事，没价值。而你告诉老板还有一篇负面文章准备刊发，这是未来的事，情报价值大大不同哩，老板由此断定你的媒介资源比逸总要深厚！而且你能马上举例说明收购报纸带来的后果，供领导决断，又说明你比逸总更熟悉纸媒。综合看，你的优势更明显哩。”

我出门只想危机公关的事，还真没琢磨开会这档子事，可不是嘛，“难怪老板夸我人脉广，了解报社底细呢，原来他认为既然能打探到内部消息，就有希望搞定！这，这，全搞拧巴了！我是听从了小珺建议，怀柔陈东而获得情报，跟平息危机一毛钱关系都没有啊。还有，平时牛哄哄的那厮，老板点名时怎么没见自告奋勇？真是混账王八蛋！”

看着自己出门便不顺，又想到老逸那点活儿不值一哂，我的火气不禁拱上来了，“其实，我跟他的媒介资源各有千秋，但他经营上海媒介一年多时间，而我还不识上海广告圈一个人！好嘛，危机来袭，他倒当起缩头乌龟来了，啥玩意儿啊！”说到这里，我对老逸的为人深为不耻。

看我脸上阴晴不定，又听到我牢骚满腹，张律师忙拍了拍我肩膀说道：“其实明眼人都知道他网上灭火发消息，是二线干的活，而老板拍给我们20万，那是冲锋队冲锋在前啊，前方与后方干活价值大大不同哩。呵呵，我看明白了，老板没派宋总、廖总、齐总、逸总出马，说明你在他心目中很牛，至少危机公关这块，你比他牛得多！这是多好的表现机会呀，现在他们在家里等着捷报呢，兄弟，明天要看你本事！”

张律师看我一路上打了无数电话，收获寥寥，情绪低落。他知道我跟老逸是仇人，于是使出激将法来拱我的火，这家伙坏到家了。但真是请将不如激将，不提老逸还罢了，提起那王八羔子躲在后面看笑话，我的勇气噌噌地往外冒：“哼，根本不用20万，照样搞定！”

那是，望着他投来的信任目光，我已经横下一条心：“去他大爷的吧，管他前方是通天河还是火焰山，我都要勇闯天涯！”

哈，上海滩，蓝小雨来了！

未完待续

附录：8 个销售实战案例

5 分钟学会如何绕开前台或保安

销售重要原则：模糊咱们的销售主张

取得客户信任，是开单最重要的基础。

销售有一条重要原则：咱们模糊销售主张，客户就清晰，咱们销售主张清晰，客户就模糊，就开始装傻。

模糊自己的销售主张，适用任何行业。一旦销售功利性强，肯定招人讨厌。想想我们曾接触过的销售，只要对方一开口推销，咱们就想拒绝，这是头脑里的条件反射，己所不欲，勿施于人。

我们做销售，第一次拜访客户便使劲儿推荐产品，客户因为不信任我们，所以也不会信任我们说的话，推销效果将大打折扣，基本属于表面热闹。

正确的销售动作是，我们第一次拜访客户，简单聊几句公司和产品，OK，其余时间和客户攀谈聊家常，在逐步取信客户后，再推荐产品才有实际效果。

好，给大家做一个案例分析。

项目销售 + 重点客户

谈项目销售，闯第一关很重要。

假设，我们是项目销售，遇见了一位重点客户，但被前台阻挡。大家知道，谈项目销售“闯第一关”很重要，此时怎么办？

假设咱们找到一位大客户，但经常被门口保安阻拦，怎么办？

假设咱们扫荡写字楼，发现一位大客户，做陌生拜访时，有前台小姐拦住，怎么找到甲方经理？

前文刚刚分享了模糊我们的销售主张，这一条对付前台美女同样有效。我们分成三次拜访，轻松搞定前台美女。

搞定前台，三步走

首次拜访自报家门，因找不到联系人，前台一口回绝。

第一次拜访：咱们先自报家门，再说明白拜访目的，因为找不到联系人，前台肯定一口回绝，对不起，经理不在，留下资料人可以走了。但咱们不能白来啊，眼睛扫一眼前台桌子，想法来了。

第二次拜访：隔天，你再拜访这个客户，敲门见前台，马上捧上一盆桌上小绿植，什么迷你发财树、绿宝石、迷你小榕树、黑王子、铜钱草都可以，淘宝有卖小绿植，几块钱拿下。

自然，咱们准备了说辞："美女，这是一盆绿宝石，它的呼吸孔在夜间打开，吸收二氧化碳的同时能大量释放氧气，而且放在电脑旁，可有效减少电脑的电磁辐射污染。今天刚好路过公司，送您一盆养养吧，呵呵，绿宝石能帮助人体减少所受的电脑辐射，有益健康。"

美女无功不受禄，肯定会推辞，咱们马上回道："别客气啦，几块钱的事。"

看，一问一答，咱们成功搭讪啦，说完，扭头走人。

提醒同学们一句，此时此刻，千万不要向前台美女打听什么，一开口问东问西，这就是给人家施压，搞得人家紧张兮兮，她哪里还敢收礼啊。对，咱们要模糊自己的销售主张，也就是要先装傻，就是一个送小礼物嘛，乱扯其他干吗呢，青山不改绿水长流，我们和客户来日方长呢。

知道初次见面前台为啥拒绝咱们的要求吗？因为她有各种戒备心理，各种不信任，任凭你口吐莲花也没戏，想必同学们已经碰壁N次，有体会了。所以，现在的销售动作是要逐步取信美女，只要她的戒备心理冰消瓦解，咱们就算敲开客户大门啦。

这次见面，咱们少说一句话，对，忘记告诉美女，绿宝石该怎么养，多少天浇一次水，用不用晒太阳，这些统统都没说。问题来了，咱们是真忘记了？呵呵，故意遗漏呗。

第三次拜访：见到前台美女，咱们又有一个很棒的话题："美女好，前天忘说了，绿宝石耐干旱，不耐寒，既不能烈日暴晒，也不能长期不见阳光，浇水要掌握'不干不浇，浇则浇透'的原则，但要避免盆内积水哦。平时放办公桌，周末记得放窗台晒晒太阳。"

说完，从包里再拽出来一包糖果零食，告诉她，有一个好朋友是专门做糖果生意的，顺道送来尝尝鲜儿，试问，哪个女生挡得住咱们的糖衣炮弹呢？

好，两次见前台美女，都不必提工作什么的，因为后面的事情水到渠成啦。你打电话给前台美女，简单问问小绿植，养得怎么样啊，还喜欢吃什么糖果啊，一来二去，咱们跟前台关系熟悉起来。

正所谓吃人的嘴软，拿人的手短，美女吃也吃了，拿也拿了，大家又成为朋友，她自然会帮自己朋友生意的忙啦，因为人人都有报恩之心。虽然咱们这点礼品根本不算什么恩惠，但她通报一些公司内部信息，属举手之劳，也不算泄密，这样做，她是没有心理负担的哦。

好，咱们说说，送前台美女桌上小绿植有几个好处？ 我认为送小绿植，有三个好处：

1. 女生皆有爱美之心，防辐射是刚需，而绿植有此妙用，能满足客户需求；

2. 绿植便宜，咱们采购花费很少，美女接受礼品也没有心理压力，如果礼物贵重了，她一定拒绝；

3. 后续有话题跟进，方便咱们搭讪。

做项目销售，一定要埋进一根钉子

如果不想费力，你或许还在门外转，连门都迈不进去。

表面看，花费两周时间搞定前台美女，似乎有些费力，但两周后，咱们开始发力，公司情报将滚滚而来，经理个人资料啦，联络电话啦，个人喜好啦，采购流程啊，竞争对手啦，呵呵，有这些资料打底，做到了知己知彼，“搞定”经理会不会轻松一些？

对了，搞定前台美女还有一个好处，咱们的同行再想进来，难度陡然增加，因为此时前台美女升级为拍档啦，不用你发话，她能替你挡掉的，全帮着过滤啦。

知道为什么咱们做项目销售很难吗？因为没有公司内线帮忙，对客户情况一无所知，全靠自己瞎摸索，那能成功吗？所以搞定一个公司内线，那真是雪中送炭，都是事半功倍的做法。一句话，对于重要客户，采用这招是值得的，如果是一般客户，自己又没有那么多精力，咱们还有其他办法绕过前台，可以采用恰当的话术，后面会做分享。

如果不想费力搞这么麻烦，两周后，你或许还在门外转哟，连门都迈不进去。不想付出就想成功啊，洗洗睡吧。

吃人嘴软，拿人手短的道理大家秒懂

对付保安要烟熏火燎，对付前台就来糖衣炮弹。

咱们都知道，有很多写字楼管理很严，刚走到大门口就会被拦住，外面的人都得有入驻楼内的公司人员引领才能进去，面对这样的情况，咱们怎么办呀。

我们716团队有一位小C同学，做软件销售，他的“扫楼”做法简单可行。有一次看进不去，就绕着这栋楼走了一圈，结果找到了突破口，竟从停车场进去了，当他从19楼扫到6楼时，那些保安才堵住他，搞得保安们很郁闷：“你是怎么进来的？”

“大哥，我进来一不偷二不抢，只是想收集客户资料发点名片。”这家伙边说话边把包里的好烟拿出来散，几个烟鬼忸忸怩怩说这儿不允许抽烟，但烟还是收了，吃人嘴软，拿人手短的道理走到哪儿都通行。

有一保安说你下次来要电话预约公司，不然他们不好办事，小C抓住机会说：“大哥，不知道这栋楼有哪些公司，能不能把这栋楼的公司信息告诉我啊。”后来，他大摇大摆到大厅去抄写公司信息了。

好，分享完该案例，咱们提炼一个关键词，对付保安要烟熏火燎，对付前台就来糖衣炮弹，一打一中，屡试不爽，事半功倍。

5 分钟学会电话销售

销售小白普遍畏惧电话销售

销售离不开电销，掌握电销技巧至关重要。

有同学问："我马上去实习，在学校周边找了一家资产管理公司。我在市场部，第一个月是电话销售，可是不知道该怎么做。本人内向，给人的第一感觉是比较冷，但其实我不是这样的。"

这位同学其实想问：听说电话销售很难做，新手应该做些什么准备？

冒充客户给同行打电话——学本事

随时跟同行高手学习，是快速成长的不二法门。

咱们是否可以装扮成顾客，给同行对手打电话？如此一来，能迅速了解竞争对手是怎么做电销的，他们的优势，他们的话术，他们的产品卖点，他们的服务，如此一来，咱们既了解竞争对手的基本情况，又跟同行高手学了话术，一举两得。

但请注意，冒充客户给同行打电话，数量级是 100 个起。因为刚开始不一定能碰上电话销售高手，可能碰到刚入职的小白，而且小白多，高手少，所以必须有数量级的要求。当我们给同行打电话打多了，总该能抓到干货吧，马上复制，对手做得好的地方，我们借用，对手做得不好的地方，我们规避和改进。

做两个重要提醒：

1. 销售小白想快速成长，一者要跟高手学习，二者要善于借鉴，这是上手最快的方法。

2. 给同行打电话，随时要做好记录，放下电话后要提炼对方话术的关键词。一路笔记做下来，我们自然容易发现各种干货。

打电话一定要明确客户利益所在

打电话总强调自身利益，没说客户利益，所以经常被拒。

我们在给客户打第一个电话时，普遍会犯一个毛病，那就是只强调了自己的利益，没有说出客户的利益，所以客户经常拒绝我们。

说一个小案例。

小A同学就职于一个家庭式中央空调销售公司，就是给豪宅业主卖家庭用的中央空调。现在公司采用装修设计师推荐模式，但很多设计师的电话都被公司同事打“烂”了，设计师一听到电话，或说有合作，或说没空，或直接挂断。

小A同学刚加盟公司，大牌设计公司的设计师都跟同事有合作，而小设计公司又接不到豪单，用不上这类顶级产品，现在感觉积累设计师资源举步维艰。大家说怎么办?

现在的问题是，给设计师第一次打电话遇阻，小A同学说，设计师一听到电话，或说有合作，或说没空，或直接挂断，咱们怎么办呢？这件事的本质是，当说出咱们希望今后有合作之后，电话里并没有明确讲能给设计师带来什么样的好处，旧瓶装老酒，人家肯定没好气啦。电话打不好，后面拜访无从谈起，所以，咱们要精心锤炼电话的推销话术。

还是要从满足客户需求入手，我的话术是:“王先生您好，我是××中央空调公司的小A，有装修师傅推荐您，说您设计水平很高，我想要是今后有客户做装修，那看看咱们哥儿俩能否合作一把啊……”

请大家看上面的话术，虽然报了自己的身份，我是××中央空调公司的小A，但我没有强调要合作中央空调项目，话术落脚点是我要给他介绍客户，今后大家一起赚钱。这就是在强调有客户的利益，对方只有听到自己有利益，才愿意和咱们交往。

现在设计师不想认识我吗？哪位设计师不希望朋友给他介绍客户呢？他们还会直接挂断电话吗?

电话的话术中，照顾客户利益的说法有很多：比如，同行都用了，收益很好；再比如，这是行业发展趋势，能帮助您公司节约多少成本；再比如，多一个选择，充当咱们甲方的价格磨刀石……

多向同事请教——速成之道

每天工作结束，要对当天的电话进行汇总。

其实，有很多同学抱怨，新人进公司没高手教，我们来想一想，高手跟咱们非亲非故，为什么要教咱们？谁规定这是义务教育？教咱们三招五式，这是人情，不教咱们，那是本分啦。

我认为，在公司做销售，首先是要做人，为了搞好与同事关系，咱们要手勤脚快，帮同事倒水啊，买点美食一起分享啊，嘘寒问暖啊，让同事们感受到你的爱，人情做好了，我们才好向高手多多请教啦，人家也愿意传你三招五式。

每天工作结束，要对当天的电话进行汇总，把客户分成A、B、C三类，筛选出优质客户，对意向强的客户给予重点对待，时不时打电话问候，只拉家常，有针对性去了解客户的家庭情况、财务状况、学历、个人爱好等，再结合周末短信问候、节气祝福等，日子久了，感情深了，客户把你当成可信赖之人，会主动询问你的产品，那是水到渠成的事情。

每天要写销售日记，把做得好的地方总结一下，把做得差的点抓出来好好写，坚持写销售日记，成长指日可待。

做电销——一定要玩好数量级

算一笔收益账，随时给自己精神鼓励，很值钱。

做电销，要有苦干精神哦，每天打电话的数量一定得保证，只有数量有保证了，才能从中筛选出更多客户，一天打30个电话和300个有很大区别。

再分享一个电销绝招。

咱们每天打上百个电话，时间久了，客户拒绝多了，或多或少会影响咱们的心态和情绪，这时候怎么办？

你可以算一笔账，假设你每天打100个电话，月开单5万，提成5 000元，那么就是5 000元 ÷（100个/天 ×22天）=2.27元/电话，也就是说，不管这个电话开单与否，你都将有2.27元的收益。想明白这点，对咱们克服困难，再次果断拿起电话有莫大好处，嗯，算是送给自己的精神鼓励，很值钱哦。

5分钟学会销售小白如何择业

销售小白如何择业？

成为销售高手前，择业不重要；成为高手后，择业真重要。

很多同学择业时，过于在乎选择行业，而忽略选择公司，其实，选择公司比选择行业更重要。

有同学总想找到一个一劳永逸的优质行业，闷头在该行业发财，这种想法不现实。改革开放 30 多年，互联网又如此发达，各行业早已经过充分竞争，现在，世界上哪还有什么蓝海市场，即使偶然出现，一年之内就会充满各路竞争者，瞬间就变成价格拼杀的红海。销售小白在一个行业没赚到钱，换个行业就能赚钱？不现实嘛，打个比喻：不会游泳，换个游泳池就会游泳了吗？

我认为：成为销售高手之前，择业真的不重要；成为销售高手之后，择业真的重要。

好，我们来提几个问题。是行业给你发薪水，还是公司的给你发薪水？选不好公司，很多努力都白费：比如，被老板算计拿不到提成；比如，产品质量不过关，做一个客户砸一个客户，那还怎么赚钱？

所以，对于销售小白而言，与其关注行业，不如关注如何选择一家好公司，这个才来得更实际一些。

如何快速选到高价值公司

想赚钱，选择公司比行业还要重要。

咱们如何快速选到高价值公司呢？我给出 10 条评判标准。

如果该公司有风投注资，那说明公司基本面好，因为风投公司在投资前，专业团队做了很多轮多角度的市调，帮咱们做了细致考察，看好这家公司的发展前景，加盟有风投背景的公司是一个不错的选择。

商界名人或社会贤达，他们爱惜自己的羽毛，再加上人脉和资源丰富，他们创业成功概率很大，加盟名人创办的公司，利于个人成长，是一个不错的选择。

加盟背景雄厚的公司，加盟每年业绩递增 30%起的公司或行业领军品牌的公司，这些不做解释，大家都懂。尤其当前市场竞争加剧，小公司运营稳定性差，有欠薪风险，而大公司抵御风险能力较强，这对于按时拿到劳动报酬有一定保障。

加盟销售冠军可年入 30 万的公司，这说明三点：

1. 公司有人能赚 30 万，也能拿走 30 万，好事。

2. 公司实力不错。

3. 公司有高手出没，可以有贴身学习的机会。

要是面试考官告诉你，公司“销冠”年入 15 万，快别去了，公司或许没高手，或许产品一般。

不要加盟产品质量差的公司。不怕产品价格高，就怕质量差，因为根本没有回头客，做一个客户毁掉一个客户，这类公司都是“职场杀手”，切勿加盟。

判断公司的产品质量有窍门，面试多问考官公司客户群结构的问题，如果没有大公司入列，要小心遇见质量地雷。

如果公司手里的产品实在没有竞争力，产品质量、价格和服务都一般，纯粹的跟风产品，可以考虑离职。

不要加盟老板小气的公司。遇见老板言而无信，抠门小气，请尽早离职，因为有开单的本事，但没有拿到提成的命，对个人发展不利。如果老板没有服务意识，只想赚快钱，这类公司也长不大，建议离职。

强烈建议大家不要加盟小老树公司。树木不大，但已老去，公司一派死气沉沉的模样。这类小老树公司运营发展五六年了，结果还是七八杆枪，老板没有雄心壮志，做事不思进取，他天天混个温饱，那咱们加盟后能有多大出息？大河里没有水，小河肯定要断流呀。所以，咱们面试时，一旦发现是小老树公司，应该立即PASS（指淘汰）掉！

当然，咱们也不要加盟小代理商公司，因为平台和格局小了，自己天天面对三四个人，大客户无法开单，小客户又没啥利润，再加上公司没有高手带着咱们玩，不利于个人成长。

市调时，很多公司信息不一定能查到，所以面试时，咱们要旁敲侧击多问问考官。

好，有关选择公司的标准，我们做了一个简单分享，大家拿去用就是，希望同学们能找到高价值公司，值得付出自己青春的高速成长的好公司，借东风出海，事半功倍！

5 分钟学会如何快速开单

我们做销售经常遇见一个大问题，那就是我们跟客户的关系是半生不熟的状态，客户对咱们有点印象，也能接电话，也可以上门拜访，但说来说去，就只能在外围转悠，就是攻不进去。联系几个月后，客户还是不下单，相信有很多销售遇见过这类情况，不知道该如何发起新的进攻，加快开单速度，怎么办？

好，我为大家提供一个高效解决办法。

不能开单，只能说销售水平一般般

认识客户三个月，总攻不进去，谁都曾遇见过。

716团队的小C同学，他是做钢结构设计和施工的项目销售，正在创业路上。他刚结识一位大客户，前后跑了三个月，但客户始终对他不冷不热，不咸不淡，小C同学感觉无从发力。

有一次拜访闲聊时，小C同学得知这位大客户马上要新开一座咖啡馆。

现在，咱们就没点想法吗？

为客户做好增值服务——高效开单法

做增值服务——做到极致，才能感动客户。

1. 请个小弟扫荡全市咖啡馆，用手机拍下门头、室内装饰、菜牌，数清楚卡座，最后统计出一张“竞品”情况总表。

2. 从淘宝网上购买所有咖啡样品，在包装上贴好店铺名和价格，让客户自己比较货源优劣。

3. 搜集200个咖啡店、美食店、蛋糕坊的营销案例，供客户参考。

4. 想运营好咖啡店，就要做到专业水准，应该搜集一批咖啡故事，包罗万象，用作店员培训资料。

5. 拿着咖啡店的名字到淘宝网，请算命先生批个八字，店名吉利则告知客户，反之，再换一家呗，直到有称赞的为止，但可以对过程实情告知。

6. 从淘宝网上购买一批小礼品，一样一个，咖啡店搞活动可从中挑选佳品。

7. 请来30位朋友进店品咖啡，临走每人填写一张体验表，不仅要给各个服务分项打分，还要提合理化建议，最后汇成一张总表。

现在，可以约大客户在他的咖啡店里坐一坐，咱们一边喝咖啡，一边把一件件事娓娓道来，各种资料，各种样品展示出来，最后就是我们跟客户谈他的咖啡店生意，而他跟咱们谈下单的事情，这算是将模糊销售主张做到了极致，也是把增值服务做到了极致，付出几百元和两周时间，但开单十几万、几十万还难吗？

还是那句话，咱们先付出，感动客户了，他们才肯给咱们下单！这是击败竞争对手的不二法门。

提醒一点，为客户撰写增值服务报告，不许署名，因为客户可能把你撰写的增值报告当成是自己为公司写的，转而递交给他们的大领导，作为邀功礼物。我们不署名，算是成人之美。

先有主动付出，才会有收获

不要怪客户不下单，先想想自己对客户够不够有诚意？

有同学说，我这么努力做了增值服务，既花费时间，又有一些破费，如果客户不下单怎么办？

好，说三个观点：

1. 你不付出，肯定没收获；
2. 你付出了，可能没有收获；
3. 你付出越多，收获将越多——越努力，越幸运。

不想为客户主动付出，先做好增值服务，就想客户尽快下单，真是想多了哦，因为追甲方的人太多，甲方选择面太广，哪位乙方诚意十足，才有可能成交。

乙方见不到其他乙方，你可以不做增值服务，但你不能阻止其他乙方在背后做增值服务，到头来“丢单”了，死在谁手里都不知道。

如果咱们想交个女朋友，心里却在算计请她吃饭看电影，会有各种花销，万一没追上，那岂不亏了？那我建议放弃算了，做事太计较成败得失，动机不纯，太想不劳而获啦，还是“宅在家里”安全些，不会破财。

几位资质差不多的男生同时追求一位女神，谁对女神更有诚意，更贴心照顾，付出更多，坚持得越久，谁就有希望最后获得女神垂青，其实这个道理跟做销售如出一辙，不要怪客户不给你下单，先想一想自己对客户够不够有诚意？

小C同学是我们716团队的同学，我为他答疑如何做好增值服务，他马上拿去执行，这份增值报告做得非常出色，后来一举拿下这位大客户，一笔合同，给小C同学带来20万利润，而当初各种付出不值一哂，只当是请客户吃了一顿简餐而已。

5分钟学会提升执行力

很多同学的执行力是一大痛点

执行力不行，收入能否翻倍？洗洗睡吧。

有同学说：我这个人容易受到环境影响，自控力差，执行力差，顾虑多，对自己不够狠，个人魅力不足。如何才能提升执行力？

该问题包含了三个小问题：

1. 自身痛点不够足。
2. 做好固化，能彻底提升执行力。
3. 想得太多，做得少。

想偷懒是人的天性，谁都想偷懒，我有时候也想偷懒，怎么办？好，说个实战方法。

每当我不想奋斗了，想偷懒了，我就主动去找痛点，比如，蹲在马路牙子上或五星级酒店门口，看看美女，看看豪车，看完两三个小时的豪车美女，就该知道如何去奋斗啦，他们也是一个脑袋两个肩膀，我也是一把扳不倒的汉子，他们能成长起来，我为啥就不行呢？咱们多多努力就是……

该动作暗含两点：1. 找痛点，刺激自己；2. 给自己多送鼓励。

如何最快提升个人执行力？

连续280个晚上训练，做好固化即可实现。

我认为，坏习惯是不能改变的，只能养成一个好习惯，用好习惯驱赶坏习惯。执行力差的坏习惯怎么改变？直接动手改变？多少年的坏习惯说改变就能改变吗？如果能很好改变，何必等到现在？

如何实质性提升执行力？对，一定要训练才能实现，训练方法就一条，每天做好一个固化。

每天晚上，咱们花两小时来做一件事，或学习或工作，就算有200条理由顶在头顶，也要做好固化，就算实在不想干活，也要装模作样做好固化，随着训练数量级增加，好习惯就会在头脑和肌肉中形成条件反射，能彻底解决拖延症和懒惰习性（拖延和懒惰是提升执行力的两个主要障碍）。

只要有条件反射的习惯，就会减轻咱们每天与不想学思想做斗争的难度，不知不觉就会坐在桌前，一到时间就不讲任何理由都要学习或工作，做好这一条固化，执行力才会有实质性提升，习惯成自然嘛，请大家切记。

养成一个好习惯需要多少天训练？不要相信21天养成习惯的说法，国际公认是280天。

光拼时间不够，还要提升做事专注度

训练280天才能提升执行力，所以世界上只有5%的人发财。

每天做事之前给自己设立一个时间限制，刚开始时间不要安排得太长，以5分钟为限，在这5分钟内，除了专注做一件事，其他与此事无关的一律不碰，只专注这一件事，比如，手机拿远点，拔掉网线……

完成这5分钟工作后，再继续下一个5分钟，等到咱们能有5分钟专注做事的习惯后，再将时间调整到10分钟，做法同上述，以此类推，不断延长专注度的训练时间。请尽快实践，这是提高自身的自控力和执行力的一个绝招。

提醒：影响习惯的因素有很多，比如，工作环境，生活环境，朋友圈子等，这些都会对咱们的习惯造成很大影响，正所谓近墨者黑，近朱者赤。如果你周围是一批奋斗之人，他们是充满正能量的执行力强的朋友，会带着你跑起来，你也会逐渐变成一个勤快之人。

做好固化，注意力又有提升，咱们的执行力则会有大幅提升。建议你最好换个有奋斗精神的、勤奋干活的人脉圈子，否则，你真的很难一个人，一晚上，一盏灯，一本书，坚持280天的持续训练，期间要跨越40个周末，十大中外节日，外面诱惑太大啦，所以，世界上只有5%的人发财，他们都是执行力强的人。

很多人想得太多，做得太少

玩好三个管控情绪的好办法，执行力直线上升。

很多同学有个毛病，那就是经常想得太多太远，一到晚上就开始胡思乱想，那真是晚上想想千条路，早上起来磨豆腐。

我给出的解决办法是：与其想那么多，不能给咱们带来一毛钱效益，不如集中精力想好每一天的学习和工作哦，这是十足的干货，请大家切记。

三个管控情绪的好办法：

1. 罗列自己三大痛点，打印出来贴在墙上，学不进去或想放弃努力的时候，就开始读三大痛点，反复读，重复读，使劲读，或者抄写三大痛点，一次 200 遍起。

2. 工作想偷懒时，咱们要主动干预，去管控情绪，不能让负面情绪毁掉今天的努力。

3. 工作时，不要贬低自己的努力，应该多给自己送鼓励，整天唉声叹气，没有一毛钱价值。在相书上，嘴巴又被称为“食禄宫”，主食禄之气，常唉声叹气，叫苦连连，绝无食禄，主凶，记得每天给自己送上 100 个鼓励才是王道。

为什么说每天给自己送上 100 个鼓励才是王道？很多同学经常在自责，但换来进步了吗？恐怕一厘米的进步都没有，那还不如换个玩法，每天给自己送上 100 个鼓励，也就是说，彻底鼓励自己才能获得进步！

5 分钟看明白创业卖小龙虾能否成功

三位女生创业卖小龙虾

问题提出来，一看就是小白创业，能否成功？

有一位同学问：有三个女孩想辞职创业，初步想法是做姐妹私房菜，主打麻辣小龙虾，特色是湖北运过来原材料，北京现加工，纯手工，地道湖北风味，口味和价格与簋街的小龙虾差不多。

因为资金问题，前期不想做大，主要是做外送，产品定价在北京来说算正常定价。

运营想法是做高端定制限量，每日限量10~15份。前期宣传想从传单、微信公众号、订餐网上铺开，主要针对在写字楼上班的白领。

希望雨哥帮忙分析，如何找到市场切入点，比如扫楼，发传单，针对公司前台，如何打动她，让她接受我们的小龙虾并愿意帮忙宣传？

成为销售高手，是创业先决条件

创业本质＝卖货，不是销售高手，能卖多少货？

创业要长6颗牙：

1. 行业及切入时机。先做冠军级市调，效仿史玉柱给脑白金和《征途》游戏做市调的方法，这是创业成功的基础。

2. 盈利模式及核心优势。产品没有竞争力，质量不稳定，没有清晰的盈利模式，想赚钱够呛，正所谓方向不对，努力白费。

3. 团队管理。能运用“一切成交都是因为爱”和“以创业心态去打工”这两条，就一定能带出虎狼团队。

4. 投资及现金流管控。不要为了创业而创业，那就是一个名声，实际收益有多少？现在创业讲投资，白手起家的神话已经越来越少。

5. 销售及人脉资源。互联网时代的创业跟过去完全不同，要求开门第一天就要赢利。创业前要做好行业经验和客户群积累。

6. 心态。创业期间，一个月收到100条消息，97条坏消息，只有3条疑似好消息，此时还能保持心态平和。

创业成功概率只有5%，凭什么咱们能成功？

看完这个问题，我认为三位女生都是销售小白，不是销售高手，怎么快速卖货呀……不是泼凉水，而是残酷竞争决定咱们必须成长为销售高手，才能出来创业哦。

什么叫高端定制？

有品牌知名度打底，能炫耀，才有高端定制一说。

所有限量版高端定制，都有一个大前提，那就是市场的知名品牌！为什么市场知名品牌会采用高端定制？因为客户能享受不一样的尊重感、荣誉感和VIP待遇，而且还能在朋友圈炫耀。

宝马、奔驰、法拉利等著名汽车品牌推出限量版汽车，很快被哄抢一空，而不知名的汽车品牌，谁敢推限量版？肯定没人会捧场，因为没法跟朋友圈里炫耀，也得不到尊重感，购买动力不足。

小龙虾项目是新创品牌，知名度是冰点，如果采用高端限量特供，谁相信？没有信任度就不能刺激购买欲望，说了等于白说，这是没一点战斗力的营销策略。

依我看，越是在前期，越不能限制销量，只有让更多人先品尝了，大家吃上瘾，也创立了口碑，咱们的创业才靠谱。看，创业还没有开始，咱们第一步就分道扬镳了……

进攻写字楼前台？一出手就歪了

创业前应该围绕自身、竞品和消费者提问题。

中午，写字楼女生会吃小龙虾？这件事值得推敲。大家都急匆匆的，谁吃小龙虾？吃相不雅，也不符合写字楼办公文化。

何时吃小龙虾最好？一定是晚上，悠哉，乐哉，或三五好友聚会时。

你认为她们会带走小龙虾晚上吃？北京城晚上交通很堵，地铁和公交车里人流拥挤，小龙虾又是附带着汤汤水水，好携带吗？谁愿意给自己添麻烦呢？

如果夏天来了，美食会不会变馊？这些都是购买前的顾虑，不得不考虑。

北京簋街的小龙虾为啥火爆？因为24小时通宵营业，越到夜晚，吃小龙虾越有感觉……

对了，我还在想一件事，送货半径不能超过多少？我认为送货半径不能超过1公里，否则人家等你的小龙虾，望眼欲穿，久久不来，就没有下次预订，做一个客户，毁掉一个客户哦……

如果生意好了，东西南北四个方向，打算配几个快递员？这笔费用是否核算过？这点收入够养活多少个快递？站在快递员的角度，他们愿意在咱们小公司谋发展吗？要知道，很多顺丰的快递员，月入上万，就算做快递，他们投奔大公司总是好事吧。

请记住一点，能用得起快递的商业模式，不是微利产品，而是暴利产品！

再说了，还是三个姐妹分利润，什么项目除以3，利润还能剩下多少呢？看来这个商业模式没有规模难撑起来，但有了规模，而支出又会倍增，两难。看看京东模式，常年不赢利的原因是他们拼命自建物流体系，养了那么多送货员，赚钱不易哦……

该项目操盘手法应该是，租赁一个面积 2~3 平方米的小铺，哪怕是临街的窗口都 OK！厨房进居民楼，节约成本。只要小龙虾味道够地道，价格公道，前期以试吃打开销路，就有希望做起来，都是周围小区居民来捧场！

嗯，这句话就引出选址问题来了，那就是在小区密集地租赁临街窗口铺位，吃准傍晚下班回家的居民。以后销售稳定，回头客增加了，多开临街窗口，小连锁也就形成了。

四阶段测试小龙虾口味，逐级提升

项目关键是把口味做到极致，不好吃，一切白搭。

餐饮行业，口味永远是第一，你只说是地道湖北口味，但湖北口味适合北京地区吗？能否做到本地前列？让消费者吃一口就能赞不绝口，能否做到口口香？这才是问题的关键。现在的美食太多，好吃的还吃不过来呢，何况难吃的呢？

所以，该餐饮项目创业的关键是，要把口味做到极致，不好吃，一切白搭！

如何把口味做到极致？我来说一个方法：咱们利用目标细分法，将口味测试肢解成四个阶段，一定是逐级依次通关。

第一阶段，请家人品尝，两位起，请他们多提建议，直到赞不绝口为止。提醒：亲情会严重影响口味鉴定，因为是自己人做的美食，有欣赏成分裹在里面，测试效果不准确，这就是所谓的代差。

“代差”是指，对自己的作品激动万分，消费者只是感觉不错；对自己的作品感觉还好，消费者一定木有感觉。所以，我们才提出把一件事做到极致，达到极致才能引起消费者追捧，原因就出自这里。

好，通过第一阶段努力，家人很满意咱们的美食，那就开始第二阶段测试。

第二阶段，请好友品尝，4 位好友起，请他们多提建议，不断调整口味，直到他们赞不绝口才能进入第三阶段测试。提醒：好友跟咱们也是有亲情的，这份亲情会影响口味鉴定，但比家人测试的准确性好点，因为亲情弱一层。

第三阶段，请普通朋友品尝，10 位朋友起，不断调整口味，直到他们赞不绝口才能进入第四阶段测试。提醒：友情也会影响口味鉴定，但友情比第二阶段的亲情弱，所以这个阶段的测试效果有参考意见。

第四阶段，请大众免费品尝，50 位消费者起，直到他们赞不绝口为止。提醒：陌生人鉴定意义重大，接近市场考核，测试准确度高。如果得不到大众认可，就要从第一阶段开始重新做第二阶段测试，而不是直接进入第四阶段。

什么叫第四阶段的众人赞不绝口？

免费的都是好吃的，大众出于恭维，都会说几句客气话，这类评价没有实际意义。

我认为：真正的好吃 = 再来一盘！如果小龙虾口味真的好，消费者会说：能再来一盘吗？听不到这句话，众人的夸奖都是虚情假意，目前这个口味离极致还有很多提升空间，继续努力吧。

第四阶段测试通过了，咱们还要不断提升测试难度，专门找早餐、午餐、晚餐后做测试，即使在众人对美食口味敏感度下降的时候，还有人赞不绝口，甚至听到："你们卖吗？多少钱？"你，调试小龙虾口味成功了。

强烈建议这三位女生，口味不做到极致，后面的创业全都是白费，因为产品不够出色，创业卖货都是假的！大家想一想，咱们创业，要是小龙虾味道很普通，家家户户都能做得出来，那创业成功概率有多大呢？

要是我，期待三个月能做到极致，如果不能，就再给自己三个月，这时候专注提升口味，花多少时间都是赚大发了。

一般人只能做到第一阶段，最多是第二阶段，但我们要求做到第四阶段，这样才能赚到钱，否则就算很努力，肯定也没有什么结果！

如果三位女生是销售高手，又有了好口味打底，再加上商业模式对路，这个项目可行。

5 分钟看懂你的老板创业方向是否正确

公司不能发展壮大，一定有原因

为小老树公司奉献自己的职业青春，值得吗？

有一位同学说：我在深圳一家LED公司做业务，主要在阿里国际上做对外贸易。

公司有两个合伙人，8 个业务员，一个工程师，7 个工人，自己生产、拉单，成立五年规模还是很小，发展进程缓慢。

在深圳像这种做LED的小公司成千上万，能生存都很不容易，老板每天都很忙、很累，一天只睡 4 个小时，可能连思考的时间都没有。

我想知道的是，如果我是老板，应该对公司未来的走向如何把控？在我看来，公司应该只做一种拳头产品，做大后再发展别的产品，可是公司现在要生存，之前的老客户又不能丢，请问雨哥，公司到底该何去何从？

360 公司的老板周鸿祎说过很多名言

回复该问题前，我们来看看牛人都是怎么玩的。

其中，有一位牛人，360 公司的老板周鸿祎，他曾经说过很多名言，我摘录几段来做分享：

1. 我们要找到这个狠劲儿，才能做得更好。不下狠心，就无法克服困难。

2. 我们会用创新继续努力，为用户送上惊喜，并切实解决用户的实际问题，而不是泛泛地推同质化产品。

3. 今天做个面面俱到的东西，可能没市场了，因为很多产品的竞争像“田忌赛马”，我不和你拼整体实力，我在一两个点上打败你，也能取得胜利。

由此可见，公司开发 10 款产品，不如集中全部力量开发一款“爆款”，把公司全部资源都投入进来，做到单点爆破，打造一款有竞争力的产品，这才能发财。

如果咱们把力量分散到开发 10 款上面，那就是样样有，但样样松，产品要性能没性能，要价格没价格，后面销售还怎么做啊，销售难度直线提升哦。

激发自身优势才能赚到钱

“木桶理论”已败，“长板理论”当立。

木桶能装多少水，取决于最短的一块板。在工业化时代，木桶理论很有效，但在互联网时代，该理论早已破产。

今天的公司没必要精通一切，如果财务非专业，可以聘请会计师事务所；如果人力资源欠缺，可以聘用猎头机构；如果市场营销是短板，优秀的广告公司愿意效劳；而法律服务、战略咨询、员工心理服务等领域，也有专业公司能提供优质服务……

当代公司只需要有一块优势长板，以及有“完整的桶”的意识，便可通过合作而补齐短板。企业发展理论已从短板原理，变成“长板理论”——将桶倾斜，发现一只桶能装多少水决定于木桶长板的长度，也就是公司或个人的核心竞争力，当你拥有一块长板，围绕这块长板展开布局，就能赚钱。

2014年年初，谷歌公司宣布以29.1亿美元把摩托罗拉移动出售给联想，出售一周，谷歌股价大涨8%，理由便是长板理论。谷歌的CEO佩奇说：“通过这笔交易，谷歌将精力投入到整个安卓生态系统的创新中，从而使全球智能手机用户受惠。”这句话的本质就是，谷歌是做系统的，买个手机公司回来补短板，虽然硬件有提升，但不如专注擅长的长板，做好系统才是王道。

综上所述，咱们的创业要集中全部力量于一个点上，做出“爆款产品”，用“长板理论”打败竞争对手，这才是正招！

电子行业的价格战名列所有行业的前茅，这就决定了电子行业的客户忠诚度普遍不高，搞定客户关系在本行业是有用，但利益驱动更厉害，客户不会为了照顾人情，还采购上一代即将被淘汰的产品，于情于理说不通。所以，电子产品的性价比是竞争的关键所在。产品不灵光，别想在电子行业发财。

老板每天只睡4个小时，这么辛苦的工作，没有思考的时间，发展5年，公司还是仅能维持生存，简直是典型的做事不得法，正所谓方向不对，努力白费。如果哥们儿你是老板，最好能找个营销高手加盟公司，会少走很多弯路，好过盲人摸象啊。如果坚持以前的做事方式不变，那公司要发展到猴年马月才能走上壮大之路呢？

现在以你们老板的工作方式，那是看不到公司发展前途的，建议你离职，最好找个高手带着你跑，这才是快速提升发展的正途！

5分钟学会销售话术

打电话一定要明确客户利益所在

打电话总强调自身利益，没说客户利益，所以经常被拒。

小A同学说，现在手里有一批客户电话，邀约话术是：针对咱们小区户型利弊等相关问题，公司周末特举办一场家装咨询会，届时会有优秀设计师一对一为您提供参考意见，您看您是上午或下午什么时候方便参加呢？

小A同学的电话话术，给客户什么利益承诺了？也就是说，客户听完他的电话，没感觉得到什么好处，没有好处他们就要秒挂电话……

我的话术是：咱们小区户型有弊端，公司周末举办一场家装咨询会，优秀设计师抱团揣摩该项目户型1个月，将一对一免费为您提供参考意见，多一个想法多一条建议，多了解家装行情，都是您满满的收获，每一分钟交流都是有价值的，不知您是想上午还是下午参加呢？

做个解释：

1. 咱们小区户型有弊端 = 为客户制造需求。

2. 优秀设计师抱团揣摩该项目户型1个月 = 我们有备而来，满足客户需求。

3. 将一对一免费为您提供参考意见 = 免费咨询，客户您可以来占便宜。

4. 多一个想法多一条建议，多了解家装行情 = 对客户的利益承诺，确保客户有收益。

5. 都是您满满的收获 = 高效交流，不虚此行。

话术高招——数据化说明

客户利益第一时间说不清楚——准吃闭门羹。

小C同学的公司为外贸公司做海外搜索引擎推广提供服务，做电话销售，现在，外贸公司对该推广模式了解少，加上外贸行情差，很多公司不想做推广。

小C同学话术是："我想明天或后天来拜访你，花5分钟时间，讲解一下我们的推广模式，你明天还是后天方便呢？"

小C同学的话术不咋地，客户利益根本没有说清楚嘛，话术里没有客户利益，人家为啥要见你？ 如果按该版本的话术打电话，成功率不会超过1%！全在做各种无用功，吃不尽的各种闭门羹，忙碌一天，斩获肯定寥寥无几。

我的话术是：王总您好，您的同行，上海某公司正在与我们合作，通过海外搜索引擎推广，他们新增40%客户。我想借您5分钟，汇报一下他们的业绩是如何提升的，看看您这边是否有新想法，或许有什么好借鉴，如果半年您的客户群新增 30 个，也是一件好事，呵呵，不知明天我拜访您，有空吗？

大家看到该话术，首先用同行刺激了同行，接着告诉对方，我们能给客户提供什么样的利益承诺，能帮助客户新增 40% 客户，最后给客户勾勒未来的合作景象，如果半年能新增 30 个客户，您的业绩就在其中。

现在，客户听完这通电话，还会毫不犹豫挂掉咱们电话吗？多少也有一些兴趣了吧，有兴趣就好办，为咱们登门拜访创造了有利的局面。

话术 + 增值服务 = 无往不利

话术要反复打磨，实战中不断提升。

小 D 同学在杭州卖期房，电话邀约后，客户表面热闹，但实际响应不积极，小 D 总是被放鸽子，该销售困境的本质是话术不行，打动不了客户。

我准备了两个话术版本：

版本 1：王总，前几天我专门为您物色了一套房，房间观景很棒，站在前阳台上无遮挡，能眺望到……可惜，您太忙，这套房子前天被人订走，昨天我不甘心，又跑到楼上走了一圈，给您物色了另外一套房，那套房观景也很棒，但下手可能要快点，我有点小担心。

光有这套话术还不够，我们还要为客户做一点儿增值服务。比如，爬到为客户选定的楼层去拍照，包括远眺风景和低头看小区景观的照片，有图有真相，既表明咱们做事认真，是在真诚服务客户，又是吸引客户过来的好说辞。

版本 2：王总，您好，最近股市很火爆，根据以往经验，股市火爆后房价也要跟随大涨，最近杭州的 ×× 楼盘价格上涨 ×× 元，×× 楼盘价格上涨了 ×× 元……据内部消息，最近我们公司高层也在商讨楼盘价……我有个小担心，所以提前通报一声，对了，央行给银行定向投放 1.5 万亿元资金，相当于两次降准，行内预测房价又将上涨……

话术要适当恭维客户

销售中，无时无刻不在用精妙话术。

小 E 同学问：从行业内人士处打听到了电话号码，第一时间发短信，如果对方问怎么知道他号码的，除了自我介绍，还应该说什么比较好？

我的话术是：王总啊，您在行业内大名鼎鼎，电话谁都知道呀……金庸小说曾说："为人不识陈近南，自称英雄也枉然。"呵呵，所以想认识您，呵呵，想跟您多学一些本事。

异性客户骚扰我们，怎么办？

做销售一定要事先做准备，不准备就准备失败。

如果有已婚客户明确表明他"中意"你，该怎么办？

你可以坦诚和客户谈谈，说这样的交往会带给你和他各种烦恼，如果他没有非分之想，相信会理解你；而如果他心怀不轨，则更应该义正词严地拒绝，千万不能为此丢了名誉。

我的话术是：王哥，您看您又说笑了，我们关系这么铁，我心里一直把您当好哥们儿，回头一起吃饭庆祝下，人生多个好哥们儿，好知己不容易啊。我可是把您当我的长辈看，因为从认识到现在，王哥你给了我很多指导，让我开拓了思维，也学到了一些行业知识，心里非常感激，过去的10年，我们不曾认识，希望未来的十年，我们友谊长青！

咱们做销售一定要事先做准备，不准备就准备失败。比如，看出有客户表现出暧昧之情，此时一定要事先做好话术的锤炼，等事情发生时，便能从容面对，嬉笑中化解危机，既不伤客户面子，又能保证我们的自尊，不至于因话术不精，而导致合作搁浅。

如果这套"话术"不能改变现状，客户还是一味纠缠不休，利用合同诱惑咱们就范，我建议可以撤了，天下好客户、大客户多的是，离开谁地球照样转！

记住，面对客户骚扰，咱们一定要义正词严地拒绝，千万不能为此丢了名誉，因为一个行业的圈子太小了。

蓝小雨运用三大思维模式来解决销售难题

一、小饭桌案例分析

创业遇困境，最佳捷径或途径？

716团队的小A同学在山东某地级市做小学生绘画培训，市场竞争激烈，她曾用过去学校发传单等办法，但收效不大，很多生源被学校老师和竞争对手瓜分走了。

小A同学的创业分成两部分，既在做小饭桌，又在做小学生绘画培训和才艺培训。所谓的小饭桌，是说有些小学生的家长中午接送不了孩子，他们会安排自己的孩子到学校附近的一个专门地方吃饭休息，小A同学创业的项目就是这个午托所，也叫小饭桌。每次能接待几十个孩子吃饭和午休。

小A同学提出4个问题：

1. 学校周围有很多小饭桌，大家都在学校门口散发传单，价格战此起彼伏，服务项目大同小异，竞争激烈，小A同学赚不到什么钱，怎么扩大项目利润？

2. 小A同学绘画很棒，小学生才艺培训又赚钱，但招生困难，有些竞争对手非常强悍，八仙过海各显神通，不可能正面交锋。小A同学没有招生经历，人手和资金都不足。

3. 如何更稳定地扩大小饭桌人数？人数激增，服务跟不过来；人数增长缓慢，创业利润有限。

4. 才艺培训如何快速招生成功？有没有什么捷径可走？

我们总是说销售要掌握主动权，在该案例里如何掌握主动权？好，我们先来分析自身优势和消费群特性。

蓝小雨回复：

从自身、产品、竞品做分析

小饭桌生源广，但利润低；艺校生源少，但利润高。

小A同学的优势是利用小饭桌能快速大量接触到生源，而艺校招生无此便利条件。

站在消费者角度提炼关键词，小学生加入小饭桌是必需的消费行为，而参加艺校培训是非必需的消费行为。进一步分析，艺校培训是更高层次的消费行为，招生难度翻倍增加。

报名小A同学的小饭桌，信任度相对较低，而报名小A同学的艺校，信任度相对较高，所以艺校招生更难。

利用目标细分法，将小A同学创业项目分解成两个子目标：

A. 将小饭桌项目看成整体创业项目的前端，需要做到极致，打造超级口碑和做好客户转介绍；

B. 将才艺培训看成整体创业项目的后端，将小饭桌吸引过来的生源，转化为艺校培训生源，如果有40%的转化率，则艺校招生难问题迎刃而解。咱们再将艺校培训做到极致，再次形成口碑转介绍，从而打造出一个发展新局面。

咱们做上述分析，都是运用三大思维模式得出的结论，很容易就找到了分析结果，总之，学会三大思维模式，就拥有了一把万能解题钥匙哦。

三大思维模式——一把万能钥匙

将艺术招生问题细分转换为小饭桌招生。

分析得出结论：如果我们直接招艺校学生，招生难度太大，但如果利用小饭桌项目，能马上吸引一批生源，再用登门槛战术就能实现很高的艺校培训转化率。

现在混用三大思维模式来解决小饭桌招生问题，我们站在消费者角度，提炼出：小饭桌项目本质 = 家长放心；而放心又等于什么？我们很快发现，放心 = 孩子吃得好 + 玩得好 + 休息好 + 安全有保证！

我们通过分析得出结论：如果我们直接招艺校学生，招生难度太大，但如果利用小饭桌项目，能马上吸引一批生源，或许能实现很高的艺校培训转化率。

好，下面我们开始单爆如何把小饭桌做到极致。

提供玩得好的超值服务——讲故事

讲故事的好处有三点，拴住小同学的心。

每天午饭后，老师给同学们讲 20 分钟、30 分钟故事，因为所有小朋友都喜欢听故事。故事分成两类：A. 独立小故事；B. 小说连载。

讲故事的好处有三点：

A. 利用小说连载彻底拴住小朋友的心。你今天来我们家的小饭桌，明天或者下个月可能就去竞品家吃饭，但你可就听不到连载故事了哦，搞得你百爪挠心，呵呵，叫你去别家吃饭，吃都吃不香；

B. 小朋友听到好听的故事，回去跟父母做故事复述，哪个父母不喜欢？父母还愿意让他们家孩子来回换小饭桌吗？这算不算三大攻心术里面的第一招？

C. 用故事教育小朋友，既不枯燥又有趣味，还传播了全世界的优秀儿童文化，树立了高大上形象，也跟其他竞品做了区隔。

如果加入小饭桌的同学们流动性大，同学们之间交流就少，形不成跟风潮流，不利于提升转化率。我们要固化同学们的团队，培养他们之间的感情，当我们导入新项目时，大家你看我、我看你，跟风才能形成！呵呵，这个像不像我们自建媒体来招生？

当然，要把讲故事做到极致，那就是另外一个故事了，必须有高强度训练，否则不同人操盘，结果将大相径庭。

讲好故事必须做到三点：

1. 数量级准备，不是说抓住一个故事就开讲，必须是准备 100 个故事，优中选优，只讲 20 个故事；

2. 事先必须做讲故事练习，要讲得声情并茂，讲得干巴巴，谁爱听呢？

3. 故事短小精悍，二三十分钟解决战斗，让小听众们意犹未尽，有想头有盼头才能彻底拴住客户群。

讲故事一定要写写画画

既做了增值服务，又给才艺培训打下预热伏笔。

讲故事一定要写写画画。准备小黑板，边讲故事边绘画，为啥要绘画？

A. 小A同学有绘画才艺，一定要在创业路上给激发出来，这也是我们常说的，将自身优势激发到极致的一个运用。

B. 小A同学创业项目的利润主要集中在才艺培训，现在开始给同学们做现场演示，天天写写画画，哪个小同学不看得惊叹不已？既让故事更加生动有趣，又开始做才艺培训的预热，全部都是好事！

C. 当我们连续讲了60天故事，同学们听得津津有味，好，听故事看绘画的习惯逐渐养成。登门槛销售战术开始发威。

有一天，小A同学问同学们两个问题，“小朋友们，你们喜欢一边讲故事一边画故事插图吗？想学的小朋友请举手！好，想学的同学回去跟家长商量商量，我们以后来教大家画画……”

然后每个小同学手里拿着一本才艺培训宣传单回家找家长要钱去了。呵呵，我真想看看，一个小饭桌上有多少同学要举手！要知道同学们可都喜欢跟风哦，每天都在一起吃饭，一半同学报名去参加绘画课，另外一半同学不着急吗？他们回去不吵闹吗？

D. 咱们再来想想，讲故事配插图，多棒的艺术表现形式啊，顶级的生动有趣，人见人爱啊。竞品以后肯定也会学咱们来讲故事，但他们能写写画画吗？能一边讲故事，一边给故事画插图吗？洗洗睡吧，我们一出手就要彻底搞死竞品！

大家都看到了，我们既做了增值服务，又给才艺培训打下预热伏笔。

提供吃得好的超值服务——增高套餐

消费者痛点？来我们家小饭桌，孩子能长得更高。

我们要提供吃得好的超值服务。

大家想想，家长最在乎这顿儿童中午饭的哪些方面？我认为：1. 干净卫生；2. 口味好，儿童爱吃；3. 午餐营养要保证，最好是能促进长高的营养套餐。

考察竞品小饭桌，我琢磨他们肯定会强调干净卫生，口味好，儿童爱吃，有卫生许可证、检疫证等吧。我们也不能示弱，所以对于第1点、第2点，我们应该继续往好里做，希望能做到很棒。

在这里，我只强调第 3 点，主抓能促进长高的营养套餐。竞品在这点上估计做得不到位。我们还是老办法，上网做冠军级搜索，单爆能帮助儿童长高的各类营养菜谱，比如田螺炒韭菜、牛奶虾泥、甜椒炒鳝丝、碧桃鸡丁等，都是补肾养肝，强筋壮骨的佳肴，非常符合小朋友生长发育所需。

我们强调一点，吃我们家小饭桌，孩子能长得更高！这是消费者痛点，好吧，抓住消费者痛点提供顶级服务，能制造足够吸引力。当然，选定菜谱也要考虑餐饮成本。

我还在想一件事，两个创业项目利润肯定不同，受制于竞争对手影响，小饭桌不会有什么暴利，都是细水长流的薄利而已，但我们比其他竞品还多一个后端项目，那就是才艺培训，只要生源足，利润肯定有保证。

我建议小饭桌采用薄利多销的政策，每个月能多吸引几个同学加盟团队，前面生源扩大，后面生源就有保证了哦。好，我们就用利于儿童长高的营养菜单来吸引客户的注意力。

提供各类超值服务——攻心

照相、过生日、返利、精神奖励全部派上用场。

每周给小饭桌的同学们照相，抢拍 + 精选，冲洗照片送给同学们，他们带回家，父母看到照片，将做何感想？咱们要模糊销售主张，什么都别说，只送照片就行！呵呵，回头家长就来送钱了。

总之，我们不谈任何推销话术，但一切成交都是因为爱已经表露无遗，此时千言万语已浓缩在几张照片里，一切尽在不言中。

同学们的生日来了？咱们没点儿动静吗？快快乐乐、欢欢喜喜给小A同学过生日，换个角度来看，那就是在给小B、小C、小D、小E同学表演呢，你们想在我们小饭桌上过一次别开生面的生日会吗？

如果有期待，呵呵，都别给我跑啦！

我们每个月拿出 3%~5% 的纯利反馈给同学们，淘宝多的是小学生喜欢的小玩意儿，小学生也有流行风向标，我们要贴合他们的需求，在每次续交餐费前或节日前派送，增加同学们与我们的黏合力。

将发短信做到极致

家长连续 60 天收到短信，他们做何感想？

同学们加盟我们小饭桌项目，家长肯定要留下手机号码。每天中午同学们休息完去上学，咱们既要送同学们一起上学，算作一种保护，同时每天要及时给家长发送短信：

上午发第 1 条短信：王阿姨，您好，今日菜单是甜椒炒鳝丝、碧桃鸡丁、鸡蛋西红柿、地三鲜、海带排骨汤，这是一套儿童长高食谱套餐，请您放心。

中午发第 2 条短信：王阿姨，您好，中午饭吃得碗干盘净，请放心。

下午两点发第 3 条短信：王阿姨，您好，您的孩子情绪很好，现已入校，请放心，顺祝下午快乐。

大家来想想，如果家长连续 60 天收到你的短信，他们做何感想？竞品是这样提供服务的吗？家长对咱们的服务是不是很放心？

当然，我们也可以建立微信群，做统一发布。

为家人制作生日礼物

送关怀、送温暖、送爱心、送感动、送祝福……

小A同学应该利用绘画专长，带领小同学给他们的家人制作生日礼物，这算是联合创作。比如，水粉画全家肖像，小A同学画主体和轮廓，小同学负责填色和题字。当这幅画送到家长手里时，那就是送关怀、送温暖、送爱心、送感动、送祝福，后面的故事还用多说吗？哪个孩子不是全情参与？全部都是正能量哦。

这就是咱们三大攻心术第一招，每个客户都有一个固定的痛点。抚慰客户痛点，我们开单希望大大增加。

看，又是绘画，又是把自身优势激发到极致的做法，呵呵，我们就这几招，翻来覆去地用，但招招管用。

用“登门槛”战术招小饭桌学员

降低消费门槛，有利于我们快速招生。

家长初次接触我们小饭桌，大都抱有怀疑态度，如何快速打消家长疑虑？我建议利用登门槛战术来快速打开销售困境，头三天免费试吃，满意则续费，只是续费时再交齐三天试吃午餐费。

降低消费者准入门槛，有利于扩大生源，我们前面有那么多留住同学们的招数，不必担心大量出现吃白食、蹭吃喝的消费者。

想快速增加生源，可以采用登门槛来推一推，如果怕服务和房间面积一时半会儿跟不上来，需要控制增长人数，那就停一停登门槛促销政策，看，多灵活。

用三大思维模式包装绘画项目

目标细分法 + 单点爆破法 + 绘画项目，形象立刻高大上。

绘画项目两个手法来包装。

第一个是如果是单纯的绘画才艺培训，家长不一定感兴趣，如果我们把目标细分法 + 单点爆破思维模式灌输进去，绘画项目立刻就高大上了，也就是训练孩子如何利用目标细分法和单点爆破法来绘画，培养出来两大思维模式，对孩子的学习有巨大帮助。

第二个是用故事包装绘画项目，卖产品就是卖故事，我们要把用故事包装绘画项目做到极致。

好，分享一个绘画小故事。

年仅 9 岁的孩子吉姆看了一本童话，里面讲述了一个想在水上绘画的孩子，童话里的孩子取得了成功，赢得了大家的尊重和认可。

吉姆自幼喜欢绘画，曾经在田野里信手涂鸦，他在田野里画了一幅 3 公里长的画，被老师誉为绘画天才，而当他把水上绘画的想法告诉父母、其他亲人和老师时，大家纷纷摇头，水上怎么可能绘画？简直是天方夜谭嘛。

吉姆却认真起来。在父亲鼓励下，他来到湖边，在水上挥着彩笔一蹴而就，可湖面留下一片波纹后，彩色化为乌有，他怔了半晌，突然放声大哭起来，在他看来，童话与现实出现了反差。

吉姆 13 岁到纽约一所美术学院深造，他问了老师这个问题。老师提出建议，水上不能够作画，但可以在冰上画，纽约冬天到处都是湖冰，你能在冰面上画出最精彩的画。

吉姆 14 岁那年，向大家宣布：要在贝加尔湖上画出世界上最大的一幅画！消息很振奋人心，也吸引了同学们的注意。但征途并非一帆风顺，第一幅画完成一半时，冰面突然出现了裂缝，吉姆险些葬身冰湖，他为创作失败而痛哭流涕。

吉姆 16 岁那年，他和同学们在贝加尔湖开始创作第二幅画，同学们废寝忘食作画，但在画作基本完成时，一伙土匪袭击了他们，不仅糟蹋了画作，还将他们劫持进一座山洞，抢光了他们身上的钱财，将他们扔在了冰天雪地里。

但就是经历了这样沉重的打击，创作的梦想也一直激励着吉姆，他坚定信心，要在冰面上制作出一幅让全世界刮目相看的画作。

时间来到了 2010 年 8 月，这一次吉姆没有让世界失望，他在贝加尔湖上创作了一个面积达 23 平方公里的巨型几何图形，打破了他本人于 2009 年创造的世界最大艺术品纪录，轰动了世界画坛，这为吉姆带来了很高荣誉和财富。

人生就是一面大型画布，每个人都在上面尽情渲染自己的激情和梦想，只要我们奋勇向前，就会像吉姆那样，绘出一幅绵延一生的巨幅画作。

当我们在微信群里，天天给家长发布绘画故事，经常给小朋友们讲绘画故事，60 天后，120 天后，天天给客户传递正能量，天天换花样给客户讲述绘画有五大好处，客户群没点反应？呵呵，换位思考，客户一定会有响应。

收获 = 高转化率 + 高转介绍

把增值服务做到极致，引起客户群尖叫。

想加快艺校招生速度，吃完饭，讲完故事，还可以提供 10 分钟其他才艺培训服务，比如：

1. 教小同学玩手影游戏，变个飞禽走兽，乐趣多多。
2. 教小同学变个简单的近景魔术，人见人爱。
3. 教小同学折纸术，折一头大象，一匹斑马，欢乐多多。
4. 每天教一句英语会话，家长大爱。
5. 请全体小饭桌同学们做一幅大型拼图，拼图需 10 天才能完成，上瘾了吗？

好吧，这段时间我们看哪个同学跑到竞争对手那儿去吃饭！我们每推出一个增值服务项目，都有明确目的。

项目开展有两个标准：

1. 学会一技之长能回家秀一秀，家长看孩子学得技能，印象有加分。

2. 都是短平快项目，容易学，上手快，道具超便宜，儿童喜爱。

我们把增值服务做到极致，引起客户群尖叫，这才能形成前端小饭桌转介绍口碑和后端才艺培训的转化率。

对了，我们为啥要在小饭桌上提供手工服务项目呢？道理简单，抓好一个又一个增值服务项目，到后期就能再开其他培训班，比如，开办手工培训班。

好，案例解析完，说个结果吧。这位小A同学加盟我们716团队，24岁女生，销售小白在连云港创业，训练8个月，将答疑方案迅速落地，业绩翻了3倍+，现在事业做得蒸蒸日上！

二、遇见半生不熟的客户怎么办？

8月，716团队的小D同学认识了一位身家几千万的老板，他的公司是做汽车电子元件的，所有的业务都是他一个人跑回来的，公司年产值过亿，老板的爱人也在这家公司。

前期，小D同学拜访客户好几次，一直谈项目，每次去都被他牵着谈业务，谈完就送客，自己没上“麦凯”（美国富豪麦凯先生擅长与客户沟通，他创造了一套与客户热聊的话术，被后人称为“麦凯66”，如果熟练掌握，就能迅速了解客户的各类信息，非常有利于快速开单），没有模糊销售主张，电话和短信频繁，可能恶心到人家了。一次电话交流时，客户直接说：“项目没这么快，你天天找我干什么呢？我很忙！”说完挂了电话。

时间到了9月，小D同学有两个问题：A. 之前从内部人员那里了解到，老板信风水，但直接上聚财的风水摆件，怕把客户惊了；B. 这次准备模糊到极致，先送水果还是蜂蜜？

蓝小雨答疑：

本来遇见一个黄金客户，但因为咱们模糊销售主张没做好，人情不到位，做成一锅夹生饭，太急功近利，导致客户可能要丢。

好吧，现在咱们制订一份为期三四个月的《客情关系修复计划》，争取年底拿下客户。

第一步，秋天到了，通过淘宝，送两箱烟台苹果。

苹果快到时，给老板发一条短信：王总好，我的好友在烟台有货源，最近淘宝苹果店开张，特为其捧场，快递两箱与您公司同事一同分享，咱们同喜同喜：）小D。

该话术有讲究，因为现在客户反感小D同学的做事方法，对咱们送礼有可能拒绝，而一旦被拒，今后不好跟进，更被动。我们说的这句话“快递两箱与您公司同事一同分享，咱们同喜同喜：）”，客户看完抹不开面子去拒绝啦，苹果并非专门送给您王总的，还有您的同事们呢，大家一起庆贺……想一想，谁会拒绝“同喜”的事呢？

本次送礼目的是希望客户能收下礼物，而且不叫他认为占了我们什么便宜，把面子给他留足。咱们常说，研究客户花费多少时间都不为过，不论做任何销售动作，都要对客户的心理变化研究透彻，做到有的放矢。

好，有了第一次收礼，两周或三周后，继续送水果，这次送两箱雪花梨。

给老板发一条短信：王总好，古语养生有说，“金秋之时，燥气当令”，自古秋为金秋也，肺在五行中属金，故肺气与金秋之气相应，此时燥邪之气，易侵犯人体而伤肺之阴精，如调养不当，会有咽干、皮肤干燥等秋燥症状，应以滋阴润肺为宜。正好朋友家的雪花梨上市，快递两箱与您公司同事一同分享正当令，略表寸心，小D。

本次送礼目的是起到巩固作用。虽然第一次送礼客户没拒绝，但第二次仍有可能会拒绝，所以还要拉住他的员工做挡箭牌，请您的员工一道进补，谁好意思拒绝这番心意呢？此外，送礼不可频繁，一旦频繁那就是销售主张清晰的表现，说明我们还是急于开单。

好，第二次送礼顺利结束，两周或三周后，开始送第三次礼，比如，新疆红枣或河北赞皇的金丝大枣，第四次可以是新疆的核桃。

五点说明：

1.两个月完成4次送礼即可，销售动作不急不缓，频率恰好。持续两个月的模糊销售主张，客户对咱们看法会有改变，起步状态不错。

2.前期销售急功近利，给客户留下不良印象，所以本轮送礼不必面见客户。你可以说是打着路过的借口送礼，放下礼物就走，但这样做会耽误客户时间，客户还是要笑脸相迎，搞得销售主张比较清晰。客户送走你时肯定会想，“哦，前面碰一鼻子灰，现在开始玩送礼游戏了，有意思吗？”

而通过“淘宝—送礼”之路，客户也会这样想，但这种想法会弱化很多，毕竟没见到人就收礼了，心理上将轻松很多。

3. 第一次送礼是见面还是淘宝，要具体事情具体分析。第一次见面送礼，弱在模糊销售主张做得不够，毕竟咱们出现在客户办公室，那就是一种无形的销售压力。淘宝送礼，模糊销售主张的极致，对客户有充分信任度才能这样做，客户一般会这样想，但弱在不能当面交流，打不中客户最大需求。

4. 前期不要送蜂蜜。因为蜂蜜造假太多，客户不信任小D同学，就不会相信他的推荐，即使送了，客户既不会食用，也不会领情，他又不缺钱，十之八九会拒绝。

5. 如果第一次拜访客户，聊天时间短暂，如何送礼？给出的建议是，可以先送带有普遍意义的小礼品，比如，应季水果或特色美食。

好，第一轮送礼目标达成，我们进入第二轮送礼，见面送礼。提问：时间进入11月，我们如何再和客户见面，而不使其觉得突兀，继续销售主张模糊？

莲子银耳炖雪梨是一道名品汤羹，古人认为经常服食，百病可祛。其原料有莲子、银耳、雪梨、枸杞和冰糖。莲子有养心功效，用脑者常食用，可增强记忆力，提高工作效率；银耳既能补脾开胃，又能益气清肠，还可滋阴润肺，被历代皇家贵族视为“长生不老良药”；雪梨有润肺清燥、止咳化痰、养血生肌之功效；枸杞性平味甘，具有滋补肝肾、益精明目、润肺之功效。

请公司女同事带两盅莲子银耳炖雪梨，到公司送给老板的爱人。话术是：“我们公司老板娘亲自为大客户炖的，秋季风干物燥，莲子银耳炖雪梨能补脾润肺，安心养血，秋季进补正当令，希望老板娘您和爱人都健健康康。”

当然，本次送礼不谈任何工作，继续模糊销售主张，送完礼品走人。

“家人式送礼”的销售动作颇有含义：

1. 从普通的礼品上升为更有人情味的礼品，老板娘亲自下厨炖的汤羹，一番情义都融化在汤羹里面啦，客户自然不好拒绝。

2. 老板做生意多年，送礼收礼无数，但类似“家人式送礼”的经历估计不多，或许能给他留下印象："嗯，这家公司挺有心……"达到与众不同的目的。

3. 第二次再见客户，小D同学可以拜访老板了，因为盛放汤羹的器皿留在客户公司，再次拜访有了好说辞。

四个提醒：

1. 器皿一定是漂亮的陶瓷盅，因为客户是有钱人，器物不可寒酸。

2. 建议汤羹不要直接送老板，男性对这个不如女性敏感，送老板爱人更暖心，再由老板娘向老板推荐，效果更好。

3. 小D同学是男生，鉴于前期客户关系不佳，目前不宜出面送老板娘，由公司女生送礼为佳。

4. 今后"家人式送礼"可由同学们发扬光大，会给客户留下好印象。男生送异性客户，但送无妨，可以说是母亲亲自炖的，请您尝个鲜。

好，完成第二轮以迂为直的见面送礼动作，小D同学可以面对面跟客户聊。有了前面两个多月的人情打底，这次可以送小古董物件——五帝钱。

五帝钱，是指顺治、康熙、雍正、乾隆、嘉庆这5个帝王在位时期的通宝。

本次见面，小D同学应该拿出两样宝贝：一串开光五帝钱+一份增值报告，都是咱们于公于私用心做事的表现，但还是不要谈生意，继续做好模糊销售主张。

转眼时间走到了12月，咱们再次拜访客户，此时，手里拿的是手写版——《金刚经》，话术是："从9月到现在，每天虔诚抄写300字，先预热抄写一遍，再认真誊抄一遍，为的是赶在新一年来临之际，祝老板您生意更兴隆！"

做两个提醒：

1. 不能随意摆放经书，应该放到高处，或神龛内。

2. 抄写之人要心诚，抄写期间尽量不食荤腥。

至此，为期三个月的客户关系修复计划执行完毕。我们在行动前，充分研究了消费者（客户），仔细分析了他的心理，制定了一套销售动作，将模糊销售主张做到了极致。

该吸取的教训是，人情不做就想开单，欲速则不达。

PS：我知道有些读者看完该案例，心里涌入很多问题，好吧，我替大伙儿说几个：

1. 什么是销售主张模糊？有什么实战意义？
2. 那个送莲子羹，女生送男性客户合适吗？能送吗？
3. 男生请女同事送老板娘莲子羹，万一老板爱人不在公司上班，怎么办？
4. 客情关系不佳时，就一定不能送蜂蜜吗？
5. 万一首次送苹果，还是被客户拒绝，怎么办？
6. 按照案例把所有送礼动作做一遍，客户还不下单，怎么办？
7. 这样慢慢修复客情关系，是不是太慢，万一没赶上客户下单，怎么办？
8. 这样修复客情关系好是好，但客户嫌我们报价贵，怎么办？
9. 客情关系修复如初，但客户要我们垫款，而公司不同意，怎么办？

……

想回答这些问题，估计全讲清楚要再写一万多字，得，编辑发话了，不让再写下去，因为解释完这个销售问题，又会带出另一个问题，解决完另一个问题，又扯出一个新问题，所以……

其实，只要掌握三大思维模式，面对这些销售问题，真能秒答。但想掌握三大思维模式可不是三言两语就可修炼成功的，我要跟大伙儿讲24小时，然后自己学习每个案例至少300遍起，同时每天要固化写总结，期间的150天，还要闯过学习的不适应期、疲劳期、枯燥期和震荡期，这才算达到入门级。但只要掌握三大思维模式的皮毛，解决这些销售问题，办法信手拈来。

好吧，说个速成法子。咱们想搞明白那些新问题，我给一条建议：把该案例背诵下来，呵呵，此言非虚！我现在招募的5 000多位同学，都要求他们背诵该案例，背下来理解就容易了哦，不信？不信就试试呗……

好，案例解析完，说个结果吧。这位小D同学加盟我们716团队，一个大学毕业一年的销售小白，挑战项目销售遇见很大阻力，但训练16个月，业绩翻了10倍，以销冠身份成为蓝小雨团队合伙人，现在不仅正贴身跟我工作，而且未来还将一起创业，个人前途看好！

三、管理高手这样玩

716团队的小E同学问了一个管理问题。

目前，小E同学在一家电商服务分公司担任总经理一职，公司主要业务是针对中小型企业开展网上电子商务的相关服务，比如天猫、淘宝、京东、苏宁、亚马逊等电商平台上的店铺申请、店铺装修、店铺推广运营、售后客服等相关服务。

公司的创始人是电商高手，公司的销售模式复制了阿里巴巴的模式，包括价值观。目前主要销售方式是两种：一种是传统的地面部队，各分公司招聘销售人员，销售员每天拜访客户，阿里的销售模式有战斗力，销售员每天的拜访数量有规定，完不成每天都要罚款，每天要约30个客户，拜访10个老板。在我们公司做销售，非精英很难活下来，当然收入可观，销冠月薪是5万起。

另一种则是电商推广。我们公司主要业务集中在天猫平台，借助这波电商大潮发展了起来，4年来发展到10家分公司。但随着电商的高速发展，目前不少分公司出现了问题，我负责苏州分公司，目前公司人员60多人，同样出现了困惑。

1.我们公司的优势：

（1）规模大：分公司多，有规模效应，相比20~30人规模的公司，我们在人数和分公司规模上都占优势。

（2）多平台运作：只要电商涉及的平台，我们都能够提供专业服务。目前我们是天猫金牌服务商，京东钻石服务商，同时是苏宁、亚马逊、速卖通、敦煌网等相关平台的合作服务商。

（3）服务套餐价格低：服务项目分运维（店铺维护活动钻石展位）、直通车、活动、淘宝客、美工、摄影等各单项服务。客户根据自已的需求选择一项或多项服务。每项服务费为2 000元/月，比如，选择直通车服务，就是每月给公司2 000元，但必须是半年起签。

2.我们公司的劣势：

（1）低毛利：因收费低，不收客户提成，只收基本服务费，导致公司必须要有大量流水进来才能正常运转，所以需要半年收一次服务费。

（2）规模大，开销大：随着电商发展，人才泡沫越来越严重，行业薪资水涨船高，公司利润空间越来越小。

（3）模式创新力弱：工厂化的服务模式，相较于小型代运营团队，我们的模式比较保守，创新力弱，公司主打不收销售额提成，只收基本服务费，也是考虑到长久经营。因为公司大，客户群体多，业务模式短时间内转不了型。

3.现在遇到的问题：

团队问题：我们公司类似服务中的加工厂，完全靠走量来支持发展，每个岗位划分比较细致，比如，美工中也分首页美工、内页美工、上传美工，这样的工作模式容易让员工觉得比较枯燥乏味。再加上电商人才紧缺，外面高薪挖人，导致团队一直稳定不下来，今年以来，老员工出现离职潮。现在，该如何管理好团队？

蓝小雨回复：

我们先来说说如何更好地关心员工的问题，做好管理其实就三个标准：A. 快乐；B. 学到本事；C. 薪酬。如果员工感觉在公司不快乐，或感觉学不到本事，或者看不到个人成长的空间，只要有一条或两条不如意，员工都会动离职的心思。

有关薪酬的提升，是小E同学不能决定的，公司有统一的薪酬体系，他不能擅自决定，所以我们要单爆前两项。比如，第一，让员工感觉快乐；第二，能学到本事。他至少要图一样，做好这两条，员工一般不会离职。

第一，我们要关心员工。

做电商经常加夜班，所以，点心、咖啡、水果要常备，这些是给大家准备的美食诱惑，很多时候女孩就好这口，吃爽了，就觉得领导好，就没太多的想法。好吧，我承认，当初在企划部，美食就没断过……

公司准备美食，博员工欢心，一杯咖啡、几款点心会花几个钱？但是在员工加班时，有零嘴伴行，加班感觉完全不同。

第二，给员工家人送礼。

在元旦、春节可以给员工家人送礼，外加一封感谢信和几张员工的上班照，咱们分公司是60多人的团队，办公环境应该不错，拍出来的照片肯定漂亮。感谢信这样写：衷心感谢小A童鞋为我们团队做出卓越贡献，我们为成为小A童鞋的同事而感到骄傲和开心，顺祝A爸爸、A妈妈身体健康，感谢你们为小A童鞋的成长付出的心血！

光有礼物还不能打动人心，“感谢信＋工作照”的组合，才能体现领导实打实地关心、关爱员工，家人自然能感到这份来自公司的温情。拿相机给员工拍工作照，比如，他正在伏案工作，或开会时慷慨陈词，一定要带上背景，之后洗好照片，逢年过节便能派上用场。

那么家人收到物质和精神两方面的礼物，在公司管理上有什么好处？道理简单，让家人好好教育自己的孩子，比领导教育员工强5倍，再说了，一份贴心礼品花不了几个钱。

第三，为员工做好各种服务。

为了追求对公司的认同感，咱们可以给员工过生日，大家切个大生日蛋糕，同事们一起又吃又闹，要的是其乐融融的场面，事后送一批合影照就更好了。

公司要推行眼保健操，大家到点把活儿全停下来，由领导带队，每个人做5分钟眼保健操，缓解视力疲劳，下午一次或晚上一次。推行眼保健操活动，大家会觉得公司有人情味，关心我们，而且做完眼保健操，确实舒服。

公司要准备一套毛巾加热设备，像理发店使用的那种。员工长期对着电脑，如果每天有一条热毛巾敷脸和眼睛，真的很舒服。咱们要把员工当成兄弟姐妹去关心，这些招数都是能想得出来，也花不了几个钱的。记得，采购毛巾要分色，女生用蓝色，男生用白色，不可混用。

记得为员工多买绿植，每张桌上放点儿绿植，绿色养眼，对员工视力有保护作用，他们感觉办公室像家一样温暖。

我不喜欢搞突击式的关心，更喜欢细水长流式的关心，比如，拓展训练大都是一时热闹，当时大家很感动，过后也就遗忘了，只因激励的数量级太低，很多人撂爪就忘。

第四，做一个乐于分享的人。

咱们公司的业务分工特别细致，一个设计板块都会分为首页美工、内页美工、和上传美工，所以员工容易感觉工作枯燥。我建议让员工岗位互换，互相学，比如，首页美工可以教内页美工，内页美工教上传美工，而首页美工还可以去学文案，公司给予员工们这样的培训机会。

咱们可以请员工把各岗位技能都来学一学，就像我在企划部一样，乐于分享，帮助员工成长也就是帮助团队成长，更是帮助自己成长，我的很多同事在企划部工作期间，都学到很多东西。

员工只要有成长空间，你哪怕让美工去开发客户都没问题，只要他喜欢，愿意成长，愿意学更多的本事，这就是作用力与反作用力。

让员工岗位交叉学习，对管理层有好处，谁走了都无所谓，有人能马上顶上去，我管理企划部时，谁敢调皮？部门很多人随时可以顶上，设计师没有资本翘尾巴，做企划的员工也能做设计，反之，设计师也可以做策划，这就是有一个流程化的培训，半年起效，员工在公司感觉一直有学习和成长，他还会走人吗？可能性很小。

第五，物质和精神奖励必不可少。

在《我把一切告诉你》系列中我说过很多次，我只要逮着机会，就找领导要奖励，又让马儿跑，又不给马儿吃草？这事我不干，领导要我出业绩，没问题，那奖金在哪儿？所以，想带出铁血团队，业绩奖励必不可少，需要小E同学出面，出面申请业绩奖金，奖金全发下去。

咱们不要给销售发奖金，这些人一个月能拿5万提成，不在乎奖金，但公司二三线的人很在乎，他们心里不平衡："同样工作，做销售的人能挣5万块钱提成，而我拿5 000块，大家都是一颗脑袋俩肩膀，都在加班，凭什么收入差10倍？"

二线员工心里不平衡，也想赚更多的钱了，所以，加班有业绩就有奖金，心理会感觉好一些，能缓解内部矛盾。我建议可以让美工出去跑一跑销售，呵呵，销售没高手带，自己能摸索出来什么？他们跑两下就不跑了，多累啊，一天见10个客户，打30个电话，见面就被客户撅回来，不会苦干 + 巧干，他们知难而退，三天就得打退堂鼓，然后？然后就安心做二线工作了呗。

第六，多找员工聊天。

多做沟通，是必不可少的管理动作。当员工提出辞职时，局面已经失控，咱们就是要在他没有提出辞职之前，做沟通才管用。只要发现苗头，应该直接给他掐灭各种胡思乱想。看谁精神状态不对，马上和他谈谈心，竞争对手高薪挖人，老员工出现离职潮，这些都是不稳定的因素，他们有可能成为新公司的帮凶，这帮人对咱们可是熟人、熟路地帮着挖人，因为薪水有诱惑力，他可以找自己好友，直接帮新公司挖人，正所谓外敌好挡，家贼难防。

第七，两个人干三个人的活，薪水大幅提升 。

有时，有些岗位，一个人干两人个的活，虽然累但薪水高，值得一试。比如，现在是三个设计师忙活，但我只设两个岗位，但把原先第三人的薪水补到两人头上。两位设计师平均要加 2 000 块钱上去，肯定天天玩命加班，多 2 000 块钱对他们来说，我认为比休息重要。他们上班不就是为了多挣钱嘛，休息不值钱，只有挣到了才值钱。

微软老板比尔 · 盖茨常用此招，人力资源申请招聘 10 个岗位的人，他看了看，砍掉两个，8 个人干 10 个人的工作，但每人月薪增加了。我建议可以不再招人，比如，上传美工的工作谁都可以兼任，然后每位设计师加薪一两千，如此，就容易把人彻底搞定，累点没关系，关键是薪水，要对得起他们的付出。

现在，在公司感觉快乐，又有加薪，还能学到本事，团队不就稳定了吗?

第八，剑走偏锋的管理招数。

在这里，我给一个小建议。

假设，我们主要是做品牌服装的电商服务，销售谈成一个客户，提成若干，小E同学可以扣下 100 元，但公司并不拿走，而是转而奖励给设计师等二三线员工。

该客户归哪位设计师负责，那么她就有权使用这 100 元，拍下该客户旗下任意一款衣服，如果预算超支，则公司再补 100 元，如预算再超支，则由设计师本人承担。这样做，一举三得。

1.奖励二线员工，激发工作热情。

销售谈成一个客户，某位设计师会得到 100 元 + 100 元的奖励，让员工买件衣服，白来一件新衣服，设计师能开心几天，她的思维就不是某位销售开单又提成多少，而变成盼着销售们快点开单吧，只要开单就有更多免费的新衣服、漂亮衣服穿啦……如此，二线员工不存在什么羡慕嫉妒恨，他们再也不太计较销售挣多少钱，我们成功转移了公司内部矛盾。

2.做增值报告，提供更棒的服务。

拍一个宝贝，目的是让设计师体验该电商客户所提供的各种服务，咱们可以从中发现客户在营销中存在的问题，因为客户不知道是谁拍的，没法作秀，这是非常真实的一次体验。

有了亲身体验，销售跟客户会有更好的沟通基础，说服力更强，比如，客户的包裹里有感谢信吗？有小礼品吗？有快递送达的信息吗？退换货及时吗？旺旺推荐话术对不对？咱们用专业的眼光给客户挑刺，一轮挑刺 + 各种合理化建议，客户会感觉我们服务的确与众不同，非常专业和大牌。只要把客户服务好，他们就会续费，对销售来说就不是仅仅 100 元的价值了。

3. 四方获利。

A. 设计师因有额外奖励而开心，她们会更认真服务客户，工作效率和质量将直线提升；

B. 销售手里有一份增值报告，可以和客户更好地交流与沟通；

C. 客户看到这份增值报告，包括对衣服质量、剪裁和款式等各方面的评定，以及整个服务体系的评价和建议。这份报告一出，客户会被震撼，因为没有服务商会把这件事做到如此细致的程度。

D. 因为设计师不再抱怨加班，更用心做设计，销售对我们提供的服务更有信心，工作会更卖力气，而团队感情又会逐渐升温，大家奋斗目标越来越一致，公司是最大受益方。

道理讲完，小E同学可以根据效益来扣这 100 或 200 元，甚至不需要公司出这份补助，从销售提成里扣都行，当销售在未来能得到更多利益时，他们一定会欣然接受。

做好管理没有太多难度，只要学好三大思维模式，解决这些问题基本就是手到擒来，呵呵，我能说是秒答该问题吗？

好，案例解析完，说个结果吧。这位小E同学加盟我们 716 团队，训练 12 个月，运用三大思维模式于销售和管理中，并且马上将答疑内容落地，奋斗一年勇夺分公司业绩第一名，凭才干调任集团总部，成为公司合伙人，年薪 100 万+，未来职场一片光明！

猴年除夕夜，拜年电话带着感谢，说自己年薪百万了，未来职场路颇为光明，一阵子的交流，真替他高兴。

后　记

好吧，有关答疑案例就先分享这三个吧，为大家说几组数据：

1. 从 2010 年天涯发帖始，我每天在帖子中为同学免费答疑。再从 2014 年正式招募同学加入 716 团队，每天团队里在线答疑三小时起，平均每天回复 80 个问题，又加开 300 多场 YY 现场回复，每场 4 小时起，至今累计回复 50 000+ 个问题，涉及 100 多个行业。

2. 有同学仅搜罗整理部分答疑回复，文字稿已经长达 800 多万字。

3. 我能回复 50 000+ 个为什么，是因为掌握了三大思维模式，经历丰富，执行力还是 716 打底，所以面对这些问题，不敢说答案信手拈来，至少收获 99% 以上的好评。

4. 有过高强度的答疑经历，所以才敢秒答问题，这本事，也算是同学们用 5 年时光把我给训练出来了。

写这本书，像书名《我把一切告诉你》一样，告诉大家我的经历，期待尽可能带给读者一些启发，只希望能够帮助更多的人！

亲爱的读者们，今后，我将继续在 YY 免费做公开答疑会，如果遇见什么问题，可以现场提问呀，那时，蓝小雨，哦，对了，是我，就可以和大家畅快地交流沟通啦，哈，感觉好开心……